JOSEPH HELLER

*Rembrandt war 47
und sah dem
Ruin ins Gesicht*

JOSEPH HELLER

Rembrandt war 47 und sah dem Ruin ins Gesicht

Roman

Aus dem Amerikanischen
von Lutz-W. Wolff

C. Bertelsmann

Die Originalausgabe erschien unter dem Titel
»Picture This«
bei G. P. Putnam's Sons, New York, USA

1. Auflage

Satz: IBV Satz- und Datentechnik GmbH, Berlin
Druck: Presse-Druck Augsburg
Bindung: Großbuchbinderei Monheim
Printed in Germany · ISBN 3-570-07105-7

Die Tragödie ist Nachahmung einer Handlung...

Aristoteles, Poetik

Ein frommes Gemüt schätzt Ehre höher als Reichtum.

Rembrandt

Ich glaube, der Teufel scheißt Holländer.

Sir William Batten, Marineinspekteur
aufgezeichnet von Samuel Pepys,
Tagebuch, 19. Juli 1667

Geschichte ist Quatsch,
sagte der geniale amerikanische
Industriekapitän Henry Ford,
der allerdings fast keine Ahnung
hatte.

I.
Das Bild

I

Aristoteles bei der Betrachtung der Büste Homers dachte oft an Sokrates, während Rembrandt ihn mit seinen Farben in ein weißes Renaissance-Chorhemd und ein mittelalterlich schwarzes Gewand kleidete und ihn mit dunklen Schatten umgab. »Kriton, ich schulde Asklepios einen Hahn«, läßt Platon den Sokrates sagen, nachdem dieser den Schierlingsbecher getrunken hat und die lähmende Wirkung des Gifts aus den Eingeweiden zum Herzen aufsteigen fühlt. »Denkst du daran, die Schuld zu bezahlen?«

Natürlich schuldete Sokrates dem Gott der Medizin keineswegs einen Hahn.

Und der Lederfabrikant Asklepios, Sohn des Arztes Eurymynedes, steht geschrieben, war ebenfalls äußerst verblüfft über dieses Vermächtnis, als am nächsten Morgen ein Sklave mit einem lebenden Hahn in den Armen bei ihm vor der Tür stand. Da auch die Behörden aufmerksam geworden waren, wurde Asklepios verhaftet. Als er trotz anhaltender Verhöre immer nur seine Unwissenheit und Unschuld beteuerte und den Sinn der geheimen Botschaft nicht preisgeben wollte, wurde er schließlich zum Tode verurteilt.

2

Rembrandt selbst betrachtete ebenfalls die Büste Homers, die auf einem quadratischen, mit einem roten Tuch bedeckten Tisch im linken Bildvordergrund stand, während er *Aristoteles bei der Betrachtung der Büste Homers* malte und überlegte, wieviel sie wohl bei der öffentlichen Zwangsversteigerung bringen würde, die ihm unweigerlich früher oder später bevorstand.

Aristoteles hätte ihm sagen können, daß dies nicht viel sein würde. Der Homer war eine Kopie.

Er war eine authentische hellenistische Nachbildung der hellenischen Kopie einer Büste, deren Original nie existiert hatte.

Es gibt Dokumente darüber, daß Shakespeare gelebt hat, aber nur mangelhafte Beweise dafür, daß seine Stücke von ihm sind. Wir haben die *Ilias* und die *Odyssee*, aber keinerlei Beweise dafür, daß der Schöpfer dieser Epen eine reale Person war.

Über einen Punkt sind die Gelehrten sich einig: Es ist völlig undenkbar, daß diese beiden riesigen Werke von ein und demselben Verfasser geschrieben sein könnten, es sei denn natürlich von einem so genialen Mann wie Homer.

Aristoteles erinnerte sich gut daran, daß solche Büsten Homers in Thessalien, Trakien, Makedonien, Attika und Euböa zu seinen Lebzeiten weit verbreitet gewesen waren. Abgesehen von den leeren Augenhöhlen und dem zum Gesang geöffneten Mund waren die Gesichter dieser Büsten alle verschieden gewesen. Aber *Homer* wurden sie alle genannt. Aristoteles konnte sich nicht recht vorstellen, warum ausgerechnet ein Blinder so gern gesungen haben sollte.

Hinsichtlich des für das Gemälde zu zahlenden Preises konnte es allerdings keinen Zweifel geben. Die Bedingungen waren in einer Korrespondenz zwischen den holländischen Mittelsmännern in Amsterdam und dem sizilianischen Edelmann, der das Werk bestellt hatte, im voraus festgelegt worden. Einem dieser Mittelsmänner ist es wahrscheinlich zu danken, daß er Rembrandt diesen Auftrag verschafft und damit zwei der für die Kunstwelt des 17. Jahrhunderts bedeutendsten Gestalten zusammengebracht hat, die sich zwar nie persönlich begegnen sollten, deren Zusammenarbeit als Auftraggeber und Künstler aber immerhin mehr als elf Jahre gedauert hat, ungeachtet der Tatsache, daß es zumindest einen giftigen Briefwechsel zwischen ihnen gab, in dem der Käufer erklärte, betrogen worden zu sein, während der Künstler dies bestritt.

Der sizilianische Edelmann war Don Antonio Ruffo, und es ist durchaus möglich, daß dieser eifrige und anspruchsvolle Kunstsammler das Gemälde eines Philosophen für die Sammlung in seinem Schloß in Messina bestellte, ohne zuvor je etwas anderes als ein paar Kupferstiche von Rembrandts Bildern gesehen zu haben. Daß der Mann auf dem Bild Aristoteles war, erkannte Ruffo erst nach einigen Jahren. Daß die Büste, auf deren Kopf Aristoteles auf dem Bild seine Hand legt, den Dichter Homer darstellen sollte, fand er überhaupt nie heraus. Heute gilt als gesichert, daß die Medaille an der schweren goldenen Ehrenkette, die der mittellose Rembrandt dem Philosophen umhängte, das Porträt Alexanders des Großen zeigen soll. Es könnte aber auch ein Abbild der Göttin Athene sein, die allerdings nie von jemandem porträtiert worden ist, der ihr Gesicht tatsächlich in Augenschein nehmen konnte.

Niemand, der Athene in Stein gehauen oder gemalt hat, nicht mal Phidias, dessen gewaltige Bronzestatue der Athene einst der Blickfang der Akropolis war, hatte auch nur die geringste Ahnung davon, wie die Göttin tatsächlich aussah.

Der Preis für Rembrandts Gemälde betrug fünfhundert Gulden.

Fünfhundert Gulden waren im Jahre 1653 selbst in Amsterdam, wo die Lebenshaltungskosten grundsätzlich höher waren als in Holland und den übrigen sechs Provinzen der erst seit kurzem anerkannten und in der Ewigen Union von Utrecht ziemlich lose organisierten Republik der Niederlande, ein schönes Stück Geld.

Fünfhundert Gulden waren, beschwerte sich Don Antonio Ruffo neun Jahre später empört, achtmal soviel, wie er einem italienischen Maler für ein Bild dieser Größe hätte bezahlen müssen. Was er nicht wußte, war, daß es wahrscheinlich das Zehnfache dessen war, was Rembrandt damals in Amsterdam hätte verlangen können, wo er den Höhepunkt seiner Beliebtheit bereits hinter sich hatte und einer finanziellen Katastrophe entgegenging, deren drastische Konsequenzen ihn für den Rest seines Lebens zum armen Mann machen sollten. Amsterdam hatte zwar nur ein Drittel der Einwohnerschaft von Athen zu Zeiten des Perikles, war aber im Jahre 1653 die beherrschende Handelsmacht auf dem europäischen Kontinent und das Zentrum eines ausgedehnten überseeischen Weltreichs, dessen Größe alle Träume, auch die der ehrgeizigsten griechischen Kaufleute und Heerführer weit übertraf, Alexander einmal ausgenommen.

Zu diesem Netzwerk holländischer Handelsposten und territorialer Besitzungen, die sich sowohl nach Osten als auch nach Westen über mehr als den halben Globus erstreckten, gehörte auch ein riesiger fruchtbarer Landstrich an den Küsten der Neuen Welt, der von der Chesapeake Bay im Süden bis nach Neufundland im Norden hinaufreichte und die Neuen Niederlande genannt wurde. Innerhalb der ausgedehnten Grenzen dieser Besitzung befanden sich auf der Insel Manhattan auch jene kostbaren Quadratmeter Grund westlich der Fifth Avenue gegenüber der 82. Straße, wo wir *Aristoteles* heute finden.

Denn auf diesem Grundstück in New York wurde zu gegebener Zeit das Metropolitan Museum of Art errichtet, ein Gebäude von beklagenswertem Äußeren. Hier kam das Gemälde *Aristoteles bei der Betrachtung der Büste Homers* nach einer Reise von dreihundertundsieben Jahren zur Ruhe, einer Odyssee, die viel ausgedehnter war als Homers Original und voller Gefahren, Abenteuer, Geheimnisse, verborgener Schätze und Verwechselungskomödien steckte.

Die Einzelheiten, die wir leider nicht kennen, wären gewiß faszinierend. Aber für einen Zeitraum von ungefähr fünfundsechzig Jahren ist der Verbleib des Gemäldes völlig undokumentiert.

Es verschwand aus Sizilien, als das Geschlecht der Ruffos ausstarb, und tauchte erst 1815 in London wieder auf – als angebliches Porträt des holländischen Dichters und Historikers Pieter Corneliszoon Hooft. Zu diesem Zeitpunkt befand es sich im Besitz eines gewissen Sir Abraham Hume aus Ashridge Park in Berkhampstead, Hertfordshire.

Als der bekannte Kunsthändler Joseph Duveen das Gemälde 1907 aus den Beständen des französischen Kunstsammlers Rodolphe Kann erwarb und an Mrs. Arabella Huntington, die Witwe des amerikanischen Eisenbahnmagnaten Collis P. Huntington, weiterverkaufte, wußte keiner der Beteiligten, daß es sich um Rembrandts Aristoteles handelte. Sie wußten nicht einmal, daß Rembrandt so ein Gemälde gemalt hatte.

Im Jahre 1961 allerdings kostete das Gemälde das Metropolitan Museum of Art die Rekordsumme von $ 2300000.

Mit fünfhundert Gulden konnte ein fleißiger Handwerker oder Ladenbesitzer im Amsterdam des Jahres 1653 sich selbst und seine Familie ein ganzes Jahr lang recht gut unterhalten. Man konnte für diesen Betrag ein Haus in der Stadt kaufen.

Für den Witwer Rembrandt van Rijn aber, der sein Haus für dreizehntausend Gulden gekauft und in den letzten zehn oder elf Jahren, in denen sein Ruhm allmählich verdämmert und das Einkommen, an das er sich gewöhnt hatte, erheblich geschrumpft war, immer *sehr* üppig gelebt hatte, reichten fünfhundert Gulden nicht weit.

Vierzehn Jahre, nachdem er es gekauft hatte, betrug die Hypothek auf seinem Haus immer noch mehr als neuntausend Gulden, obwohl er sie ursprünglich in sechs Jahren hatte abtragen wollen. Das Land befand sich mit England im Krieg, das während des langen Unabhängigkeitskrieges gegen Spanien so häufig ein protestantischer Verbündeter der Niederlande gewesen war. Und daß die Holländer diesmal nicht gewinnen würden, war schon jetzt offensichtlich. Außerdem wütete die Pest in der Stadt. Finanzieller Ruin war epidemisch. Die Wirtschaft war in schlechter Verfassung, das Kapital wurde knapp, und Rembrandts Gläubiger wollten bezahlt werden.

Rembrandts Wohnsitz war ein luxuriöses Amsterdamer Stadthaus in einer ausgesuchten Wohngegend. Es lag an einer der breitesten und elegantesten Straßen im Osten der Stadt, der St. Anthoniesbreestraat. *Breestraat,* wie die Straße meist genannt wurde, bedeutet wörtlich übersetzt Breite Straße.

Das Haus lag in der Umgebung anderer Gebäude von ähnlich zurückhaltender Eleganz, in denen viele der reichsten Kaufleute und Würdenträger der Stadt wohnten. Einige von ihnen hatten zu Rembrandts ersten Auftraggebern und Gönnern gehört. Die Anzahlung, die Rembrandt aufgebracht hatte, stammte aus der Mitgift seiner Frau Saskia und seinen eigenen beträchtlichen Einkünften aus den Jahren, als ihn Amsterdam liebte und seine Erfolge als Maler sich überschlugen.

In den Jahren 1632 und 1633, heißt es, habe Rembrandt nicht weniger als fünfzig Bilder gemalt, denn als er 1631 mit fünfundzwanzig von Leiden nach Amsterdam kam, brach eine wahre Sturzflut von Aufträgen über den jungen Maler herein. Fünfzig Bilder in zwei Jahren: das bedeutet, daß er durchschnittlich alle zwei Wochen ein Bild gemalt haben muß.

Auch wenn diese Angabe übertrieben ist, bleibt sie eine eindrucksvolle Übertreibung, und es gibt keinen Zweifel, daß Rembrandt und Saskia, die verwaiste Tochter eines ehemaligen Bürgermeisters von Leeuwarden in Friesland und Cousine eines von Rembrandt geschätzten Kunsthändlers, unter den Bürgern der Stadt einen gewissen Rang beanspruchen durften. Und die Bürger waren im Holland des 17. Jahrhunderts die herrschende Klasse.

Jetzt aber hatte Rembrandt Schulden, die er nicht mehr bezahlen konnte.

Rembrandt dachte, während er an *Aristoteles bei der Betrachtung der Büste Homers* arbeitete, häufig daran, daß er entweder das Haus verkaufen oder sich von seinen Freunden würde Geld leihen müssen, um den Rest des Kaufpreises endlich bezahlen zu können, dabei wußte er jetzt schon, daß er sich das Geld leihen würde.

Und während er das Gewand des Aristoteles in immer tieferes Schwarz tauchte und den Schatten im Hintergrund unzählige weitere Varianten von Schwarz hinzufügte (er beobachtete gerne, wie seine Leinwände die schwarze Farbe aufsaugten), faßte er auch schon den Beschluß, das Haus, sobald er es endlich bezahlt hatte, auf seinen kleinen Sohn Titus zu überschreiben, damit es dem Zugriff seiner Freunde entzogen war, wenn er beschloß, das geliehene Geld nicht zurückzuzahlen.

Dem Erbteil seines Sohnes Titus konnte er kein Geld mehr entnehmen, auch wenn dieser noch viel zu jung war, um zu wissen, daß sein Vater überhaupt etwas von ihm genommen hatte.

Rembrandt war siebenundvierzig und sah dem Ruin ins Gesicht.

Saskia war schon vor elf Jahren gestorben. Von den vier Kindern, die dem Ehepaar van Rijn in den acht Jahren ihrer Ehe geboren worden waren, hatte lediglich Titus, das letzte, das erste Vierteljahr überlebt.

Aristoteles, der Rembrandt dabei beobachtete, wie er beim Betrachten seines Gemäldes immer wieder in trübsinniges Grübeln verfiel und sein Gesicht dabei dieselben düsteren Züge annahm, die Rembrandt ihm selbst ins Gesicht malte, dachte oft, daß Rembrandt vielleicht gar nicht an *Aristoteles bei der Betrachtung der Büste Homers* dachte, sondern an seine Jahre mit Saskia. Wenn der Tod eine glückliche Ehe beendet, so ist das keine kleine Sache. Das wußte Aristoteles aus eigener Erfahrung. Und der Tod dreier Kinder ist es auch nicht.

Rembrandt lebte jetzt mit einer Frau namens Hendrickje Stoffels zusammen, die als Dienstmagd in sein Haus gekommen war und bald sein Kind tragen würde.

Aristoteles verstand auch das.

In seinem Testament hatte Aristoteles die Frau, die seine Geliebte gewesen war, durchaus großzügig bedacht, gleichzeitig aber verlangt, neben seiner ersten Frau bestattet zu werden.

Aristoteles ließ seine Sklaven frei. Seine Tochter Pythias und seine Söhne Nikanor und Nikomachos hatten ihn überlebt. Die Träne, die in seinem Auge aufstieg, als Aristoteles voller Sehnsucht an sein glückliches Familienleben zurückdachte, pinselte Rembrandt allerdings gleich wieder weg.

Im Jahr nach ihrer Heirat trafen Saskia und Rembrandt testamentarische Verfügungen, in denen sie sich gegenseitig als Alleinerben einsetzten.

Im Jahre 1642, neun Tage vor ihrem Tod, machte Saskia ein neues Testament, in dem ihr Sohn Titus als Alleinerbe eingesetzt wird. De facto hatte Saskia Rembrandt damit enterbt, sie ernannte ihn aber gleichzeitig zum alleinigen Vormund ihres Sohnes und Nachlaßverwalter, was ihn davon befreite, der Waisenkammer Rechenschaft geben zu müssen.

Eine klügere Frau hätte inzwischen eigentlich wissen müssen, daß Rembrandt unfähig war, mit Geld umzugehen. Er war sehr auf sein Ansehen bedacht und kaufte leidenschaftlich gerne Gemälde, Zeichnungen, Skulpturen, exotische Kleider und sonstige Kuriositäten jeglicher Art. In den Auktionshäusern und Galerien der Stadt war der gierig nach Gelegenheiten Ausschau haltende Künstler ein vertrauter Anblick.

Zu Saskias Lebzeiten hatte einer ihrer Verwandten, der sich gewisse Hoffnungen auf ihr Erbe machte, Rembrandt und Saskia als verschwendungssüchtig bezeichnet. Sie hatten ihn wegen Verleumdung verklagt – und verloren.

Eine Gesellschaft, in der die Kaufleute den Ton angeben, vermutet schon Platon, wird immer prozeßfreudig und streitsüchtig sein, und auf die Gesellschaft, deren Mitglied Rembrandt war, traf dies erst recht zu.

Nach bürgerlichem Recht gehörte in Holland der eheliche Besitz beiden Partnern jeweils zur Hälfte. Ihre Hälfte hinterließ Saskia ihrem Sohn Titus, für dessen standesgemäße Erziehung Rembrandt verantwortlich sein sollte. Sobald also Rembrandt mehr als die Hälfte dessen verbraucht hatte, was das Ehepaar 1642 gemeinsam besessen hatte, stammte alles, was er künftig ausgab, aus dem Erbe des Kindes.

Von den zwanzigtausend Gulden, auf die das Erbe des Titus nachträglich geschätzt wurde, erlangte er später als junger Erwachsener nur siebentausend zurück.

Als er es endlich in seinen Besitz gebracht hatte, verwendete Titus das Geld ausschließlich zum eigenen und zum Unterhalt seines Vaters, bis er im Alter von siebenundzwanzig Jahren, weniger als ein Jahr vor seinem Tod, heiratete.

Es gibt Anlaß zu der Vermutung, daß der hochverschuldete Rembrandt zahlreiche seiner Gemälde heimlich anfertigte und ins Ausland verkaufte, um seine Gläubiger nicht bezahlen zu müssen, womit er der Nachwelt die Aufgabe, echte von falschen Rembrandts zu trennen, nahezu unmöglich machte.

Aristoteles, der bei der Abfassung seines eigenen letzten Willens so korrekt und gründlich gewesen war, fragte sich gelegentlich, was wohl im Kopf des Notars vorgegangen sein mochte, der Saskia van Uylenburgh geholfen hatte, ihr Testament aufzusetzen.

Hätte sie ihren Anteil aber nicht Titus vermacht, hätten, wie sich später zeigen sollte, nach Rembrandts Konkurs weder Vater noch Sohn das geringste Vermögen gehabt.

Aristoteles konnte natürlich auch hören, da ihm Rembrandt ein Ohr geschenkt und es – zu seiner großen Überraschung und Freude – auch noch mit einem Ohrring geschmückt hatte, der, wenn er nicht bloß gemalt, sondern aus echtem Gold gewesen wäre, bei den Juwelieren der Stadt einen hohen Preis gebracht hätte. Und was er hörte, überzeugte Aristoteles schnell, daß der Künstler, der ihn malte, weit größere Sorgen als die Vollendung dieses speziellen Bildes für Don Antonio Ruffo und verschiedener andere Gemälde im Atelier hatte, an denen er gleichzeitig arbeitete. Wenn er müde wurde oder sich langweilte oder wenn eine plötzliche Eingebung ihn überkam, wandte sich Rembrandt häufig vom einen Bild ab und einem anderen zu. Und wenn er beim einen Bild darauf warten mußte, daß die Farbe trocknete, setzte er die Arbeit ebenfalls an einem anderen fort.

Oft wartete er allerdings gar nicht, bis die Farbe getrocknet war, sondern entschloß sich, mit einem fast trockenen Pinsel frische Farben auf Stellen aufzutragen, die noch feucht waren, um die Oberfläche noch pastoser und weicher und die reflektierenden Pigmentschichten durch Zwischentöne noch reicher zu machen.

Rembrandt hatte seine besten Jahre hinter sich, aber seine besten Gemälde noch vor sich. Der *Aristoteles* war, wie wir jetzt wissen, nur das erste einer ganzen Reihe von erstaunlichen Meisterwerken, mit denen Rembrandts letzte traurige Lebensjahrzehnte gekrönt wurden.

Seine besten Werke entstanden, als Rembrandt lebte wie ein Versager und seine Geldsorgen ständig in die Gesichter einsickerten, die er malte, selbst in die von Aristoteles und Homer.

»Warum sehen jetzt alle Leute so traurig bei Euch aus?« fragte der hochgewachsene Mann, der für den *Aristoteles* Modell stand.

»Sie machen sich Sorgen.«

»Worüber denn?«

»Über Geld«, sagte der Künstler.

Auf dem anmaßenden Selbstporträt aus dem Jahre 1652 dagegen, das an der gegenüberliegenden Seite des Dachbodens stand, fehlte solche zaghafte Feierlichkeit vollkommen. Hier trägt Rembrandt seinen Arbeitskittel, die Hände in die Hüften gestemmt, und sieht dem Betrachter, der sich im Kunsthistorischen Museum zu Wien seinem Blick stellt, bis zum heutigen Tage trotzig und scheinbar unbesieglich ins Auge.

Quälendes Nachdenken reservierte Rembrandt für die Bilder der anderen.

Es ist eigentlich ziemlich komisch, daß ein so hervorragendes Gemälde wie der *Aristoteles* den Namen, unter dem wir es kennen, erst 1936 erhielt.

Erst 1917, ein Jahr, nachdem die Archive der Familie Ruffo der Öffentlichkeit zugänglich gemacht wurden, konnte das Gemälde als dasjenige identifiziert werden, das Don Antonio Ruffo 1652 bei Rembrandt in Auftrag gegeben hatte, und auch die dargestellte Person wurde erst 1917 als Aristoteles identifiziert.

Daß die Büste Homer darstellen soll, steht nirgendwo in den Papieren.

Fast noch komischer ist es, daß eins der besten von Rembrandts schlechtesten Bildern zugleich das berühmteste und am meisten gelobte geworden ist.

Dabei handelt es sich um ein Tageslicht-Gruppenporträt im Freien, auf dem achtzehn bewaffnete Mitglieder der Bürgerkompanie von Kapitän Frans Banningh Cocq ins grelle Sonnenlicht treten.

Das Bild heißt *Die Nachtwache.*

Der Wunsch mancher Menschen, unsterblich zu werden, sagt Platon, führt zu den verschiedensten Unternehmungen, die sie bei nachfolgenden Generationen in Gunst setzen sollen. Die ägyptischen Pharaonen neigten zum Bau von Pyramiden. Amerikaner stiften lieber mal ein Museum. Die Holländer hingegen bevorzugten feierliche Porträts, gewöhnlich in Schwarz, mit würdevollen, ernsten Gestalten.

Von den achtzehn Herren, die jeweils hundert Gulden für das Privileg bezahlt hatten, auf Rembrandts Gemälde *Die Kompanie des Frans Banningh Cocq* zu erscheinen, hatten mindestens sechzehn Grund zur Unzufriedenheit, darf man vermuten.

Sie hatten ein offizielles Gruppenporträt bestellt, wie sie in der Stadt populär und bekannt waren: eins jener Bilder, auf denen die Personen so steif wie Spielkarten herumstehen und jedes Gesicht hell beleuchtet ist, damit man den Abgebildeten auch ja gleich erkennt.

Was sie erhielten, war ein Gemälde, das geradezu peinlich theatralisch wirkte. Sie waren kostümiert wie Schauspieler und mußten wie Tagelöhner arbeiten. Die Gesichter waren klein, abgewendet, zum Teil verdeckt oder völlig im Schatten. Selbst die beiden wichtigsten Offiziere, die in den Vordergrund treten, Kapitän Frans Banningh Cocq und sein Leutnant Willem van Ruytenburgh, werden nach Ansicht eines zeitgenössischen Kritikers den Wünschen des Künstlers zu sehr unterworfen. Dennoch sagte eben dieser Kritiker voraus, das Bild werde alle anderen Werke dieser Art überleben.

Die Nachtwache überlebt in der Tat.

Sie gilt als überragender Beweis für Rembrandts künstlerisches Genie, besonders wegen des dramatischen Bruchs mit der Tradition bei der Gesamtkonzeption, dabei ist das Gemälde selbst nach barocken Maßstäben in fast jeder Hinsicht absolut scheußlich. Die Farben sind grell, und die Posen allenfalls für Opernsänger geeignet. Die Verteilung von Licht und Schatten ist unklar, und beim Setzen der Bildakzente hat sich der Künstler verzettelt. Caravaggio hätte sich im Grab umgedreht.

Das Gemälde ist heute die größte Einzelattraktion im Rijksmuseum in Amsterdam.

1915 schnitt ein arbeitsloser Schuhmacher ein Stück Leinwand aus Leutnant van Ruytenburghs rechtem Stiefel heraus.

Fachleute reparierten alles. Das Angebot des reuigen Schuhmachers, die Arbeit selbst auszuführen, lehnte man ab.

1975 attackierte ein ehemaliger Lehrer den unteren Teil des Gemäldes mit einem gezackten Brotmesser, das er beim Mittagessen in einem Amsterdamer Restaurant hatte mitgehen lassen, und beschädigte Kapitän Banningh Cocq und Leutnant van Ruytenburgh mit mehreren senkrechten Schnitten. Insgesamt wurden ein Dutzend Stiche und Schnitte gezählt. Am rechten Bein des Kapitäns wurde ein dreißig mal sechs Zentimeter breiter Leinwandstreifen herausgerissen. Umstehenden erklärte der Angreifer, daß Gott ihn geschickt habe.

»Ich habe nur einen Befehl ausgeführt«, soll er gesagt haben. »Ich mußte es tun.« Die Zeitungen berichteten, er sei schon früher als geistesgestört in Erscheinung getreten. Ein Jahrzehnt später starb der Lehrer von eigener Hand.

Die Beschreibung der Beschädigungen, die er dem Gemälde zugefügt hatte, liest sich wie ein Obduktionsbericht. So wurde unter anderem festgestellt, daß der Attentäter große Kraft aufgewendet und die Messerklinge dabei nach einer Seite verbogen hatte, was dazu führte, daß die Schnitte schief nach innen gedrückt und alle Ränder ausgefranst wurden. Ein aus den Hosen von Kapitän Banningh Cocq herausgeschnittenes Stück war auf den Boden gefallen.

Die Hosen wurden von einem Schneider aus Leiden geflickt, und den Rest erledigten hochqualifizierte Restaurateure.

Noch heute gibt es abergläubische Zirkel in verlassenen Kirchen in Amsterdam, die fest davon überzeugt sind, daß es sich bei dem Vandalen um die Reinkarnation eines der unzufriedenen Musketiere gehandelt haben muß, die hundert Gulden bezahlt hatten, um sich würdig abkonterfeien zu lassen, und dann feststellen mußten, daß sie zu Füllseln auf einem knalligen Ölgemälde gemacht worden waren, das bestenfalls als Plakat für eine komische Oper getaugt hätte.

Es gibt andere, die sagen, Rembrandt selbst sei der Attentäter gewesen.

Saskia starb im Jahr der *Nachtwache*, 1642, und Rembrandt gab dem strahlend hell erleuchteten kleinen Mädchen, das von links nach rechts durch die Gruppe läuft, ihre Züge. Saskia starb mit dreißig.

Es ist vielleicht nur ein Zufall, daß Rembrandts Schicksal im selben Jahr eine Wende zum Schlechteren nahm, in dem er seine Frau verlor. Seine Biographen behaupten nichts anderes.

3

Aristoteles lebte in seinem letzten Lebensjahr im Exil auf dem Gut seiner Mutter auf der Insel Euböa und setzte sein Testament auf. Er war fast zweiundsechzig. Er spürte, daß er in seinem letzten Lebensjahr stand und dachte oft an Sokrates, der vor einem Dreivierteljahrhundert in seiner Gefängniszelle gesessen und auf seine Hinrichtung gewartet hatte. Aristoteles war aus Athen geflohen, um sich einem Prozeß zu entziehen.

Immer wieder machte ihm sein Magenleiden zu schaffen. Er hatte fast nie Appetit. Er, der so viel wußte, konnte sich den Grund dafür nicht erklären. Der Arzt in der Familie war sein Vater gewesen, aber der war gestorben, als Aristoteles noch ein Kind war. Aristoteles war der bahnbrechende Philosoph und Gelehrte, der den größten Teil der wissenschaftlichen Literatur, die ihm zur Verfügung stand, selbst verfaßt hatte.

Zu den vielen Dingen, die er am Ende seines Lebens wußte, gehörte vor allem, daß es noch viele andere gab, die er nicht wußte.

Was er zum Beispiel nicht wußte, war, daß im 17. Jahrhundert in der Stadt Amsterdam Rembrandt sein Bild malen würde, aber fast zweihundert Jahre lang niemand auf der Welt wissen sollte, daß es sich dabei um ihn handelte.

Von Sokrates hatte er eine deutliche Vorstellung.

Und doch stammte nahezu alles, was er über Sokrates wußte, von Platon, den Aristoteles in letzter Zeit im Verdacht hatte, daß er es in seinem notorischen Wunschdenken mit den Tatsachen nicht allzu genau nahm.

Was man sonst noch über Sokrates wußte, stammte fast alles von dem Historiker, Biographen und Söldnerführer Xenophon, der in den letzten vierzig Jahren seines Lebens nicht in Athen und auch nicht immer zuverlässig gewesen war, nicht mal als Soldat.

Xenophon hatte auch über den Prozeß und die Hinrichtung des Sokrates geschrieben. Aber als diese stattfanden, befand er sich in Persien. Als er zurückkehren wollte, wurde er verbannt, weil er in militärischen Auseinandersetzungen, bei denen Athen sich auf der anderen Seite befand, in Diensten Spartas gestanden hatte.

Wir kennen Fragmente von Aischines, dem Sokratiker, und Antisthenes, dem Zyniker, die uns versichern, daß Sokrates wirklich gelebt hat, aber die können gefälscht sein.

Und außerdem gibt es *Die Wolken* von Aristophanes, in denen Sokrates als Sophist verspottet wird. Diese Komödie ist das früheste Zeugnis über ihn, das wir besitzen. Verfaßt wurde sie ein Vierteljahrhundert vor dem Prozeß, und sie bestätigt, daß Sokrates schon eine bekannte Erscheinung in Athen gewesen sein muß, als Platon und Xenophon noch Kinder und viel zu klein waren, um zu begreifen, wer Sokrates war.

Schließlich war Aristophanes ein Zeitgenosse und Freund und konnte aufgrund persönlicher Kenntnisse, die andere nicht besaßen, über Sokrates schreiben.

Andererseits war Sokrates nie ein Sophist.

Die Geschworenen erinnerten sich aber gut an die Komödie und ignorierten seine Philosophie. Sie verurteilten Sokrates zum Tode, weil sie glaubten, er wäre ein Sophist gewesen.

Und selbst das war nicht der wirkliche Grund. Nach der bitteren Kapitulation vor den Spartanern und den anschließenden inneren Kämpfen erinnerte man sich nur zu gut daran, daß er ein Freund des Verräters Alkibiades und des Tyrannen Kritias gewesen war, und die Toleranz für satirisches Dissidententum, wie man es von Sokrates kannte, war auf einem absoluten

Tiefpunkt angelangt. Spott war für viele identisch mit Landesverrat und in mancher Beziehung sogar noch ärgerlicher.

Sophisten lehrten gegen Bezahlung. Sokrates legte dem Gericht einen überzeugenden Beweis dafür vor, daß er nie gegen Bezahlung gelehrt, sondern stets nur für das öffentliche Wohl gewirkt hatte: seine Armut.

Die Geschworenen beeindruckte das überhaupt nicht.

Wie wir heute wissen, war der Glanz der klassischen Epoche Griechenlands, dessen Inbegriff Athen fast hundert Jahre lang gewesen war, zu diesem Zeitpunkt bereits erloschen. Der Krieg mit Sparta war verloren, der Attische Seebund zerschlagen, Aischylos, Sophokles und Euripides waren tot.

Als Platon seine Akademie gründete und der junge Aristoteles nach Süden kam, um von ihm zu lernen, war die klassische Epoche noch länger vorbei, ja, sie war schon vergangen, als Platon geboren wurde. Seine ersten vierundzwanzig Lebensjahre verbrachte Platon in einer Stadt, die in einen Krieg verwickelt war, den sie nicht gewinnen konnte und an dem die meisten Angehörigen der vornehmen und reichen Familien, zu denen auch Platon gehörte, nicht teilnehmen wollten.

Sokrates war schon über vierzig, als Platon geboren wurde.

Er war über sechzig, als sie sich kennenlernten, und ihre Bekanntschaft kann nicht länger als zehn Jahre gedauert haben. Sie genügte aber, um Platon zu einer lebenslangen Hinwendung zur Philosophie zu veranlassen. Der Tod des Sokrates erfüllte ihn mit Haß und Verachtung für die politische Freiheit und materialistische Ausrichtung der demokratischen Stadt, mit der sich beider Namen verbinden.

Das Zeitalter des Perikles, das wir heute das Goldene Zeitalter Athens nennen, ging schon mit seinem Tod im zweiten Jahr des siebenundzwanzigjährigen Krieges zu Ende, in den dieser vernünftige und schöpferische Politiker seine Stadt hineinmanövriert hatte, was schließlich unweigerlich die totale

Niederlage, die bedingungslose Kapitulation und den Verlust ihrer Macht und ihres Reiches herbeiführte. Es war das Jahr der Seuche, die vom oberen Nil in die belagerte Stadt gebracht worden war, vor deren Mauern jetzt schon im zweiten Sommer hintereinander die Soldaten Spartas und seiner Verbündeten standen. Perikles, der aufgrund verschiedener persönlicher Schicksalsschläge und parlamentarischer Niederlagen, die ihm sowohl der konservative Adel als auch die radikalen Geschäftsleute der Stadt beigebracht hatten, ohnehin schon nicht mehr auf dem Höhepunkt seiner Macht stand, gehörte schließlich selbst zu den Zehntausenden, die der Seuche zum Opfer fielen und starben.

Die Strategie, mit der Perikles den Sieg oder zumindest einen ehrenvollen Frieden zu erringen hoffte, bestand darin, die gesamte außerhalb von Athen lebende Bevölkerung in den Schutz der langen Mauern zu pferchen, die von der Stadt vier Meilen weit bis zum Hafen von Piräus hinabreichten. Massen von Flüchtlingen lagerten elendiglich in den Straßen, viele starben. Von den Mauern aus, die sie vor den Spartanern schützten, konnten sie beobachten, wie ihre Felder und Höfe niedergebrannt wurden. Niemand war glücklich. Perikles hatte allen Grund zur Niedergeschlagenheit.

Perikles, der adelige Führer der radikalen demokratischen Partei, war für Platon, einen Sproß der Aristokratie, oder Aristoteles, einen Angehörigen der freiberuflichen Elite, eine historische Gestalt, auf die sie nicht ohne Mißbilligung und Abscheu zurückblicken konnten.

Als er auf dem Totenbett lag, hörte Perikles seine Verwandten und Freunde, die ihn für bewußtlos hielten, von seinen hervorragenden Leistungen sprechen: von seinen neun Trophäen für militärische Siege, die er als Oberkommandierender davongetragen hatte, von den herrlichen Bauwerken und Skulpturen, die in seiner Regierungszeit geschaffen worden waren und die Welt in Erstaunen versetzt hatten, von der

Blüte der Literatur und des geistigen Lebens, von der Erweiterung des attischen Reiches, vom Wachstum des Handels und der Zunahme der Tributzahlungen unterworfener Städte und Inseln. Da schlug er die Augen auf.

»Warum sagt ihr nichts über meine rühmlichste Leistung?« fragte er vorwurfsvoll. »Daß kein Athener je Trauerkleidung wegen mir anlegen mußte?«

Sie sagten es nicht, weil es nicht stimmte.

4

Aristoteles war siebzehn oder achtzehn, als er vom königlichen Hof in Pella in Makedonien, wo sein Vater der Leibarzt des Königs gewesen war, nach Süden zog, um an Platons Akademie in der Republik Athen zu studieren.

Platons Akademie war ungefähr einundzwanzig Jahre zuvor gegründet worden. Platons Dialoge des Sokrates waren bereits veröffentlicht und von der Jugend begeistert verschlungen worden. Nun wollte Aristoteles mehr wissen.

Platon aber war über sechzig und hatte es aufgegeben, die Wahrheit zu suchen.

Aristoteles mußte, nachdem einige Zeit vergangen und seine Urteilskraft gereift war, enttäuscht feststellen, daß Platons Ansichten willkürlich und wirklichkeitsfremd waren. Er hegte einen mystischen Glauben an die göttlichen Eigenschaften der Zahlen und hatte eine Theorie entwickelt, wonach die Ideen einen realen Kosmos unabhängig von der menschlichen Existenz bilden sollten. Beides führte in Bereiche, in die Aristoteles nicht bereit war zu folgen.

Die beiden kamen nicht immer so gut miteinander aus, wie Aristoteles gehofft hatte. Dennoch blieb er zwanzig Jahre lang in der Akademie, bis Platon achtzigjährig starb. Erst dann verließ Aristoteles die Stadt Athen wieder. Die Leitung der Akademie, für die er sich vielleicht interessiert hätte, fiel an einen Verwandten Platons von mittelmäßigem Verstand. Zwölf Jahre später kehrte Aristoteles zurück, um sein Lykeion zu gründen. Inzwischen hatte sich die Stadt der Herrschaft Makedoniens ergeben. Erst hatte Philipp, dann Alexander sie unterworfen.

Platon hatte mit Anerkennung für Aristoteles nicht gespart. Den »Geist« und den »Leser« nannte er ihn. Er hatte eine Schwäche für Spitznamen. »Platon« selbst war ein Spitzname; er hatte eine breite Stirn und eine breite Brust, heißt es, und war in seiner Jugend ein guter Ringer. Aber Platon war er nicht. Platon hieß eigentlich Aristokles und war der Sohn des Ariston. Sein Vater behauptete, von dem attischen König Kodros abzustammen, der allerdings nur in der Legende existierte. Platons Mutter war über eine Seitenlinie mit dem Gesetzgeber Solon verwandt.

Es gab genügend Vermögen in dieser Familie, aus der auch Platons Onkel oder Großonkel Kritias hervorgegangen war. Er beherrschte die Stadt nur ein einziges Jahr lang, aber das genügte ihm, um sich den Ruf des blutigsten und korruptesten Tyrannen einzuhandeln, den Athen je gehabt hatte.

Früher war Kritias ein Schüler von Sokrates gewesen.

Seit den Zeiten, als der charismatische Alkibiades zum Verräter geworden und zu den Spartanern übergelaufen war, hatte es keinen Athener mehr gegeben, der von der Bevölkerung so gefürchtet und gehaßt worden war.

Alkibiades war auch ein Anhänger des Sokrates gewesen.

Es dauerte eine Weile, bis Aristoteles merkte, daß Platon solche Spitznamen gelegentlich mit einer boshaften Geringschätzung benutzte, die sich deutlich von der freundlichen Ironie unterschied, die er in seiner *Politeia* und verschiedenen Dialogen Sokrates unterstellt hatte.

In ihrer Philosophie unterschieden Platon und Aristoteles sich genau so wie im Alter und Temperament.

Platon hatte den Kopf in den Wolken und seine Gedanken im Himmel und schien im wesentlichen zu predigen, daß man sich nur mit solchen Dingen beschäftigen solle, über die man ohnehin nichts herausfinden konnte.

Aristoteles dagegen stand mit beiden Füßen auf dem Boden und hatte seine Augen überall. Und über alles, was er sah, wollte er mehr wissen.

Platon lehnte die Welt der Erscheinungen ab: Erkenntnis ließ sich nur vom ewig Seienden gewinnen, und das gab es nicht auf der Erde. Er liebte die Geometrie. Über dem Eingang der Akademie stand: »Möge niemand hier eintreten, der nichts von Geometrie weiß.«

Aristoteles verlangte Definitionen, Erklärungen, systematische Untersuchungen und Beweise, sogar in der Geometrie.

Platon zog es angesichts seines Alters vor, seinen Unterricht im Sitzen zu erteilen.

Aristoteles, der so viel jünger war, mußte sich sehr beherrschen, um nicht jedesmal aufzuspringen und auf und ab zu gehen, wenn ein neuer Gedanke ihn begeisterte. »Bewegung erzeugt Beweglichkeit«, rief er empört, als Platon ihn wieder einmal mit sarkastischer Höflichkeit gebeten hatte, ruhig zu sitzen. Das Gehen sei anregend. Er habe entdeckt, daß es den Puls beschleunige, verkündete er, und das Herz schlage auch schneller.

Daß Aristoteles sich so intensiv für Biologie, Physik und alle anderen »Natur- und Sozialwissenschaften« interessierte, lag möglicherweise am wissenschaftlichen Beruf seines Vaters.

»Ich habe hier in der Hand einen Käfer«, behauptete er eines Tages. »Er hat einen glatten, ovalen Rücken und acht Beine. Hier in der anderen Hand habe ich einen anderen, viel heller gefärbten. Der hat zwölf Beine, sein Rücken ist gestreckt und besteht aus lauter einzelnen Ringen. Kannst du mir den Unterschied erklären?«

»Durchaus«, sagte Platon. »Es gibt überhaupt keine Käfer in deiner Hand. Du hast nicht mal eine Hand. Was du für Käfer und Hände hältst, sind lediglich Spiegelungen deiner Auffassung von der Idee, die lange vor diesen Erscheinungen da war. Wie hätten sie sonst in Erscheinung treten können? Und die

Form dieser Idee ist nicht nur wirklich, sondern auch unwandelbar und ewig. Was du in deinen sogenannten Händen hältst, sind lediglich Schatten dieser Idee. Hast du das Höhlengleichnis aus meiner *Politeia* vergessen? Lies es noch einmal! Daß die beiden Käfer so verschieden sind, ist der beste Beweis dafür, daß sie beide nicht wirklich sind. Daraus folgt, daß lediglich die Form oder die Idee der Form erkannt werden können, und darüber werden wir niemals mehr in Erfahrung bringen, als wir jetzt wissen. Nur die Ideen sind es wert, betrachtet zu werden. Du bist nicht wirklich, mein eitler, junger Freund, und auch ich bin nicht wirklich. Auch Sokrates war nur ein Abbild seiner selbst. Wir alle sind nur mindere Kopien der Idee, die wir darstellen. Ich weiß, du verstehst mich.«

Daraufhin fragte Aristoteles nicht mehr, ob die Idee eines Käfers, von der Platon sprach, nun acht oder zwölf Beine hatte. Oder ob die Idee des Sokrates, deren Abbild er gewesen war, eigentlich jung oder alt war. Wenn er das nämlich getan hätte, befürchtete er, wäre die ganze platonische Ideenlehre wegen ihrer inneren Widersprüche zusammengebrochen und hätte sich in ein unverständliches Nichts aufgelöst.

Gegen Ende seines Lebens war Platon in jeder Hinsicht enthaltsam – so aß er, wie Diogenes spottet, beim Festmahl stets nur die Oliven und Feigen. Daß sich Aristoteles an Kleidern, Juwelen und Frauen ergötzte, bot ihm Anlaß zu herablassenden Kommentaren.

Solange sein Lehrer noch lebte, mochte ihm Aristoteles nicht widersprechen, und er mußte zwanzig Jahre lang warten, bis Platon starb.

Zu diesem Zeitpunkt war Aristoteles schon fast vierzig und wußte, daß zum Beispiel Platons Ideal von den »Philosophenkönigen« eine gefährliche Narretei war. Es war ihm geradezu peinlich, daß Platon bis ins hohe Alter die unrealistische Vorstellung verfolgt hatte, durch Erziehung aus einem Gewaltherrscher einen Philosophen machen zu wollen. Drei Reisen nach Sizilien hatte Platon zu diesem Zweck unternommen. Zweimal hatte er nur mit knapper Not sein Leben gerettet.

Die läuternde Kraft der Erziehung und das Bedürfnis der Öffentlichkeit nach Aufklärung und Belehrung überschätzte Platon gewaltig.

Er hätte sich doch bloß zu erinnern brauchen, dachte Aristoteles im Exil, wie wenig die moralischen Lehren des Sokrates bei Alkibiades oder Kritias bewirkt hatten, ja, daß die Feindseligkeit seiner Mitbürger gegen Sokrates gerade darauf beruhte, daß sie glaubten, seine Lehren hätten eine schädliche Wirkung gehabt.

Aristoteles seinerseits hatte auf Alexander ebenfalls keinen größeren Einfluß gehabt, darin aber auch nicht seinen philosophischen Auftrag gesehen.

Platon dagegen wollte seinen Traum nicht aufgeben.

Schon bevor Aristoteles ihn kennenlernte, war Platon zweimal in Sizilien gewesen. Und als er fast siebzig war, segelte der alte Herr zum ungläubigen Entsetzen von Aristoteles erneut nach Syrakus, um den zügellosen Tyrannen Dionysios II. noch einmal zu unterrichten und zu königlicher Mäßigung zu erziehen – ein hoffnungsloses Unterfangen.

Vom ersten Augenblick an war er Gegenstand mißtrauischer Beobachtung und hinterhältigen Spottes der zahlreichen Höflinge, die eine Palastrevolution vorbereiteten, von der allein Platon, der Philosoph aus Athen, nichts bemerkte.

Er stand monatelang unter Hausarrest, ehe er wieder abreisen durfte.

Das einzige, was er auf seinen drei Reisen erreichte, war, daß sich die Griechen in Syrakus eine Zeitlang für Geometrie interessierten. Geometrie wurde eine Modeerscheinung, und die besseren Leute spielten in bißchen mit Kreisen und Dreiecken, ehe sie besoffen ins Bett gingen und sich der Liebe hingaben.

Nach diesem letzten Fiasko war Platon mürrischer und deprimierter als je zuvor, und Aristoteles ging stillschweigend davon aus, daß er jetzt bei einem Mann Philosophieunterricht nahm, der desillusioniert und haßerfüllt war und alle Hoffnungen aufgegeben hatte, die Menschheit zu bessern.

Als Platon starb, arbeitete er an den *Nomoi,* dem düsteren, misanthropischen Entwurf einer totalitären Gesellschaft, deren Mitglieder sämtlich Gefangene einer strengen Orthodoxie waren, einer Gesellschaft, die solche Denker wie ihn selbst oder Sokrates niemals geduldet hätte, und deren Strafen für die allergewöhnlichsten Verfehlungen gnadenlos waren.

Für eine erste Verurteilung wegen Gottlosigkeit waren zum Beispiel fünf Jahre Gefängnis vorgesehen. Im Wiederholungsfalle die Todesstrafe ohne Begräbnis.

Gottlosigkeit war einer der beiden Anklagepunkte gegen Sokrates gewesen.

Dieselbe Anklage wurde gegen Aristoteles erhoben und veranlaßte ihn, Athen ein Jahr vor seinem Tod zu verlassen.

Händler, also Leute, die Waren zu einem höheren Preis wieder verkauften, als sie selbst bezahlt hatten, galten in den *Nomoi* als äußerst verwerflich.

In seiner idealen Gesellschaft wurde Intellekt allenfalls als Grundlage einer sozialen Ordnung geduldet, ansonsten aber streng geächtet.

Aristoteles wußte im Gegensatz zu Platon, daß Politik und gute Absichten sich nicht miteinander vertragen.

Dabei hätte sich Platon, so fand Aristoteles, doch bloß seiner eigenen *Apologie* zu erinnern brauchen, in der er Sokrates' Prozeß dargestellt hatte. Da fragte doch Sokrates seine Richter, kurz bevor sie ihn zum Tode verurteilten, wie lange sie wohl jemanden in der Regierung belassen würden, der wirklich nichts anderes als das Beste seines Landes im Sinn habe?

Politik und Verstand vertrugen sich auch nicht.

Ein Herrscher, der die Philosophie, von der Platon und

Sokrates sprachen, wirklich liebte, würde bestimmt nicht lange regieren. Und die Intellektuellen in der Politik waren bloß Schönredner.

Als Aristoteles im Exil war, erinnerte er sich voller Vergnügen an jenen Abend, als Philipp II. von Makedonien, erstaunlicherweise fast nüchtern, die große Halle im Schloß von Pella durchquerte, wo der junge Alexander vor etlichen Zuhörern mit großer Kunstfertigkeit die Lyra spielte. Philipp schwieg, bis die Musik endete.

»Schämst du dich nicht?« fragte er den Sohn, in dem er – vielleicht – den Erben der Zentralgewalt sah, die er den ewig uneinigen griechischen Städten zum ersten Mal auferlegt hatte. »Schämst du dich nicht, daß du die Lyra so gut spielst?«

Für einen König, sagte er, genüge es völlig, wenn er gern zuhöre; denn wer auf einem Gebiet besonders begabt sei, könne auf einem anderen nicht auch noch hervorragend sein.

Zu diesem Zeitpunkt hatte man sich am Hof zu fragen begonnen, wen Philipp wohl zu seinem Thronerben zu machen gedachte. Alexanders Mutter, die leidenschaftliche Molosserprinzessin Olympias, die einen Schlangenkult ausübte und einmal sogar in barbarischer Wildheit geprahlt hatte, sie habe sich, um Alexander zu empfangen, mit einer Schlange gepaart, war von Philipp zurück in ihre epirotische Heimat geschickt worden. Mit seiner neuen makedonischen Gefährtin Kleopatra, in die er heftig verliebt schien, hatte er seit kurzem einen zweiten Sohn. Aber vielen seiner verärgerten Gefolgsleute, die aus den verschiedensten Gründen mit seiner verstoßenen Gattin sympathisierten, erschien Kleopatra viel zu kindisch, um sie als Königin gelten zu lassen.

Alexander war dreizehn, als er anfing, mit Aristoteles zu studieren. Drei Jahre blieben sie zusammen. Wie sie beide erkannten, genügte das Alexander, um von Aristoteles alles zu lernen, was er wissen mußte, um Alexander zu werden.

Wenn er nicht Alexander wäre, soll er gesagt haben, als er

schon König war und ihn Diogenes bat, ihm aus der Sonne zu gehen, wäre er gern Diogenes geworden.

»Wenn ich Alexander wäre«, sagte einer seiner Berater, als das Friedensangebot des Perserkönigs im Feldlager eintraf, »würde ich diese Vorschläge annehmen.«

»Das würde ich auch tun«, bestätigte Alexander, »wäre ich nicht Alexander.«

Alexander liebte Homer, und es heißt, er habe auf seinem Feldzug nach Asien ein von Aristoteles herausgegebenes Exemplar der *Ilias* mit sich geführt, das er unter seinem Kopfkissen aufbewahrt habe.

Mit sechzehn übernahm er die Regierung, wenn Philipp abwesend war, mit achtzehn stand er in der Schlacht bei Chaironeia der thebanischen Front gegenüber, die inzwischen schrecklicher als die spartanische war, und er persönlich führte den Angriff der makedonischen Kavallerie, der die Heilige Schar sprengte.

Als Philipp ermordet wurde, war Alexander zwanzig.

Er war einundzwanzig, als er Griechenland verließ und zu jener langen, erregenden Reise voller Triumphe und fabelhafter Eroberungen aufbrach, auf der ihm schließlich zur Rückkehr die Zeit fehlte.

Er überquerte den Hellespont und setzte seinen Fuß nie wieder auf heimischen Boden.

Als er in Babylon an einem Fieber oder durch Gift starb, war er dreiunddreißig. Schon seit einiger Zeit waren die Vorzeichen beim Schlachten der Opfertiere nicht mehr günstig gewesen.

Auch Philipp war früh gestorben. Er wurde mit sechsundvierzig Jahren auf einer Hochzeit, die er ausschließlich zur Befestigung seiner Herrschaft und zu seiner Sicherheit arrangiert hatte, von einem jungen Leibwächter ermordet.

Alexander war im Begriff, ein Gott zu werden.

Bei einer makedonischen Party, das wußte Aristoteles aus

eigener Erfahrung, wurde der Wein nicht verdünnt, die Gemüter waren leidenschaftlich und roh, und wie die Geschichte ausgehen würde, wußte man nie.

Als im Jahre 323 v. Chr. die Nachricht von Alexanders Tod eintraf, erhob sich in Griechenland sofort eine Welle von anti-makedonischen Gefühlen. Athen wurde zum Zentrum der Revolte, und Aristoteles, der dort zwölf Jahre lang sein Lykeion gehabt hatte, wurde wegen Gottlosigkeit angeklagt.

Aristoteles floh. In Anspielung auf den Tod des Sokrates sagte er, er wolle den Athenern nicht Gelegenheit geben, sich zum zweitenmal an der Philosophie zu versündigen.

Was er damit meinte, war: er wollte sich nicht vor Gericht stellen lassen.

Aristoteles hatte während seines letzten Lebensjahres im Exil nicht mehr viel Respekt vor der Stadt, die sein ganzes Leben lang als Geburtsstätte der Literatur und des Wissens gerühmt worden war.

Abgesehen von den Dramatikern war keiner der großen Dichter Athener gewesen, keiner der großen Mathematiker und von den Philosophen nur zwei: Sokrates und Platon. Nur diese beiden Philosophen von Rang waren wirklich Athener gewesen. Der eine von ihnen hatte überhaupt nie geschrieben, und der andere fast nie im eigenen Namen.

Es war schon einigermaßen merkwürdig, daß ausgerechnet Aristoteles, der immer nach empirischen Beweisen gestrebt hatte, jetzt entscheiden sollte, wo das Denken des Sokrates aufgehört und das von Platon begonnen hatte. Er konnte oft einfach nur raten. Und Platon hatte die Sache nicht gerade einfacher gemacht, als er in seinem *Siebenten Brief* behauptete, eine von ihm verfaßte Abhandlung über seine eigenen Ideen gebe es nicht und werde es auch niemals geben!

Aber da kannte Aristoteles ihn schon genug, um zu wissen, daß dies eine Lüge war.

Es schien ihm nur zu offensichtlich, daß Platon, als er die

Gestalt des Sokrates im *Phaidon*, im *Symposion*, im *Timaios* und in der *Politeia* dramatisierte, seine eigenen abstrusen Theorien mit eingebracht hatte, Vorstellungen, die zu dem bescheidenen Sokrates gar nicht paßten und nur von Platon selbst stammen konnten.

Die Wahrheit sei ihm wichtiger als die Freundschaft, sagte Aristoteles stets, ehe er in seinem Lykeion die Werke seines früheren Lehrers diskutierte. Und er suchte damals auch schon mehr nach den Vorstellungen des Sokrates als nach denen von Platon, obwohl er nie sicher sein konnte, wessen es tatsächlich waren.

»An die Ideenlehre oder die Vorstellungen über die Seele, die Platon ihm in seinem *Phaidon* und *Symposion* unterstellt, hat Sokrates nie geglaubt«, erklärte Aristoteles seinen Studenten, während sie über das Gelände des Lykeions schritten. Und das stand auch in den zahlreichen Notizen zu seinen Vorlesungen, die Jahrhunderte später von anderen zusammengetragen und als seine Bücher veröffentlicht wurden.

Aber Aristoteles konnte sich gar nicht so sicher sein, denn zwischen der Geburt des Sokrates und seiner eigenen lag fast ein Jahrhundert. Sie waren sich niemals begegnet. Sokrates war fünfzehn Jahre vor der Geburt des Aristoteles hingerichtet worden, und als Aristoteles nach Athen kam, war jener schon dreißig Jahre tot. Der alte Mann war nur noch eine Erinnerung. Aber seine Würde, seine ruhige Vernunft und seine edle Güte am Tag seiner Hinrichtung, wie sie Platon am Anfang und Schluß des *Phaidon* beschreibt, wird niemand so leicht vergessen, der diesen Dialog je gelesen hat.

Aber Platon läßt keinen Zweifel daran, daß er selbst nicht dabei war.

Platon ist in seinen Dialogen nie anwesend.

Das einzige Mal, wo er selbst auftaucht, berichtet er nur seine Abwesenheit: Er sei krank zu Hause gewesen, am Tag dieses Todes, erklärt er.

Sokrates hinterließ kein einziges geschriebenes Wort. Wenn Platon nichts geschrieben hätte, wüßten wir wenig von Sokrates. Wenn er nicht über Sokrates geschrieben hätte, wüßten wir nichts über Platon.

Aber Platon war auch Geschworener beim Prozeß, läßt er Sokrates sagen, und vielleicht ist das sogar wahr.

Ein weiterer Geschworener war der Gerber Asklepios, der, als er unter Anklage gestellt und in nichtöffentlicher Sitzung verhört wurde, freimütig zugab, daß er seine Stimme zugunsten von Sokrates abgegeben habe, obwohl er wußte, daß diese wahrheitsgemäße Auskunft ihm schaden würde.

Anytos, Wortführer der Konservativen in beiden Prozessen und ebenso wie Asklepios eine wichtige Persönlichkeit im Lederhandel der Stadt, versicherte, es sei ihm völlig unverständlich, wie irgendein ehrlicher Kaufmann Athens den Tod eines Menschen wie Sokrates nicht wünschen könne.

»Du bist also entweder nicht ehrlich, oder du sagst nicht die Wahrheit.«

Man glaubte Asklepios nicht, als er sagte, das sei für ihn zu verwirrend, er könne das nicht verstehen.

Man hatte ihn im Verdacht, Verdacht erregen zu wollen.

Warum sagte er die Wahrheit – wenn er wirklich die Wahrheit gesagt hatte, als er behauptete, die Wahrheit sagen zu wollen?

Warum sollte ein Mann, der angeblich nichts zu verbergen hatte, sich weigern zu lügen?

Er habe nicht feststellen können, daß Sokrates irgend jemandem Schaden zugefügt habe.

Darum gehe es gar nicht, erwiderte Anytos gereizt. Asklepios habe mit seiner Stimme einen Mann schonen wollen, der schwerer Verbrechen angeklagt war.

Asklepios hatte Respekt vor Sokrates, weil dieser bei der Belagerung von Poteidaia, beim Debakel von Delion und schließlich auch beim Versuch, dem spartanischen General

Brasidas die Stadt Amphipolis wieder zu entreißen, seiner Vaterstadt als Soldat treu gedient hatte. Beim letzten Feldzug war Sokrates schon sechsundvierzig gewesen. Asklepios konnte keinen Nutzen darin sehen, einen Mann vor Gericht zu stellen und hinzurichten, der so alt wie Sokrates war.

Aristoteles erinnerte sich noch genau, was Sokrates angeblich sagte, als ihn die Richter verurteilt hatten, den Schierlingsbecher zu trinken. »Wenn ihr noch eine Weile gewartet hättet«, läßt Platon ihn sagen, »hättet ihr euer Ziel auf natürlichem Wege erreicht. Wie ihr seht, bin ich im Leben weit fortgeschritten und dem Tode schon nahe.«

Er war siebzig.

II.
Niederländisch

5

Titus war erst neun Monate alt, als Saskia starb. Rembrandt brauchte eine Frau unter seinem Dach, die sich um das Kind und das Haus kümmerte.

Wir wissen nicht, wie lange es dauerte, bis Geertghe Dircx, eine junge Witwe, die mit einem Trompeter verheiratet gewesen war, zum erstenmal mit ihm schlief, nachdem sie in seine Dienste getreten war, und wie bald danach sie anfing, die Schmuckstücke Saskias zu tragen, die Rembrandt ihr schenkte und die, wie man sagte, Titus gehörten.

Oder wie lange es dauerte, bis Saskias Verwandte dieses Verhältnis bemerkten und mißbilligten.

Zu diesen Verwandten gehörte auch Rembrandts Kunsthändler Hendrik van Uylenburgh, Saskias Cousin, in dessen Haus in der Breestraat Rembrandt einige Jahre gewohnt hatte.

Wir wissen hingegen genau, in welchem Jahr Geertghe ihn wegen eines gebrochenen Eheversprechens verklagte, nachdem er seine Gunst der nächsten Haushälterin, Hendrickje Stoffels, zugewandt hatte. Auch das Jahr, in dem Rembrandt sie mit Hilfe ihres Bruders wegen unmoralischen Lebenswandels und psychischer Labilität ins Zuchthaus brachte, gerade als ihre Klage gegen ihn einen gewissen Erfolg zeitigte, ist bekannt.

Das Gericht hatte Rembrandt verpflichtet, eine Unterhaltszahlung von jährlich zweihundert Gulden an Geertghe zu leisten.

Seine verzweifelten Bemühungen um eine außergerichtliche Einigung waren gescheitert: Rembrandt akzeptierte also den Richterspruch und ließ auch die Schmuckstücke auslösen, die Geertghe hatte verpfänden müssen, um leben zu können. Die Bedingung allerdings war, daß sie den Schmuck nicht erneut verpfänden und auch das Testament nicht mehr ändern durfte, das Titus als Erben des Schmuckes einsetzte. Das hätte eigentlich genügen müssen, um Saskias Verwandte zu beruhigen.

Geertghe verpfändete den Schmuck jedoch wieder.

Nach der *Nachtwache* dauerte es sechzehn Jahre, ehe Rembrandt erneut einen Auftrag für ein Gruppenbildnis erhielt, was möglicherweise ein Indiz dafür ist, wie feindselig dieses Gemälde aufgenommen worden war. Auf jeden Fall ist es ein Hinweis auf die Schwierigkeiten, die Rembrandt in Holland hatte.

Es ist nicht bekannt, daß Rembrandt Holland nach seiner Eheschließung noch einmal verließ.

Aristoteles, dessen Neigung zur Beobachtung und Klassifizierung, zum Vergleichen und Schlüsse ziehen unverändert erhalten geblieben war, entdeckte bald die Parallelen zwischen der Annäherung des Sokrates an seine Hinrichtung und der Annäherung Rembrandts an seinen Bankrott.

Für Aristoteles, der wegen seiner Schriften *Über die Seele, Über Sinneswahrnehmung und Sinnesobjekte, Über die Erinnerung und das Gedächtnis, Über Schlafen und Wachen, Über die Träume und Über Leben und Tod* als Vater der Psychologie gilt, schien es nicht besonders ungewöhnlich, daß manche Leute lieber den Tod erleiden als den finanziellen Ruin und viele den Selbstmord als Alternative zu beidem gewählt haben und immer noch wählen.

Aristoteles entdeckte auch gewisse Ähnlichkeiten zwischen dem Holland der Ewigen Union von Utrecht, in dem er gerade seine Auferstehung auf Leinwand erlebte, und jenem klassischen Athen, das vor seiner Geburt existiert und über das er soviel gehört, gelesen und geschrieben hatte. Auch Holland, diese ehrgeizige Nation von Seefahrern, die überall Monopole und Einflußsphären besaß, schien ständig im Streit mit jedermann auf dem Erdkreis zu liegen – ganz wie Athen seinerzeit.

Zu diesem Zeitpunkt war natürlich Abel Janszoon Tasman bereits in östlicher Richtung durch den Indischen Ozean in den Südpazifik gesegelt und hatte Neuseeland entdeckt, Australien umkreist, festgestellt, daß es ein Kontinent sei, und diesen Neuholland genannt. Die neue Handelsniederlassung der Republik der Niederlande plante er im Nordwesten des Südkontinents.

An der Ostküste Nordamerikas, auf der Europa gegenüberliegenden Seite des Nordatlantiks, gab es eine holländische Kolonie. Aus Angola, an der westafrikanischen Küste, holten sich die Holländer Sklaven, die sie gut auf den Zucker-Plantagen in Brasilien gebrauchen konnten, die sie den Portugiesen weggenommen hatten.

Im Getreidehandel mit Rußland waren sowohl Holland als auch Athen tätig: Die Holländer fuhren über die Ostsee, die Athener hingegen durch den Hellespont und den Bosporus nach Byzanz, einer griechischen Stadt, und von dort über das Schwarze Meer zur Krim, um Weizen, Reis und Gerste zu holen. Athen brauchte diese Getreideeinfuhren, um überleben zu können, und führte zahlreiche Kriege, um die Seewege offen zu halten.

Wenn die Preise anderswo höher waren, verkauften die athenischen Handelsherren das Getreide dort.

Es gab natürlich auch Unterschiede zwischen Rembrandt und Sokrates, über die ein anspruchsvoller Philosoph wie Aristoteles, der immerhin die Definition der Definitionen geprägt hatte, gar nicht hinwegsehen konnte.

Wie die meisten Athener, die nicht arbeiteten, verbrachte Sokrates den größten Teil des Tages im Freien.

Wie die meisten Holländer hörte Rembrandt fast nie auf zu arbeiten und blieb deshalb fast immer im Haus.

Das Wetter in den Niederlanden verführte nicht im gleichen Maße zu einem kommunikativen Freiluftleben wie das von Athen, welches durchschnittlich dreihundert Sonnentage im Jahr genießt.

In Holland hingegen gibt es die nicht.

Rembrandt arbeitete auf einem Dachboden, in dem es von Schülern wimmelte, die für den Kunstunterricht zahlten, den sie erhielten. Er lebte in einem Haus, das von oben bis unten mit eigenen und fremden Kunstwerken, ausgefallenen Kleidungsstücken, Waffen, Rüstungen und Dekorationen vollgestopft war, die er in den zwanzig Jahren, seit er nach Amsterdam gekommen war, mit fanatischem Eifer zusammengetragen hatte.

Bald würde alles, was Rembrandt besaß, zur Auktion kommen, auch die Büste Homers, die er vor den Augen von Aristoteles gerade abmalte und die von seinen Farben so erstaunlich zum Leben erweckt wurde.

Der Grieche hätte sich niemals träumen lassen, daß solche Wunder auf Leinwand überhaupt möglich sein könnten oder daß etwas so Bewegendes und Schönes von jemandem erschaffen werden könnte, der in jeder anderen Hinsicht so phantasielos und so banal war.

Sokrates und Platon wären da anderer Ansicht gewesen.

Die Malerei war in ihren Augen auch nur eine der mimetischen Künste, die sie als Imitationen von Imitationen äußerst abschätzig beurteilten. In der ersten seiner repressiven Utopien, der *Politeia,* verlangte Platon, die Malerei solle genauso wie die Literatur und die Musik einer strengen Zensur unterworfen werden, und in der zweiten, die er in den *Nomoi* umrissen hatte, sollten sie praktisch völlig verbannt werden.

Sokrates hätte laut gespottet über diese Leinwandnachbildung einer Kopie des Marmorbildes (oder war es überhaupt nur ein Gipsabguß?) eines Mannes, den niemand, von dem wir wissen, tatsächlich gesehen hat, und über dessen reale Existenz keinerlei schriftliche oder mündliche Zeugnisse vorliegen. Über das lange Gesicht von Aristoteles und über sein absurdes Gewand hätte Sokrates schallend gelacht.

Für Aristoteles dagegen war das Gemälde, deren Bestandteil er und Homer waren, inzwischen weit mehr als eine Imitation. Es hatte einen völlig einzigartigen Charakter, hatte nie zuvor existiert, nicht mal in Platons Reich der Ideen.

Aristoteles sah zu, wie der Künstler Olivbraun und Grün auf die Ärmel seines Chorhemdes auftrug, und doch waren die Ärmel immer noch weiß!

Rembrandt zog den trockenen, mit weiteren dunklen Tönen gesättigten Pinsel über die feuchte Farbe, und plötzlich waren üppig schimmernde Falten im Stoff des Gewandes. Auf die langen, schlanken Pinselstriche ließ er kurze, kräftige folgen, deren Borstenspuren die Oberflächen rauher und schwerer machten. Er setzte Aristoteles mit den Haaren eines ganz feinen Pinsels zärtlich Sorgenfalten auf die Stirn und Tränensäcke unter die Augen.

Er vertiefte und steigerte den Glanz des Schmucks mit weiteren dünnen Glasuren auf den üppigen Farbschichten. Mit kleinen Flecken Weiß brachte er das Gold der langen, schweren Kette zum Glänzen, die Aristoteles trug. Eine nachträgliche Inspiration veranlaßte ihn, auf der linken Seite einen treppenartigen Bücherstapel zu errichten, der dem Bild eine feste Begrenzung gab, die zuvor nicht dagewesen war und zugleich eine senkrechte Parallele zum Kopf und Hut von Aristoteles und der dazwischenstehenden Büste Homers bildete. Er schob den Anhänger mit dem Gesicht Alexanders mal hier- und mal dorthin, bis er schließlich genau dort an der Kette hing, wo er ihn hinhaben wollte. Und er konnte sich lange Zeit nicht entscheiden, wie groß die Hutkrempe sein sollte.

Für jemanden, der in der Antike die Alexanderbildnisse von Apelles bewundert hatte, war das, was Rembrandt mit der Büste Homers machte, eine unglaubliche Offenbarung.

Aristoteles wurde zum Zeugen einer wunderbaren Verwandlung: So glanzlos die Farbkleckse auf der Palette des Holländers waren, so lebendig und leuchtend waren die Glanzlichter auf der Büste Homers neben ihm! Rembrandt mischte das sahnige Weiß mit braunen Holzkohlefarben und gab der seelenlosen Büste damit einen Fleischton, der dem toten Homer unter der Hand des Aristoteles die ganze Wärme unsterblichen Lebens einhauchte. Er kleidete ihn mit einfachen, breiten Pinselstrichen und legte dann mit einigen dunkleren Brauntönen Falten in sein Gewand.

Wie jemand mit so geringer Begabung über solche genialen Fähigkeiten verfügen konnte, war dem Griechen ein Rätsel.

Aristoteles, versunken in seine Betrachtungen, sah Homer gar nicht an. Der augenlose Homer aber starrt Aristoteles an.

Aristoteles war so beeindruckt, daß er sich fragte, warum Rembrandt nicht Homer als Person statt als Marmorbild malte.

Rembrandt fand das eine gute Idee, und acht Jahre später, als Aristoteles längst in seinem sizilianischen Schloß ganz zu Hause war, schickte er Don Antonio Ruffo zusammen mit einer von diesem bestellten Halbfigur Alexanders ein halbvollendetes Bildnis Homers, wie er zwei Schreibern diktiert.

Ruffo schickte den Homer zurück, damit ihn Rembrandt zu Ende malen konnte, und beschwerte sich zugleich entrüstet darüber, daß die Leinwand des Alexanderbildes aus vier äußerst schlecht vernähten Stücken bestünde. Er war fest überzeugt, man habe ihm ein bereits existierendes Bild angedreht, das nur einen Alexanderkopf zeigte und nachträglich auf die vertraglich vereinbarte Größe gebracht worden war.

So wie wir Rembrandt kennen, können wir nicht bestätigen, daß Ruffo sich irrte.

Rembrandts schroffe Antwort auf diese Beschwerde seines Auftraggebers existiert nur in italienischer Übersetzung. Wenn jemand das Original zu finden oder zu fälschen verstünde, wäre es den Autographensammlern sicher viel wert.

Der *Alexander* hängt heute – möglicherweise – in Glasgow. Der *Homer* wurde später teilweise vom Feuer beschädigt und soweit beschnitten, daß nur noch die Hauptfigur und die Hand eines Schreibers zurückblieben. Er hängt heute im Mauritshuis in Den Haag.

Um sich den *Aristoteles* zu sichern, mußte das New Yorker Metropolitan Museum of Art das Cleveland Museum of Art und das Carnegie Institute of Art in Pittsburgh überbieten.

Sokrates und Rembrandt waren am Ende ihres Lebens beide arm.

Sokrates besaß nichts und schuldete nichts und war darüber nicht unglücklich.

Rembrandt war todunglücklich und elend.

Er nahm sich unrechtmäßiger Weise Geld aus der kleinen Erbschaft, welche die zweite Haushälterin, die seine Mätresse wurde, seiner Tochter hinterlassen hatte.

Titus starb ein Jahr vor Rembrandt. Das wenige, was er hinterließ, erbte seine schwangere Frau, die alsbald ihren Schwiegervater Rembrandt beschuldigte, einen Teil davon unterschlagen zu haben.

Eines der letzten Gemälde Rembrandts ist ein Selbstporträt, auf dem er lacht. Es kann einem das Herz zerreißen. Es könnte mit einem Spachtel gemalt sein. Es hängt in einem Museum in Köln.

Man könnte es für eine Million Dollar nicht kaufen.

In jüngeren Jahren hatte Sokrates immerhin soviel besessen, daß er als Hoplit in den Krieg ziehen konnte. Ein Hoplit war verpflichtet, sich seine Rüstung und seine Waffen selbst zu beschaffen. In seinen letzten Jahren hatte Sokrates dagegen nur noch wenig mehr als eine Frau und drei Kinder. Einem Freund gegenüber schätzte er, daß er, wenn er einen guten Käufer fände, für seinen gesamten Besitz, einschließlich des Hauses, allenfalls fünf Minen zu erwarten habe.

»Du führst ein Leben«, wurde ihm einmal gesagt, »das

selbst einen Sklaven dazu bringen würde, seinen Herrn zu verlassen. Du ißt und trinkst nur das Schlechteste. Das Gewand, das du trägst, ist jämmerlich, und du wechselst es nie, weder im Sommer noch im Winter. Und Schuhe oder eine Tunika trägst du auch nie.«

»Bitte versuche doch zu verstehen«, gab Sokrates zurück, »daß ich es für göttlich halte, keine Bedürfnisse zu haben.«

Er sagte, er fühle sich äußerst reich, wenn er über den Markt ginge, all die Dinge sähe, die es dort gebe, und gleichzeitig wisse, daß er sie nicht brauche.

Seine Einstellung gegenüber dem Reichtum ist einfacher zu bewundern, als zu teilen.

Über die Frau von Sokrates, Xanthippe, wird in wenig glaubhaften Quellen (z. B. in den *Leben und Meinungen der großen Philosophen* von Diogenes Laertius und in den *Sokratischen Schriften* des Xenophon) berichtet, sie sei eine übellaunige Person gewesen, die ihn sogar bis in die Markthallen verfolgte, wo er mit Freunden plauderte, ihm das Gewand von den Schultern zerrte und sich in aller Öffentlichkeit darüber beschwerte, daß nichts im Haus sei, nicht mal er selbst. Eine sittsame freigeborene Athenerin hätte sich niemals freiwillig außer Hauses begeben, und es war ein Zeichen ihrer erbärmlichen Not, daß die Frau des Sokrates keinen Sklaven hatte, den sie zum Markt hätte schicken können, um ihren Mann heimzurufen.

Als man ihn für schuldig befunden hatte, verlangten die Ankläger seinen Tod.

Auf sein Recht, eine geringere Strafe wie etwa Gefangenschaft oder Verbannung zu verlangen, verzichtete Sokrates.

Eine Geldstrafe, sagte er mit bitterer Ironie, komme wohl auch nicht in Frage. »Außer natürlich, ihr setzt die Strafe so niedrig an, daß ich sie bezahlen kann«, sagte er. »Ich könnte mir vielleicht eine Mine leisten. Deshalb möchte ich diese Strafe vorschlagen.«

Natürlich verurteilten sie ihn zum Tode.

Sokrates sprach auch davon, daß Freunde ihm vorgeschlagen hätten, eine Buße von dreißig Minen anzubieten, für die sie bürgen wollten, und dazu fand er sich auch am Ende bereit.

Die Athener verurteilten ihn trotzdem zum Tode.

Er war der einzige, dem das nichts auszumachen schien.

Ein Zufall des Kalenders schenkte ihm dreißig Tage. Als Freunde seine Flucht vorbereiteten, wollte er davon nichts hören.

Er wollte die Gesetze seiner Vaterstadt nicht brechen.

Gewisse Anspielungen in vier Stücken von Aristophanes, den *Wolken*, den *Wespen*, den *Vögeln* und den *Fröschen*, zeigen deutlich, daß Sokrates schon zu Lebzeiten so bekannt war, daß auch die breite Öffentlichkeit Witze über ihn verstand. Der Komödiendichter Eupolis schrieb über ihn: »Ich hasse Sokrates, der soviel versteht, außer wie man sich etwas zu essen beschafft.«

Niemand glaubte dem Gerber Asklepios, als er schwor, er habe mit Sokrates niemals gesprochen und kenne keine der Aussagen, für die er hingerichtet worden sei.

Die Ankläger des Sokrates kannten auch keine. Beim Prozeß hatten sie als Beweismittel nur ein einziges Beispiel genannt. Er habe behauptet, die Sonne bestünde aus Feuer und der Mond sei ein Steinklumpen.

Das seien doch wohlbekannte Lehren des Anaxagoras, spottete Sokrates in seiner Erwiderung, selbst Schuljungen würden es lächerlich finden, wenn er diese Theorien als seine eigenen ausgeben würde – ganz abgesehen davon natürlich, daß sie vollkommen absurd seien.

III.
Die Erfindung des Geldes

6

Die Erfindung des Geldes durch die Lyder im siebten Jahrhundert vor Christus brachte im Wirtschaftsleben der Völker dauerhafte Veränderungen hervor, die auch im Holland des 17. Jahrhunderts nach Christus noch kräftig ihre Wirkung zeigten und zum Beispiel den Maler Rembrandt van Rijn in die Lage versetzten, sein Haus in der Breestraat mit einer Anzahlung von nur zwölfhundert Gulden, zahlbar am Tag seines Einzugs, zu erwerben.

Sechs Monate später zahlte er noch mal zwölfhundert Gulden und weitere sechs Monate später achthundertfünfzig. Aber diese drei Zahlungen innerhalb von zwölf Monaten beliefen sich nur auf fünfundzwanzig Prozent der Gesamtsumme.

Der Rest sollte innerhalb der nächsten fünf oder sechs Jahre bezahlt werden, ganz wie Rembrandt es wünschte. Zuzüglich natürlich der handelsüblichen fünf Prozent Zinsen.

Der Gesamtpreis betrug dreizehntausend.

Rembrandt war überzeugt, er könne sich das Haus leisten.

Warum auch nicht?

In seinem ersten Jahr in Amsterdam hatte er mehr Aufträge gehabt und mehr Bilder gemalt als in seinem ganzen bisherigen Leben. Und die sieben Jahre, die seither vergangen waren, hatten sich als ähnlich lukrativ erwiesen.

Als er mit fünfundzwanzig nach Amsterdam kam, war er praktisch über Nacht zum beliebtesten Porträtisten der Stadt aufgestiegen. 1639, als er und Saskia das Haus kauften, hatte er unter anderem einige Bilder für den Palast des Prinzen Frederik

Hendrick von Oranien in Den Haag gemalt. Zwei seiner Gemälde waren im Besitz von König Charles I. von England, der im Jahre 1649 geköpft wurde, aber nicht wegen der Bilder.

Mit dreiunddreißig verdiente Rembrandt also unglaublich viel Geld. Warum sollte er daran zweifeln, daß es im Laufe der Jahre nicht immer noch mehr werden sollte?

Als er das Haus später aufgeben mußte, zog Rembrandt mit seiner Familie in eine Gegend von Amsterdam, wo er für ein Quartier, das immerhin groß genug war, um sein Atelier, Hendrickje, ihre gemeinsame Tochter, und Titus aufzunehmen, lediglich zweihundertfünfundzwanzig Gulden im Jahr zahlte.

Als sie 1639 das Haus kauften, waren er und Saskia fünf Jahre verheiratet. Saskia war schon Waise gewesen, als sie sich kennengelernt hatten. Obwohl sich acht Kinder das Erbe ihres Vaters hatten teilen müssen, war Saskias Mitgift zusammen mit Rembrandts frühem Wohlstand doch immerhin so beträchtlich, daß es ihnen mühelos gelang, den Neid von Verwandten zu wecken, die öffentlich behaupteten, mit seinen hohen Geldausgaben verschleudere das Ehepaar schamlos das Erbe der jungen Frau.

Außer ihrer Mitgift brachte Saskia in diese vielversprechende bürgerliche Ehe auch ihre gehobene gesellschaftliche Stellung mit ein, die Rembrandt sehr zu schätzen wußte und anderweitig wohl schwerlich erlangt hätte. Angesichts von Rembrandts notorischer Streitsucht und der Passivität, die wir Saskia zuschreiben, paßten beide wohl gut zusammen, und die Ehe war durchaus befriedigend, wenn man von Saskias zarter Gesundheit und dem Tod ihrer ersten drei Kinder absieht, die alle kurz nach der Geburt starben.

Es gibt keinerlei Hinweise darauf, daß irgend jemand in ihrer Familie Einspruch gegen Saskias Ehe mit dem Müllerssohn aus Leiden gehabt hätte, der ein gefeierter Maler in Amsterdam mit Kontakten zum Hof von Prinz Frederick Hendrick in Den Haag war, wo er sich allerdings, soweit sich das nachweisen läßt, nur höchst selten und dann nur als Maler aufhielt – wenn überhaupt.

Von seiten seiner Familie kam keine Äußerung, lediglich Rembrandts Mutter schickte aus Leiden die notwendige schriftliche Zustimmung, wobei sie anstelle ihrer Unterschrift ein X setzte.

Kein Mitglied seiner Familie nahm an der Hochzeit teil, aber vielleicht war auch niemand eingeladen.

Seit er nach Amsterdam gezogen war, herrschte zwischen Rembrandt und seiner Familie völliges Schweigen, außer wenn jemand starb, und es ist nicht bekannt, daß er je nach Leiden zurückgekehrt wäre. Zumindest zwei seiner Brüder lebten in jämmerlichster Armut, ehe er selbst sein Vermögen verlor.

Dabei hatte der junge Rembrandt, schon bevor er nach Amsterdam kam, genug Geld, um seinem Kunsthändler tausend Gulden zu leihen.

Tausend Gulden waren viel Geld für einen jungen Mann. Schon als Besitz und erst recht zum Verleihen.

Aber der Kredit war möglicherweise auch eine sehr gezielte Investition. Es war vermutlich Uylenburgh, der Rembrandt veranlaßte, nach Amsterdam zu ziehen, das viel größer als Leiden war und woher Rembrandts bisher wichtigste Aufträge kamen. In Amsterdam wohnte Rembrandt zumindest bis zu seiner Eheschließung bei Uylenburgh in der Breestraat, wo er sich bestimmt schon damals gern selbst ein Haus gekauft hätte. Saskia hat Rembrandt wahrscheinlich bei einem ihrer Besuche in Amsterdam im Hause ihres Cousins Uylenburgh kennengelernt. Rembrandt war nämlich bald zum prominentesten Bewohner des Hauses an der Breestraat geworden und die kulturelle Hauptattraktion der von Uylenburgh veranstalteten Gesellschaften.

Jetzt, mit siebenundvierzig, malte Rembrandt über ein Jahr lang für nur fünfhundert Gulden an dem Bild, das Aristoteles in Betrachtung Homers zeigte.

Hendrick van Uylenburgh war ein angesehener menonitischer Kaufmann in einer liberal gesonnenen Weltstadt und unterhielt gute persönliche und geschäftliche Beziehungen zu einflußreichen Persönlichkeiten in Amsterdam und anderswo, besonders zu solchen Leuten, die darüber zu befinden hatten, wie die öffentlichen Ämter Hollands besetzt wurden und welche Maler öffentliche und private Aufträge erhielten. Amsterdam war damals der größte und reichste Hafen der Welt.

Die große Hafenstadt Amsterdam lag allerdings gar nicht am Meer, sondern siebzig Meilen von der offenen Nordsee entfernt.

Rembrandts wohlangesehener Kunsthändler lieh sich Geld bei all seinen Künstlern, die genug davon hatten. Im Gegenzug empfahl er sie dann den Kaufleuten und sonstigen Honoratioren der Stadt, die eine reichlich sprudelnde Quelle für Aufträge darstellten.

Eine solche wichtige Persönlichkeit war auch Dr. Nicolaes Tulp.

Für Rembrandt war die auf 1632 datierte *Anatomie des Dr. Tulp* das spektakuläre Debüt in der neuen Stadt und bestätigte sofort den fabelhaften Ruf, der ihn begleitet hatte, als er ein Jahr zuvor aus Leiden eingetroffen war.

Rembrandt war jetzt sechsundzwanzig.

Sein dramatisches Gemälde, auf dem eine Gruppe von Chirurgen dabei zusieht, wie Dr. Tulp einen Arm seziert, ist ein außergewöhnliches, kühnes Meisterwerk, auf dem allerdings nahezu alles falsch ist.

Dr. Tulp hat beim Sezieren einer Leiche wohl schwerlich als erstes einen Arm aufgeschnitten, auch wenn er noch so gelehrt darüber doziert und die anderen an seinen Lippen hängen. Sektionen begannen damals wie heute in der Bauchhöhle, die auf dem Bild aber ganz unberührt ist.

Dic Männer, die Rembrandt gemalt hat, waren alle wohlhabende Mitglieder der Chirurgengilde, keineswegs Medizinstudenten, ja vielleicht nicht einmal Ärzte, und mit einer Ausnahme tut keiner von ihnen, was sie gerade getan haben, als Rembrandt sie porträtierte; nämlich für das Gemälde Modell zu stehen.

Die einzige ganz authentische Gestalt auf der *Anatomie des Dr. Tulp* ist ein Mann namens Adriaen 't Kint (Adrian das Kind), und der ist die Leiche.

Er war wegen gewaltsamen Raubes öffentlich gehängt worden. Er hatte einen Mantel gestohlen.

Dr. Tulp, ein hervorragender Gelehrter und Anatomieprofessor der Amsterdamer Chirurgengilde, Stadtrat und später viermal Bürgermeister, war der Sohn eines Tuchhändlers.

In der ersten Hälfte des 17. Jahrhunderts war es in Amsterdam keine Schande, wenn man der Sohn eines Tuchhändlers war.

Oder der Sohn eines Salz-, Herings-, Muskat-, Nelken-, Pfeffer-, Zimt-, Getreide-, Holz-, Tabak- oder Waffenhändlers. Oder der Sohn eines Geldhändlers, denn auch die gibt es früher oder später, wenn eine Kultur sich entwickelt.

Schon gegen Ende des Jahrhunderts allerdings hatten plötzlich alle Berufe, die mit der Herstellung von Stoffen, mit dem Räuchern, Salzen oder Versenden von Heringen oder irgendwelchen anderen konkreten Arbeiten oder Produkten zu tun hatten, ein gewisses soziales Stigma zu tragen. Und die reichen Kaufleute, Fabrikanten und Reeder in Amsterdam beschwerten sich, daß ihre noch wesentlich reicheren Würdenträger sich kaum noch im Handel oder in der Produktion engagierten, sondern ihre üppigen Einkünfte statt dessen aus dem Verpachten von Häusern, aus Landbesitz und Geldverleihen bezogen.

Aristoteles hatte das Geldverleihen gegen Zinsen als die schlimmste Perversion eingestuft, zu der dieses Zahlungsmittel benutzt werden konnte.

Eine neue Aristokratie entstand. Die Kinder der neuen

Klasse heirateten fast nur noch untereinander, so daß Geld immer wieder zu Geld kam. Sie begannen Sommerhäuser zu kaufen und kleideten sich exklusiv.

Als die kleinen Ladenbesitzer und Handwerker und ihre Frauen und Kinder sie nachzuahmen begannen, wurden alsbald Gesetze beantragt, wonach bestimmte Kleider der Oberklasse vorbehalten sein sollten.

Wenn zu viele Leute sich gleich kleideten, hieß es, sei es ja nicht mehr möglich festzustellen, wem man Höflichkeit schulde und wem nicht.

Diese Gesetze wurden schließlich zwar nicht verabschiedet, aber es ist unverkennbar, welche gesellschaftlichen Veränderungen, welche neuen Klassenschranken und welcher Standesdünkel sich dahinter verbargen.

Sobald die Lyder im siebten Jahrhundert vor Christus das Geld erfunden hatten, gab es auch die Möglichkeit von Profiten und Leute, die lieber Profite machen wollten als sonst irgendwas. Und sobald man mit Geld mehr Geld verdienen kann als mit sonst irgendwas, richten sich die Energien des Gemeinwesens in zunehmendem Maße auf die Vermehrung des Geldes, obwohl die Gemeinschaft das gar nicht braucht, zum Schaden all jener Dinge, die wir für unsere Gesundheit und unser Wohlbefinden brauchen und zur Besinnung. Sobald es mehr Geld als Dinge gibt, die man für das Geld kaufen kann, wird immer mehr Geld aufgewendet, um noch mehr Geld damit zu verdienen. Das Bankwesen wird überhandnehmen, die Zahl der Rechtsanwälte und Buchhalter wird größer, während die Organisation des Staates und seine militärische Kraft immer mehr abnehmen.

In dieser Finanzwelt geht es etlichen prächtig, aber die meisten können sich gleich aufhängen.

Wenn sich Hendrick van Uylenburgh für sein Geschäft Geld leihen mußte, stellte er seinen Gläubigern oder Teilhabern als Sicherheit in der Regel Gemälde von Rembrandt oder anderen Künstlern in Aussicht, wobei er sich ganz offensichtlich nicht scheute, sie auch verschiedenen Gläubigern gleich *mehrfach* als Sicherheit anzubieten.

Es gab freilich auch Gläubiger, denen van Uylenburgh Bilder als Sicherheit mit nach Hause gab, obwohl er ganz genau wußte, daß sie dort ohne jede Genehmigung und ohne jede Honorarzahlung an die Künstler kopiert wurden.

Uylenburgh gab auch die Platten von Radierungen und Kupferstichen als Pfand, ohne sich zu vergewissern, daß davon nicht Abzüge gemacht und verkauft wurden.

Rembrandt wiederum verkaufte die Platten einer Radierung an einen portugiesischen Juden und machte vor der Übergabe heimlich noch ein paar Abzüge, was die Vertragsbedingungen ausdrücklich verboten.

René Descartes – der als Vater der modernen Philosophie und Begründer der analytischen Geometrie gilt – kam 1628 nach Amsterdam, fast zur gleichen Zeit wie Rembrandt, und meinte, die Bewohner der Stadt seien so damit beschäftigt, ihren Reichtum zu mehren, daß er sein ganzes Leben dort zubringen könne, ohne daß es irgend jemand bemerkte.

Descartes verbrachte fast den ganzen Rest seines Lebens in Amsterdam, und Rembrandt bemerkte ihn nicht.

Als Rembrandt gerade einen Monat verheiratet war, bestellte er einen Rechtsanwalt, der verschiedene kleinere Summen eintreiben sollte, die Saskia in Friesland geschuldet wurden. Von da an bis zu seinem Tode vergingen keine zwei Jahre, in denen er nicht in irgendwelchem Streit über Geld steckte.

Als seine Haushälterin und Geliebte Hendrickje Stoffels vor den Kirchenrat zitiert und der »Hurerei mit dem Maler Rembrandt« beschuldigt wurde, erhielt auch Rembrandt selbst eine Vorladung. Er lehnte es ab zu erscheinen.

Noch während *Aristoteles bei der Betrachtung Homers* sich seiner Vollendung näherte, stand Hendrickje dem Maler nackt für sein Bild der Bathseba Modell, die über König Davids Brief grübelt. Auch für Rembrandts herrliches Bild einer Badenden, die mit geschürztem Hemd fast bis zu den Knien im Wasser steht, war Hendrickje das Modell.

Dieses schlichte Gemälde ist kaum mehr als eine Skizze in Ölfarben.

Aber für Aristoteles war seine Erschaffung ein Wunder. Staunend sah er zu, wie mit Hilfe eines Spachtels und einem geradezu prophetischen Gespür für die Möglichkeiten von Farbe, Form, Raum und Licht aus einer bloßen Idee die suggestive Festigkeit dieses Fleisches, die Substanz und Gestalt eines Menschen, die Schwerelosigkeit des weißen Rocks und schließlich noch der Umriß eines achtlos auf den Boden geworfenen roten Kleides entstanden.

Während Hendrickje nackt oder mit geschürztem Rock für Rembrandt Modell stand, senkte Aristoteles seinen Blick auf die Büste Homers. Daß Hendrickje im fünften Monat schwanger war, machte sie für den Philosophen nicht attraktiver und für den Kirchenrat nicht weniger schuldig.

In mindestens vier englischsprachigen Biographien des Malers wird über Rembrandt nichts Gutes gesagt, außer über sein Werk und über die Tatsache, daß er auf manchen seiner Bilder eine gewisse Sympathie für die Ostjuden gezeigt habe, die als arme Flüchtlinge vor den Kriegen in Deutschland und Polen nach Amsterdam gekommen waren und von den kultivierten sephardischen Juden und den meisten holländischen Calvinisten und Katholiken verachtet wurden.

Rembrandt war kein Bohemien.

Die drei Frauen in seinem Leben, von denen wir wissen, daß er intime Beziehungen mit ihnen hatte, Saskia, Geertghe und Hendrickje, haben alle in seinem Haushalt gelebt. Seine häuslichen und seine erotischen Arrangements waren praktisch identisch.

Es lag eine Ökonomie der Bewegung in diesen Beziehungen, die Aristoteles, dessen in der *Metaphysik* dargelegte Schöpfungstheorie davon ausgeht, daß ein Weltbeweger den Kosmos mit einem ersten Schöpfungsakt in Gang gesetzt und dann nie mehr zurückgeblickt habe, zwar durchaus anerkannte, aber nicht schätzte.

Rembrandt reist genauso ungern wie Sokrates, der Athen kaum je verließ.

Wir wissen nur von zwei Gelegenheiten, bei denen er Amsterdam verlassen hat: die eine Reise führte aus Anlaß seiner Eheschließung nach Friesland, die andere für irgendwelche Geschäfte nach Amsterdam. Wir können allerdings davon ausgehen, daß er gelegentlich aufs Land fuhr, denn es gibt einige unglaublich langweilige Landschaftsbilder von ihm, die manche Leute allerdings großartig finden.

Er hat auch auf einer Radierung einen auf einer Wiese hurenden Mönch abgebildet.

Er hat so jämmerliche Stilleben gemalt, daß die Leute, denen sie gehören, nicht zugeben wollen, daß sie in ihrem Besitz sind. Nicht eins ist bisher entdeckt worden.

Es wird erzählt, daß Rembrandts Schüler gelegentlich Münzen auf den Fußboden malten, um zu sehen, wie er sich danach bückte. Aber das sind anekdotische Streiche, wie sie Kunststudenten ihren Lehrern wohl überall spielen – oder gespielt haben wollen.

Wie andere holländische Künstler seiner Zeit ließ auch Rembrandt seine Schüler Kopien seiner Bilder anfertigen, die er verkaufte.

Je besser der Schüler, desto wertvoller die Kopie.

Je wertvoller die Kopien, desto wertvoller der Schüler.

Es gab Zeiten, in denen Rembrandt mit den Kopien seiner Schüler mehr Geld verdiente als mit den Originalbildern. Die Inventarliste eines Zeitgenossen zum Beispiel weist aus, daß er bei seinem Tod nur einen einzigen echten Rembrandt, aber sechs Kopien besaß.

In Paris gab es die vielgerühmte Sammlung des Bankiers und Kunstkenners Everard Jabach, die ausschließlich aus Kopien der Werke bestand, die ihm einmal gehört hatten. Dazu gehörte auch ein Selbstporträt von Rembrandt aus dem Jahre 1660, das ihn mit Malerstock, Palette und Pinseln vor der Staffelei zeigt. Das Original war später im Besitz von Ludwig XIV. und hängt heute im Louvre.

Die bemerkenswerte Kopiensammlung des französischen Bankiers ließe sich sicher auch heute noch für ein Vermögen verkaufen, wenn auch nur für ein Falschgeldvermögen.

Von Rembrandt sind uns etwa zweiundfünfzig Selbstporträts überliefert, wobei einige davon nicht von ihm sind. Es fällt zwar einigermaßen schwer, sich Selbstporträts vorzustellen, die nicht vom Dargestellten selbst stammen, aber sie sind nun mal da.

Es fällt wohl auch schwer, sich vorzustellen, daß die Holländer oder sonst irgendwer weiter herumgekommen waren als um die halbe Welt, aber sie waren es trotzdem.

Zenon von Elea jedenfalls hätte bestimmt gemerkt, daß die Vorstellung, jemand könne weiter weg sein als um die halbe Welt, paradox ist. Aber dazu hätte er zuerst wissen müssen, daß die Welt rund ist.

Zumindest vier der Kopien von Rembrandts Selbstporträts werden höher als die Originale geschätzt, die allerdings nirgendwo ausgestellt sind. Bei zwei dieser Kopien sind die Zeichnung und der Pinselstrich feiner als alles, was Rembrandt je geschaffen hat. Außer natürlich, die Kopien sind von Rembrandt und alle seine Originale von jemand anderem.

Das ist aber ziemlich unwahrscheinlich, sagt Schillig.

Als Rembrandt 1656 in Konkurs ging, betrugen seine Schulden insgesamt siebzehntausend Gulden, von denen er mehr als die Hälfte geliehen hatte, um das Haus zu retten, das er jetzt verlor. Eine seiner Gläubigerinnen war Geertghe Dircx, die nach fünfjährigem Zwangsaufenthalt in einer staatlichen

Anstalt, zu dem ihr Bruder und Rembrandt ihr verholfen hatten, jetzt Unterhalt verlangte. Geertghe starb allerdings, ehe sie auch nur einen Stüver erhielt.

Sie hätte aber womöglich auch dann keinen Stüver erhalten, wenn sie noch länger gelebt hätte.

Von allen Gläubigern erhielt nur ein einziger, ein Bürgermeister, den vollen Betrag, den Rembrandt ihm schuldete.

Seit der Erfindung des Geldes im siebten Jahrhundert vor Christus stand es den Leuten frei, sich, wie Rembrandt, gegen Zinsen Geld auszuleihen und sich zu verschulden.

Im alten Athen wurden Schuldner als Sklaven verkauft, wenn sie zahlungsunfähig waren, und ihre Frauen und Kinder mit ihnen. Kleinbauern mußten ihre Äcker verkaufen. Die Stadt teilte sich in Schuldner und Gläubiger, Arme und Reiche, auf.

Wo die Profitsucht zum Hauptmotiv wurde, waren Menschen ersetzbar und das öffentlich Wohl sekundär. Wozu brauchte man eine Arbeiterklasse, wenn es Sklaven genug gab? Warum sollte man Dinge mühsam selbst produzieren, die man billiger einführen konnte? Warum sollte man jemals billiger verkaufen, als der Markt hergab? Hundert Jahre vor Perikles verschifften die Großgrundbesitzer Athens ihr Getreide dorthin, wo die höchsten Preise bezahlt wurden, während die Bewohner der Stadt Hunger litten.

Es drohte eine Revolution.

Um einen Bürgerkrieg abzuwenden, wurde Solon, ein Großgrundbesitzer, zum Regierungschef ernannt.

Er schaffte die Sklaverei als Bestrafung für Zahlungsunfähigkeit ab.

Um den Getreidemangel zu beseitigen, verbot er den Export aller landwirtschaftlichen Produkte mit Ausnahme des Olivenöls, von dem es immer genug gab. (Daraufhin ließen die Großgrundbesitzer mehr Olivenbäume pflanzen und bauten weniger Getreide an.)

Einigen engen Freunden vertraute Solon an, er werde alle Schulden tilgen, aber einer Neuverteilung von Grund und Boden nicht zustimmen.

Daraufhin liehen seine Freunde sich Geld und kauften in aller Eile große Landgüter. Als die Schulden getilgt wurden, gehörte das Land ihnen.

Wir kennen Solon heute als weisen Gesetzgeber und möchten gern glauben, daß ihn persönlich kein Tadel traf.

Die Reichen waren empört, weil sie ihr Geld nicht zurückbekamen, die Armen, weil sie kein Land kriegten.

Solon schrieb auch Gedichte mit Versen wie diesen:

Beim Geld wird immer Wandel walten;
Die Tugend bleibt Dir stets erhalten.

Sie sind im Original fast genauso zum Kotzen.

Die Leute, die solche Dinge wie die Erfindung des Geldes durch die Lyder im siebten Jahrhundert vor Christus im Auge behielten, hatten keine Ahnung, daß sie im siebten Jh. v. Chr. lebten. Sokrates hingegen, der im fünften Jahrhundert vor Christus lebte (ein Jahr noch im nächsten), verteidigte sich vor Gericht, als *wäre* er Christus.

»Ich bin euch von Gott als Störenfried dieses Staates geschenkt worden«, erklärte er dem Gericht. »Und ich spreche hier nicht zu meinen Gunsten, wie ihr vielleicht denkt, sondern zu euren, damit ihr nicht gegen Gott sündigt, indem ihr mich verurteilt. Ich bin sein Geschenk an euch. Und wenn ihr mich tötet, werdet ihr nicht schnell einen Nachfolger finden.« Sein ganzes Leben hindurch ließ er die Geschworenen wissen, sei er der Empfänger einer übernatürlichen Stimme gewesen, deren Weisungen er nicht ignorieren dürfe. »Athener, ich liebe und ehre euch, aber ich werde Gott mehr gehorchen als euch.«

Es war zu spät, ihm diese Überzeugungen auszureden, die in den bevorstehenden Jahrhunderten des finsteren Mittelalters, als Platon begeistert studiert und Aristoteles wiederentdeckt und von Theologen wie Thomas von Aquin als der Philosoph schlechthin gefeiert wurde, unweigerlich dazu geführt hätten, daß er als Ketzer verbrannt worden wäre.

Andererseits war es aber zu früh, ihm von dem verrückten Lehrer in Amsterdam zu erzählen, der glaubte, daß Gott ihm befohlen habe, direkt aus dem Restaurant, wo er sein Mittagessen verspeist hatte, mit einem Sägemesser ins Rijksmuseum zu gehen – zur *Nachtwache.*

7

Als Sokrates fünfundsechzig war und Platon vierundzwanzig, kam es zu einer Blockade Athens. Die Schiffe, die den Hafen sperrten, hatte Persien bezahlt. Sie waren mit Spartanern bemannt, die in bitteren Niederlagen gegen die Athener gelernt hatten, wie man zur See Krieg führt. Auf der Landseite war der Belagerungsring wieder geschlossen, und die Bevölkerung drängte sich ein letztes Mal in diesem siebenundzwanzigjährigen Krieg hinter den Mauern zusammen.

Von den Statuen und Denkmälern auf den Plätzen und in den Tempeln waren die goldenen und silbernen Weihgeschenke heruntergeholt und zu Münzen geprägt worden. Die Stadt brauchte Geld, um den Krieg fortsetzen und die Lebensbedingungen damit noch schlechter machen zu können.

Und die ganze Zeit hindurch blühte das Theater.

Als Rembrandt siebenundvierzig war und seinen *Aristoteles* malte, war über die holländischen Küsten von den Engländern eine Blockade verhängt worden, die aufgrund ihrer früheren Niederlagen gegen die Holländer jetzt gelernt hatten, größere, besser bewaffnete Schiffe zu bauen und mittlerweile auch herausgefunden hatten, daß mit dem Seehandel mehr Geld zu verdienen war als mit Ackerbau und Viehzucht, was die Holländer früher schon von den Portugiesen gelernt hatten.

Das rückständige und leicht begriffsstutzige England war dahintergekommen, daß die Holländer mit den großen Heringsfängen vor den Küsten Schottlands und weiter südlich alljährlich riesige Profite machten. Außerdem war den Engländern aufgefallen, daß die Holländer an den ungefärbten Stoffen, die sie aus England importierten, um sie weiterzuverarbeiten und dann auf der ganzen Welt zu verkaufen, weitaus mehr verdienten als die Schafzüchter, Spinner und Weber in England.

Noch vor dem Ende des Jahrhunderts allerdings hatten die praktischen Holländer eingesehen, daß sie gegen Englands günstigere geographische Lage und größere Bevölkerung auf Dauer nicht konkurrieren konnten, und sich mit England verbündet. Ja, mehr noch: die praktischen Holländer gaben ihren ehemaligen Gegnern Unterricht im Finanz- und Versicherungswesen, indem sie die Bank von England, Lloyd's of London und die Londoner Börse organisierten und gleichzeitig den größten Teil ihres Kapitals zur Stärkung der englischen, statt der heimischen Wirtschaft einsetzten, womit sie wieder einmal bestätigten, daß Geld völlig anderen Gesetzen gehorcht als der Rest der Natur und nicht etwa dahin fließt, wo es am meisten gebraucht wird, sondern dahin, wo es sich am schnellsten vermehrt, frei von Loyalität und Nationalismus.

Die militärischen Auseinandersetzungen fanden sämtlich auf See statt, wobei die meisten Gefechte im Ärmelkanal ausgetragen wurden, den die holländischen Schiffe in der Regel passieren mußten, wenn sie nach Übersee wollten. Sichtbare Hinweise auf den Krieg gab es in der Stadt Amsterdam kaum.

Rembrandt, der ganz in seine Malerei und seine Probleme vertieft war, schien eine nachhaltige gedankliche Verbindung zwischen den trüben finanziellen Aussichten in der Stadt und den von den Holländern erlittenen Rückschlägen auf See nicht herstellen zu können.

Ein häufiger Besucher namens Jan Six mußte ihn immer wieder daran erinnern.

Von der jetzt schon sieben Jahre überfälligen Schuldenlast auf dem Haus waren, wie Rembrandt zugeben mußte, tausend Gulden nichtbezahlte Zinsen.

Aristoteles hielt den Mund. Geld gegen Zinsen zu verleihen sei widernatürlich, hatte er geschrieben, weil der dadurch gewonnene Profit nicht dem Austausch entspringe, zu dessen Erleichterung das Geld erfunden worden war.

»Ich könnte natürlich einfach das Haus verkaufen«, sagte Rembrandt.

Das Land befinde sich in einer schweren Rezession, sagte Six. Wenn Rembrandt jetzt sein Haus verkaufe, werde er vielleicht nicht mehr soviel dafür kriegen, wie er bezahlt habe.

»Es ist aber viel mehr wert.«

»Die Leute sind vorsichtiger beim Geldausgeben geworden«, sagte Six. »Das ist wahrscheinlich auch der Grund, warum die Besitzer der Hypothek jetzt bezahlt werden wollen.«

Six mußte es wissen. Seiner Familie gehörten Färbereien und Seidenspinnereien. Rembrandt hörte ihm unwillig zu. Aristoteles wußte auch nichts zu raten.

Six war jünger als Rembrandt. Er war ein gebildeter Mann mit ästhetischen Neigungen, der lebhaften Anteil am blühenden geistigen Leben der Stadt nahm. Er hatte selbst schon ein Stück mit dem Titel *Medea* verfaßt, und Rembrandt hatte eine Radierung beigesteuert.

Künstlerisch war das Werk befriedigend, aber die Konturen der Abzüge wurden bald immer unschärfer.

Ein Fehler des Druckers, sagte Rembrandt ungerechterweise. »Die Burschen können einfach nicht aufpassen.«

Ein paar Jahre zuvor hatte er eine Radierung gemacht, die Jan Six lesend darstellte, und damit einen Standard für diese Technik geschaffen, den in der Stadt sonst niemand erreichte. Rembrandt selbst erreichte ihn auch nie wieder, wir wissen aber nicht, ob er sich überhaupt die Zeit nahm, es zu versuchen.

Aber diese Radierung war auch nicht sehr haltbar gewesen.

»Ach, diese Drucker«, hatte Rembrandt gemurmelt und

damit dem Mann die Schuld gegeben, den Six beauftragt hatte, weitere Abzüge herzustellen. »Er hat nicht aufgepaßt und die Platte damit ruiniert.«

Obwohl er es besser wissen mußte, weigerte sich Rembrandt hartnäckig zu glauben, daß Radierungen für größere Auflagen nicht geeignet waren. Speziell bei diesem Porträt von Jan Six. Zusätzlich zu den mit Säure in die Platte geätzten Linien hatte Rembrandt mit einer Kaltnadel und einem Grabstichel direkt auf die Platte gezeichnet. Mit dieser Kombination der verschiedenen Techniken von Radierung, Gravur und Kaltnadel gelang es Rembrandt, die zahllosen Schattierungen besonders weich ineinanderfließen zu lassen, aber dafür wurden die Abzüge nach kurzer Zeit immer blasser.

Six beschwerte sich nicht. Rembrandts Verfahren schienen ihn sehr zu interessieren, und er kam in regelmäßigen Abständen ins Atelier, nur um die Veränderungen auf den Gemälden von Aristoteles, Bathseba und anderen zu verfolgen und zu erörtern. Fast ohne sich dessen bewußt zu werden, trat er dicht an die Staffeleien, um aus nächster Nähe zu sehen, mit welchen Mitteln Rembrandt die jeweils neue Wirkung erzielt hatte, und seine Beobachtungen faszinierten ihn von Mal zu Mal mehr.

»Wie ich sehe, habt Ihr ihn wieder verändert, stimmt's?« sagte er und meinte Aristoteles damit. Schon als rein optisches Phänomen, sagte er, sei es erstaunlich, daß man mit Hilfe von etwas Farbe und ein paar Borsten eine so glaubhafte Illusion und ein so überzeugendes Abbild eines in tiefes Nachdenken versunkenen Mannes zu schaffen vermöge.

»Vergeßt mein Messer und meine Finger nicht«, ergänzte Rembrandt mißlaunig und schob sich mit höflicher Bestimmtheit zwischen Six und die Staffelei. Er mochte seine Geheimnisse mit niemandem teilen.

»Ich möchte, daß Ihr mich malt«, sagte Six plötzlich. Und als Rembrandt sich abrupt zu ihm umdrehte, fügte er hastig hinzu: »Ganz in Eurer Manier, selbstverständlich.«

»In meiner Manier?« Der Künstler schien überrascht.

»Ich meine, ganz wie Ihr wollt. Ich hätte nichts dagegen, wenn es so wäre wie das hier.«

»Wie das hier? Das ist aber kein Porträt.«

»Ich habe auch nicht gesagt, daß ich ein Porträt möchte. Aber mir gefallen diese rauhe Struktur, die Schatten, das viele Schwarz und Eure breiten Pinselstriche. Ihr laßt keinen Zweifel daran, daß da ein Künstler am Werk war. Die Gegenwart des Künstlers ist mindestens genauso spürbar, wie die des Gegenstandes, nicht wahr?«

Rembrandt lachte in sich hinein. »Das will ich hoffen«, sagte er.

»Die Büste von Homer erkenne ich wieder«, sagte Jan Six und nickte. »Das Gewand des Mannes ist modern, oder? Das Hemd ist altertümlich, würde ich sagen. Hab' ich recht?«

Rembrandt wußte es nicht. Er hatte die Sachen bei einer Auktion gekauft.

»Ihr wißt es wirklich nicht? Ihr wollt es mir bloß nicht sagen, nicht wahr? Der Hut kommt mir unbekannt vor.«

»Ich habe ihn erfunden.«

»Ihr habt ihn geändert, nicht wahr? Ihr habt die Krempe noch breiter gemacht.«

»Das werde ich rückgängig machen. Er wird wieder kleiner.«

»Der Mann kommt mir fremd vor. Ist es jemand, den ich kennen sollte?«

»Aristoteles.«

»Er sieht aus wie ein Jude.«

Aristoteles warf ihm einen wütenden Blick zu, den Rembrandt mit etwas Firnis rasch wieder glattstrich.

»Er ist genauso, wie ich ihn haben will«, sagte Rembrandt. »Ein Freund von mir steht Modell.«

»In diesem Kostüm? Aristoteles?«

»Gefällt er Euch nicht?«

»Er sieht so traurig aus.«

»So sehe ich ihn. Er wird älter. Er weiß nicht, was er tun soll. Er ist ein antiker Philosoph und findet keine Beschäftigung mehr.«

»Ist das jetzt ein Gesicht auf dem Anhänger da?«

»Ja, ich male eins hin. Wessen Gesicht das ist, weiß ich allerdings auch nicht. Ich hab' die Medaille gekauft.«

»Sagt, es wäre Alexander der Große.«

»Warum?«

»Aristoteles hat ihn erzogen. Da wird man Eure Kenntnis der geschichtlichen Zusammenhänge loben. Was ist mit dem Gold in der Kette?«

»Ich mache sie dicker.«

»Wie schafft Ihr das bloß, daß es so echt aussieht?«

»Bitte tretet nicht so nah an die Leinwand. Sonst wird Euch vom Geruch der Farben noch schlecht!«

»Wieviel dicker wird die Kette noch werden?«

»So dick, wie ich sie haben will.«

»Und wie dick wird das sein?«

»Das weiß ich, wenn ich fertig bin.«

»Die Hände gefallen mir.«

»Ich würde Eure genauso malen. Wollt Ihre Eure genauso schlicht? Oder soll ich mehr Einzelheiten herausheben?«

»Ihr habt für beide bloß ein paar Pinselstriche gebraucht, oder? Trotzdem sind sie völlig natürlich und ruhig.«

»Bewegung ist nicht meine Stärke.«

»Ihr malt auch nie Leute, die essen und trinken.«

»Nicht sehr oft. Soll ich denn Heringsporträts malen?«

»Alle anderen malen gern Bilder von Leuten, die essen.«

»Ich mag lieber Leute, die einem in die Augen sehen. Jedesmal, wenn ich ein Bild fertig habe, auf dem etwas anderes drauf ist, gefällt es mir nicht so richtig.«

»Womit fangt Ihr bei einem Bild an? Wie entscheidet Ihr, was Ihr malen werdet?«

»Ich mache das so, wie ich es mache. Ich weiß nicht wie. Euch würde ich ganz anders malen. Als Dreiviertelfigur. Wie Ihr Euch gerade anzieht, um zu einem wichtigen Geschäft außer Hauses zu gehen. Mit einem Mantel und gerade im Begriff, Eure Handschuhe überzustreifen.«

»Ich werde die Geschäfte nicht übernehmen. Das habe ich bereits entschieden.«

»Dann werdet Ihr öffentliche Ämter bekleiden.«

»Ich weiß nicht genau, was ich will.«

»Dann werdet Ihr trotzdem Ämter bekleiden. Ihr braucht ja nicht viel zu tun. Eure Familie und Ihr selbst seid einfach zu wichtig. Und ich kann einflußreiche Freunde brauchen. Ich brauche wieder mehr Aufträge, um das Haus zu bezahlen. Ich glaube, Ihr solltet ein bißchen älter aussehen.«

»Bis dahin sehe ich sowieso älter aus.«

»Ich werde Euch noch älter aussehen lassen. Ich werde Euch so alt malen, wie Ihr aussehen werdet, wenn Ihr Stadtrat und Bürgermeister seid«, lächelte Rembrandt. Six runzelte die Stirn. Rembrandt legte seine Palette weg und lehnte seinen Malerstock an einen Stuhl. Schweigend betrachtete er sein künftiges Modell eine Minute lang über den Daumen, nickte und nickte noch einmal, während Six sich nicht rührte, ja, offenbar aufgehört hatte zu atmen. »Ich werde ein viel helleres Rot nehmen und ein anderes Gold. Vielleicht mache ich die Hände nur mit dem Palettenmesser. Ich werde das Messer durchziehen, ehe die Farben trocken sind«, sagte er. »Vielleicht benutze ich auch meine Finger.«

»Und dann ändert Ihr Eure Meinung.« Jan Six lachte leise. »Werdet Ihr mir auch Euer berüchtigtes großes Impasto zuteil werden lassen?« fragte er spaßhaft.

»Vielleicht gefällt Euch das gar nicht?«

»Es würde mich nicht weiter stören.«

»Ich verspreche Euch, so dick aufzutragen, daß die Farbe allein schon Euer Geld wert ist.«

»Und das Chiaroscuro, für das Ihr so berüchtigt seid, möchte ich auch, bitte.«

»Darüber machen ja die Leute schon Witze.«

»Vielleicht. Aber woher sollen die Leute sonst wissen, daß mich Rembrandt gemalt hat?«

»Es wird nicht unbedingt hübsch werden.«

»Haltet Ihr mich für jemanden, der hübsch aussehen will?«

Rembrandt seufzte voller Genugtuung. »Ich freue mich, daß es in Holland noch Leute gibt, die nicht bloß das Klassische wollen.« Seine Stimme schnarrte ein bißchen, als er das sagte.

»Ich gebe ein Gemälde in Auftrag, kein Bildchen.«

Rembrandt grunzte zufrieden. »Ich werde mehr Schwarz verwenden als hier. Ich werde dem Bild ein viel helleres Licht geben. Ich werde einen Hut für Euch erfinden, der viel schöner ist als der da.«

»Ich möchte mit einem meiner eigenen Hüte gemalt werden«, erklärte Six mit Bestimmtheit.

»Ihr werdet aussehen wie jemand, dem ich lieber kein Geld schulden möchte«, sagte Rembrandt listig lächelnd und trug auf die Kette des Aristoteles noch ein wenig Gold auf.

Aristoteles runzelte die Stirn: ein Kerl wie Rembrandt würde ihn wahnsinnig machen.

Rembrandt summte zufrieden vor sich hin, als Jan Six gegangen war. »Ich werde das Haus auf meinen Sohn überschreiben«, sagte er zu Aristoteles, als er von der Tür zurückkam, und betrachtete ihn mit herzlicher Freude. »Aber dann wird er ein Testament machen müssen, nicht wahr? Und der Nutznießer werde ich sein. Genau das würdest du mir doch auch raten, nicht wahr? Seht Ihr, Herr Philosoph, Ihr seid nicht der einzige schlaue Bursche hier! Nicht wahr?«

Aristoteles erbleichte. Mit einer Mischung von Weiß und Umbra wischte Rembrandt ihm alle Farbe aus dem Gesicht und verlängerte überdies noch die Schatten auf seinen Wangen.

Es gab Gerüchte über eine Hungersnot in Utrecht und Zeeland. Jan Six sei auch einer von denen, sagte Rembrandt zu Aristoteles, von denen er sich mit Sicherheit Geld leihen könne.

8

Für Aristoteles bei der Betrachtung Homers blieb die Tatsache, daß alle Welt ständig damit beschäftigt war, Geld zu verdienen, ein Rätsel. Er merkte allerdings gar nicht, daß er es nicht zu lösen vermochte. Er konnte nicht begreifen, daß Geld irgendwelchen eigenen Wert haben sollte. Es war doch nur ein Hilfsmittel beim Austausch von Waren. Er konnte sich gar nicht vorstellen, was Geld so interessant machen könnte, daß man deswegen auch nur eine einzige Nacht schlechter schlief.

Ein komplizierter Geist wie der von Aristoteles findet eben manche Dinge höchst problematisch, die schlichtere Gemüter einfach finden.

»Man kann nicht Geld an der Gemeinschaft verdienen und gleichzeitig erwarten, daß man geehrt wird«, hatte Aristoteles in seiner *Nikomachischen Ethik* geschrieben, als er noch in Athen war.

In Messina war er sich dessen schon nicht mehr so sicher.

In London und Paris kamen ihm ernsthafte Zweifel.

Aber erst in New York wußte er genau, daß er sich geirrt hatte; denn die Leute, die zum Ankauf des Gemäldes durch das Metropolitan Museum of Art beigetragen hatten, verdienten alle viel Geld an der Gemeinschaft, wurden aber außerdem auch in hohen Ehren gehalten, vor allem nach dem Erwerb des Gemäldes. Auf der Messingplatte, die neben dem Meisterwerk an der Wand hing, standen die Namen von Isaac D. Fletcher, Henry G. Keasbey, Stephen C. Clark, Charles B. Curtis, Harris B. Dick, Maria DeWitt Jesup, Henry G. Marquand, Joseph

Pulitzer, Alfred N. Punnett, Jacob S. Rogers, aber auch Robert Lehmann, Mrs. Charles Payson und Charles B. Wrightsman direkt neben denen von Rembrandt, Aristoteles und Homer.

Rembrandt machte bankrott, und Homer mußte betteln. Aristoteles hatte zwar genug Geld für Bücher, sein Lykeion und sein Museum, aber dieses Gemälde von sich hätte er nicht kaufen können.

Rembrandt konnte sich schon lange keinen Rembrandt mehr leisten.

IV.
»Ich bin der fremdeste aller Menschen.«

9

Der Prozeß des Sokrates fand in einer Demokratie statt. Hierüber war Platon entsetzt. Schon das kurze Schreckensregiment der Dreißig Tyrannen, die fünf Jahre zuvor nach einem Aufstand der Demokraten verjagt worden waren, hatte Platon empört; denn seine Onkel Kritias und Charmides hatten zu den schlimmsten der Dreißig gehört. Platon hatte es mehrfach abgelehnt, unter ihrer Herrschaft politisch tätig zu werden.

Da war er vierundzwanzig gewesen.

Er war neunundzwanzig, als Sokrates aufgrund der Anklagen, die der Geschäftsmann Anytos, der Dichter Meletos und der Redner Lykon vorgebracht hatten, hingerichtet wurde.

Die gesetzlose Herrschaft der Dreißig hatte Sokrates überlebt. Er war frei in der Stadt herumgegangen und dabei Sokrates geblieben. Nur einmal hatte man ihn verhaftet und verwarnt.

Der Tyrann Charikles brachte ihn zu Kritias, der sich aber nicht an die Zeit zu erinnern schien, als er mit Sokrates befreundet und mit ihm durch die Stadt gezogen war, um zu lernen.

Was er lernte, war die Kunst der Diskussion.

Was er nicht lernte, war, daß der Gegenstand der Diskussion nicht die Diskussion selbst ist.

Es sei gesetzlich verboten, sagte Kritias, Rhetorik zu lehren.

Sokrates sagte, er habe von einem solchen Gesetz nichts gewußt.

»Ich habe es gerade eben erlassen«, erwiderte Kritias. Er habe dabei speziell an Sokrates gedacht.

Er wisse nicht, protestierte Sokrates, was er mit Rhetorik zu tun haben solle. »Ich bin gern bereit, den Gesetzen zu folgen«, sagte er ernsthaft und mit gewohnter rhetorischer Präzision, »und ich möchte sie gern verstehen, damit ich sie nicht unwissentlich überschreite. Kannst du mir klare Weisungen geben? Hat die Rhetorik oder Redekunst, von der du verlangst, daß ich sie aufgeben soll, damit zu tun, ob vernünftig oder unvernünftig argumentiert wird?« Der Tyrann Kritias rollte bereits mit den Augen. »Wenn du die Redekunst meinst, die mit vernünftigen Argumenten zu tun hat, dann verbietest du mir, vernünftig zu denken. Wenn es mit unvernünftigen Argumenten zu tun hat, dann muß ich mir mehr Mühe geben, vernünftig zu argumentieren. Was soll ich deiner Meinung nach tun?«

Jetzt wurde Charikles grob. »Wenn du so unwissend bist, Sokrates, dann werden wir unsere Befehle so klar formulieren, daß auch du nicht mehr so tun kannst, als würdest du sie nicht verstehen. Von jetzt an darfst du überhaupt keine Gespräche mit der Jugend mehr führen.«

»Wohlan«, sagte Sokrates, »nennt mir das genaue Alter, bis zu dem ein Mann jung genannt werden soll, damit es über meinen Gehorsam keinerlei Unklarheit geben kann.«

»Solange er nicht im Rat sitzen darf«, sagte Charikles, »weil er noch nicht genug Weisheit besitzt. Von jetzt an wirst du mit niemandem mehr reden, der noch nicht dreißig ist.«

Sokrates nickte. »Nehmen wir einmal an«, sagte er, »ich will etwas kaufen. Darf ich den Verkäufer nicht nach dem Preis fragen, wenn er jünger als dreißig sein sollte?«

»Doch, doch«, sagte Charikles. »In solchen Fällen darfst du schon fragen. Aber du neigst dazu, Sokrates, Fragen zu stellen, auf die du die Antworten bereits kennst. Und das ist es, was du nicht mehr tun darfst.«

Sokrates war nicht im geringsten beleidigt über diese Beschreibung seiner Person. »Und wenn mich nun ein junger Mann etwas fragt, zum Beispiel ›Wo ist Kritias?‹ oder ›Weißt du, wo Charikles wohnt?‹, soll ich ihm dann Antwort geben oder nicht?«

»Ja«, sagte Charikles, »in solchen Fällen darfst du antworten.«

»Aber, Sokrates«, sagte Kritias, und seine Miene zeigte, daß er fand, seine Geduld sei schon über Gebühr strapaziert worden, »deine Lieblingsthemen mußt du vermeiden. Du weißt schon, diese ganzen Geschichten über Schuhmacher, Maurer und Schmiede, die angeblich den Staat lenken. Diese Gleichnisse haben sich abgenutzt, finde ich, und ich bin es leid, sie zu hören. Wie du weißt, habe ich dafür gesorgt, daß dein alter Freund Alkibiades umgebracht wurde. Bilde dir bloß nicht ein, daß ich vor dir haltmachen würde.«

Wäre Sokrates reicher gewesen, wäre es ihm vermutlich wesentlich schlechter ergangen, denn die Dreißig waren nicht bloß im klassischen Sinne Tyrannen, sondern auch im modernen.

Das Eigentum derer, die ihnen Widerstand leisteten, die ihre Handlungen kritisierten oder deren Reichtum ihre Begehrlichkeit weckte, rissen sie gierig an sich. Leute wurden wie Kriminelle verhaftet, ohne daß man ihnen sagte, warum, und erhielten den bekannten Befehl, den Schierlingsbecher zu trinken, ohne auch nur zu erfahren, wessen sie angeklagt waren.

Die Dreißig Tyrannen waren von Sparta eingesetzt worden, um eine neue Verfassung für die Athener zu schaffen und diese zu Vasallen der Sieger zu machen.

Die derart instruierte oligarchische Gruppe vom ultrarechten Flügel der Stadt bestand aus entschlossenen Feinden der Demokratie. Sie sahen gar nicht ein, warum sie eine Verfassung schaffen sollten, wenn sie die Staatsführung auch direkt an sich reißen konnten. Sie stürzten sich in eine Orgie willkürlicher Verfolgungen, Verhaftungen und Hinrichtungen und plünderten die Stadt nach Herzenslust aus. Vor allem wohlhabende, in Athen ansässige Ausländer waren betroffen. Es herrschte die Angst vor der überraschenden Verhaftung, dem plötzlichen Klopfen an der Tür, vor bezahlten Spitzeln und der Geheimpolizei.

Ein gemäßigter Angehöriger der Dreißig war hingerichtet worden, weil er sich gegen einzelne Grausamkeiten der Gruppe verwahrte, die er selbst eifrig mit organisiert hatte.

Während der achtmonatigen Herrschaft der Dreißig wurden fünfzehnhundert Menschen hingerichtet. Hunderte von Demokraten flohen ins Exil. Fünftausend Bürger, die nicht deutlich und hörbar genug die Politik der herrschenden Partei unterstützten, wurden nach Piräus deportiert: es gab einfach nicht genügend Platz in der Stadt für ein richtiges Konzentrationslager, es gab kein Land für Umsiedlungen in eine Strafkolonie oder sonst irgendein Gulag, es fehlten die Zeit, das Personal und unsere modernen technischen Anlagen, die man gebraucht hätte, um so viele so schnell zu ermorden, wie es die Dreißig gewollt hätten.

Deshalb zielte die Politik der Dreißig unter anderem darauf ab, möglichst alle Bewohner der Stadt zu ihren Komplizen zu machen, damit niemand sie später für Dinge verantwortlich machen könnte, an denen nicht alle mitschuldig waren.

Mitmachen oder abhauen, das war die Forderung der Dreißig an die Athener.

Anytos, einer der Ankläger des Sokrates, gehörte zu denjenigen, die bei den demokratischen Exilorganisationen in Theben Zuflucht gesucht hatten.

Sokrates gehörte zu denen, die blieben. Es schien ihm nicht wichtig zu sein, unter was für einer Regierung er lebte, solange es nur eine athenische war. Mangelhaft fand er sie alle.

Unweigerlich kam auch der Tag, wo er mit vier anderen vor Kritias zitiert wurde und den Befehl erhielt, Leon aus Salamis zur Hinrichtung zu holen.

»Und was sollen wir ihm sagen, wenn er fragt, welches Verbrechen ihm vorgeworfen wird?« verlangte Sokrates von Kritias zu wissen.

»Gar keins.«

»Kein Verbrechen? Wo ist dann die gesetzliche Autorität für das, was du uns befiehlst?«

»Es gibt kein Gesetz. Es hat kein Verbrechen gegeben. Die Autorität bin ich. Und ich will sein Eigentum haben. Bringt ihn gar nicht erst her. Bringt ihn direkt ins Gefängnis und sagt dem Führer der Elfmänner, daß er ihn hinrichten soll.«

Sokrates tat nichts dergleichen, sondern ging statt dessen nach Hause und wartete dort auf sein Schicksal. Was sein Ungehorsam ihm einbringen würde, wußte er nicht. Die anderen vier verhafteten Leon aus Salamis wie befohlen und brachten ihn ins Gefängnis, wo er vergiftet wurde.

Noch ehe Sokrates bestraft werden konnte, rückten die exilierten Athener in Attika ein. Der Aufstand der Demokraten rettete ihn. Kritias und Charmides, die Onkel von Platon, fielen im Straßenkampf in Piräus bei ihrem vergeblichen Angriff auf den Munychia-Hügel.

Die Ankunft des Friedens beendet in der Regel keineswegs die Gewaltanwendung des Krieges, und auch das Ende des Bürgerkriegs in Athen brachte kein Ende des Hasses und der Feindseligkeit, die ihn ausgelöst hatten.

In Eleusis, wohin sich die Überlebenden der Dreißig und ihre Anhänger flüchteten, wurde für Kritias und die anderen gefallenen Führer ein Epitaph verfaßt: *Zur Erinnerung an die tapferen Männer, die den übermäßig geschwollenen Stolz der verdammten athenischen Demokraten mit ihrer Lanze durchbohrt haben.*

Bis zum heutigen Tage gibt es Leute, die Kritias für den Besten aller Griechen halten; sein einziger Fehler sei gewesen, daß er nicht alle Demokraten umgebracht habe.

Zwischen der Gier und der Herrschsucht der Oligarchen und dem geschwollenen Stolz der verdammten militanten Demokraten konnte ein Denker wie Sokrates, der beide nicht mit besonderer Ehrfurcht behandelte, leicht zu Tode gequetscht werden. Auch ein Idealist wie Platon wußte offensichtlich nicht, wohin er sich wenden sollte, weshalb er sich in die einsame Innenwelt seines Denkens und die phantastische Illusion seiner diktatorischen Staatstheorie flüchtete.

Die Schreckensherrschaft der Oligarchen war zu Ende.

Es dauerte fünf Jahre, ehe Sokrates von Anytos, Meletos und Lykon vor Gericht geschleift wurde. In diesen fünf Jahren hatte er auch nichts anderes getan als das, was er sein ganzes Leben lang getan hatte, außer vielleicht, daß er Anytos darauf hingewiesen hatte, daß sein Sohn, in dem er eine starke Natur erkannt hatte, vielleicht mehr aus seinem Leben machen könnte, als in die väterliche Lederfabrikation einzutreten.

Dieser Affront gegenüber Anytos erklärt aber wohl kaum, warum so viele athenische Bürger so feindselig gegenüber Sokrates eingestellt waren.

Seine rücksichtslose Offenheit und sein ideologischer Nonkonformismus wären schon eher eine Erklärung.

Sokrates verteidigte sich vor Gericht mit dem Hinweis, er habe privat nie etwas anderes als öffentlich gesagt.

Das war möglicherweise genau das Problem.

»Ich bin stets der gleiche geblieben in allen Äußerungen und Handlungen, seien sie nun öffentlich gewesen oder privat, und ich habe nie jemandem Zugeständnisse gemacht, die gegen das Recht sind, auch denen nicht, die jetzt fälschlicherweise meine Schüler genannt werden«, sagte er, womit er auf die ihm unterstellte Verantwortlichkeit für die Erziehung von Kritias und Alkibiades und ihre spätere verbrecherische Politik anspielte. Er erwähnte gar nicht erst, daß Alkibiades schon sechsundvierzig war, als er ermordet wurde, und zum Zeitpunkt des Prozesses gegen Sokrates einundfünfzig gewesen wäre, oder daß Kritias mit siebenundfünfzig starb und mittlerweile einundsechzig gewesen wäre. »Ich bin ja eigentlich nie jemandes Lehrer gewesen«, fuhr er fort. »Wenn mir aber jemand zuhören wollte, gleichgültig ob jung oder alt, wenn ich redete, dann habe ich nie etwas dagegen gehabt. Ich habe auch kein Geld verlangt oder nur dann meine Gespräche geführt, wenn ich bezahlt wurde. Ich bin bereit, die Fragen von Reich und Arm zu beantworten, und ich bin genauso bereit, jedermann zuzuhören, der meine Fragen beantwortet. Ob sich nun aber jemand später als guter oder als böser Mensch erweist, kann man mir billigerweise nicht anlasten, denn ich habe niemals Unterricht erteilt und auch niemals welchen versprochen. Und wenn euch jemand erzählt, er habe etwas von mir gelernt oder gehört, was nicht alle Welt sonst auch gehört hat, dann seid versichert, er lügt. Ich bin fest überzeugt, nie jemandem wissentlich unrecht getan zu haben, und ich glaube, wenn es bei euch genauso wie bei anderen Völkern üblich wäre, die Verhandlungen über Kapitalverbrechen nicht an einem Tag abzuschließen, sondern sich mehrere Tage dafür Zeit zu lassen, dann würde es mir auch gelingen, euch davon zu überzeugen. Aber nach dem Gesetz müssen wir heute zu Ende kommen. In so kurzer Zeit wird es freilich nicht leicht sein, euch eure Vorurteile auszureden.«

Platon war tief beeindruckt. Als er alt war, dankte er seinem Schicksal dafür, daß er als Mensch und nicht als unvernünftiges Tier, als Grieche und nicht als Barbar auf die Welt gekommen war – und schließlich, daß seine Geburt in die Zeit des Sokrates gefallen war.

Anytos, der freiheitsliebende Kriegsheld, Lederhändler und hartnäckiger Verteidiger der Demokratie und traditioneller athenischer Werte, hielt es keineswegs für ein besonderes Glück, Zeitgenosse von Sokrates zu sein. Er war von seinem Sohn enttäuscht und machte dafür den Philosophen verantwortlich. Als dem jungen Mann nämlich von seinem Vater befohlen worden war, in die im Familienbesitz befindliche Gerberei einzutreten und nicht länger mit diesem übel beleumundeten, ungekämmten alten Bilderstürmer und Häretiker Sokrates an den Straßenecken zu stehen und müßige Diskussionen zu führen, hatte er sich dem Alkohol ergeben und war völlig verkommen.

In der Familie des Anytos war daraufhin ein logisches Problem aufgetaucht: Waren nun Anytos, Sokrates oder beide daran schuld, daß sich der Jüngling so wenig fürs Ledergeschäft und so intensiv für Philosophie interessierte?

Anytos fand darauf folgende Antwort: Zusammen mit zwei anderen nahm er sich vor, Sokrates schwerer Verbrechen zu beschuldigen, ohne daß die Anklage sonderlich ernst gemeint war. Er erwartete nämlich, daß Sokrates genauso wie viele andere lieber aus Athen fliehen würde, als den Prozeß abzuwarten.

Der Dichter Meletos sollte das große Wort führen; schließlich hatte Sokrates auch die Dichtkunst verspottet.

Der Redner Lykon würde die Anklage aufsetzen; denn Sokrates hatte die Rhetorik verurteilt.

»Wer wird unsere Strafen bezahlen, wenn wir weniger als ein Drittel der Geschworenen überzeugen?« fragte der Dichter Meletos.

»Ja, wer?« fragte Lykon, der Redner.

Anytos würde bezahlen.

»Sokrates ist ein schlechter Redner«, prahlte Lykon. »Und weil er kein Heuchler sein will, wird er auch keine Verteidigungsrede vorlesen, die jemand anderes aufgesetzt hat. Jeder von uns muß deshalb damit anfangen oder aufhören, daß wir seine rednerischen Fähigkeiten rühmen und die Geschworenen warnen, sich davon nicht täuschen zu lassen.«

Die Anklage, die sie gegen Sokrates, den Sohn des Sophroniskos aus Alopeke, erhoben, bestand aus drei Sätzen:

Sokrates ist schuldig, die Götter des Staatskults nicht anzuerkennen und andere, fremde Götter einführen zu wollen.

Es war seinen drei Anklägern gleichgültig, daß Sokrates nicht nur in seinem Haus, sondern auch an den Altären der öffentlichen Tempel häufig genug opferte, daß er sich auf göttliche Eingebungen berief, weder in Worten noch in Handlungen gegen Pietät und Religion verstieß und Dichter wie Homer und Hesiod kritisiert hatte, weil sie unwürdige Geschichten über die Götter erzählten. Zur Abrundung fügten sie noch einen zweiten Anklagepunkt hinzu, der vor allem dem Lederhändler Anytos besonders schändlich und unverzeihlich erschien: Aufklärung.

Sokrates verdirbt die Jugend.

Anytos war entzückt darüber, wie Lykon diesen Anklagepunkt formuliert hatte, und beschloß gleichzeitig, ihm nie mehr zu trauen.

Hätten sie den Sohn von Anytos beim Namen genannt, wäre die Beschuldigung nicht Gegenstand eines Straf-, sondern eines Zivilverfahrens geworden. Dadurch aber, daß sie schlauerweise keine Namen nannten, brachten die Ankläger die stummen Schatten des Tyrannen Kritias und des Verräters Alkibiades in den Gerichtssaal.

Es wird die Todesstrafe beantragt.

10

Er sei der fremdeste aller Menschen, sagte er, und es sei ihm durchaus bewußt, daß er die Menschen oft dahin brachte, daß sie nicht mehr vor und zurück wußten.

In einem berühmten Streitgespräch hatte er, als er noch jung war, den berühmten Sophisten Protagoras mit den Worten verspottet: »O Protagoras, ich bin ein vergeßlicher Mensch, und wenn jemand so lange spricht, vergesse ich ganz, wovon er eigentlich redet.«

In der *Politeia* empört sich Thrasymachos von Chalkedon über ihn: »Ich finde, wenn man wissen will, was Gerechtigkeit ist, sollte man nicht nur fragen, sondern auch antworten, und nicht nur darin Ehre suchen, daß man einen Widersacher widerlegt; denn es gibt viele, die fragen können, aber nicht antworten. Aber Sokrates weigert sich, Antworten zu geben, und zerpflückt die Antworten anderer mit seinen Fragen.«

»Ich weiß eben nichts«, sagte Sokrates unschuldig. »Ich weiß nicht, was Gerechtigkeit ist, und deshalb weiß ich auch nicht, ob es eine Tugend ist oder nicht, und ich kann auch nicht sagen, ob ein gerechter Mann glücklich ist oder nicht.«

Zu wissen, daß man etwas nicht weiß, heißt schon sehr viel wissen.

Weisheit besteht darin, zu wissen, daß es diese nicht gibt.

Natürlich wollte nie jemand glauben, daß er es ehrlich meinte, wenn er Unwissenheit vortäuschte. Der Mensch ist ein soziales und politisches Wesen, und eine phantastische Antwort ist ihm allemal lieber als gar keine.

»Kann Tugend gelehrt werden, oder kann man sie nur in der Praxis erwerben?« fragte Menon. Worauf Sokrates fragte: »Was ist Tugend?« Daraufhin mußte Menon voller Bewunderung zugeben: »Bevor ich dich kannte, wurde mir gesagt, daß du dich und andere ständig verwirrst. Du bist, wenn ich mal so sagen darf, sowohl äußerlich als auch sonst ein echtes Abbild des Zitterrochens, der jeden lähmt, der ihm zu nahekommt und ihn berührt. Das ist es wohl auch, was du mit mir gemacht hast, glaube ich. Mein Geist und meine Zunge sind gelähmt, und ich weiß nicht, was ich dir antworten soll. Ich habe in der Vergangenheit zahllose Vorträge über die Tugend gehalten – und ich dachte, es seien ausgezeichnete Vorträge –, aber jetzt kann ich noch nicht einmal sagen, was Tugend überhaupt ist.«

»Nie kriegt man eine direkte Antwort von ihm«, sagte Xanthippe, die Frau des Sokrates, zu Alkibiades, der furchtlos und teuflisch genug war, sie zu fragen, ob denn wahr sei, was er über sie und Sokrates gehört habe. Xanthippe wollte aber weder bestätigen noch dementieren, daß sie über dem Kopf ihres Mannes ein Nachtgeschirr ausgeleert hatte.

»Du weißt nicht, wie er wirklich ist«, sagte sie.

»Erzähl's mir.«

»Wenn man ihn etwas fragt«, fuhr Xanthippe wütend fort, »will er wissen, was man gemeint hat. Wenn man ihn bittet, etwas zu tun, tut er so, als verstünde er nicht, und verlangt, man solle es ihm erklären. Und wenn man's erklärt hat, verlangt er noch mehr Erklärungen. Und wenn man denkt, man hätte endgültig alles erklärt, fragt er noch etwas anderes und läßt einen weiter erklären.« Alkibiades hatte keine Schwierigkeiten, ihr zu glauben. »Du mußt dir bloß mal vorstellen, was ich jedesmal durchmachen muß, ehe er bereit ist, den Müll rauszubringen! Als erstes fragt er, was Müll ist. Und wenn ich's ihm sage, tut er so, als wäre er taub und kapierte nicht, was ich will. Wenn ich ihm sage, er wäre blöd, erklärt er, ich wäre eine Sophistin. Versuch mal, ihn dazu zu kriegen, daß er einen Nachttopf ausleert!

Am Ende muß man ihm *zeigen,* wie's geht!« Und mit seinen ewigen Gleichnissen aus dem Leben der Schuhmacher, Hirten, Ärzte und Maurer treibe er sie noch in den Wahnsinn.

Freunden, die ihn fragten, warum er Xanthippe nicht an die Luft setze, erklärte Sokrates, wenn man mit der schwierigsten und unverträglichsten aller Frauen zusammenlebe, sei das ein hervorragendes Training für die Auseinandersetzung mit der realen Welt. Wenn er Xanthippe aushalten könne, habe er mit dem Rest der Welt bestimmt keine Probleme. Und dann fügte er noch eine jener hausbackenen Analogien hinzu, über die seine Frau so geklagt hatte: Ein Reiter, der sich üben wolle, behauptete er, würde auch immer das schwierigste Pferd wählen, weil er dann mit den fügsameren keine Probleme mehr hätte.

Sokrates liebte Beispiele mit Reitern, Hirten, Flickschustern und Ärzten, und seine Analogien, das hatte Aristoteles gleich bei der ersten Lektüre Platons festgestellt, waren oft haarsträubend.

»Oft genug habe ich mir gewünscht, er wäre nicht mehr am Leben«, sagte sein Freund Alkibiades im *Symposion,* während seiner stark vom Alkohol beeinflußten Lobrede auf Sokrates.

Bis ins Mannesalter war der schöne, verwegene Alkibiades eine der elegantesten, aber auch aufreizendsten Erscheinungen in Athen. Sein Stil war der Jugend ein Vorbild, während die Alten sich mächtig darüber ärgerten. Sein Sohn und die anderen jungen Leute imitierten seinen Gang, seine extravagante Kleidung und sogar sein Lispeln. Er sah gut aus, er war reich und von aristokratischer Herkunft. Die Damen stellten ihm nach, und die Männer verwöhnten ihn, wo sie nur konnten. Er wurde noch reicher durch die Ehe mit einer ehrbaren Frau, die er allerdings regelmäßig betrog, meist mit den Hetären der Stadt, jenen ionischen Prostituierten, die mit einer Erziehung und gesellschaftlichen Fähigkeiten begabt waren, die den Athenerinnen verwehrt blieben. (Aspasia, die berühmte Gefährtin des Perikles, wurde unter anderem deshalb gerühmt, weil sie eines der berühmtesten Hetärenhäuser Athens führte.) In ganz Athen war niemand so stolz, so eitel und so arrogant wie Alkibiades, niemand hielt sich weniger an die Etikette, niemand drückte seine Gefühle auffälliger aus, niemand war so selbstsicher und niemand so wenig bereit zu bereuen.

Auch zu der Party, auf der er seine große Lobrede auf Sokrates hielt, war Alkibiades gar nicht eingeladen gewesen. Er hatte sich vielmehr laut polternd und sturzbetrunken zu später Stunde noch Einlaß verschafft. »Ohne daß er irgend etwas tun muß«, bekannte er, »bringt es Sokrates so weit, daß ich mich meines Tuns und meiner Schwäche gegenüber den Versuchungen der Popularität schäme. Er zwingt mich zu dem Geständnis, daß ich nicht so leben sollte, wie ich lebe. Aber sobald ich von ihm fort bin, erliege ich wieder meiner Geltungssucht und meinem Ehrgeiz. Deshalb flüchte ich vor ihm wie ein Feigling, jedesmal wenn ich ihn sehe.«

Sokrates war häßlich, mit vorstehenden Augen, dicken Lippen und einer flachen Nase. Er watschelte wie ein Pelikan und glotzte ziemlich schamlos herum. Er sähe aus wie ein Satyr, sagte Alkibiades in seiner Lobrede.

Sokrates war häßlich, und das in einer Gesellschaft, in der das Äußere von Männern sehr wichtig war. Jünglinge wurden wegen ihrer Schönheit gerühmt und außergewöhnliche junge Männer wie Alkibiades, Agathon oder Euthydemos wegen ihrer hübschen Gesichter, ihrer Sportlichtkeit und ihrer dichterischen Fähigkeiten geliebt und bewundert.

Alkibiades, der schönste und begehrteste junge Mann seiner Generation, dem so viele sklavisch ergeben waren, zeigte sich denn auch sehr gekränkt darüber, daß ihm Sokrates nicht auch, wie viele andere ältere Männer, den Hof machte. Verwirrt und wider Willen beeindruckt, vertauschte er deshalb die konventionellen Rollen, machte sich selbst zum Liebenden und Sokrates zum Geliebten, dessen exzentrisches Verhalten sein Begehren und seine Neugier zugleich weckte und dessen sexuelle Gunst er mit allerlei Verführungskunst zu erlangen versuchte. In seiner Lobrede gestand er ein, daß er damit gescheitert war. Aber, so sagte er, gerade aus dieser Niederlage sei in ihm ein übermächtiger Respekt vor dem Charakter, der Selbstkontrolle und dem Mut dieses Mannes entstanden, den er anfangs mißverstanden und damit auch unterschätzt habe.

»Das Wunderbare an ihm ist«, sagte Alkibiades, »daß er wie kein anderer Mensch in der Vergangenheit oder Gegenwart ist. Achilles läßt sich mit Brasidas vergleichen, Perikles mit Nestor oder Antenor, und auch für andere berühmte Männer gibt es genug Parallelen. Aber Sokrates ist so außergewöhnlich in seinem Wesen und seinen Reden, daß man bei allem Suchen keinen zweiten findet, der ihm auch nur annähernd ähnlich ist, weder in der Vergangenheit noch in der Gegenwart.«

Als Alkibiades achtzehn war, hatten die beiden gemeinsam als Infanteristen an der Belagerung von Poteidaia auf der Halbinsel Chalkidike teilgenommen. Alkibiades wurde verwundet, und Sokrates rettete ihm das Leben – »ich war verwundet, aber er wollte mich nicht im Stich lassen, sondern brachte meine Waffen und mich selbst in Sicherheit« – eine mutige Handlung, die zwar seinerzeit sehr gelobt worden war, Sokrates aber nicht mehr sonderlich zugute gehalten wurde, nachdem Alkibiades zunächst zu den Spartanern und dann zu den Persern übergelaufen war und deshalb gehaßt und gefürchtet wurde.

Das Ehrenzeichen nach der Schlacht wurde wegen seines höheren Ranges dem Alkibiades verliehen, obwohl er energisch verlangte, es solle Sokrates zuerkannt werden, weil allein er es verdient habe. Sokrates wiederum drängte seinen Freund, er solle die Auszeichnung ruhig annehmen.

»Er war mehr noch als die Feldherren selbst dafür, daß ich den Preis erhalten solle und nicht er. Und das kann er auch heute nicht leugnen, wo er wieder dasitzt und mir mit diesem Satyrgesicht zuhört. Sage ich nicht die Wahrheit? Seht, er schweigt und scheint zu erröten.«

Eine Auszeichnung wegen Tapferkeit war natürlich eine große Ehre, allerdings eine von denen, die für diejenigen, die sie verleihen, noch größer ist als für diejenigen, die sie empfangen. Und natürlich war es viel ehrenhafter, sie nicht Sokrates, sondern einem gutaussehenden Jüngling von edler Abkunft wie Alkibiades zu verleihen, der als Mündel im Hause seines Onkels Perikles erzogen worden war, nachdem sein aristokratischer Vater in der großen Schlacht von Koroneia den Heldentod gefunden hatte.

Koroneia war eine der großen Schlachten, die Athen verlor.

Die Leute zu Hause konnten stolz darauf sein, daß der strahlende Alkibiades das Ehrenzeichen erhalten hatte, und, selbst geehrt, gern bestätigen, es sei in der Tat eine Ehre.

Hätte Sokrates das Ehrenzeichen erhalten, wäre das eine Überraschung gewesen.

Die Leute hätten die Schultern gezuckt und sich gefragt, was das denn solle.

Es ist nicht sehr bedeutsam, eine bedeutende Auszeichnung jemandem ohne Bedeutung zu geben.

In seiner Lobrede erzählte Alkibiades auch, wie Sokrates beim Feldzug gegen Poteidaia barfuß durch Eis und Schnee gestapft war und trotz der Winterkälte keinen anderen Mantel anzog als sonst. Und wie die anderen Soldaten ihm feindselige Blicke zugeworfen hätten, weil sie glaubten, er mache sich über sie lustig.

Alkibiades bestätigte, was andere Freunde ebenfalls wußten: Sokrates fiel manchmal in eine Art Trance und konnte stundenlang bewegungslos dastehen, wenn er nachdachte.

Auch während des Feldzugs war Sokrates einmal am frühen Morgen, in irgendeinen Gedanken versunken, auf freiem

Feld stehengeblieben. Gegen Mittag sprach sich herum, daß er seit Tagesanbruch auf ein und demselben Fleck stünde. Die ersten Neugierigen kamen. Am Abend trugen einige der ionischen Soldaten ihre Strohsäcke ins Freie, um zu sehen, wie lange es Sokrates wohl noch aushalten würde. Aber noch während sie ihn beobachteten, wurden sie müde. Tatsächlich blieb er die ganze Nacht hindurch stehen. Erst im Morgengrauen rührte er sich. Als es hell wurde, richtete er ein Gebet an die Sonne und ging.

Heute nennt man diesen Zustand Katalepsie.

Und die überirdische Stimme, auf die sich Sokrates in seiner Verteidigungsrede berief, würden wir eine akustische Halluzination nennen.

Acht Jahre nach der Belagerung von Poteidaia kam es beim Feldzug der Athener gegen die Böotier zur Schlacht von Delion, einer weiteren verheerenden Niederlage Athens, die Perikles dazu veranlaßte, endgültig auf seinen großartigen Traum zu verzichten, aus Athen eine Landmacht zu machen. Diesmal war Alkibiades bei der Kavallerie und, wie er sagte, relativ sicher. Vom Rücken seines Pferdes aus konnte er Sokrates gut beobachten, als die Fußsoldaten den Rückzug antraten. Sokrates marschierte mit so entschlossener Gelassenheit aus der Schlacht, daß die nachsetzenden Böotier zurückschreckten, wenn sie ihn sahen, und ihm lieber nicht zu nahe kamen. Statt dessen verfolgten sie diejenigen, die in kopfloser Panik davonrannten und aussahen, als würden sie sich nicht wehren.

»Ich muß euch vor Sokrates warnen«, sagte Alkibiades mit der Munterkeit des Betrunkenen. »Ihr seht ja, daß Sokrates in die schönen jungen Männer verliebt ist und daß er stets in ihrer Gesellschaft anzutreffen ist. Seht nur, wie mühelos es ihm gelungen ist, einen Vorwand zu finden, um Agathon auf sein Lager zu ziehen. Aber gerade deshalb muß ich dich warnen, daß du dich nicht von ihm täuschen läßt, Agathon. Denn das ist das

Besondere bei ihm: Sokrates verstellt sich und treibt sein Spiel mit den Menschen. Man muß wissen, daß es gar keinen Eindruck auf ihn macht, ob einer schön oder reich ist oder sonst einen der Vorzüge besitzt, die die Leute so schätzen. In seinen Augen sind diese Dinge alle nichts wert, und auch wir gelten mit alledem bei ihm nichts. Und nicht nur mir hat er das angetan. Auch bei anderen hat er den Liebenden gespielt und wurde am Ende doch der Geliebte. Lernt aus meinen Erfahrungen und hütet euch vor ihm.«

Vielleicht sollte man an dieser Stelle daran erinnern, daß die Frau des Alkibiades die Scheidung verlangt hatte, weil er zuviel Zeit im Bett mit anderen Frauen verbrachte. Als sie dem Gericht jedoch ihren Fall eben vortragen wollte, stolzierte ihr Gemahl herein, schnappte sie sich und trug sie nach Hause, wo die ehrbare Frau des Alkibiades seiner Meinung nach hingehörte.

Das Scheidungsrecht in Athen war für die Frauen nicht all zu günstig.

Als die demokratischen Athener die neutrale Stadt Melos plünderten, brachte Alkibiades eine schöne Melierin als Kriegsbeute mit, die seine Leibsklavin wurde. Er zeugte mit ihr einen Sohn, den er als legitimes Kind aufziehen ließ.

Als er die Seiten gewechselt hatte, verführte Alkibiades die Frau des Königs von Sparta. Gegenüber ihren Freundinnen rühmte die Frau sich, der Erzeuger ihres Sohnes, dem sie den Kosenamen seines Vaters gegeben hatte, sei in Wirklichkeit der schöne Alkibiades aus Athen, der seine Vaterstadt verraten hatte, um Sparta als Militärberater zu dienen.

Auch als er nach wechselnden Erfolgen auf beiden Seiten am Ende seines Lebens in eine persische Stadt fliehen mußte, änderte er seine Vorlieben nicht. Er lag mit einer berühmten Kurtisane im Bett, als Attentäter das Haus in Brand steckten, um ihn damit ins Freie zu treiben. Er stürzte mit gezogenem Schwert aus der Tür, um sich zu verteidigen, und fiel unter den

Pfeilen und Spießen der Übermacht, die ihm auflauerte, um ihn zu töten.

Alkibiades, der sich so energisch seiner unerwiderten Liebe zu Sokrates rühmte, war kein Mann, der den Geschlechtsverkehr mit Frauen gescheut hätte.

»Wenn jemand die Reden des Sokrates anhört«, sagte er in dem später von Platon veröffentlichten Protokoll seiner Lobrede, »mögen sie ihm zunächst recht lächerlich vorkommen. Denn er spricht gern von Packeseln, von Schmieden, Schustern und Gerbern und scheint immer dieselben Ideen mit immer denselben Worten zu wiederholen, so daß wohl jeder unerfahrene und unverständige Mensch versucht ist, über seine Reden zu lachen.

Wer aber in ihr Inneres eindringt, wird bald feststellen, daß seine Worte die einzigen sind, denen überhaupt ein Sinn innewohnt, und daß seine Rede fast ist wie die eines Gottes. Wenn ich ihn höre, springt das Herz mir heftiger als den korybantischen Tänzern, und ich habe beobachtet, daß es vielen anderen ebenso geht. Wenn ich den Perikles hörte und andere große Redner, geschah mir so etwas nie. Sie sprachen zwar gut, aber meine Seele wurde nicht in jene Verwirrung und Bestürzung gestoßen, die der Gedanke verursacht, daß ich so nicht weiterleben darf, wie ich lebe. Vor diesem Menschen allein ist mir etwas widerfahren, was wohl niemand bei mir für möglich hält: daß ich mich schäme. Vor ihm allein schäme ich mich. Denn ich bin mir bewußt, daß ich tun müßte, was er fordert, und daß ich ihm darin nicht widersprechen kann. Ich weiß, daß ich meine Ohren vor ihm verschließen muß; denn sonst würde ich immerzu bei ihm sitzen bleiben und darüber ein alter Mann werden. So flüchte ich vor ihm wie ein entlaufener Sklave und möchte jedesmal davonrennen, wenn ich ihn sehe. Manchmal wäre ich froh, wenn er vom Antlitz der Erde verschwände. Andererseits weiß ich genau: ich wäre noch viel unglücklicher, wenn er wirklich tot wäre. Eigentlich bin ich vollkommen ratlos, ich weiß einfach nicht, was ich mit diesem Menschen anfangen soll. Ich bin mit meiner Weisheit am Ende.«

Als Alkibiades geendet hatte, gab es ein großes Gelächter, denn es schien so, als ob er noch immer in Sokrates verliebt wäre.

Niemand habe Sokrates je betrunken gesehen, sagte Alkibiades beinahe neidisch, und auch an diesem Abend sah ihn niemand betrunken, obwohl seine Fähigkeiten auf eine harte Probe gestellt wurden.

»Gebt mir Bänder«, rief Alkibiades fröhlich, »damit ich den Kopf dieses Despoten damit schmücken kann, der mit seinen Reden die ganze Menschheit besiegt.«

Es brach eine allgemeine, lautstarke Heiterkeit aus, alle Ordnung löste sich auf, und jedermann wurde gezwungen, große Mengen Wein zu sich zu nehmen.

Alle anderen, auch Alkibiades, schliefen irgendwann ein oder gingen nach Hause, aber Sokrates wurde nicht mal betrunken.

Gegen Tagesanbruch, so berichtet ein Zeuge, waren außer Sokrates nur noch Aristophanes und Agathon wach. Sie tranken alle aus einer großen Schale, die sie herumreichten, und Sokrates bemühte sich, die beiden preisgekrönten Stückeschreiber davon zu überzeugen, daß ein und derselbe Autor sehr wohl in der Lage sein sollte, sowohl Komödien als auch Tragödien zu schreiben, und daß ein wahrer Tragödiendichter ebenfalls ein Komödienschreiber sein könne.

Während dieser Rede schlief Aristophanes zuerst ein, und kurz darauf fielen auch Agathon die Augen zu.

Als Sokrates sah, daß er keine Zuhörer mehr hatte, stand er auf und ging ins Lykeion, wo er badete. Er verbrachte den Tag wie gewöhnlich. Erst gegen Abend ging er nach Hause und legte sich schlafen.

Sokrates war ungefähr zehn, als Perikles, der Führer der

demokratischen Opposition, in Athen an die Macht kam und die politischen Befugnisse des erblichen Areopags auf die Volksversammlung, das Volksgericht und den Rat der Fünfhundert übertrug, denen jeder erwachsene männliche Bürger der Stadt angehören konnte.

Da er ein Patrizier von edelster Abkunft war, wurde Perikles natürlich unweigerlich als Verräter an seiner Klasse beschimpft.

Sokrates war ungefähr vierzig, als Perikles starb, und die athenische Demokratie erschien ihm nicht tugendhafter als die vorhergehenden Regierungsformen. Im Vergleich zu jenem theoretischen Ideal einer Staatsform, das ohnehin niemand anstrebte, ließ sie sehr zu wünschen übrig. Von Platon und Sokrates können wir lernen, daß es dort, wo sich zwei widerstreitende politische Ansichten gegenüberstehen, durchaus möglich ist, die eine abzulehnen, ohne die andere zu akzeptieren, und daß man sie, selbst wenn eine Vielzahl von Ansichten vorliegt, allesamt falsch finden kann.

Das beste, was er über die Demokratie, wie er sie kannte, zu sagen wußte, war, daß sie nicht schlimmer als ihre Vorläufer sei.

Wenn ihm nicht durch das Los eine bestimmte Aufgabe zufiel, hielt sich Sokrates von der Politik fern. In der attischen Demokratie wurden die meisten öffentlichen Ämter durch Losentscheid vergeben. Daß Wahlen als undemokratisch galten, versteht sich von selbst.

Sokrates spottete laut darüber, daß Leute, die einen Steuermann oder Baumeister nie und nimmer durch Losentscheid aussuchen würden, ausgerechnet Richter und Regierungsbeamte, deren Fehler viel katastrophaler sein konnten, auf diese Weise bestimmten.

»Die Menschen verfolgen zwar einen entlaufenen Sklaven und kümmern sich um jedes verlorene Schaf«, tadelte er, »aber Tugend oder einen guten Charakter suchen sie nie.«

Spöttische Bemerkungen dieser Art verschafften ihm natürlich nicht sehr viele Freunde bei den Politikern, die ihr System für heilig hielten, fest überzeugt waren, daß es allen anderen überlegen sei, und Analysen dieses Systems allenfalls ihresgleichen erlaubten.

»Glaubt ihr, ich hätte als Politiker lange genug überlebt, um Athen auch nur im mindesten nutzen zu können?« fragte er seine Richter, als man ihm vorhielt, er habe sich für jemanden, der immer behaupte, das Gute zu wollen, zu wenig an den öffentlichen Angelegenheiten beteiligt. »Bedenkt bitte, wie viele von euch jetzt schon meinen Tod wünschen, obwohl ich doch nur weniges und das als Privatmann gesagt habe. Je früher ich mich darauf eingelassen hätte, Politik zu treiben, desto eher wäre ich zu Tode gekommen und hätte dann weder euch noch mir selbst von Nutzen sein können. Nehmt es mir nicht übel, Athener, wenn ich euch die Wahrheit sage: Keiner ist seines Lebens sicher, der euch oder sonst einer Volksmenge offen entgegentritt und die vielen Verstöße zu verhindern sucht, die von Staats wegen gegen Recht und Gesetz begangen werden. Wer sich ernstlich für die Gerechtigkeit einsetzen will, muß als Privatmann auftreten und nicht als Politiker, wenn er auch nur kurze Zeit am Leben bleiben möchte.«

Mit seiner Weigerung, an der widerrechtlichen Verhaftung des Leon von Salamis teilzunehmen, erinnerte Sokrates seine Richter, sei er das Risiko eingegangen, von den Dreißig Tyrannen getötet zu werden.

Und zuvor, in der Demokratie, sei ihm das Los zugefallen, den Vorsitz in der Versammlung zu übernehmen, als die in der Schlacht bei den Arginusen siegreichen acht Feldherren kollektiv zum Tode verurteilt werden sollten, weil sie zwar die spartanische Flotte vernichtend geschlagen und viele ihrer Schiffe zerstört, in der Hitze des Gefechts und bei der Verfolgung des Feindes aber zunächst versäumt hatten, die Überlebenden ihrer eigenen versenkten Trieren zu retten und die im Wasser treibenden Toten zu bergen. Als die entsprechenden Befehle schließlich doch noch erteilt worden waren, hatte ein plötzlicher Sturm ihre Ausführung unmöglich gemacht.

Kollektivprozesse waren durch die Verfassung Athens ausdrücklich verboten.

Aber als sich Sokrates weigerte, über den widerrechtlichen Antrag abstimmen zu lassen, war das Volk wütend und verlangte seine Verhaftung. Die Menge fand es empörend, daß es freien Bürgern in einer freien Gesellschaft nicht erlaubt sein sollte, durch Mehrheitsbeschluß umzubringen, wen immer sie wollten.

Am nächsten Tag führte ein anderer den Vorsitz.

Die Feldherren wurden kollektiv abgeurteilt und hingerichtet.

Im *Gorgias* sagt Sokrates zu Kallikles: »Ich selbst war immer davon überzeugt, daß ich nicht weiß, wie die Dinge beschaffen sind, und ich habe auch nie jemanden getroffen, der das Gegenteil von sich behaupten konnte, ohne daß er sich lächerlich gemacht hätte.«

An die Illusionen der politischen Freiheit vermochte Sokrates nicht zu glauben. Er glaubte nicht, daß die Demokratie automatisch Einigkeit, Übereinstimmung, Zufriedenheit, eine gute Regierung, Intelligenz, Gleichheit, Anstand, Ehrlichkeit, Gerechtigkeit und Frieden herbeiführen müsse, ja, er bezweifelte sogar, daß sie politische Freiheit bedeute. Im demokratischen Athen gab es stets Parteien, die miteinander im Streit lagen; und in allen Parteien gab es gerechte und ungerechte, selbstsüchtige und großzügige, bösartige und friedliche Bürger.

Aber gegen die Gesetze wollte Sokrates nicht verstoßen, auch nicht, um sein Leben zu retten.

Er wußte zwar nicht, ob das Gesetz gut war, aber er kannte es, und er war nicht bereit, aus Athen zu fliehen, um dem Prozeß oder seiner Hinrichtung zu entgehen.

»Aber wie sollen wir dich begraben?« fragte ihn sein Freund Kriton am Ende.

»Ganz wie ihr wollt«, erwiderte Sokrates. »Wenn ihr mich fangen könnt, und ich nicht euren Fingern entgleite.«

Sokrates glaubte an Gott und die Unsterblichkeit der Seele, bevor irgend jemand sonst auf der Welt überhaupt wußte, was eine Seele war. Man beschuldigte ihn der Gottlosigkeit und brachte ihn um.

Die Seele hat ihren Ursprung in den Schriften von Platon.

Sokrates war am Ende heiter, als er den Giftbecher trank. Er könne nicht, sagte er zu seinem Freund Kriton, gegen die Gesetze der Gemeinschaft verstoßen, in der er sein ganzes Leben verbracht habe, ohne dieses Leben damit zu verleugnen.

Er war ein leidenschaftlicher Philosoph ohne Philosophie, ein Erzieher ohne Lehrplan oder Erziehungssystem, ein Lehrer ohne Schüler; ein Professor, der bekannte, daß er nichts wisse; ein Weiser, der daran glaubte, daß in jedem von uns ein ungeborenes Wissen um das Gute angelegt ist und durch beständige Suche zum Leben erweckt werden kann.

Er mochte keine Bücher, was Platon, der so viele geschrieben hat, eigentlich geärgert haben müßte.

Er hatte wenig Respekt vor Leuten, die Bücher lasen.

Er mißtraue Büchern, sagte er im *Phaidros,* da sie weder Fragen stellen noch Fragen beantworten und einfach als Ganzes verschlungen werden könnten. Die Bücherleser läsen viel, sagte er, und lernten nichts. Sie schienen voller Wissen, wüßten aber meist wenig. Sie besäßen zwar den Anschein der Weisheit, aber diese sei nicht wirklich vorhanden.

Er sagte das in einem Buch.

Das Buch allerdings ist von Platon, der Dramen schon deshalb für betrügerisch hielt, weil der Verfasser den Schauspielern, die so tun, als wären sie richtige Menschen, alles in den Mund legen kann, was er will.

Platon sagte dies in einem dramatischen Dialog, in dem er

Sokrates und anderen realen Personen genau das in den Mund legte, was er sagen wollte.

Sokrates hielt auch nicht viel von Rednern und Vorträgen. Das dürfte Aristoteles geärgert haben, der in seinem Lykeion meist Vorträge hielt.

Im *Protagoras* sagte Sokrates von Lehrern, die Vorträge hielten: »Wenn einer sie etwas fragt, so wissen sie wie die Bücher nichts weiter zu sagen und vermögen auch selbst keine Fragen zu stellen. Sie sind wie Kupferkessel. Wenn man draufschlägt, tönen sie so lange, bis man die Hand darüber deckt. Jedesmal, wenn man ihnen eine kleine Frage stellt, lassen sie eine meilenlange Rede vom Stapel.«

Das, fand Aristoteles, klang auch schon wie ein Vortrag oder eine meilenlange Rede.

Ein Intellektueller war Sokrates nicht gerade.

Etliche Philosophen begründeten Schulen, nicht nur Platon, sondern auch andere seiner Anhänger. Und weil er kein Dogmatiker, sondern ein Skeptiker gewesen war, standen die von seinen Anhängern gegründeten Schulen bald im heftigsten Widerspruch zueinander.

Sokrates hatte keine Schule.

Er hatte auch keine Bibliothek wie Euripides und viele andere, die zu seiner Zeit lebten.

Das Interesse an den Naturwissenschaften hatte er seit langem verloren; daß sie wesentliches Wissen vermitteln könnten, glaubte er nicht.

Er hatte keine Fakultät, keine Professorenkollegen oder Assistenten, mit denen er sich hätte beraten oder ein Team bilden können. Er gehörte keiner Fachrichtung mit spezialisierten Methoden an und war auch nicht der Mittelpunkt oder der Chefideologe einer Bewegung. Er besaß keinen Ehrgeiz. Er schrieb nicht mal für Zeitschriften.

V.
Der Aufstieg der niederländischen Republik

11

Durch eine Heirat war das Land, in dem Aristoteles auf einem Gemälde des verschuldeten Malers Rembrandt reich kostümiert wiederauferstand, 1477 zusammen mit Brabant und Flandern aus burgundischem Besitz in den Besitz der Habsburger übergegangen, gehörte damit zum Heiligen Römischen Reich und gelangte schließlich aufgrund seiner, wie *er* glaubte, natürlichen und gottgewollten Erbfolgerechte 1556 in den unmittelbaren Besitz Philipps II. von Spanien.

Dieser routinemäßige Ablauf der historischen Ereignisse wurde allerdings durch Faktoren wie Religion, Erziehung, Entdeckungen, Handel und die vielfältigen Wirkungen dessen, was später Kapitalismus genannt wurde, empfindlich gestört.

Eine dieser Wirkungen ist der Kommunismus.

In der zweiten Hälfte des 20. Jahrhunderts existierten die konkurrierenden Supermächte von Kapitalismus und Kommunismus in einem symbiotischen Gleichgewicht nebeneinander: der jeweils eine war für den jeweils anderen das zur Selbstrechtfertigung notwendige Übel, und so kamen sie viel besser miteinander aus, als sie offiziell zugeben wollten.

Als sich das Jahrhundert dem Ende zuneigte, waren die Sowjetunion und die Vereinigten Staaten seit über siebzig Jahren Feinde gewesen. Die beiden einzigen Male allerdings, wo sie beide gleichzeitig Krieg führten, waren sie miteinander verbündet: gegen Deutschland.

Wie woanders auch war die Qualität der Regierung in beiden Ländern normalerweise gering.

Die Führer beider Nationen schienen sich gegenseitig nie so zu hassen, wie sie Angehörige ihres eigenen Volks haßten, die anderer Meinung als sie waren, und wie jene kleineren Völker, die sich ihrer Herrschaft zu entziehen versuchten. Ganz wie im alten Athen.

Ohne die Bedrohung durch den jeweils anderen wären beide Regierungen vollkommen hilflos gewesen.

Man kann sich nicht vorstellen, daß eine der beiden Supermächte ohne die schreckliche Gefahr der Vernichtung durch die andere überhaupt funktioniert hätte.

Sehr leicht vorstellbar ist hingegen das Chaos, das ein plötzlicher Friedensausbruch in beiden Staaten ausgelöst hätte.

Friede auf Erden wäre das Ende der Zivilisation, wie wir sie kennen.

In der kurzen Friedensperiode nach dem Ersten Weltkrieg kam es sofort zu einer katastrophalen Weltwirtschaftskrise, die erst behoben wurde, als sich die Staaten der zivilisierten Welt auf Weltkrieg Nummer zwei vorbereiteten.

Bei den vielen Auseinandersetzungen zwischen der Sowjetunion und den Vereinigten Staaten in allen möglichen Weltgegenden ging es nie um ideologische Ziele.

Beide Supermächte nannten sich gegenseitig das Reich des Bösen.

Kreuzzüge gab es allerdings nicht mehr.

Der rechte Flügel herrscht auch in den kommunistischen Ländern.

Auch im alten Athen war die innenpolitische Dynamik stärker als alle anderen Kräfte.

Wenn die Athener auf ihren Feldzügen überall demokratische Regierungen einsetzten, dann ging es ihnen nicht um die Demokratie, sondern um die Beseitigung feindlicher Nachbarn und um die Kollaboration von Verbündeten, deren Regierungen von Athen abhängig waren.

Nach dem Sieg in den Perserkriegen kam es in Griechenland zu einer achtzig Jahre dauernden militärischen Rangelei, und das einzige außenpolitische Prinzip, das die Athener nach langen Debatten als gültig anerkannten, war das Recht des Stärkeren, den Schwachen zu unterdrücken.

Proklamiert wurde dieses Prinzip von der athenischen Gesandtschaft, die Perikles vor Ausbruch des Peloponnesischen Krieges nach Sparta geschickt hatte; von dem Demagogen Kleon, als er in der Ratsversammlung den Antrag stellte, daß die Stadt Mytilene zerstört werden solle; und schließlich bei den Verhandlungen des athenischen Expeditionskorps mit den Männern von Melos.

Damit andere freie Städte sich unterwarfen, war die freie Stadt Athen bereit, zu erobern, zu massakrieren, zu deportieren und zu versklaven.

Als ein gemäßigter Athener dem Antrag widerspach, die Männer von Mytilene abzuschlachten und ihre Frauen und Kinder in die Sklaverei zu verkaufen, nannte Kleon ihn eine Memme; er sei kein richtiger Athener, er sei un-athenisch, ein knieweicher Scheißliberaler.

Der Demagoge Kleon war ein radikaler Demokrat, der erste der politischen Führer aus dem Stand der Geschäftsleute und Handwerker, die nach dem Tod des Perikles an die Macht kamen.

Im alten Athen waren die radikalen Demokraten Geschäftsleute.

Kleon war ein sehr wirkungsvoller Redner. Im Gegensatz zu seinem Vorgänger Perikles, dessen Beredsamkeit nie ihre Würde verlor, tobte und bellte er bei seinen Reden, stampfte wütend hin und her und fuchtelte mit den Armen, was ihm die Verachtung der Gebildeten wie Thukydides und Aristophanes eintrug. Die Vulgarität seiner Appelle und seiner Anhänger stießen sie ab.

Fast alle Angehörigen der neuen bürgerlichen Klasse hatten den rauhen Akzent des städtischen Pöbels und gestikulierten mit den heftigen Kopf- und Armbewegungen der Händler und Fremden, was den Spott der bisherigen Oberschicht der Großgrundbesitzer herausforderte, die bis dahin das Rückgrat der athenischen Kultur und Geschichte gebildet hatten.

Wie die meisten besonders unverschämten und egozentrischen Politiker war Kleon dünnhäutig, stur, theatralisch, großmäulig und voller Selbstmitleid.

Er behauptete, er könne nicht begreifen, warum die Stadt nicht mit denselben autokratischen Methoden regiert werden sollte, die ihm in seiner Gerberei, wo die meisten Arbeiter Sklaven waren, so gute Dienste getan hatten.

Wenn man ihn gelassen hätte, hätte dieser Demokrat jegliche Kritik von der Bühne herunter verboten und jeden Widerstand gegen seine Politik untersagt. Es klang eher zeitgenössisch als klassisch, als er in der Ratsversammlung brüllte: »Es wird mir wieder mal klar, daß eine Demokratie völlig unfähig ist, ein großes Reich zu beherrschen!«

Es heißt, der europäische Kaiser Karl V. sei einer der besten Herrscher in der Geschichte des Heiligen Römischen Reiches gewesen. Zwei Jahre vor seinem Tode dankte er ab, um in ein Kloster zu gehen. Seinem Sohn Philipp hinterließ er den Thron von Spanien, die spanischen Besitzungen in Sizilien und Neapel, Spanisch-Amerika und das gesamte Gebiet der Niederlande im Nordwesten Europas.

Philipp II. verbrachte den größten Teil seines langen Lebens mit dem Versuch, in den Niederlanden den Katholizismus wiederherzustellen, obwohl die überwiegende Mehrheit ohnehin katholisch geblieben war, und seine Herrschaft über eine Bevölkerung zu sichern, die ihn ohnehin anerkannte.

An die Spitze seiner Armeen allerdings stellte er den stolzen Herzog von Alba, der taktlos und grausam war. Die Härte und Grausamkeit dieses Mannes lösten erschrockenen Widerstand aus und entfachten schließlich einen organisierten Aufstand, der achtzig Jahre lang dauerte.

Auch die Tradition spielte eine gewisse Rolle beim Aufstand der Niederlande: Generationen von Adeligen, Kaufleuten, Farmern und sogar königlichen Beamten hatten sich an eine gewisse Selbständigkeit in ihren Entscheidungen gewöhnt, die sie nur ungern an eine ferne Zentralgewalt abtreten wollten. Die Gegenwart fremder Soldaten auf ihrem Boden lösten Widerwillen und Feindseligkeit aus.

Am Ende verbündete sich sogar Wilhelm von Oranien, der als Statthalter von Holland, Seeland und Utrecht der höchste Repräsentant der spanischen Krone in den Niederlanden war, mit den Aufständischen und wurde schließlich ihr Führer.

Auf dem Stammschloß der Nassauer im deutschen Dillenburg geboren, hatte Wilhelm die katholische Religion angenommen, als er in früher Jugend nach Brüssel an den Hof der Statthalterin kam. Daß er in Fragen der Religion tolerant blieb und zum lutherischen Glauben neigte, war bekannt. Mit den Niederlanden verband ihn zunächst nur seine Statthalterschaft, seine eigentlichen Besitzungen waren die Grafschaft Nassau-Dillenburg und das Fürstentum Orange im Südosten von Frankreich.

Er trat zum Calvinismus über, als er feststellte, daß die Calvinisten seine überzeugtesten Anhänger waren.

Als die spanischen Armeen immer weiter nach Flandern vorstießen, zog sich Wilhelm von Brüssel nach Antwerpen zurück und schlug sein Hauptquartier schließlich in Delft auf. Im Verhältnis zum barocken Hof in Brüssel waren die holländischen Provinzen tatsächlich sehr provinziell, und ein Mann von schwächerem Charakter hätte sich Philipps Wünschen gewiß unterworfen, um weiter im Luxus leben zu können.

Der holländische Unabhängigkeitskrieg war zu Beginn gar kein Unabhängigkeitskrieg, ja, noch nicht mal ein Aufstand. Erst als er schon zwanzig Jahre gedauert hatte, erfolgte eine Erklärung, die dem Widerstand einen Namen und damit ein neues Ziel gab.

Indem sie ihn 1581 als Herrn der Niederlande offiziell absetzten, wurden die Holländer von ihrem Treueid auf Philipp entbunden. Begründet wurde dieser Schritt damit, daß Philipp den implizierten Vertrag gebrochen habe, wonach die Herrschenden ihre Herrschaft aus der Zustimmung derer herleiten, über die sie ihre Herrschaft ausüben. Diese holländische Unabhängigkeitserklärung ging der amerikanischen Unabhängigkeitserklärung zweihundert und dem englischen Bürgerkrieg sechzig Jahre voraus.

Die ungefähr im Jahr 1570 komponierte holländische Nationalhymne enthielt noch im Jahr 1985 einen Treueschwur auf den König von Spanien.

Von den siebzehn Provinzen, aus denen die Niederlande ursprünglich bestanden, erlangten nur die sieben nördlichen die Unabhängigkeit. Und nur drei oder vier davon sind einigermaßen bekannt: Holland, Seeland, Utrecht und vielleicht Friesland. Von Groningen, Overijssel und Gelderland haben dagegen wohl nur die wenigsten Leute außerhalb der Niederlande schon einmal gehört. Am Aufbau der Handelsflotte und Seemacht der niederländischen Republik waren naturgemäß nur die beiden Küstenprovinzen Holland und Seeland in größerem Umfang beteiligt.

Wilhelm von Oranien, auch als Wilhelm der Schweiger bekannt, war der Vater dieses neuen Staates, der nicht sein eigener war, und an einem Nachmittag des Jahres 1584 um zwei Uhr, vierundsechzig Jahre bevor der Unabhängigkeitskrieg mit dem Westfälischen Frieden sein Ende fand, wurde er in seinem Haus von drei Pistolenkugeln getötet, die aus einer Waffe abgefeuert wurden, die er selber bezahlt hatte.

Der Angreifer, Balthasar Gérard, den vor allem die von König Philipp ausgesetzte Belohnung gereizt hatte, war ein katholischer Fanatiker, der sich als angeblicher calvinistischer Flüchtling bei Wilhelm eingeschlichen hatte. Sein Vater sei als Ketzer verbrannt worden, behauptete er und hatte daraufhin von Wilhelm Geld für etwas zu essen und ordentliche Kleidung erhalten. Von diesem Geld kaufte er statt dessen eine Pistole und Munition und erschoß damit seinen mitfühlenden Wohltäter.

Balthasar Gérard war weder Niederländer noch Spanier, sondern Burgunder. Er wurde auf der Flucht gefaßt.

Er wurde verhört und gefoltert. In den Erholungspausen dazwischen war er vollkommen gelassen und plauderte in aller Gemütsruhe mit seinen Wärtern.

Das Urteil gegen ihn war abscheulich, sagt Motley in seiner Geschichte der niederländischen Republik.

Er wurde zum Tode verurteilt: Es wurde bestimmt, daß seine rechte Hand mit einem glühenden Eisen weggebrannt und sein Fleisch an sechs Stellen seines Körpers mit glühenden Zangen von den Knochen gezogen werden sollte, ehe er bei lebendigem Leibe gevierteilt und seiner Eingeweide beraubt würde. Sein Herz sollte man ihm aus der Brust reißen und ins Gesicht werfen, und schließlich den Kopf abschneiden.

Augenzeugen staunten über die verblüffende Fassung, mit der Gérard die einzelnen Schritte seiner Entleibung ertrug. Noch ganz am Ende lächelte er gemeinsam mit den Zuschauern, als einer der Henker Probleme auf dem Schafott hatte. Nur als man ihm sein Herz ins Gesicht warf, soll er den Kopf zur Seite gedreht haben. Bald darauf, heißt es, gab er den Geist auf.

Die ausgesetzte Belohnung in Gestalt dreier herrschaftlicher Domänen ging an die Eltern Gérards. Da sie aus dem Besitz Wilhelms von Oranien stammten, kosteten sie Philipp nichts. In schöner rhetorischer Ausgewogenheit konstatiert Motley: Die Großzügigkeit des Prinzen verschaffte seinen Gegnern die Waffe, mit der sein Leben ausgelöscht wurde, und sein Eigentum war das Vermögen, aus dem die Belohnung seines Mörders bezahlt wurde.

Dennoch waren Philipp die Kosten des Krieges zu hoch. An der Wende zum 17. Jahrhundert suchte er Frieden, und im

Jahre 1609 wurde ein zwölfjähriger Waffenstillstand zwischen den Holländern und Spanien geschlossen.

Nach der Ermordung Wilhelms wurde sein Sohn Maurits als Statthalter, als Vorsitzender im Staatsrat der Generalstaaten, als Generalkapitän und Admiral der Union zum Führer der Aufständischen. Er vertrieb die Spanier aus den Nordprovinzen und sicherte deren Grenzen. Eine Rückeroberung der südlichen Provinzen aber, wo er ebenso wie andere flämische Flüchtlinge ausgedehnte Besitzungen hatte, blieb ihm verwehrt. Sein Ehrgeiz, die Offensive auszudehnen, wurde vom Starrsinn der holländischen Bürger gebremst, die nicht bereit waren, die Fortsetzung eines Krieges zu finanzieren, dessen Notwendigkeit sie nicht länger einsahen, zumal er den Handel stark beeinträchtigte.

Jedesmal, wenn es zu einem Friedensschluß kam, geschah dies gegen den Willen des jeweiligen Prinzen von Oranien.

Wie die Holländer in dieser Angelegenheit dachten, zeigt die Anekdote über einen unerschrockenen Kaufmann aus Amsterdam, der bei einer Audienz in Den Haag von Prinz Frederik Hendrick ermahnt worden war, weil er mit dem Feind in Antwerpen Handel getrieben hatte.

»Mit dem Feind in Antwerpen werde ich weiter Handel treiben«, sagte der Mann, »und wenn es mir einen Profit bringt, fahre ich auch durch die Hölle. Das Risiko, daß ich mir die Segel verbrenne, nehme ich auf mich.«

Cromwell sagte von den Holländern, daß ihnen Gewinn über Gottesfurcht gehe. Worauf ihn wohl jeder Amsterdamer Kaufmann gefragt hätte, was denn der Unterschied sei.

Und während des zweiten englisch-holländischen Krieges, hörte Samuel Pepys folgenden empörten Ausruf des Marineinspekteurs: »Bei Gott! Ich glaube, der Teufel scheißt Holländer!«

Als Maurits 1625 eines natürlichen Todes starb, wurde sein jüngerer Bruder, Prinz Frederik Hendrick, sein Nachfolger als Statthalter. Er sollte Rembrandts wichtigster Auftraggeber werden und mehr Bilder von ihm kaufen als jeder andere: mindestens sieben religiöse Gemälde, von denen fünf zu einer Passionsserie gehörten, und ein Porträt seiner Gemahlin Amalia von Solms.

Empfohlen wurde Rembrandt dem Prinzen wahrscheinlich von dessen Sekretär, einem gebildeten Mann mit weitreichenden literarischen und künstlerischen Interessen namens Constantijn Huygens.

Dessen Sohn wiederum, Christiaan Huygens, entwickelte sich zu einem hervorragenden Physiker von internationalem Ruf: er verbesserte die Linsen der Fernrohre, entdeckte den ersten Saturnmond und interpretierte die Gestalt des Saturnrings zutreffend. Er erfand die Pendeluhr, entwickelte (im Gegensatz zu Isaac Newtons Korpuskulartheorie) die erste Wellentheorie des Lichts, formulierte das Huygenssche Prinzip der Lichtwellen, wonach jeder Punkt einer Wellenfront als Zentrum einer kugelförmigen Elementarwelle aufgefaßt werden kann, und entdeckte darüber hinaus noch die Polarisation des Lichts im isländischen Kalkspat.

Aristoteles war jedesmal sehr beeindruckt, wenn er Jan Six von den Gedichten des Vaters und der genialen mathematischen und naturwissenschaftlichen Begabung des Sohnes reden hörte, obwohl er selbst von der Ringstruktur der Saturnmonde und der Polarisation des Lichts im Kalkspat nicht allzuviel hielt.

Der ältere Huygens entdeckte Rembrandt in Leiden, als der Künstler gerade zwanzig geworden war, und lobte ihn sogleich als ein aufblühendes Talent von größter Bedeutung für den künftigen kulturellen Rang Hollands.

Im Brennpunkt von Huygens' Begeisterung stand Rembrandts Gemälde *Der reuige Judas,* ein Werk von frühreifer Routiniertheit und sentimentaler Erfindung. Rembrandt sollte noch jahrzehntelang seine Einkünfte damit aufbessern, daß er seinen *Judas* verlieh, damit er von anderen kopiert werden konnte.

Aber als Rembrandt siebenundzwanzig war und in Amsterdam lebte, hatte Huygens eine unüberwindliche Abneigung gegen ihn entwickelt, die sich nie wieder legte. Huygens erreichte das hohe Alter von neunzig Jahren und sprach nie wieder ein gutes Wort über Rembrandt.

Sieben Briefe von Rembrandt an Huygens haben die Zeit überdauert. Alle beziehen sich auf die Gemälde der Passionsserie, und fünf davon sind Aufforderungen, mehr oder schneller Geld zu bezahlen.

1639 wurden die beiden letzten Gemälde der Serie, die *Grablegung Christi* und die *Auferstehung Christi* in aller Eile vollendet und nach Den Haag gebracht, ehe sie trocken waren. Da Rembrandt in diesem Jahr auch sein Haus kaufte, vermuten seine Biographen, daß er dringend Bares brauchte.

VI.
Der Hering in der Geschichte

12

Es war ein Schiffskapitän aus Seeland, der im Jahre 1385 eine Methode perfektionierte, mit der man Heringe auf See konservieren konnte, und damit nicht nur den ausgedehnten internationalen Heringshandel der Holländer, sondern auch eine Fisch- und Werftindustrie begründete, die zur Grundlage des Wohlstands in einem Land wurde, das zur größten See- und Handelsmacht seiner Zeit aufsteigen sollte. Je größer die Bedeutung der Pökelheringe wurde, desto mehr Salz brauchten die Holländer. Sie kauften es in der Biskaya, meist von den Portugiesen, und bezahlten es mit dem Geld, das sie aus dem Verkauf von norwegischem Holz oder russischem und polnischem Getreide erlösten. Holz und Getreide wiederum bezahlten sie mit dem, was ihre Heringsfässer ihnen in den Ostseehäfen an Geld eingebracht hatten. Die Heringe aber holten sie aus den reichen Fischgründen vor der Küste von Schottland. Im siebzehnten Jahrhundert war der Heringsfang der am strengsten regulierte Gewerbezweig in den Vereinigten Niederlanden.

Wenn die Fischereiflotte im Frühling in die Gewässer nördlich von Schottland aufbrach, wurde sie von holländischen Kriegsschiffen begleitet. Die Holländer beherrschten die Meere. Und die holländischen Landstreitkräfte, in denen vor allem protestantische Söldner aus anderen Ländern und einheimische Freiwillige aus den unteren Schichten Dienst taten, gehörten nach Ansicht von Zeitgenossen zu den bestausgebildeten und diszipliniertesten Armeen Europas. An Bord ihrer

Schiffe waren die Holländer gefürchtete Kämpfer. Auf See und in Übersee war niemand kriegerischer als die friedliebenden Holländer.

Als die Spanier Antwerpen 1576 zum ersten- und 1585 zum zweitenmal besetzten, sperrten die Holländer die Scheldemündungen, und der bis dahin blühende Seehandel der Stadt verlagerte sich nach Seeland und Holland. Am meisten profitierte davon Amsterdam mit seinen scharfsinnigen, weitblikkenden Kaufleuten.

Als die Spanier 1580 Portugal annektierten und den Hafen von Lissabon für die Holländer sperrten, waren diese gezwungen, ihre Schiffe noch weiter hinaus auf die Meere zu schicken. Auf der Suche nach jenen exotischen Waren, die sie einst günstig von den Portugiesen gekauft und dann, um Platons wenig schmeichelhaften Begriff zu gebrauchen, anderswo teuer »verhökert« hatten, folgten sie den Portugiesen in den Indischen und den Pazifischen Ozean und fanden schließlich auf den Gewürzinseln des Ostens, was sie gesucht hatten.

Bald verdrängten sie die Portugiesen dort nahezu völlig.

Heute kann man sich kaum noch vorstellen, daß sich damals mit Nelken, Muskat, Zimt und Pfeffer genug Geld verdienen ließ, um damit das Goldene Zeitalter Hollands zu finanzieren. Aber ein Volk, das auf Heringen eine florierende Wirtschaftsmacht aufgebaut hatte, darf man eben nicht unterschätzen.

Im Goldenen Zeitalter der Holländer wurden jährlich tausend neue Schiffe gebaut. Im Durchschnitt waren das zwanzig pro Woche, wobei vielleicht vierzig oder fünfzig Mal soviele in verschiedenen Stadien der Fertigstellung gleichzeitig auf Kiel lagen. Dabei mußte praktisch alles importiert werden, was zum Bau und zur Ausrüstung der Schiffe gebraucht wurde: fast das gesamte Holz und Metall, der größte Teil des Segeltuchs und der Seile, die Kanonen und ihre Lafetten, die Kanonenkugeln und auch das Schießpulver.

Selbst wenn das mit den tausend Schiffen übertrieben wäre, bliebe es doch eine sehr glaubwürdige Übertreibung; denn die Handels- und Kriegsschiffe aus Holland und Seeland bedrängten die der anderen Länder in allen Handelshäfen und sperrten ihnen die überseeischen Gebiete, in denen die holländischen Handelskompanien das Monopol hatten, vollkommen.

Die sogenannten »Fleuten« konnten mehr Nutzlast befördern als jedes andere Schiff ihrer Zeit. Sie waren billiger und brauchten weniger Besatzung. Die Mannschaft wurde schlechter bezahlt als überall sonst, erhielt aber besseres Essen.

Niemand in Europa verlangte geringere Frachtraten.

Die englischen Monarchen erhielten von ihren Gesandten Berichte, wonach es vollkommen zwecklos sei, mit den Holländern konkurrieren zu wollen: die Holländer ließen sich weder über- noch unterbieten.

Als im Jahre 1648 der Westfälische Frieden geschlossen wurde, der den Dreißigjährigen Krieg beendete, war Amsterdam das größte Handels- und Schiffahrtszentrum der Welt, und das, obwohl die Stadt seit ungefähr achtzig Jahren in den Unabhängigkeitskrieg gegen Spanien verwickelt gewesen war. Fast alle Gewürze, Seiden, Perlen und Glaswaren von den ostindischen Inseln, aus China, Indien und Japan wurden in Schiffen der Ostindischen Kompanie nach Europa gebracht. Hollands Kaufleute waren die reichsten der Welt, Hollands Industrien die profitabelsten, seine Handelsmethoden die rationellsten und seine Kriegsflotte auf allen Meeren, die Hollands Handelsschiffe befuhren, die stärkste.

Wollen Sie wissen, woher das kam?

Also mich dürfen Sie nicht fragen!

De Montchrestien nannte den holländischen Wohlstand ein Wunder, das der menschliche Erfindungsgeist und Fleiß ausgerechnet in einem Land hervorgebracht habe, in dem zu leben eigentlich unmöglich sei. Nach Ansicht des englischen Botschafters Temple lag der Schlüssel zum allgemeinen Reichtum der Holländer darin, daß jeder einzelne weniger ausgab, als er an Einkünften hatte. »Sie tragen schlichte Wolle«, schrieb er, »und leben von ihrem eigenen Gemüse und Fischen. Sie verkaufen das feine Tuch, das sie weben, nach Frankreich, und tragen selbst das rauhe, das sie aus England einführen.« Defoe schrieb, daß sie nur kauften, um zu verkaufen, immer nur importierten, um wieder zu exportieren, und daß der größte Teil ihres gewaltigen Handels darin bestünde, sich von aller Welt mit Waren beliefern zu lassen, um alle Welt mit Waren beliefern zu können.

Während des Waffenstillstands schickten die Spanier manchmal ihre Silberflotten aus der Neuen Welt direkt nach Amsterdam, um damit die gewaltigen holländischen Lieferungen zu bezahlen, die sie brauchten, um ihre Bevölkerung versorgen und ihre internationale Stellung gegenüber England, Frankreich und Holland behaupten zu können.

Sogar während des Krieges mit Spanien segelten die Holländer ganz unverfroren mit Getreidelieferungen aus den Ostseehäfen und skandinavischen Hölzern ins Mittelmeer. Denn in Südeuropa hatte es fünf Jahre hintereinander Mißernten gegeben, so daß die darauffolgenden Hungersnöte ideale Marktbedingungen und entsprechenden Optimismus hervorbrachten. Holländische Handelsschiffe fuhren an Sizilien und Griechenland vorbei und konnten schließlich sogar in den Häfen der Levante Seide, Porzellan und Gewürze aus Asien zu Preisen anbieten, welche die asiatischen Händler, die auf dem Landwege kamen, beim besten Willen nicht mehr zu unterbieten vermochten, obwohl sie zwischen den Ursprungsländern und den Märkten nur einen Bruchteil der Strecke zurücklegen mußten.

Um 1600 herum erfanden holländische Optiker das Fernrohr. Sechs Jahre später erfand Galileo den Proportionalkompaß, und in Leiden wurde Rembrandt geboren, als achtes Kind von Harmen Gerritszoon van Rijn und seiner Frau Neeltje. Er wog sieben Pfund, vier Unzen, und das Taufregister beschreibt ihn als einen »strammen Jungen«. Zwei Jahre nach seiner Taufe verbesserte ein holländischer Erfinder das Fernrohr. Als Rembrandt drei Jahre alt war, machte sich eine Handvoll holländischer Familien daran, Manhattan und Long Island zu besiedeln, die Bank von Amsterdam wurde gegründet, und Spanien und die Vereinigten Niederlande vereinbarten einen zwölfjährigen Waffenstillstand.

VII. Biographie

13

Als Rembrandt 1606 in Leiden geboren wurde, war die holländische Ostindienkompanie schon vier Jahre alt. Sie wurde von einem Konsortium unabhängiger Reeder aus Seeland und Holland gegründet, die erkannt hatten, wie vorteilhaft es für sie war, wenn sie überall auf der Welt, wo man ihnen diese einräumte oder einräumen mußte, Handelsmonopole errichteten. Die Ostindische Kompanie allein war berechtigt, in den Gewässern und Ländern östlich des Kaps der Guten Hoffnung Handel zu treiben. Um ihre Interessen verteidigen zu können, durfte sie ihre Schiffe bewaffnen. Das Gründungskapital betrug fast sieben Millionen Gulden, das entsprach fünfhunderttausend englischen Pfund. Beschafft wurde das Geld durch öffentliche Ausschreibung von klein gestückelten Anteilen. Schon bald nach ihrer Gründung gab die Gesellschaft Gewinne von drei- und fünfhundert Prozent bekannt und konnte eine vierzigprozentige Dividende ausschütten. Der Wert der Anteilsscheine, deren Erwerb und Verkauf keine Schwierigkeiten machte, schoß steil in die Höhe. Diese Anteilscheine wurden Aktien genannt und die Inhaber Aktionäre.

Die erste europäische Republik der Neuzeit brachte also auch die erste moderne Kapitalgesellschaft hervor.

Auch die ersten Bankschecks kamen in den Niederlanden in Umlauf, sie hießen »Geldbriefe«.

Die Aktien der Ostindischen Kompanie waren so mühelos übertragbar und so weit verbreitet, daß sie, ähnlich wie später im 17. Jahrhundert Tulpenzwiebeln (und Rembrandtgemälde in unserem), das Geld gelegentlich als Zahlungsmittel ersetzten. Auf dem Höhepunkt jener hektischen Spekulation, die als »Tulpenfieber« bekannt wurde, kauften und verkauften die Holländer sogar Häuser für Tulpenzwiebeln.

Im Jahre 1986 bezahlte ein Amerikaner aus Boston einen Rembrandt, um 10300000 Dollar zu kaufen.

In einem Land, dessen wirtschaftliches Wohlergehen von der Seefahrt abhängig war, zählten das Fernrohr, die Kartographie und alle anderen nautischen Hilfsmittel zu den lebensnotwendigen Dingen, und es war durchaus respektabel, daß sich ein großer Geist wie der holländische Jude Spinoza seinen Lebensunterhalt als Linsenschleifer verdiente. Spinoza war auch so einer, der in einer Welt nach einem zusammenhängenden, vernünftigen System suchte, in der es keines gab. Und als er schließlich ein eigenes aufstellte, weil er kein anderes fand, schloß die sephardische Gemeinde ihn aus.

Platons unberechenbare heidnischen Einflüsse schleichen sich eben überall ein.

Spinoza starb mit vierundvierzig. Man vermutet, daß er sich seine Lunge mit dem Glasstaub zerstört hat, den er bei der Ausübung seines ehrlichen Handwerks als Linsenschleifer einatmen mußte.

Die sogenannte Mercatorprojektion ist wohl den meisten Kindern und Erwachsenen aus der Schule vertraut. Seit der vollständige Mercator-Atlas im Jahre 1595 erschien, haben sich seine Karten für Unterricht, Reise und Krieg als unentbehrlich erwiesen. Entworfen wurden sie von dem flämischen Kartographen Gerardus Mercator. Sie waren eine besonders für die Seefahrt nützliche Methode, unseren Globus auf einem flachen Blatt Papier abzubilden. Eine wirklichkeitsgetreue Abbildung der Welt sind sie nicht. Auf einer gedruckten Buchseite kann es eine wirklichkeitsgetreue Weltkarte nicht geben.

Rembrandt war der letzte von fünf Söhnen in einer Familie mit acht überlebenden Kindern, das neunte von insgesamt zehn. Die Bedingungen für den zwölfjährigen Waffenstillstand mit Spanien bestimmten die Holländer, die gerade den chinesischen Tee in Europa einführten, als Henry Hudson, ein von ihnen besoldeter englischer Seefahrer, die Ostküste Nordamerikas erforschte und den Fluß entdeckte, der seinen Namen trägt.

Die holländischen Prostituierten im Hafen von Amsterdam ließen sich lieber mit Teeblättern als mit Geld bezahlen.

Von der breiten Einfahrt des Hudson Rivers war sein Entdecker so beeindruckt, daß er glaubte, er habe endlich die lange gesuchte Nordwestpassage zum Pazifik gefunden.

Was er entdeckt hatte, war in Wirklichkeit nicht mal ein Fluß, auch wenn es Leute gibt, die anderer Meinung darüber sind.

Und der East River auf der anderen Seite der Insel Manhattan ist auch keiner. Vier von den fünf Bezirken New Yorks, der schönsten Stadt des Landes, liegen nicht auf dem Festland.

Zwei Jahre nach der Entdeckung des Hudson Rivers wurde Hudson zusammen mit seinem Sohn von Meuterern in einem Rettungsboot ausgesetzt. Man hat nie wieder von ihm gehört.

Rembrandts Vater war Müller, seine Mutter war die Tochter eines Bäckers. Nach holländischen Maßstäben war das eine der Ehen, von denen man sagt, sie seien im Himmel geschlossen. Als Rembrandt mit sechs zur städtischen Grundschule geschickt wurde, schlossen die Holländer einen Vertrag mit dem ceylonesischen König von Kandy und lieferten sich allerlei Scharmützel mit den englischen Siedlern in Indien. Auf der Insel Manhattan kauften sie Pelze. Die Portugiesen hatten mittlerweile schon über ein Dutzend holländische Schiffe in der Karibik aufgebracht und stets die gesamte Mannschaft gehängt, womit sie die Athener weit übertrafen, die ein Jahr vor ihrer schmählichen Kapitulation durch Gesetz bestimmten, daß jedem auf See gefangenen Spartaner die rechte Hand abgehackt werden solle.

Rembrandt verbrachte drei Jahre in der Grundschule. In dieser Zeit errichteten holländische Siedler im Hudson Valley in der Nähe des heutigen Albany das Fort Oranje und an der Südspitze Manhattans das Fort Amsterdam, und der holländische Seefahrer Adriaen Block entdeckte, als er den Long Island Sound erforschte, Block Island.

Er war von der Namensgleichheit sehr überrascht.

Als die Holländer die Portugiesen im Indischen Ozean von den Molukken verdrängten und das Handelsmonopol auf Nelken und Muskat errichteten, war Rembrandt neun Jahre alt und kam auf die Lateinschule.

Shakespeare starb. Rembrandt war zehn und kämpfte immer noch mit dem Latein, als der holländische Mathematiker Willebrord Snellius bei seinen Untersuchungen über die Lichtbrechung feststellte, daß der Sinus des Einfallswinkels zum Sinus des Brechungswinkels im umgekehrten Verhältnis steht wie der Brechungsindex des einen Mediums zum Brechungsindex des anderen.

Was das bedeutet, weiß ich nicht, und ich möchte es auch nicht herausfinden müssen.

Im Jahre 1617 feierte Rembrandt seinen elften Geburtstag, und Snellius entwickelte die Methode der trigonometrischen Triangulation zur Verbesserung der Kartographie: Mit Hilfe des Polarsterns bestimmte er den Breitengrad der Städte Alkmaar und Bergen-op-Zoom.

Im achten Jahr des Waffenstillstands verbündeten sich die Holländer mit England und schickten eine Flotte, die den Venezianern gegen die Habsburger beistehen sollte. Spanien war auf der Gegenseite aktiv. Auf See fielen holländische und spanische Schiffe jedesmal übereinander her, wenn die eine Seite sich einen Vorteil davon versprach, und so verbrachten die Republik der Vereinigten Niederlande und das Königreich Spanien ihren zwölfjährigen Waffenstillstand.

Als der von Nikias gestiftete Frieden im Jahre 421 v. Chr.

im alten Griechenland eine Beendigung der Feindseligkeiten herbeiführte, begannen die Athener, andere Städte gegen Sparta aufzuwiegeln und machten sich daran, Syrakus zu erobern. Daraufhin schickte Sparta ein Hilfsheer nach Syrakus.

Auf diese Weise gelang es Athen und Sparta jahrelang, die Bedingungen des Nikiasfriedens einzuhalten und in den Städten der Dritten Welt weiter Krieg gegeneinander zu führen.

Rembrandt verließ die Lateinschule zwei Jahre, ehe der Krieg gegen Spanien wieder begann, im selben Jahr, in dem William Harvey am St. Bartholomew's Hospital in London mit seinen Untersuchungen begann, die schließlich zur Entdekkung des Blutkreislaufs führten, im selben Jahr, in dem, nur zwölf Jahre nach der Gründung von Jamestown, die ersten Negersklaven in der englischen Kolonie Virginia eintrafen. Und als Jan Pieterszoon Coen, Generalgouverneur der überseeischen Besitzungen der Ostindischen Kompanie, die Stadt Djakarta zerstörte und auf ihren Ruinen die Stadt Batavia gründete, die inzwischen wieder Djakarta heißt und zu dem heute souveränen Staat Indonesien gehört, wurde Rembrandt zum Studium an der Universität Leiden zugelassen.

Den Direktoren der Gesellschaft, die ihm ständig zur Mäßigung im Umgang mit den Eingeborenen rieten, gegen die unmäßigen Profite für die Ostindische Kompanie aus diesem Umgang aber nichts hatten, schrieb Coen:

»Nichts gibt einem ein besseres Recht, als wenn zum Recht noch Macht und Gewalt treten. Was die Natur uns lehrt und was alle Völker seit jeher getan haben, genügt mir in dieser Hinsicht vollkommen.«

Coen verjagte die javanischen und asiatischen Kaufleute, die seit Jahrhunderten mit den Molukkern Handel getrieben hatten, setzte mit Gewalt sein Nelken- und Muskatmonopol durch und diktierte Preise, die so niedrig waren, daß die Einheimischen eigene Lebensmittel anbauen mußten, um weiter auf seinen Nelken- und Muskatplantagen arbeiten zu können.

Er schickte Schiffe auf Patrouillenfahrten rund um die Inseln, deren Besatzungen mit ihren Fernrohren nach nicht gemeldeten Nelken- und Muskatpflanzungen Ausschau halten mußten, die er dann abbrennen ließ, mit Chemikalien entlaubte oder durch Bodenversalzungen unfruchtbar machte.

Die Holländer wußten, wie man das Salz aus den Böden herausziehen konnte, um das Land wieder fruchtbar zu machen, aber sonst wußte das niemand.

Als 1621 der zwölfjährige Waffenstillstand endete, saßen die Holländer ebenso auf Sumatra wie am Amazonas in Südamerika. Rembrandt befand sich in der Obhut von Jacob van Swanenburgh in Leiden, für den er Pigmente in Leinöl verrührte und lithographische Tusche herstellte, obwohl dieser weder als Künstler noch als Lehrer besonders geschätzt wurde und von dem, darüber ist man sich heute einig, Rembrandt kaum mehr als die einfachsten Grundlagen des Zeichnens, Radierens und Malens gelernt haben kann. Rembrandt war fünfzehn. Während seiner drei Lehrjahre bei Swanenburgh wurde nach dem Vorbild der Ostindischen auch eine Westindische Kompanie gegründet. Sie erhielt von der Regierung das Monopol für den gesamten Verkehr zwischen der Ostküste beider Amerika und der afrikanischen Westküste. Außerdem wurde die Kartoffel von Südamerika nach Deutschland gebracht und erfolgreich dort angebaut.

Es gab Leute in Europa, denen die Kartoffel wichtiger war als die Ausbildung Rembrandts oder die Entdeckung des Blutkreislaufs durch William Harvey. Wenn man von der Annahme ausgeht, Menschenleben stellten irgendwie einen Wert dar, wird man zugeben müssen, daß kaum ein Nahrungsmittel so wohltätig war wie die Kartoffel.

Die Annahme, das menschliche Leben stelle einen Wert dar, wird allerdings nirgendwo in der Geschichte bestätigt.

Alle Religionen, mit Ausnahme der jüdischen und der griechischen, halten tot mehr von uns als lebendig.

Im Laufe der Zeit wurde die Kartoffel dann über den Atlantik zurückbefördert und in Nordamerika angebaut, während Rembandt nach Amsterdam kam, wo er seine Ausbildung bei einem renommierteren Künstler fortsetzte: Pieter Lastman.

Eine Zeitlang ahmte der begabte junge Rembrandt eifrig die gequälten Nichtigkeiten seines Meisters nach. Glücklicherweise gab er sich aber mit der übertriebenen Gebärdensprache und den grellen Effekten von Lastmans Historienschinken nicht lange zufrieden, sondern richtete sich mehr nach dem eigenen und dem in seinen Gegenständen angelegten Gefühl. Gleichzeitig übernahm er von den Anhängern Caravaggios unter den Malern der Utrechter Schule eine lebenslange Neigung zu starken Hell-Dunkel-Kontrasten.

Daß es zu Rembrandts Zeit in diesem kleinen, nassen Land ohne große künstlerische Traditionen bereits eine Utrechter, eine Leidener und eine Amsterdamer Schule der Malerei gab, ist eins der großen kulturellen Wunder der Geschichte. Es läßt sich genausowenig mit genetischen und geographischen Besonderheiten oder einem speziellen Nationalcharakter erklären wie das Hervortreten der Juden, Griechen oder Römer und der Aufstieg der Holländer zur führenden Wirtschaftsmacht ihres Goldenen Jahrhunderts.

Obwohl ihn seine Eltern mit vierzehn an der Universität Leiden eingeschrieben hatten, nahm Rembrandt nicht am Lehrbetrieb teil.

Wir können vermuten, daß sein angeborenes Talent und seine Begeisterung fürs Zeichnen und Malen alles Interesse für eine traditionelle natur- und geisteswissenschaftliche Ausbildung weit übertrafen. Und aus der Tatsache, daß sie allen damit verbundenen Unsicherheiten zum Trotz die Entwicklung seines jungen Talents duldeten, können wir schließen, daß seine Eltern relativ aufgeschlossen und wohlhabend waren.

Wer in den Niederlanden arm war, der war, wie die Armen fast immer und überall, sehr arm. Auch in Amsterdam gab es sehr viele Arme, und in den binnenländischen Provinzen und Städten noch mehr.

Die Textilarbeiter in Leiden wohnten in kleinen Hütten. Eine Strohmatte auf dem Fußboden war oft ihr einziges Mobiliar. Glücklicherweise waren ihre Arbeitstage so lang, daß sie sich nur wenig in ihren Behausungen aufhalten mußten.

Es kam der Volkswirtschaft auch sehr zustatten, daß aus Flandern und anderen vom Krieg verheerten Ländern so viele Flüchtlinge in die Republik der Niederlande strömten, um den ewigen Schlachten und Belagerungen zu entkommen. Das hielt die Löhne niedrig und verschaffte den holländischen Fabrikanten und Kaufleuten entscheidende Wettbewerbsvorteile.

Die Armut der Bevölkerung ermöglichte Wohlstand.

Gutverdienende Arbeitsvermittler schickten sechsjährige Kinder in die Tuchwebereien und andere Fabriken.

Wenn sie nicht genug Kinder anwerben konnten, erfüllten sie ihre Verträge mit Nachwuchs aus den Waisenhäusern und Kindern, die am Straßenrand bettelten. Die Stadt Leiden bezog über viertausend Kinder von einem einzigen Lieferanten.

Das galt aber nur für Kinder, die mindestens sechs Jahre alt waren. Jüngere Kinder brauchten zuviel Aufmerksamkeit und waren das Geld meist nicht wert.

Wohl dem Land, das viele Arme hat!

Bei guter Konjunktur steigt der Wert der Armen besonders, und die Länder, die nicht genug davon haben, müssen aus weniger entwickelten Ländern welche importieren, damit die Arbeit getan wird, die für anständige Bürger nicht mehr fein genug ist.

Die Gebote gehen oft ganz schön in die Höhe.

Für den Fortschritt ist es sehr wichtig, daß es immer genug Arme gibt.

Die Drecksarbeit macht ja sonst keiner.

Die Holländer waren, das muß man ihnen lassen, in Wohlfahrtsfragen das aufgeklärteste Volk auf der Welt.

1646, als die restliche Hypothek auf Rembrandts Haus fällig war, durften Kinder nicht mehr gezwungen werden, länger als vierzehn Stunden täglich zu arbeiten.

Die Konditoreien in Amsterdam durften keine allzu üppigen Torten in ihren Schaufenstern aufstellen, »damit sie in den Herzen derer, die zu arm sind, um solche Leckereien zu kaufen, keinen Kummer und Neid wecken.«

Und im Jahr 1632, als Rembrandt die *Anatomie des Dr. Tulp* malte, untersagte die Amsterdamer Bürgerschaft alle weiteren Streitereien zwischen den calvinistischen Sekten, weil sie schlecht fürs Geschäft waren.

Sklavenhaltung war in der Republik der Vereinigten Niederlande verboten, nicht aber der Handel mit Sklaven, und der Transport von Negersklaven aus Afrika nach Amerika war einer der wenigen ertragreichen Unternehmensbereiche der Westindischen Kompanie, deren Ergebnisse sonst eher enttäuschten.

Die Ware war ziemlich verderblich, aber die Handelsspanne war gut; die Gesellschaft verschiffte jährlich bis zu fünfzehntausend Schwarze und machte damit in den fünfundzwanzig Jahren ihres Bestehens einen Umsatz von rund 7000000 Dollar.

Die bibelgläubigen Kapitäne der Sklavenschiffe lasen sowohl der Mannschaft als auch der Ladung aus der Heiligen Schrift vor, und es heißt, ihr Verhalten gegenüber den Negern sei gütiger gewesen als das der Christen untereinander.

In Neuengland zum Beispiel führten die Pilgerväter, die vor der religiösen Intoleranz zu Hause geflüchtet waren, nach ihrer Landung am Plymouth Rock sofort religiöse Verfolgungen durch.

Ein weiteres gutes Geschäft der Westindischen Kompanie war die Kaperung der gesamten, auf der Heimfahrt aus Kuba befindlichen spanischen Silberflotte durch Piet Hein im Jahre 1628.

Dieser Coup blieb zwar einmalig, brachte aber immerhin einen Reingewinn von sechsundsechzig Pfund Gold und einhundertsiebenundsiebzigtausend Pfund Silber, nebst einunddreißig Schiffen mit sechshundertneunundachtzig Kanonen, viertausend Mann Besatzung und zahlreichen anderen Gütern und Vorräten mit einem geschätzten Gesamtwert von über 1 200 000 Dollar.

Die Gesellschaft entschloß sich daraufhin zu einer Dividende von fünfzig Prozent und bezahlte ihre Schulden. Zehn Prozent der Beute schickte sie dem Statthalter in Den Haag.

Im Jahr zuvor hatte Rembrandt sein Gemälde *Der Geldwechsler* vollendet.

Es besteht kein Zweifel, daß es ihm gutging, als er mit siebzehn aus Amsterdam nach Leiden zurückkehrte, mit einem anderen jungen Maler namens Jan Lievens ein Atelier bezog und sich selbständig machte, im selben Jahr, als die Republik ein Handelsabkommen mit Persien schloß und das Territorium der Neuen Niederlande offiziell als holländische Provinz anerkannt wurde, was in der praktischen Politik allerdings nicht viel änderte. Das Territorium der Neuen Welt war zwar viel größer als das Mutterland, besaß aber keinerlei erkennbaren Wert für eine Nation, die an barem Geld und Produkten interessiert war, die man günstig weiterverkaufen konnte, nicht aber an Besitzungen, die mühsam kolonisiert werden mußten. Nur an einer einzigen Stelle des Globus blieben die Holländer nicht an der Küste, sondern begannen ein Land zu besiedeln. Das war in Südafrika, und wir alle wissen, was daraus wurde. Lievens war ein Jahr jünger als Rembrandt, aber als Künstler schon wesentlich bekannter.

Rembrandts *Geldwechsler* ist auch als das *Gleichnis vom Reichen* bekannt.

Als Rembrandt wieder in Leiden war, beschloß die englisch-holländische Allianz, Schiffe gegen die Spanier in den Atlantik zu schicken. Gleichzeitig ließen die Holländer zehn

Engländer hinrichten, die naiv genug gewesen waren, sich auf der Molukken-Insel Amboina niederzulassen und davon träumten, am Gewürzhandel partizipieren zu können.

Prinz Maurits starb, als Rembrandt neunzehn war. Sein Nachfolger, Prinz Frederik Hendrick, baute einen kleinen Palast in Den Haag, richtete dort eine bescheidene Hofhaltung ein und kaufte vor seinem Tod im Jahre 1647 mindestens fünfzehn Gemälde von Rembrandt.

Kurz nachdem Frederik Hendrick das Amt des Statthalters übernommen hatte, stieß sein gebildeter Sekretär Constantijn Huygens in Leiden auf zwei jugendliche Maler, die seine Bewunderung weckten und ihn hoffen ließen, die holländische Kunst werde die spanische und flämische bald übertreffen und der italienischen Konkurrenz machen. Zwei Jahre zuvor hatte Peter Minuit, der Generalgouverneur der Westindischen Kompanie in Nordamerika, die Insel Manhattan gekauft und den Wappinger-Indianern, denen die Insel allerdings gar nicht gehörte, Kessel, Äxte, Tuch und Angelhaken im Gesamtwert von 24 Dollar dafür bezahlt.

Peter Minuit wurde abgelöst, und als die Insel im Jahre 1667 nach dem zweiten holländisch-englischen Krieg endgültig an die Engländer abgetreten wurde, erhielten weder die Westindische Gesellschaft noch die Republik der Vereinigten Niederlande ihre 24 Dollar zurück.

Die Holländer heizten den Briten in diesem zweiten holländisch-englischen Krieg, in dem sie alle ihre Besitzungen in Nordamerika aufgaben, ganz schön ein. Furchtlos segelten sie die Themse bis London hinauf und kaperten oder zerstörten dort Schiffe, die der Stolz der Flotte Seiner Majestät waren, und überall an der Küste überfielen ihre Kommandoeinheiten englische Dörfer und Städte.

Aber England war eine Monarchie und konnte ein Weltreich schaffen, während die Holländer eine Republik waren und nur Handelsplätze schufen.

So tauschten die Holländer 1667 im Vertrag von Breda ihr Territorium der Neuen Niederlande, das sowieso schon weitestgehend von englischen Siedlern besetzt war, gegen den offenen Sklavenmarkt Surinam an der nahezu unerforschten Küste von Südamerika ein. Rembrandt war einundsechzig und hatte noch zwei Jahre zu leben.

Milton veröffentlichte sein *Verlorenes Paradies.*

Im Jahr, bevor Titus heiratete und starb, eroberten die Holländer Sumatra.

Mit den zehn Prozent der Beute, die er von der Westindischen Kompanie erhielt, unternahm Prinz Frederik Hendrick einen Feldzug gegen die Spanier in den südlichen Niederlanden, und sein gebildeter Sekretär, Constantijn Huygens, schrieb in lateinischer Sprache seine bemerkenswerten Memoiren, in denen er zwei jungen Künstlern von plebejischer Herkunft, die er in Leiden entdeckt hatte, eine gewaltige Begabung bescheinigte und voraussagte, sie würden alle ihre Vorgänger weit übertreffen. Über Rembrandt schrieb er, es gelinge ihm stets, zum Kern seines Gegenstands vorzudringen, und er sei besessen davon, das Bild vor seinem inneren Auge in Farbe zu übertragen.

Huygens Latein ist kompliziert, und seine Urteile sind fehlbar. Rembrandts *Der reuige Judas* zum Beispiel, das Huygens mit Lob überhäufte, ist nach heutigen Maßstäben komisch genug, um einen frivolen Amerikaner zum Lachen zu bringen.

Dem jungen Lievens riet Huygens zur Porträtmalerei, während er Rembrandt empfahl, sich an die Historien zu halten.

Woraufhin sich Lievens auf die Historien stürzte und Rembrandt weitere Porträts und stehende Figuren malte – jene Bilder, die heute unsere Bewunderung für sein Genie begründen.

Alle Gemälde von Rembrandt, die jemanden in Bewegung

darstellen, sind entweder nicht besonders gut oder nicht von Rembrandt. Rembrandts dramatischer *Polnischer Reiter* zum Beispiel in der Frick Collection in New York ist weder gut noch von Rembrandt. (Rembrandts Radierung des unzüchtigen Mönchs mit seiner Geliebten im Kornfeld, ist von ganz anderem Kaliber.)

Die beiden jungen Künstler wiesen Huygens Empfehlung zurück, doch erst einmal nach Italien zu gehen und dort Raffael und Michelangelo zu studieren.

Mit einiger Überheblichkeit behaupteten sie, die besten italienischen Gemälde seien ohnehin schon im Norden und was sie an Einflüssen aus Italien brauchten, könnten sie auch von den Holländern lernen, die schon dort gewesen seien.

Lievens ging statt dessen nach England, um sein Glück zu machen, machte allerdings erst mal bankrott. Dann ging er nach Antwerpen und machte noch einmal bankrott.

Rembrandt zog es nach Amsterdam, ein Jahr, nachdem die niederländischen Fischer beim Heringsfang ein Rekordergebnis von dreizehn Millionen Gallonen erzielt hatten, von denen achtzig Prozent exportiert wurden. Er ließ sich im selben Jahr, in dem die Holländer eine Siedlung am Delaware gründeten, im Haus seines Kunsthändlers in der Breestraat nieder.

Nach seiner *Anatomie des Dr. Tulp* im Jahre 1632 verdiente Rembrandt mehr Geld, als er sich je hätte träumen lassen, mehr als er je würde ausgeben können, wie er irrtümlich annahm. Zu den fünfzig datierten Rembrandts des Jahres 1633 gehörte auch das sensible, allerdings nicht von Rembrandt stammende Porträt seiner Mutter im Besitz von Charles I. von England.

1633 machte er eine Silberstiftzeichnung von Saskia, um ihre Verlobung zu feiern. Ein Jahr später, als Curaçao besetzt wurde, heirateten sie. Saskia wirkt angenehm schlicht und zeigt die für Holländerinnen der damaligen Zeit typische Neigung zur Fülle. Die Frauen damals, heißt es, aßen und tranken genauso herzhaft wie Männer. Seine Flitterwochen begann das junge Paar damit, daß es einen Rechtsanwalt beauftragte, die Schulden für die junge Frau einzutreiben.

Im nächsten Jahr landeten die Holländer auf Formosa, den Jungferninseln und Martinique und besetzten einen Teil von Brasilien, um ins lukrative Zuckergeschäft einzusteigen. In Spitzbergen errichteten die Holländer eine Walfangstation, aber die Engländer besiedelten unterdessen Connecticut. Saskias erstes Kind, Rombartus, wurde geboren und starb ungefähr im selben Jahr, als Rembrandt sein Selbstporträt mit Saskia malte, auf dem er eine vulgäre Zufriedenheit mit seinem Erfolg zeigt, die für beide nicht eben schmeichelhaft ist.

Saskia sitzt wie eine Prostituierte in einer Taverne auf seinem Schoß. Rembrandt hat ihr mit besitzergreifender Sorglosigkeit einen Arm um die Taille gelegt, hebt sein Glas, um sich selbst zuzuprosten, und wirkt genauso stolz wie der Pfau, der im Hintergrund als Krönung der Mahlzeit auf dem Tisch thront.

In seinen letzten Lebensjahren, schreibt ein holländischer Biograph, der ihn nie kennengelernt hat, aß Rembrandt oft den ganzen Tag nicht mehr als ein Stück Brot mit einem Hering oder einem Stück Käse.

Der *Verlorene Sohn* ist eins der beiden Selbstporträts, auf denen Rembrandt richtig breit lacht; das andere zeigt ihn mit sechzig, aber sein zerfallenes Lachen und der traurige, vom Altersschwachsinn zerstörte Blick lassen ihn weit über achtzig erscheinen. Es ist ein makelloses Gemälde.

Saskia und Rembrandt wohnten nicht mehr in Uylenburghs Haus, sondern hatten eine gemietete Wohnung bezogen. Rembrandt gab in den Kunstgalerien und Auktionshallen hemmungslos Geld aus, als in New Towne, Massachusetts, eine höhere Lehranstalt gegründet und, da sie der Ausbildung puritanischer Geistlicher dienen sollte, nach dem Kirchenmann John Harvard benannt wurde. Heute beruht Harvards

Ruhm allerdings vor allem auf seinem Ruf als Ausbildungsstätte mächtiger Manager und Finanzleute.

Im Jahr der Gründung von Harvard vollendete Rembrandt das dritte Bild aus der Passionsserie für Prinz Frederik Hendrick, während sich die Holländer auf Ceylon niederließen, ehe sie ein Jahr später die Portugiesen von der Goldküste vertrieben und der Zusammenbruch des Tulpenhandels im Mutterland eine schwere Wirtschaftskrise auslöste. Diese frühblühenden Zwiebelpflanzen aus der Gattung der Liliengewächse, deren Mutationen so schöne Züchtungserfolge erlaubten, wurden plötzlich nicht mehr in Gold aufgewogen. Pleiten und Selbstmorde waren die Folge.

Die Holländer besetzten die Insel Mauritius im Indischen Ozean und begannen alsbald damit, die flugunfähigen Dodos zu Tode zu prügeln.

1639 verdrängten die Holländer die Portugiesen aus Japan, das sich jetzt vor allen anderen Europäern verschloß, und obwohl ihnen Ende Juli eine Tochter geboren wurde, die sie auf den Namen Cornelia tauften, ehe sie zwei Wochen später wieder starb, strengten Rembrandt und Saskia in diesem Jahr einen Prozeß gegen die Verwandten von Saskia an, die behauptet hatten, sie verpraßte ihr Erbe.

Sie kauften das Haus in der Breestraat.

Und im Jahr darauf, 1640, wurde erneut im Juli eine Tochter geboren und im August wieder begraben.

Das Jahr 1641 war besonders ertragreich. Die Holländer eroberten Luanda in Angola und sicherten sich damit den regelmäßigen Nachschub an Sklaven, der für den Zuckeranbau in Brasilien gebraucht wurde. Sie begannen mit der Eroberung Ceylons, nahmen den Portugiesen die Halbinsel Malakka zwischen dem Indischen Ozean und dem Chinesischen Meer weg, und Titus wurde geboren, lebte und blieb auch am Leben!

Als Aristoteles Amsterdam kennenlernte, gab es bereits

fünfzig Zuckerraffinerien in der Stadt, und Holland konnte seinen eigenen Tabak anbauen.

Aber jetzt begannen die Zähne in Holland zu faulen, und Saskia starb. Geertghe Dircx kam ins Haus, um für Titus zu sorgen, und in England brach der Bürgerkrieg aus, als Charles I. versuchte, fünf Mitglieder des Parlaments zu verhaften. Charles schickte seine Königin zu ihrer Tochter und ihrem Schwiegerson nach Den Haag und seine Armee der Kavaliere nach York, wo das puritanische Parlament tagte. In Neu-Amsterdam ließ der holländische Gouverneur die Wappinger-Indianer massakrieren, die bei den Holländern Schutz vor den Mohawks gesucht hatten.

Mehr als fünfzehnhundert Wappinger-Indianer waren so tot wie die Dodos.

Von 1645 an wohnte wahrscheinlich auch Hendrickje im Haus, und Rembrandt malte den *Rabbi* und die *Heilige Familie,* wo das Christuskind ein Säugling, die Hl. Maria eine Mutter und der Hl. Joseph ein Zimmermann ist.

Übelwollende Kritiker bemängelten, daß seine Bathsebas und Danaës die Figuren holländischer Putzfrauen hätten, als ob diese Legendengestalten nichts als gewöhnliche Frauen gewesen seien.

Seine Bathseba ist tatsächlich ein bißchen mollig. Aber das war Davids Bathseba wahrscheinlich auch. Und Josephs Maria genauso.

Die letzte Rate für das Haus wäre 1646 fällig gewesen. Man drängte ihn aber nicht sehr zu bezahlen.

Die Konjunktur blühte. Rembrandt erhielt zwei weitere Aufträge von Prinz Frederik Hendrick. Der Statthalter bestellte eine *Geburt Christi* und eine *Beschneidung* zu Preisen, die doppelt so hoch wie die früheren waren. Dann starb er.

Hätte er noch lange genug gelebt, um die Bilder genauer zu betrachten, hätte er bei Rembrandt eine dramatische Entwicklung zu einem individuellen Stil beobachten können. Die

Erfindungskraft des Künstlers beschäftigte sich jetzt nämlich kaum noch mit der Verherrlichung seines Gegenstands, sondern konzentrierte sich ganz auf Licht, Farbe und Form.

Rembrandt arbeitete jetzt, wie er wollte. Seine Popularität verblaßte allmählich im Wettbewerb mit einigen seiner früheren Schüler wie Ferdinand Bol und Govert Flinck, mit denen er verfeindet war.

Vor allem Flinck war ein sehr pragmatischer Mann. 1635, als Rembrandt der beliebteste Modemaler von Amsterdam war, hatte Flinck ein Jahr lang bei ihm gearbeitet und bald gelernt, den Meister so geschickt nachzuahmen, daß viele seiner Bilder als Rembrandts gelten konnten und vielleicht auch als solche verkauft wurden – möglicherweise mit Wissen von Rembrandt.

Dem Zeitgeist entsprechend wandelte Flinck seinen Stil und imitierte sofort den durchscheinenden Firnis und die präzise Detailzeichnung irgendeines anderen Meisters, als ein neuer Trend zum Klassizismus in der konservativen Amsterdamer Geschäftswelt erst einmal richtig Fuß gefaßt hatte. Flinck spielte sich geradezu als einer der tonangebenden Künstler der Zeit auf, wohingegen Werk wie auch Person Rembrandts in den Augen vieler schon fast als anrüchig galten.

Uylenburgh war auch Flincks Kunsthändler.

Ob Rembrandt auch nur einen Teil des Geldes für die beiden letzten Aufträge von Prinz Frederik Hendrick benutzte, um seine Schulden für das Haus oder die Zinsen dafür zu bezahlen, ist nicht bekannt. Es ist überhaupt nicht bekannt, daß Rembrandt je Schulden bezahlt hätte, wenn er nicht dazu gezwungen wurde.

In einer mißglückten Aktion versuchte er, so viele Abzüge seiner Radierungen wie möglich zurückzukaufen, um auf diese Weise das Angebot zu verringern und den Wert der Stücke zu steigern, die er selbst im Besitz hatte.

Diese spekulative Marktstrategie hätte sich für Rembrandt

sehr ausgezahlt, wenn er ein Alter von dreihundert Jahren erreicht hätte.

Im Jahre 1648 kam Frieden in die Niederlande, während die Auseinandersetzungen zwischen Geertghe und Rembrandt sich zuspitzten. Spanien erkannte die Unabhängigkeit der Niederlande an, während sich die orthodoxen griechischen Bauern daran machten, alle Juden umzubringen, die nicht zum Christentum bekehrt werden wollten.

Der Dreißigjährige Krieg war endlich zu Ende, und Polen konnte sich in ein großes Pogrom stürzen, das zehn Jahre lang anhielt und mehr als hunderttausend Juden das Leben kostete.

Heute müßte man in Polen ziemlich lange suchen, um so viele zu finden.

Auf das Jahr 1649, in dem Geertghe Dircx ihren Prozeß wegen eines gebrochenen Eheversprechens anstrengte, wird kein Gemälde Rembrandts datiert.

Hendrickje bezeugt vor Gericht, die Klageführerin Geertghe sei offensichtlich hysterisch, während in England Charles I. von der revolutionären Regierung Oliver Cromwells geköpft wurde.

Das Inventar des toten Königs verzeichnet unter anderem eine Gestüt von einhundertneununddreißig Pferden mit siebenunddreißig Zuchtstuten und zwei Gemälde von Rembrandt.

Eines dieser frühen Meisterwerke, das Porträt seiner Mutter, wurde allerdings kürzlich vom *Rembrandt Research Project* als das Werk eines anderen bezeichnet, und das Schatzamt mußte am Eigentum von Königin Elizabeth II. eine entsprechende Abschreibung vornehmen.

»Ich wünschte, sie hätte das Bild verkauft, als ich ihr dazu riet«, sagte der Finanzminister, als die Regierung zurücktrat. »Der Markt dafür wird nie wieder so gut sein.«

Er habe ein »ungutes Gefühl« gehabt, als er das Bild einmal sah, erklärte Sir Ian.

Statt der vielen Millionen Dollar, die ein echter Rembrandt heute bringt, ist das Gemälde als anerkannte Rembrandtfälschung heute nur noch ein paar hunderttausend wert.

Eigentlich, sagen manche Kunsthändler, sollte es mehr wert sein als ein Rembrandt, schließlich gebe es weit mehr echte Rembrandts als anerkannte Rembrandtfälschungen.

Wir wissen, daß Cromwell die Rembrandts behielt und das Gestüt auflöste, Irland unterwarf und den Juden, die dreihundertfünfundsechzig Jahre zuvor von König Edward I. aus England vertrieben worden waren, Religionsfreiheit zusagte. Überredet wurde Cromwell dazu von dem sephardischen Gelehrten, Schriftsteller und Drucker Samuel Menasseh ben Israel aus Holland, dessen ursprünglich in hebräischer Sprache geschriebenes Buch *Die Hoffnung Israels* Cromwell so beeindruckte, daß er ihn zu einem Gespräch nach England einlud. Rembrandt machte 1636 eine Radierung des Rabbis Menasseh ben Israel, der auf der Heimreise aus England an einer Krankheit starb. Ein Abzug davon ist heute im Britischen Museum in London zu sehen.

1650, zwei Jahre nach dem Ende des Dreißigjährigen Krieges, hatten die Holländer die größte Handelsflotte der Welt, und ihre Kriegsflotte war doppelt so stark wie die von England und Frankreich zusammen. Zwei Jahre später jedoch standen sie unter einer Blockade.

14

Der Krieg drehte sich wieder einmal ums Geld.

Was Aristoteles langweilig fand.

Der Anlaß für den ersten holländisch-englischen Krieg war Cromwells Navigationsakte vom 9. Oktober 1651, deren Absicht und Wirkung ausschließlich darin bestand, alle britischen Häfen für holländische Schiffe zu sperren.

Gesetze dieser Art führen häufig zum Krieg.

Im Jahre 432 v. Chr. ließ Perikles gegen die Schiffe aus dem mit Sparta verbündeten Megara eine Handelssperre für das Gebiet des Attischen Bundes beschließen. Auch diese Herausforderung trug schließlich zum Kriegsausbruch bei.

Sie war Bestandteil jener langen Ereigniskette, die dazu führte, daß Athen kapitulieren mußte und der Attische Seebund aufgelöst wurde; die Demokratie erst beseitigt und dann wieder eingeführt wurde; Sokrates und Asklepios vor Gericht gestellt, schuldig gesprochen und hingerichtet wurden; Platon seine philosophischen Lehren verfaßte und eine Schule gründete; Aristoteles als Schüler nach Athen kam und die Stadt als Flüchtling wieder verließ, später aber während eines anderen Krieges in Amsterdam von Rembrandt gemalt wurde, wie er eine Büste Homers betrachtete, die allerdings nur eine Kopie war, und schließlich als Ergebnis jahrhundertelanger gefährlicher Reisen 1961 in der Stadt, die heute New York heißt, einen Triumphzug aus der Parke-Bernet-Galerie an der Ecke Madison Avenue/77. Straße ins Metropolitan Museum of Art an der Fifth Avenue/82. Straße antreten konnte, und dies noch bevor zwischen dem Korea- und dem Vietnamkrieg John F. Kennedy ermordet und als Präsident der Vereinigten Staaten von Lyndon B. Johnson abgelöst wurde, der auf Anraten eines inneren Kreises von gebildeten Dummköpfen, die aus Harvard und von anderen prestigeträchtigen Universitäten kamen, das amerikanische Volk und den Kongreß belog und die Vereinigten Staaten mit List und Tücke in einen Krieg in Südostasien verwickelte, den sie nicht gewinnen konnten und auch nicht gewannen, und der diese destruktive Politik genauso unbelehrbar verfolgte wie zuvor Perikles, als er Athen in den selbstzerstörerischen Krieg mit Sparta hineintrieb.

»Wir führen Krieg, um in Frieden zu leben«, sagte Lyndon B. Johnson, zitierte damit Aristoteles, dem das peinlich genug war, und paraphrasierte gleichzeitig Adolf Hitler.

Die Friedenssehnsucht mancher Leute führt oft zu den schrecklichsten Kriegen.

Im Jahre 1652 erlitten die Holländer bei einer Seeschlacht im Kanal auf der Höhe von Folkestone eine schwere Niederlage, und Rembrandt erhielt von Don Antonio Ruffo aus Sizilien den Auftrag, in holländischer Manier einen Philosophen zu malen. 1653, als Rembrandt den *Aristoteles* fast fertig gemalt und das Porträt von *Jan Six* gerade angefangen hatte, mußten die Holländer auf See weitere Niederlagen hinnehmen: vor Portland und North Foreland im Kanal und schließlich sogar in heimischen Gewässern vor der Insel Texel am Eingang der Zuidersee. Danach lagen die englischen Schiffe an der holländischen Küste vor Anker und patrouillierten die Nordsee, um jeglichen Schiffsverkehr zu unterbinden und etwaige Blockadebrecher sofort abzufangen.

Auf der anderen Seite des Atlantiks, in Neu-Amsterdam, bauten verängstigte holländische Kolonisten quer über die Halbinsel Manhattan einen Wall mit einer hölzernen Palisade, um sich vor etwaigen Angriffen englischer Siedler zu schützen, und legten so das Fundament der späteren Wall Street.

Es erscheint durchaus angemessen, daß jenes Volk, dem wir schon das Postwesen und die ersten Wirtschaftsnachrichten zur Bereicherung des Geschäftslebens verdanken, auch die Namensgeber für das mächtige Finanzzentrum waren, das sich dort heute befindet.

»Glaubt Ihr, es wird Unruhen geben?« fragte der Mann namens Jan Six.

»Wieso?« fragte Rembrandt.

Six war verblüfft.

Die Getreidepreise waren in astronomische Höhen geklettert, Heringe gab es fast überhaupt keine mehr, die Banken gingen bankrott.

»Selbst wenn Ihr ihn fertig habt«, sagte Jan Six und zeigte mit dem Daumen auf *Aristoteles bei der Betrachtung Homers,* »könnt Ihr ihn gar nicht wegschicken. Es gibt keine Schiffe nach Texel, es gibt keine Schiffe von Texel ins Mittelmeer.«

Aristoteles saß also fest. Er betete um Frieden.

»Ich bin ja schon mit ihm fertig«, sagte Rembrandt. »Ich warte nur noch darauf, daß er trocknet.«

Aristoteles fröstelte. Den ganzen Tag in einem Land, dessen regnerisches, feuchtes Klima er verabscheute, im Atelier eingesperrt, konnte er es gar nicht erwarten, daß der Krieg aufhörte. Er war verschnupft, und seine Augen tränten. Sein Teint war gelblich und sein Gesichtsausdruck depressiv. Der ständige Farbgeruch löste Übelkeit bei ihm aus. Und zu tun hatte er auch nichts.

»Es ist eine Tragödie«, sagte Rembrandt, »wenn ich jetzt, wo ich so gut in Schwung bin, wegen eines Umzugs aufhören müßte zu arbeiten.« Er hatte schon ein anderes Haus besichtigt. »Ich würde lieber meine Sammlung verkaufen und weiter hier wohnen.«

»Es wäre eine noch viel größere Tragödie«, sagte Jan Six, »wenn Ihr zu einem Zeitpunkt verkaufen müßtet, wo niemand bereit ist zu kaufen.«

Tragödie? Aristoteles grinste höhnisch, oder versuchte es wenigstens. Das war doch keine Tragödie. Wußten diese Männer denn nicht, daß eine Tragödie die Nachahmung einer ernsten, in sich abgeschlossenen Handlung war, die in angenehm gestalteter Rede, mehr dramatisch als erzählend vorgetragen wurde, Mitleid und Furcht hervorrief und gleichzeitig eine Befreiung von diesen Affekten herbeiführte? Das hier war bloß Unglück, eine der gewöhnlichen Notlagen des Lebens ohne die heilsame Wirkung einer Katharsis, wie sie seiner Meinung nach eine Tragödie herbeiführen mußte.

Es war eine Tragödie ohne Happy-End.

Über die Honorare für die neuen Gemälde sagte Rembrandt nichts zu Jan Six. Und er sprach auch nicht davon, daß er außer den Schulden für das Haus noch für weitere achttausend Gulden Schulden gemacht hatte und daß er eigentlich auch seinem Sohn Titus noch die zwanzigtausend schuldete, die ihm Saskia vererbt hatte. Soweit der verblüffte Aristoteles feststellen konnte, gab es unter den zahllosen Gemälden, die auf Rembrandts Dachboden herumstanden, nur zwei, für die der überschuldete Hausbesitzer, Künstler und Vater mit Sicherheit eine Bezahlung erwarten konnte. Es schien auch keins jemals fertig zu werden, obwohl oft weder Aristoteles noch Jan Six erkennen konnten, was noch getan werden mußte. Dauernd holte Rembrandt Bilder wieder hervor, die er längst vollendet und weggestellt hatte, änderte Pinselstrich und Farben und fand nie ein Ende.

Seine Gleichgültigkeit gegenüber der Zeit war zum Verzweifeln.

Aristoteles war, während er die Büste Homers betrachtete, mehrfach nahe daran, sich den Kopf zu kratzen, wie Röntgenstrahlen gezeigt haben, aber Rembrandt ließ es einfach nicht zu: Er beschloß, den Arm des Philosophen gerade und seine Hand in einer Pose ewigen Fragens auf dem Kopf Homers ruhen zu lassen – gleichsam wie eine Mütze.

»Ich muß Euch ganz ehrlich gestehen, daß mein Porträt mir gefällt«, sagte Jan Six, der jetzt häufiger zum Modellstehen kam und Rembrandt beim Malen beobachtete.

»Mir auch«, sagte Rembrandt vergnügt.

Selbst Aristoteles war zufrieden.

Während er auf seiner Staffelei stand und darauf wartete, nach Sizilien zu kommen, entstand auf der frischen Leinwand ihm gegenüber allmählich das phänomenale Porträt des belesenen jüngeren Mannes aus einer reichen Familie, Jan Six. Im Leben war Jan Six schlank und liebenswürdig, harmlos und zart, in der Kunst erlangte er mit jeder Berührung des Pinsels oder Palettenmessers mehr Kraft, bis er zu einer beherrschenden Persönlichkeit wurde.

Aristoteles blieb jedesmal fast das Herz stehen, wenn Rembrandt sich einem von ihnen näherte oder mit dem Palettenmesser in der Faust auf eins der anderen Gemälde losging. Six entspannte sich, verließ seinen Standort und näherte sich dem *Aristoteles* neugierig. Rembrandt versuchte ihn fernzuhalten, indem er ihm die Hand auf die Brust legte.

»Nicht so nahe! Sonst –«

»–– wird mir vom Geruch der Farben noch schlecht«, sagte Six lächelnd. Rembrandt lächelte nicht. »Seid Ihr jetzt wirklich fertig mit ihm?«

Mit einem Achselzucken wandte Rembrandt sich ab, um keine Antwort geben zu müssen. Plötzlich blieb sein Blick an etwas Unerwartetem hängen. Sein Kopf schoß hoch, und mit einem hastigen Blick über die Schulter flitzte er wortlos in eine Ecke neben der Tür. Dort bückte er sich, kam aber gleich wieder hoch und kehrte leise fluchend zurück.

Es hatte wieder mal jemand eine Münze auf den Boden gemalt.

»Es war sowieso bloß ein Stüver«, glaubte Aristoteles aus dem Munde des Meisters zu hören.

Rembrandt starrte Aristoteles mit einem finsteren, unheilschwangeren Blick an. Dann fegte das Palettenmesser wütend über die Leinwand.

»Wußtet Ihr«, fragte Jan Six voll Bewunderung, »daß Ihr damit das Grün so intensiv machen würdet?« Er setzte seine Augengläser auf, mit denen er nicht porträtiert werden wollte. »Wußtet Ihr, daß Ihr das Gold soviel leuchtender machen würdet, als Ihr mit der Klinge durch die Farbe gefahren seid? Und daß der Faltenwurf der Seide noch üppiger sein würde?«

»Das wollte ich gerade herausfinden.«

»Ich glaube, Ihr habt es gewußt.«

»Ich wußte, daß ich es wieder ändern kann, wenn es mir nicht gefällt«, knurrte Rembrandt.

»Wenn ich so etwas sehe, kommt es mir ganz natürlich vor«, sagte Six, »daß die Holländer in der Wissenschaft der Optik alle Welt übertreffen. Ich glaube, Ihr wißt immer ganz genau, was dabei herauskommt, wenn Ihr etwas ändert.«

»Ich glaube, ich werde ihn noch etwas ändern«, sagte Rembrandt spontan.

Jan Six lächelte amüsiert, Aristoteles hielt mit Mühe ein Schluchzen zurück.

»Woher wißt Ihr eigentlich, wann ein Bild fertig ist, Rembrandt?«

»Ein Bild ist fertig«, erwiderte Rembrandt, ohne sich umzudrehen, »wenn ich es sage.«

»Gilt das auch für mein Porträt?« lachte Six. »Dann warte ich womöglich noch ewig.«

»Mit Eurem Porträt«, sagte Rembrandt, bewegte sich zu seinem Arbeitstisch, um erneut nach dem Palettenmesser zu greifen, und richtete seine Blicke, wie Aristoteles schaudernd feststellte, wieder drohend auf das Bildnis des Griechen, »werdet Ihr sehr zufrieden sein. Ihr werdet Euch und Eure Familie nur noch von mir malen lassen wollen.«

Wie sich zeigte, bestellte Six nie wieder ein Gemälde bei Rembrandt, obwohl er mit dem Porträt tatsächlich so zufrieden war, daß er ein Gedicht darüber schrieb, als das Werk fertig war. Vielleicht ist es heute das wertvollste Gemälde der Welt, das noch in privater Hand ist. Es gehört den Erben von Jan Six, und man kann es nur ansehen, wenn sie es erlauben.

Rembrandts *Bürgermeister Jan Six* würde heute auf einer Versteigerung möglicherweise um hundert Millionen Dollar bringen, aber es gibt auf der ganzen Welt wahrscheinlich nur hundert Leute, die soviel dafür bezahlen könnten.

Als die Arbeit dieses Nachmittags beendet war, kam Hendrickje mit dem Tee, einem teuren Getränk, und süßen, klebrigen Keksen. Hinter ihr erschien Titus, den Skizzenblock unter dem Arm. Er sah ein bißchen anämisch und müde aus und wirkte sehr schüchtern. Er war ein blasses, mageres Kind mit lockigem, braunem Haar, wunderbaren dunklen Augen und einzelgängerischem Wesen. Jeden Tag kam er mindestens einmal mit Hendrickje ins Atelier, wo Rembrandt ihm Zeichenunterricht gab. Die Lektionen waren allerdings immer sehr kurz, und der Meister nahm nicht viel Anteil an seinem Schüler. Hendrickje blieb meistens da und sah stumm lächelnd zu, den Kopf in die Hand gestützt, mit vollen, rosigen Wangen. Titus gab sich viel Mühe und sprach nur sehr leise. Jetzt blieb er gleich an der Tür stehen, winkte Aristoteles versteckt zu und drehte ihm eine Nase. Aber schon hatte sein Vater ihn beim Grimassenschneiden erwischt.

»Was treibst du da?« fragte er barsch.

»Er hat mir zugeblinzelt«, behauptete Titus verwirrt.

»Hat er nicht«, sagte Rembrandt.

»Ich schwöre bei Gott!«

»Meinst du so?« grinste Rembrandt, fuhr Aristoteles ohne jede Vorwarnung mit dem Pinsel ins Auge, so daß sich das Lid schloß und wischte die Farbe mit dem Daumen genauso schnell wieder weg. Das Auge war wieder offen.

Titus kicherte.

Er tat Aristoteles leid.

Aristoteles mußte an seinen eigenen Sohn Nikomachos denken, und er bedauerte dieses harmlose, ängstliche, elfjährige Kind, dessen Vater sich erst kürzlich mehr als neuntausend Gulden geliehen hatte, von denen sowohl der Philosoph wie auch der Künstler selbst wußten, daß er sie nie würde zurückzahlen können.

Jan Six trank seinen Tee im Stehen, setzte seine Tasse ab und wollte sich auf den Weg machen.

»Du zeichnest auch schon?« fragte er Titus.

»Mein Vater zeichnet.«

»Komm, wir zeigen es ihm«, sagte Rembrandt. Titus klappte den Block auf. Rembrandt führte ihm die Hand. »Siehst du? So! Jetzt sieht es voll aus. Und nun bringst du noch etwas Licht rein.«

»Und wie soll ich das machen?« fragte Titus.

»Indem du Schatten reinbringst!«

»Das finde ich witzig.«

Hendrickje lächelte. Aristoteles empfand auch für sie Mitleid.

»Können wir morgen weiterarbeiten?« fragte Jan Six an der Tür. »Ich hätte Zeit.«

»Bringt Euren roten Mantel mit«, sagte Rembrandt. »Ich möchte mit der Farbe anfangen.«

»Ich habe mich immer noch nicht daran gewöhnt«, sagte Six mit einem verlegenen Lachen und errötete etwas. »Er gefällt mir zwar, aber er ist so grell. Meistens habe ich gar nicht die Nerven dafür, ihn zu tragen.«

»Ihr werdet ihn für immer tragen«, erklärte Rembrandt düster.

»Wenn Ihr jemals fertig werdet«, seufzte Six.

»Ich habe doch gerade erst angefangen. Bringt auch ein Paar Handschuhe mit.«

»Welche Farbe?«

»Das ist egal. Was immer Ihr wollt. Ich male meine eigene

Farbe. Es wäre viel besser, wenn Ihr Sachen von mir tragen würdet, aber Ihr wollte ja unbedingt in Euren eigenen Sachen gemalt werden. Ich könnte Euch so wie *ihn* malen mit Sachen aus meiner Sammlung.«

»So wie *der*«, sagte Six lächelnd, »will ich auf gar keinen Fall aussehen.«

Aristoteles hätte ihn umbringen können.

Am Ende konnte Aristoteles doch ausreisen, auch wenn es noch ein Jahr dauerte. Er mußte warten, bis im Frühjahr 1654 der Vertrag von Westminster geschlossen wurde, aber dann hatte er viel Glück und gelangte nach Sizilien, noch ehe der Sommer vorbei war. Die Holländer erkauften den Frieden mit einer hohen Entschädigung und wurden zu allem Überfluß auch noch von den Portugiesen aus Brasilien vertrieben.

Aristoteles war froh, als er das dunkle nordeuropäische Land endlich hinter sich hatte. Mit dem Vertrag von Westminster waren seine Freiheitsträume Wirklichkeit geworden. Er fühlte sich frei, als er für seine Seereise von Kopf bis Fuß in Tücher eingehüllt und in eine Holzkiste gepackt worden war. Tapfer und voller hochgespannter Erwartungen sah er der neuen Welt entgegen, in die er geschickt werden sollte.

Er verließ Amsterdam auf einem Leichter am 13. Juni 1654 mit einem Versandauftrag an den Kapitän des Frachters *Bartholomäus,* der bei der Insel Texel vor Anker lag. Am 19. Juni setzten sie Segel und fuhren nach Neapel, dem ersten Hafen, den sie auf dieser Reise anlaufen sollten. Im August lag die *Bartholomäus* schließlich im Hafen von Messina, an der Nordostspitze Siziliens.

Aristoteles jubelte, als er hörte, daß das Schiff angelegt hatte. Er erinnerte sich daran, bei Thukydides gelesen zu haben, daß Alkibiades beim Feldzug gegen Syrakus geraten hatte, sich die Stadt Messina zum Verbündeten zu machen.

Die Kiste mit Rembrandts *Aristoteles bei der Betrachtung Homers* wurde ausgeladen, im Auftrag der Empfänger entgegengenommen und dann mit einem Karren den holprigen Weg zu Don Ruffos Schloß hinauftransportiert, wo sie mit Spannung erwartet und lärmend begrüßt wurde.

Aristoteles hielt den Atem an, als die Kiste aufgestemmt, sein Bild herausgehoben und schließlich enthüllt wurde. Die Aufnahme hätte nicht freundlicher sein können. Es gab Erstaunen und entzückte Schreie, als die Leute ihn sahen. Aristoteles, der bekanntlich ein wenig zur Eitelkeit neigte, war über alle Maßen beglückt über diesen Empfang und freute sich über die aufgeregten Rufe und die Begeisterung, mit der sein Erscheinen begrüßt wurde. Diese Leute waren so ausdrucksvoll! Es bestand von Anfang an keinerlei Zweifel daran, daß sein Äußeres ihnen gefiel. Das Gemälde wurde hochgehoben und eifrig zur Balkontür getragen, wo helles Sonnenlicht in den Saal strömte. Es wurden überschwengliche italienische Lobreden auf seine Kleider und den Schmuck gehalten. Erst wurde die goldene Kette, dann die Brosche an seiner Schulter, dann das Medaillon, dann sein Ohrring und schließlich der Ring an seinem kleinen Finger gelobt. Die Feinheiten in der Pinselarbeit rings um die Augen wurden genauso bewundert wie die Lichtreflexe auf dem Hut und im Bart. Aristoteles glühte vor Stolz, eine sehr unbescheidene Selbstzufriedenheit erfüllte ihn, und er badete geradezu in der hemmungslosen Bewunderung seiner neuen Umgebung. Endlich war er bei Freunden, die ihn zu würdigen wußten.

»Wer das wohl sein mag?« hörte er einen Herrn fragen.

»Albertus Magnus vielleicht?« sagte ein anderer.

»Er sieht aus wie ein Phrenologe«, sagte ein dritter.

Aristoteles verschlug es die Sprache.

VIII.
Das Zeitalter des Perikles

15

Das Zeitalter des Perikles begann mit einem fünfzehnjährigen Krieg und endete mit dem Beginn eines weiteren, der siebenundzwanzig Jahre dauern sollte.

Die Partei der liberalen Demokraten, deren Kopf Perikles war, kam 461 v. Chr. an die Macht. Die Gefallenenliste des Jahres 459 v. Chr. enthält die Namen von Athenern, die in Zypern, Ägypten, Halieis, Aegina und Megara gefallen waren. Das Jahr 459 war offiziell ein Jahr des Friedens. Die Kriege in denen diese Menschen gefallen waren, waren gar keine Kriege.

Es waren Polizeimaßnahmen.

Perikles schickte in diesem Jahr 459, als Sokrates ein Knabe von zehn war, eine große Armada zum Nil, um den Ägyptern bei einem Aufstand gegen die Perser zu helfen.

Das Unternehmen, das am Anfang so einfach erschien, dauerte am Ende fünf Jahre.

454, als Sokrates fünfzehn war, schickte Athen fünfzig weitere Trieren zur Verstärkung seiner Armada. Bei ihrer Ankunft wußten die Athener nicht, daß die erste Expeditionsflotte ausgelöscht worden war, nachdem die Perser die Kanäle trockengelegt und die Schiffe der Griechen auf Grund gesetzt hatten. Die Verstärkungsflotte lief in die Mündung des Nils ein – und wurde an Land von persischem Fußvolk und vom Meer her durch eine phönizische Flotte angegriffen und völlig vernichtet.

Fast alle Schiffe und ihre Besatzungen wurden zerstört und gefangengenommen.

Der athenische Geschichtsschreiber Thukydides spricht von zweihundertfünfzig vernichteten Schiffen und fünfzigtausend getöteten oder gefangengenommenen Männern, von denen sechstausend Bürger Athens waren. Der Rest waren Söldner aus griechischen Städten, die glaubten, im Krieg mehr als im Frieden verdienen zu können. Noch keine griechische Armee hatte je eine solche Niederlage erlitten. Es war das kostspieligste Abenteuer in der Geschichte der Athener, bis sie vierzig Jahre später mit der größten, jemals in Griechenland zusammengezogenen Kriegsflotte in See stachen, um Syrakus zu erobern – und wieder alles verloren.

Nun könnte man annehmen, daß die Athener nach diesem Debakel in Ägypten zwar geschwächt und ärmer, aber auch ernüchtert und klüger geworden wären. Aber weit gefehlt; die Athener, hieß es, »kannten keinen schöneren Feiertag, als ihre Arbeit zu tun, und hielten die Ruhe der Tatenlosigkeit für anstrengender als die mühseligste Unternehmung«.

Noch während seine Kräfte in Ägypten gebunden waren, stürzte sich Perikles in einen Angriffskrieg auf dem Festland. Erst nachdem er gegen die spartanische Allianz in der Schlacht von Tanagra eine Niederlage hinnehmen mußte und zehn Jahre später gegen die benachbarten Böotier eine weitere, schloß er einen in Athen heftig umstrittenen Waffenstillstand mit Sparta und einen Frieden mit Persien, der vielen im Attischen Seebund mißfiel.

Indem er den niederen Ständen Vorteile verschaffte, machte sich Perikles hochgestellte Persönlichkeiten zu Feinden. Er gab den Armen das Stimmrecht. Früher hatten in Athen nur die Reichen das Recht gehabt, öffentliche Ämter bekleiden zu dürfen. Jetzt hatten alle männlichen Bürger dieses Recht, aber die Armen konnten es sich natürlich nicht leisten, Ehrenämter zu übernehmen, und so blieb die Macht genau da, wo sie immer gewesen war: bei den Vornehmen und Reichen, und das waren meist ein- und dieselben. Immerhin hatten jetzt die freien Athener das Recht, frei die Oligarchen zu wählen, die über sie herrschten.

Für die Teilnahme an den öffentlichen Ratssitzungen setzte Perikles eine Aufwandsentschädigung von zwei Obolen aus, so daß es die Armen sich leisten konnten, daran teilzunehmen und in seinem Sinne zu stimmen. (Kleon, der nach dem Tod von Perikles an die Macht kam, erhöhte den Betrag auf drei Obolen, so daß es sich die Armen nicht mehr leisten konnten, *nicht* teilzunehmen.) Bedürftigen erließ Perikles das Eintrittsgeld zu öffentlichen Festen und Feiern wie zum Beispiel dem Wettkampf der Tragödien- und Komödiendichter während der Großen Städtischen Dionysien, die in der ganzen griechischen Welt geschätzt wurden.

Platon, der die Demokratie genauso verabscheute wie die Vorstellung, die Inhaber öffentlicher Ämter sollten eine Bezahlung erhalten, schrieb fünfundsiebzig Jahre später im *Gorgias,* Perikles habe die Athener träge, gierig, feige und geschwätzig gemacht.

Perikles ließ auch die »Langen Mauern« errichten, die von Athen zur Küste verliefen und ein zehn Kilometer langes befestigtes Dreieck zwischen der Stadt und den Häfen bildeten, auf denen ihr Handel und ihre Seemacht beruhten. Von Land aus war Athen unverwundbar und auf See unbesieglich, und zu seinen Lebzeiten ließ Perikles auch keine Schlacht zu Lande mehr zu, bei der die gegnerischen Kräfte stärker als seine eigenen waren.

Er begann auch mit dem Bau des Parthenon und anderer öffentlicher Einrichtungen, was viel Zeit und Arbeit und gewaltige Geldmittel erfordern sollte, zugleich aber das Problem der chronischen Arbeitslosigkeit in Friedenszeiten stark reduzierte. Perikles stellte ein stehendes Heer auf und ließ ständig Schiffe auf dem Meer patrouillieren. Mit Beihilfen und Subventionen, mit Bauprogrammen und der Anwerbung von Soldaten und öffentlichen Bediensteten schuf er einen allgemeinen

Wohlfahrtsstaat und verbreiterte hiermit zugleich seine politische Basis.

Dem Nationalstolz gab er mit dem chauvinistischen Bürgerrechtsgesetz von 451 starken Auftrieb, wonach nur der die athenische Staatsangehörigkeit beanspruchen durfte, der sowohl väterlicher- wie mütterlicherseits von attischen Bürgern abstammte.

Eine gewisse poetische Gerechtigkeit liegt darin, daß aufgrund dieses Gesetzes später auch sein einziger überlebender Sohn von der Staatsbürgerschaft ausgeschlossen sein sollte; denn diesen Sohn hatte ihm seine milesische Mätresse Aspasia geboren, in die er sich mit fünfzig verliebt hatte und von der er sich nie wieder trennte.

Der Waffenstillstand des Jahres 446 beendete die Kämpfe mit dem Erzfeind Sparta und verschaffte den Athenern Gelegenheit, jetzt ihre Freunde und Verbündeten anzugreifen. Perikles schmetterte alle Proteste von Mitgliedern des Seebundes rücksichtslos ab und unterdrückte all jene mit Gewalt, die daraufhin abtrünnig wurden. Städte, die sich zuvor für ebenbürtige Partner gehalten hatten, mußten jetzt feststellen, daß sie zu Untertanen Athens geworden waren.

In Byzantion und Samos kam es zu Aufständen.

Byzantion mußte, wie es scheint, offenbar dauernd von griechischen Oligarchen oder Persern »befreit« werden.

Im Falle der Insel Samos, ihrem stärksten Verbündeten, mischten sich die Athener in einen relativ unbedeutenden regionalen Konflikt ein, der sie eigentlich gar nichts anging. Perikles schickte ein Ultimatum, und das Ultimatum wurde abgelehnt.

Daraufhin stach Perikles selbst mit den ersten vierzig Trieren in See. Aber der Feldzug erwies sich als weitaus kostspieliger, als die Athener gedacht hatten. Die Belagerung dauerte neun Monate. Als sie vorbei war, rissen die Athener die Mauern der Samier nieder, beschlagnahmten ihre Schiffe und setzten hohe Reparationszahlungen fest. Durch diesen Sieg tauschte Athen einen starken Verbündeten gegen eine zerstörte Stadt ein und verlor obendrein viele Männer.

Als er nach Athen zurückkehrte, hielt Perikles die erste Grabrede, die wir von ihm kennen:

»Athen hat seine Jugend verloren«, sagte er, »der Frühling hat das Jahr verlassen.«

Die Toten erschienen ihm plötzlich als Götter. »Man kann die gefallenen Helden nicht mehr sehen«, stellte er tiefsinnig fest. »Auch die Götter kann man nicht sehen. Aber aufgrund der Ehrungen, die sie erfahren, und aufgrund der Segnungen, die sie uns zuteil werden lassen, wissen wir, daß sie unsterblich sind.«

Diese Ansprache wurde jahrhundertelang wiederholt.

Die Toten aber waren schon so gut wie vergessen, als er seine Rede beendet hatte.

16

Er wurde der Olympier genannt, wegen der majestätischen Bauten, die unter seiner Leitung ausgeführt wurden, wegen seiner Würde, Intelligenz, Ehrlichkeit und Beredsamkeit und wegen seiner offensichtlichen Überlegenheit in vielen anderen Bereichen.

Es wurde ihm aber von dem Komödiendichter Kratinos, der Aspasia eine Puffmutter genannt hatte, auch der Spitzname »Zwiebelkopf« angehängt.

Wie alle großen Führer in Demokratien, die auf ihre Redefreiheit besonders stolz sind, konnte Perikles geschriebene Kritik nicht vertragen. Hätte es eine Presse gegeben, hätte sich Perikles ständig darüber empört.

Er ließ ein Gesetz beschließen, wonach es verboten war, lebende Athener in Komödien zu verspotten.

Auf allgemeinen Wunsch wurde dieses Gesetz widerrufen.

Sein Schädel war ungewöhnlich lang, und alle Abbildungen zeigen ihn unweigerlich mit einem Helm, um diesen Mangel an Wohlgestalt zu kaschieren, berichtet Plutarch. Die Künstler wollten Perikles ja nicht bloßstellen.

Dies erklärt auch, warum er »Zwiebelkopf« genannt wurde.

Des weiteren wurde er deswegen verspottet, weil er Aspasia jedesmal, wenn er das Haus verließ oder wieder zurückkehrte, im Türeingang küßte.

Zur Volksversammlung und zu den Ratssitzungen ging er

selten. Meist schickte er nur Vertreter. Auf diese Weise erhielten jene Versammlungen, die er mit seiner Gegenwart beehrte, größeres Gewicht.

Er beschränkte seine öffentlichen Auftritte auf ein Minimum, stellte sich nicht zur Schau und ergriff erst dann das Wort, wenn er etwas zu sagen hatte.

Es gibt nur wenige überlieferte Äußerungen von ihm, und seine staatsmännischen Reden sind alle so erhaben und vornehm wie die *Gettysburg Address* von Abraham Lincoln. Leider wurden sie auch unter ähnlichen Umständen gehalten: als Leichenreden für die im Krieg gefallenen Toten.

Er ließ sich von anderen Leuten weder zu Gelagen noch zu anderen Unterhaltungen einladen. In seinem eigenen Hause herrschten Genügsamkeit und Stille; er suchte die Gesellschaft der Lehrer und Künstler, die er sich zu Freunden gemacht hatte: Dazu gehörten die Philosophen Protagoras und Anaxagoras, der Musiker Damon und der Bildhauer und Architekt Phidias. Wie ein Einzelgänger, ernst und würdevoll, bewegte sich Perikles durch die Stadt, von seinem Haus zum Ratsgebäude, wo er sein Büro hatte, aber auch zum Markt, wo er seine alltäglichen Einkäufe machte.

Um jeden Anschein persönlicher Bereicherung zu vermeiden, ließ er alle Erzeugnisse seiner Güter von seinem Verwalter zu Großhandelspreisen verkaufen, sobald sie geerntet waren, und kaufte das, was er für den privaten Bedarf brauchte, bei den Händlern. Gleich zu Beginn des Krieges mit den Spartanern erklärte er, daß, falls die eingedrungenen feindlichen Truppen seine Besitzungen schonen sollten, er diese dem Staat zum Geschenk machen werde. Solche Rechtschaffenheit und Bescheidenheit erfüllten andere Mitglieder seines Haushalts, die das Gefühl hatten, auf den ihrer Stellung angemessenen Luxus verzichten zu müssen, mit Wut.

Sein ältester Sohn versuchte trotzdem üppig zu leben und heiratete eine kostspielige junge Frau. Ohne dessen Einwilligung einzuholen, lieh er sich im Namen seines Vaters Geld, das er prompt nicht zurückzahlen konnte.

Perikles blieb Gläubiger wie Schuldner gegenüber völlig unnachgiebig und verleugnete beide, als wären sie Fremde.

Danach wurde ihm der Sohn zum Feind. Boshaft kichernden Zuhörern berichtete er Einzelheiten der privaten Gespräche, die er zu Hause belauscht hatte, und beschuldigte seinen Vater, der fünfzehn Jahre lang hintereinander zum Oberbefehlshaber gewählt worden war, in obszönen Worten, seine junge Frau verführt zu haben und sich ihrer nach Lust und Laune jederzeit zu bedienen.

Perikles reagierte grundsätzlich nicht auf persönliche Angriffe.

Plutarch erzählt, wie Perikles einmal auf dem Marktplatz von einem unzufriedenen Bürger beschimpft wurde. Perikles ging seinen Geschäften nach, ohne zu antworten. Der Mann ließ aber nicht locker, sondern folgte ihm überallhin und überschüttete ihn fortwährend mit Beleidigungen und Angriffen, ohne daß Perikles reagierte. Als die Sonne unterging und die Dunkelheit hereinbrach, ging Perikles nach Hause. Der Mann folgte ihm, ohne in seinen Beschimpfungen nachzulassen. Es war schon Abend, als Perikles seine Haustür erreichte. Sobald er im Inneren war, schickte er einen Diener mit einer Fackel hinaus, der dem Mann heimleuchten sollte.

Die Geschichte ist fast zu gut, um wahr zu sein, und wahrscheinlich ist sie es auch nicht.

Aber es war wohl ebendiese Gelassenheit, die ihm den Ruf eines Olympiers eintrug.

Er hatte immer politische Feinde. Auf der einen Seite standen die radikalen Demokraten, die immer weitere Kriege verlangten. Auf der anderen Seite standen die konservativen Aristokraten, die mit Sparta sympathisierten und überhaupt keinen Krieg wollten.

Weder die Radikalen noch die Konservativen hielten die

Demokratie für eine besonders erstrebenswerte Form der Regierung.

Das tun sie auch heute noch nicht.

Reaktionäre Kriegstreiber, die sich Neokonservative nannten, verließen die demokratische Partei des Perikles und wollten sich den Aristokraten anschließen, wurden aber schließlich von beiden Parteien verachtet.

Er wurde nie der Homosexualität bezichtigt.

Bezichtigt wurde er der Heterosexualität.

Zusätzlich zu den bösartigen Behauptungen, die sein Sohn verbreitete, gab es hämische Gerüchte, wonach Phidias unter dem Vorwand, ihnen seine neuesten Werke zeigen zu wollen, freigeborene Athenerinnen in sein Atelier lockte, wo er sie dann dem Perikles überließ, damit dieser seine Lust an ihnen stillte. Weitere Gerüchte besagten, daß seine Geliebte Aspasia die Freundschaft freigeborener Athenerinnen gesucht habe, um sie auf diese Weise in ihr Haus und das Bett ihres Herrn und Beschützers zu locken, der zugleich auch ihr Liebhaber und der Vater ihres einzigen Sohns war.

Weil sie wußten, daß er persönlich keine Angriffsflächen bot, richteten die Feinde des Perikles ihre Angriffe auf Menschen aus seiner Umgebung.

Sein Freund Damon, mit dem er gern über Musik und Politik diskutierte, wurde durch das Scherbengericht verbannt.

Anaxagoras wurde wegen Gottlosigkeit angeklagt, weil er die Theorie aufgestellt hatte, daß Sonne und Mond nicht Götter, sondern Himmelskörper seien, und Perikles konnte ihm nur dadurch helfen, daß er ihm die Flucht ermöglichte.

Im aufgeklärten, demokratischen Athen waren astronomische Forschungen und Lehren über fünfzig Jahre lang verboten.

Phidias wurde erst wegen Unterschlagung und dann wegen Gotteslästerung angeklagt und starb entweder im Exil oder in Gefangenschaft, je nachdem, ob man Plutarch oder jemand anderem glaubt.

Und schließlich wurde auch Aspasia wegen Gotteslästerung und angeblicher Perserfreundlichkeit vor Gericht gezerrt. Und diesmal trat der Olympier vor die Öffentlichkeit und bat, Aspasia zu schonen. Seine Widersacher ließen sich erweichen. Politik war schließlich nur Politik, und sie sahen ein, daß sie zu weit gegangen waren.

Im Jahre 433 v. Chr. aber ergriff Perikles, der Führer der Demokraten, der Erbauer des Parthenon, der Förderer von Aischylos und Phidias, der Schüler des Anaxagoras und Zenon, der Freund des Damon, im Glauben, daß ein Krieg mit Sparta wahrscheinlich sei, ganz bewußt Schritte, die ihn unvermeidlich machten.

Dabei stand die Sicherheit Athens nie zur Debatte.

Die Spartaner entschlossen sich zum Krieg, schreibt der Athener Thukydides, weil sie den ständigen Machtzuwachs Athens fürchteten und sahen, daß Athen schon große Teile Griechenlands beherrschte.

Beunruhigt über den Ehrgeiz Athens, schmiedeten Sparta und andere griechische Städte Verteidigungsbündnisse, wo sie nur konnten.

Beunruhigt über diese Verteidigungsbündnisse, schmiedete Athen Verteidigungsbündnisse gegen die Verteidigungsbündnisse, die geschlossen worden waren, um sich gegen Athen verteidigen zu können.

Die ganze griechische Welt war ein Pulverfaß der Verteidigung.

Jeder sagte, der andere sie der Aggressor.

Beide Seiten hatten recht.

Die Bemühungen der Diplomaten versagten.

Die Bemühungen der Diplomaten versagen immer.

Leute, die sich vor allem in diplomatischen Fragen auskennen, wissen nicht viel, und ein Experte für internationale

Beziehungen ist für sein Land in der Regel genauso nützlich wie ein Experte für Chiromantie oder Phrenologie.

Im Lebenszyklus einer Nation gibt es immer einen Zeitpunkt, zu dem keine der möglichen Alternativen die richtige ist und keine Handlung, die noch möglich erscheint, der Vernunft entspricht.

Perikles begann damit, daß er den Schiffen aus Megara die Häfen des Attischen Seebundes sperrte.

Als nächstes verdoppelte er den Tribut, der von Poteidaia verlangt wurde, einer von Athen unterworfenen, ursprünglich von den Korinthern gegründeten Stadt auf der Halbinsel Chalkidike. Als Poteidaia sich diesen Zahlungsverpflichtungen widersetzte, schickte er eine ziemlich große Armee, in der auch Sokrates und der junge Alkibiades Dienst taten, zur Belagerung aus, die dann zwei Jahre dauerte.

Als die Stadt schließlich fiel, war Perikles schon nicht mehr am Leben.

Außerdem mischte er sich auch noch in einen Konflikt zwischen Korinth und der Insel Kerkyra vor der Nordwestküste Griechenlands ein. Kerkyra hatte um Hilfe gebeten, und die Athener witterten eine Gelegenheit, von der Auseinandersetzung zu profitieren, ohne die Bedingungen des Waffenstillstands formal zu verletzen. Perikles schickte eine athenische Flotte nach Kerkyra, um dort zugleich den Frieden und die Interessen Athens zu wahren. Athen hatte dort allerdings nie irgendwelche Interessen gehabt, ehe er die Flotte ausschickte.

»Ihr seht jetzt selbst«, beschwerten sich die Korinther vor der Ratsversammlung in Sparta, »daß Athen gegen euch und euere Verbündeten Böses im Schilde führt. Aber es scheint uns, daß ihr noch nie recht bedacht habt, wie verschieden die Athener von euch sind.« Der Sprecher aus Korinth betonte den Unterschied: »Sie sind Neuerer, rasch fassen sie Pläne und führen sie aus. Ihr aber erfindet nie etwas Neues und neigt dazu, vor allem das Bestehende und das, was ihr habt, zu bewahren.«

Eine Delegation der Athener zeigte sich wenig versöhnlich. »Die Frage nach Recht und Unrecht hat noch nie jemanden daran gehindert, sich einen Vorteil zu verschaffen, wenn er der Stärkere war.«

Es sei schon immer die Regel gewesen, daß der Schwache dem Starken untertan sei.

»Je länger ein Krieg dauert«, warnten die Athener, »desto größer wird der Einfluß des Zufalls, den beide Seiten nicht zu kontrollieren vermögen, und der Ausgang ist unberechenbar.«

Die Spartaner waren schon entschlossen, den Athenern mit Waffen entgegenzutreten, aber ihr König riet zu Verhandlungen.

Wenn ein Krieg erst einmal angefangen habe, sagte er und griff damit den Gedanken der Athener noch einmal auf, sei es unmöglich, seinen weiteren Verlauf vorherzusagen.

»Greift noch nicht zu den Waffen, rate ich. Laßt uns Botschafter zu ihnen schicken und unsere Klagen vorbringen. Wenn sie auf unsere Botschafter hören, ist es das beste.« Es sei nicht leicht, einen Krieg zu beenden, wenn er einmal begonnen habe, und er fürchte, sie könnten ihn noch auf ihre Kinder vererben. »Wir wollen uns der Langsamkeit nicht schämen, für die andere uns tadeln. Diese Eigenschaft könnte vielleicht die klügste Form der Zucht und Besonnenheit sein.«

Sparta mobilisierte seine Truppen und schickte Botschafter nach Athen.

Aber Perikles wollte nicht nachgeben; jeden Kompromiß nannte er Beschwichtigung. »Glaubt nicht, wir würden um eine Kleinigkeit Krieg führen. Denn wenn ihr hier nachgebt, so wird sogleich die nächste Forderung folgen; denn sie werden denken, daß ihr aus Angst gehorcht habt.«

Und dann wiederholte er, was er den Athenern zuvor schon gesagt hatte: »Ihr müßt den gemeinsamen Beschluß unterstützen, auch wenn es schwer wird. Wenn sie uns an Land angreifen, werden wir sie von See aus angreifen. Wir dürfen aber unserer Empörung nicht nachgeben und die entscheidende Schlacht suchen, denn an Zahl sind sie uns weit überlegen. Wenn wir eine Schlacht an Land gewinnen, müssen wir noch einmal kämpfen. Verlieren wir aber eine Schlacht, so verlieren wir unsere Verbündeten.« Athen hätte die besten Aussichten, wenn es an Land nur Zeit zu gewinnen versuche, aber die Stadt selbst und das Meer zu behaupten verstünde. »Unsere eigenen Fehler fürchte ich weit mehr als alle Pläne unserer Feinde. Wir müssen uns aber darüber im klaren sein, daß der Krieg unvermeidlich ist.«

So die Worte des Perikles.

Im ersten Jahr des Krieges marschierten die Spartaner in Attika ein, ohne auf nennenswerten Widerstand zu stoßen, und verwüsteten die Ländereien außerhalb der festen Mauern, während die Athener ihre Schiffe an die Küsten des Peloponnes schickten, um dort Außenposten und Ländereien zu verwüsten.

Perikles sammelte die Landbevölkerung innerhalb der Stadtmauern, während er die Schafe und Rinder auf die Inseln bringen ließ. Die Flüchtlinge aber waren das Leben in der Stadt nicht gewöhnt und mißtrauten den Städtern. Sie waren unzufrieden und litten unter den schlechten Verhältnissen. Sie mußten sich Quartiere suchen, viele lagerten auf den Straßen der Stadt, andere zwischen den Mauern auf freiem Feld. Ansonsten ging das Leben in der überfüllten Stadt so weiter wie zuvor, und der Verkehr in den Häfen blühte wie eh und je.

Es gab jetzt natürlich keine Friedenspartei von nennenswerter Bedeutung mehr. Es gab nur noch zwei Kriegsparteien: die des Perikles, die einen begrenzten Krieg wollte, und die seiner Kritiker, die den totalen Krieg wollte.

Sparta war nicht an Land und Athen nicht auf See zu besiegen. Solange sich die beiden nicht trafen, konnte der Krieg endlos fortgesetzt werden.

Aber Perikles glaubte an einen kurzen Krieg: Sparta würde schon nach einem Jahr einsehen, daß ein Sieg unmöglich sei, und einem Frieden zustimmen, ohne auf den Zugeständnissen zu beharren, die es früher verlangt hatte.

Die Strategie des Perikles war fehlerlos.

Die Strategie versagte.

Im Herbst, als die erste Runde der Kämpfe vorbei war, zogen die Peloponnesier gen Westen nach Hause, ihre böotischen Verbündeten zogen sich in ihre Städte im Norden zurück, Euripides ließ seine *Medea* aufführen, und im Winter hielt Perikles die elegante Trauerrede auf die Gefallenen, die Thukydides ungefähr dreißig Jahre später für ihn verfaßte.

Die Überreste der Gefallenen wurden in dem öffentlichen Grab beigesetzt, das in der schönsten Vorstadt Athens lag. Als die Zeit gekommen war, trat Perikles auf eine hohe Rednertribüne, um möglichst weithin von der Menge gehört zu werden.

Seine Rede war vor allem ein Tribut an die Größe Athens. Was er über die Toten sagte, war zuvor schon in ähnlichen Zeremonien gesagt worden. Was er über die Stadt sagte, konnte von keiner anderen gesagt werden.

Athen, sagte Perikles, sei die Schule von Hellas, der Unterrichtsort für ganz Griechenland, eine Stadt, deren Verfassung mit keiner anderen wetteifere, sondern allen ein Vorbild sei.

Es war in der Tat die Stadt, zu der alle hinströmten, die etwas Besonderes zu sagen oder zu zeigen hatten und die ihre Fähigkeiten demonstrieren wollten. Denn hier wußten sie sich am meisten geschätzt.

»Es ist wahr, daß unsere Regierung eine Demokratie genannt wird«, sagte Perikles, »denn sie stützt sich nicht auf die wenigen, sondern die vielen.«

Wegen des Krieges oder seiner Großmachtbestrebungen entschuldigte er sich nicht.

Die Vorfahren hätten mit ihrer Tapferkeit und Kraft die Freiheit des Landes bis heute bewahrt, sagte Perikles. Und ihre eigenen Väter hätten zu dem, was sie ererbt hatten, noch das ganze attische Reich hinzugewonnen und denen hinterlassen, die jetzt in Athen lebten.

Alle Sprachen der Welt seien auf den Straßen und in den Handelskontoren zu hören.

»Und wenn unsere Arbeit getan ist«, sagte er, »dann haben wir auch für unseren Geist die schönsten Erholungsmöglichkeiten geschaffen, und die Freude, die wir jeden Tag daran finden, verscheucht Ärger und Trübsal. Die Erzeugnisse der ganzen Welt strömen zu uns in die Stadt, so daß wir von uns sagen können, daß wir uns nicht nur der eigenen Güter erfreuen, sondern auch all derer, die andere Länder erzeugen.«

Er bezweifle, sagte Perikles, daß man irgendwo auf der Welt einen Menschenschlag finden könne, der von so glücklicher Vielseitigkeit sei wie die Athener. Athen sei die einzige Stadt, die sich bei jeder Prüfung als noch stärker erweise, als man ohnehin schon von ihr erwarte, und zukünftige Zeiten würden über sie staunen, wie schon die Gegenwart über sie staune.

»Wir werden keinen Homer brauchen, um uns zu besingen.«

Sie hatten sich zu jedem Meer und Land durch ihren Wagemut Zugang erzwungen und überall Denkmäler ihres Wirkens hinterlassen, die zeigten, daß sie ihren Feinden Schaden zugefügt und ihren Freunden genutzt hatten.

Ihre Liebe zum Schönen ließ sie doch bescheiden und schlicht bleiben, und ihre Liebe zum Geistigen machte sie nicht schlaff oder schwächlich.

Arm zu sein, sagte er, sei in Athen keine Schande, schimpflich sei nur, wer der Armut nicht durch seine Tätigkeit zu entwachsen versuche.

»Jemand, der am öffentlichen Leben nicht teilnimmt, wird nur bei uns ein schlechter Bürger, und nicht nur ein stiller Zeitgenosse, genannt.«

Es gebe keine Staatsgeheimnisse.

»Unsere Stadt steht der ganzen Welt offen und wir hindern niemanden, etwas zu erfahren oder zu sehen, dessen Kenntnis einem Feind vielleicht nützen könnte.«

Die Athener seien nicht darauf angewiesen, von fremden Staatsoberhäuptern zu erfahren, ob ihre eigenen sie angelogen oder die Wahrheit gesagt hätten.

Sie seien frei und tolerant im Privatleben.

»Nicht nur unsere Verfassung ist liberal, sondern auch unser alltäglicher Umgang miteinander. Niemand verdächtigt den anderen, niemand grollt seinem Nächsten, der anders ist als man selbst, niemand schikaniert ihn mit mürrischen Blicken, die zwar nicht direkt gefährlich, aber doch schwer zu ertragen sind. Andererseits aber gehorchen wir den gewählten Beamten und den Gesetzen, den geschriebenen, aber auch den ungeschriebenen, deren Verletzung dem Rücksichtslosen in aller Augen besondere Schande macht.«

Er könnte sie mit Worten aufstacheln, der Belagerung durch die Feinde im nächsten Frühjahr und Sommer zu widerstehen, sagte er.

»Statt dessen möchte ich, daß wir täglich unser Augenmerk auf die Macht und Größe Athens richten und diese Stadt mit wahrer Leidenschaft lieben. Und wenn euch die Vision ihrer Größe erfaßt hat, dann denkt daran, daß all dies von mutigen Männern geschaffen worden ist, die ihre Pflicht kannten und in der Stunde des Handelns von hohem Ehrgefühl bestimmt wurden und die, wenn ihnen einmal etwas fehlschlug, doch zumindest entschlossen waren, ihr Land nicht im Stich zu lassen und ihm das Schönste opferten, das sie zu geben hatten.«

Er forderte die Lebenden auf, sich die Toten zum Beispiel zu nehmen, »das Glück in der Freiheit zu suchen und die Freiheit im Mut und die Kriegsgefahren nicht übermäßig zu fürchten«.

Die Großzügigkeit Athens gegenüber seinen Verbündeten und die Dauerhaftigkeit der Erinnerung an die Gefallenen, die an diesem Tag beigesetzt werden sollten, hatte Perikles übertrieben.

Aber ansonsten sagte er im großen und ganzen die Wahrheit.

17

Im zweiten Jahr des Krieges wurde das Gedränge in der Stadt durch eine Seuche erheblich gemildert. Ungefähr ein Drittel der Bevölkerung starb.

Thukydides wurde ebenfalls krank, überlebte aber und konnte so darüber berichten. Die Krankheit war zuerst in Äthiopien aufgetreten und wanderte dann nach Ägypten. Nach Athen kam sie über Piräus, weshalb die Leute erst dachten, spartanische Agenten hätten Gift in die Brunnen geworfen. In die obere Stadt kam sie dann mit noch größerer Heftigkeit. Weil die Landbevölkerung erneut in die Mauern hatte flüchten müssen, lebten die Menschen hier doppelt so dicht zusammen wie sonst.

Wer eben noch bei guter Gesundheit gewesen war, spürte plötzlich eine starke Hitze im Kopf, dann folgte eine Rötung und Entzündung der Augen. Mund, Zunge und Rachen wurden sogleich blutigrot. Der Atem war unnatürlich und übelriechend. Nach kurzer Zeit traten Niesen und Heiserkeit auf, und bald legte die Krankheit sich auf die Brust. Wenn sie den Magen erreicht hatte, folgten Entleerungen der Galle auf alle den Ärzten bekannte Arten. Wenn man ihn von außen berührte, war der Körper nicht besonders heiß. Aber innerlich war die Glut so stark, daß die Leute selbst die dünnsten Leinendecken nicht ertrugen und sich am liebsten in kaltes Wasser gestürzt hätten. Ein unstillbarer Durst verzehrte die Kranken. Die meisten starben am siebenten oder neunten Tag. Bei vielen, die das Schlimmste überstanden, schlug die Krankheit auf die Extremitäten – Genitalien, Finger und Zehen – und viele konnten sie nicht mehr benutzen; einige erblindeten. Andere erholten sich, hatten aber beim ersten Aufstehen jegliche Erinnerung verloren und erkannten sich selbst und ihre Freunde nicht wieder.

Das Krankheitsbild ähnelt dem Typhus.

Obwohl viele unbestattete Leichen herumlagen, kamen ihnen die Vögel und vierfüßigen Aasfresser nicht nahe oder starben, sobald sie es doch taten.

Unter den Ärzten war die Sterblichkeit am größten, da sie am meisten mit den Kranken zu tun hatten. Es wurde kein Heilmittel gefunden; denn was dem einen half, schien dem anderen zu schaden.

Auch alle anderen Künste versagten.

Die Anrufung der Orakel und die Bittgänge zu den Tempeln waren vergeblich, und am Ende waren die Menschen von ihrem Elend so überwältigt, daß sie ganz davon abließen.

Das Schlimmste an der Krankheit war die völlige Mutlosigkeit, die jeden überfiel, sobald er merkte, daß er sich angesteckt hatte; denn die Kranken gaben sich auf und überließen sich ihrer Verzweiflung.

Schrecklich war aber auch, daß sich die Menschen bei der Pflege eines anderen ansteckten und wie die Fliegen starben.

Wenn die Leute sich nämlich aus Angst vor Ansteckung fernhielten, starben die Kranken, weil niemand kam, um sie zu pflegen; wurden sie aber gepflegt, so steckten sich die Leute, die sie pflegten, selber an und verloren das eigene Leben.

Das meiste Mitleid mit den Kranken und Sterbenden hatten die, die selbst krank gewesen waren, sich aber wieder erholt hatten; sie wußten, was die Krankheit bedeutete, und vertrauten auf ihre eigene Immunität. Die anderen gratulierten ihnen, und sie selbst gaben sich der naiven Hoffnung hin, daß sie auch in Zukunft keine andere Krankheit je umbringen könnte.

Was die Dinge noch schlimmer machte, war der Zustrom der Landbevölkerung in die Stadt, denn es gab keine geeigneten Unterkünfte für sie. Sie hausten in den Tempeln, in den Türmen auf den Mauern, in schlecht belüfteten, erstickend heißen Hütten oder im Freien und gingen im Chaos zugrunde.

Die Leichen lagen übereinander, die Sterbenden wälzten sich auf den Straßen oder drängten sich in ihrer Gier nach Wasser um die Brunnen.

Das Elend war so groß, daß die Menschen angesichts der Ungewißheit über ihr künftiges Schicksal gegenüber den religiösen und weltlichen Gesetzen vollkommen gleichgültig wurden.

Die Bestattungsbräuche wurden kaum noch beachtet, und die Toten wurden begraben, so gut es eben ging. Die einen legten ihre Toten auf Scheiterhaufen, die andere errichtet hatten, zündeten sie an und rannten davon; andere warfen ihre Leichen auf Scheiterhaufen, die schon brannten.

Auch in anderer Hinsicht löste die Seuche eine Welle von Gesetz- und Sittenlosigkeit aus. Die Menschen folgten jetzt offen ihren Trieben, die sie zuvor unterdrückt oder heimlich befriedigt hatten. Sie gaben ihr Geld für Vergnügungen aus, die leicht zu haben waren, und betrachteten ihr Geld und ihre Leiber als gleichermaßen kurzlebige Werte.

Und niemand strebte mehr nach Ehre, so zweifelhaft schien es, daß er noch den Ruhm dafür ernten könnte.

Warum sollte man sich gut benehmen, wenn man nichts davon hatte?

Die Lust des Augenblicks wurde als ebenso ehren- wie wertvoll erachtet.

Weder Götterfurcht noch Gesetze hielten die Menschen zurück.

Es schien keinen Unterschied zu machen, ob man die Götter ehrte oder nicht; denn die Frommen starben genauso wie die Unfrommen.

Und es erwartete auch niemand mehr, so lange zu leben, daß man ihn nach den Gesetzen für seine Vergehen hätte verurteilen können.

So litten die Athener unter doppelter Not: Innerhalb der Mauern starben die Menschen, und vor den Mauern verwüstete der Feind ihre Felder.

Es starben auch Frauen.

Die Schwester des Perikles.

Auch Perikles sollte krank werden und sterben.

Aber zunächst erlebte er den Tod des Sohnes, mit dem er sich wegen des Geldes zerstritten hatte. Der Bruch zwischen ihnen war nicht mehr geheilt worden.

Auch den Tod des jüngeren seiner beiden legitimen Söhne mußte Perikles erleben. Als der Augenblick kam, wo er den Totenkranz auf den Leichnam seines jüngeren Sohns legen mußte, erfaßte ihn krampfhaftes Weinen und Schluchzen, was ihm noch nie zuvor passiert war.

Bald gab man ihm die Schuld für die Leiden Athens. Die Armen, die von Anfang an wenig hatten, hatten auch dies noch verloren, während die Oberschicht ihre Landgüter mit allen Gebäuden und kostbaren Möbeln eingebüßt hatte. Aber das Schlimmste war, daß sie noch immer im Krieg lebten.

In ihrer Friedenssehnsucht schickten sie ohne seine Zustimmung eine Gesandtschaft nach Sparta.

Aber Sparta hatte jetzt von den Athenern etwas gelernt: Nie verhandeln, wenn man der Stärkere ist.

Weil er wußte, wie verbittert sie waren und daß sie ihm die Schuld dafür gaben, rief Perikles die Athener zusammen, um ihnen Mut zuzusprechen. Mit schonungsloser Offenheit wandte er sich an die, die gekommen waren, um jene letzte herrliche Rede zu hören, die Thukydides in seiner eigenen genialen Art später so wiedergab:

»Ich habe euren Zorn gegen mich erwartet. Ihr seid verbittert über die Not, die ihr leidet. Und jetzt macht ihr mir Vorwürfe, weil ich zum Kriege riet, und euch selbst, weil ihr beschlossen habt, ihn zu führen.«

In dieser Rede sagte er den Bürgern von Athen eine Wahrheit, die er in der anderen nicht gesagt hatte: Sie wurden gehaßt.

»Glaubt nicht, es ginge in diesem Kampf nur um die Freiheit. Es drohen uns auch der Verlust unseres Reiches und die Gefahren des Hasses, der uns aus seiner Verwaltung erwuchs.«

Und er teilte ihnen mit, was sie waren: Tyrannen.

»Das Reich, das wir beherrschen, beruht auf Gewalt. Daß wir diese Gewaltherrschaft errichtet haben, mag ungerecht sein; sie aufzugeben, wäre gefährlich.«

Gehaßt und gefürchtet zu werden, sagte er, sei nun einmal das Schicksal derer, die danach streben, über andere zu herrschen.

Daß eine Demokratie über ein eigenes Reich herrschte, schien niemand zu stören.

Am Ende stimmte die Versammlung dafür, ihm die Macht zu belassen und seiner Strategie weiter zu folgen.

Perikles selbst stach mit einer Flotte von über hundert Schiffen in See. An Bord hatte er viertausend gepanzerte Hopliten und dreihundert Mann Kavallerie mit ihren Pferden in eigens für deren Transport umgebauten Frachtschiffen. Er wollte eine befestigte Stadt im südlichen Peloponnes einnehmen und die Siedlungen und Ländereien an der Küste abbrennen. Er richtete auch schwere Zerstörungen an, die Besetzung der Stadt aber mißlang.

Er schickte dieselben Schiffe anschließend mit Belagerungsmaschinen nach Norden, um den Widerstand der Stadt Poteidaia endlich zu brechen. Die Seuche allerdings nahmen sie auch mit. Die Schiffe kehrten um. Als sie zurückkehrten, hatten sie innerhalb von vierzig Tagen eintausendfünfhundert der ursprünglichen viertausend Hopliten verloren.

Perikles wurde abgewählt und der Unterschlagung bezichtigt. Es ging dabei um eine Bestechungssumme, die fünfzehn Jahre zuvor einem spartanischen König hatte zugesteckt werden sollen.

Er wurde für schuldig befunden und zu einer Geldstrafe verurteilt.

Und dann wurde er wieder zum Feldherrn gewählt, da er doch der bei weitem beste Mann für die Bedürfnisse der Stadt zu sein schien. Die richtige Politik erkannte er besser als jeder andere und wußte auch, wie man sie durchsetzte, und er war überdies nicht nur ein Patriot, sondern auch ein Ehrenmann.

Und so lag die Macht, sagt Thukydides, in Wirklichkeit in den Händen des Ersten Bürgers, auch wenn Athen dem Namen nach eine Demokratie war.

Erst nach dem Tod des Perikles wurde Athen eine wahre Demokratie; die Regierungsgewalt ging in die Hände der Geschäftsleute über, und damit war die Stadt zum Untergang verurteilt.

Demokratie und freies Unternehmertum gehören zusammen, vertragen sich aber nicht. Sie gehören zusammen, sind aber tödliche Feinde; denn die einzige Freiheit, für die Unternehmer sich interessieren, ist die Freiheit, Geschäfte zu machen. Die Sehnsucht nach Gerechtigkeit fällt nicht ins Gewicht.

Der Sozialismus hat sich auch nicht als besser erwiesen, und sogar Platon hatte seine Ansichten über das Gemeineigentum stark revidiert, als er die *Nomoi* verfaßte.

In der zivilisierten Welt kann es eine gerechte Regierung nicht geben. Über den Rest der Welt wissen wir leider zuwenig.

Als er wiedergewählt und erneut an der Macht war, gestattete Perikles sich eine bescheidene Bitte, woraufhin Athen durch ein Sondergesetz seinem Sohn mit Aspasia volles Bürgerrecht gewährte und ihn damit zu einem Stammhalter machte, der auch berechtigt war, öffentliche Ämter zu übernehmen.

In der abschließenden Szene liegt eine tiefe sophokleische Ironie: Sein Sohn wurde Feldherr, gehörte fünfundzwanzig Jahre später zu den Siegern der großen Seeschlacht bei den Arginusen – und wurde nach dieser Schlacht ebenso hingerichtet wie die anderen Feldherrn.

Der Vater von Perikles hatte die Perser bei Mykale und am Hellespont geschlagen – zum Vorteil aller Griechen.

Perikles hatte seine Trophäen im Kampf gegen andere Griechen erworben – zum alleinigen Vorteil Athens.

Zehn Jahre zuvor, nach der Niederwerfung des samischen Aufstands, hatte Perikles dafür gesorgt, daß die Gefallenen würdig bestattet wurden, und die erste seiner großen Totenreden gehalten, die von Griechen wie Plutarch noch fünfhundert Jahre später zitiert werden sollte. Es war dies jene vornehme Rede, in der Perikles beklagte, Athen habe seine Jugend verloren und der Frühling habe das Jahr verlassen. Als er von der Tribüne herunterkam, umringten ihn die Frauen, beglückwünschten ihn und bekränzten ihn mit Girlanden und Bändern wie einen Sieger bei den Olympischen Spielen.

Nur die Schwester seines Vorgängers Kimon, den Perikles verbannt hatte, verspottete ihn.

»Große Taten hast du vollbracht, Perikles«, sagte sie höhnisch. »Du verdienst unsere Kränze; denn diese vielen guten Bürger sind nicht wie in den Kriegen meines Bruders und deines Vaters im Kampf gegen Phönizier und Perser gefallen, sondern zur Unterwerfung einer verbündeten, befreundeten Stadt.«

Lächelnd sagte der Olympier:

»Alte Frauen sollten sich nicht parfümieren.«

Ich bin nicht der einzige, der keine Ahnung hat, was er damit gemeint haben könnte.

IX.
Auf welcher Seite standen sie eigentlich?

18

Weder in Athen noch in Sparta konnte jemand zufriedenstellend erklären, warum der lange Krieg zwischen beiden Städten überhaupt stattfinden mußte. Sie waren weder wirtschaftliche noch territoriale Rivalen. Beide dachten nicht an Eroberungen. Sparta brauchte keinen Hafen in Attika, Athen brauchte keine Felder und Wiesen auf dem Peloponnes. Keiner von beiden wollte im Land des anderen leben, und als sie den Krieg gewonnen hatten, gingen die Spartaner einfach wieder nach Hause.

Aber als der Krieg einmal angefangen hatte, schien es ganz natürlich, daß er hatte anfangen müssen und daß er fortgesetzt werden mußte. Die Athener legten für ihre Kriegskasse Geld beiseite und machten ein Gesetz, wonach jeder, der auch nur den Antrag stellte, diese Mittel für etwas anderes zu verwenden, mit dem Tode bestraft wurde. Die Generation Platons kannte nichts als den Krieg und keine andere Regierungsform als die Herrschaft der Feldherrn.

Der Krieg schien so natürlich wie die Natur selbst.

Im Sommer des vierten Jahres fielen die Peloponnesier und ihre Verbündeten erneut in Attika ein. Sie blieben länger als zuvor und gaben auch ihrer Flotte größere Aufträge; denn auf Lesbos planten die Oligarchen eine Verschwörung, um Mytilene vom Attischen Seebund loszureißen und zum Verbündeten Spartas zu machen.

Athen reagierte mit der Entsendung von tausend Hopliten. Sie landeten am Strand und zogen einen befestigten Belagerungsring um die Stadt. Den Hafen von Mytilene blockierte die Flotte.

Im Inneren der Stadt verteilten die Oligarchen auf Empfehlung eines Militärberaters aus Sparta Schwerter und Rüstungen an das Volk. Aber sobald die einfachen Leute bewaffnet waren, widersetzten sie sich ihren Anführern und drohten, die Stadt an Athen auszuliefern, wenn man sie nicht gleichberechtigt an der Regierung beteiligen würde. Aus Furcht vor dieser Rebellion übergaben die Oligarchen selbst den Athenern die Stadt, unter der Bedingung, daß sie eine Gesandtschaft nach Athen schicken dürften, um sich zu rechtfertigen. Solange diese Gesandtschaft nicht mit dem Urteil der Volksversammlung aus Athen zurückgekehrt war, sollte kein Bewohner von Mytilene gefangengenommen, versklavt oder umgebracht werden.

Das Verdikt aus Athen war, daß alle umgebracht werden sollten. Alle waffenfähigen Männer, einschließlich der Demokraten, welche die Übergabe erzwungen hatten, sollten exekutiert, die Frauen und Kinder versklavt werden. Noch am selben Tag wurde ein Schiff mit diesen Befehlen nach Lesbos geschickt.

Empört waren die Athener vor allem darüber, daß Mytilene gegen sie rebelliert hatte, obwohl man zuvor zugelassen hatte, daß die Stadt autonom und frei blieb.

Die Athener sahen keinen Widerspruch in ihrer Einstellung.

Aber als sie am nächsten Tag erwachten, reute sie der Beschluß. Die Bevölkerung einer ganzen Stadt auszulöschen, statt nur die Schuldigen zu bestrafen, erschien ihnen jetzt unmenschlich grausam. Als diese Zweifel sich verstärkten, beriefen die maßgeblichen Stellen eine neue Versammlung ein, um die Frage erneut zu beraten.

Kleon war wütend, denn die Versammlung hatte auf seinen Antrag hin beschlossen, die Mytilener zu töten.

»Auf welcher Seite stehst du eigentlich?« brüllte er den Mann an, der vorgeschlagen hatte, erneut zu beraten.

»Es wird mir wieder einmal klar«, rief er zornig, »daß eine Demokratie völlig unfähig ist, ein großes Reich zu beherrschen. Wenn ihr jetzt gegenüber Mytilene nachgiebig seid, macht ihr euch einer gefährlichen Schwäche schuldig. Die Dankbarkeit eurer Verbündeten und der unterworfenen Städte gewinnt ihr damit nicht. Sie werden euch deswegen nicht mehr lieben.«

Mit höhnischer Ungeduld wiederholte er die Argumente des Perikles, dessen maßvolle Strategie er aber längst aufgegeben hatte.

»Ihr wollt nicht sehen, daß euer demokratisches Reich eine bloße Gewaltherrschaft ist, die eure Untertanen nur deshalb ertragen, weil sie müssen. Unsere Herrschaft beruht nicht auf Wohltaten, die wir ihnen erweisen, sondern auf überlegener Kraft.«

Es sei ein Grundgesetz der menschlichen Natur, behauptete er, daß die Menschen den verachten, der sie gut behandelt, aber zu denen aufschauen, die rücksichtslos sind.

»Heute zeigt sich mir erneut, daß die einfachen Menschen viel bessere Bürger sind als die intelligenten und daß die Staaten besser von gewöhnlichen Bürgern regiert werden sollten, als von den neunmalklugen Intellektuellen.« Denn diese wollten immer bloß beweisen, daß sie klüger seien als die Regierenden und die Gesetze. Wichtige Staatsangelegenheiten mißbrauchten sie, um ihre Redekunst vorzuführen, als ob es keine wichtigeren Dinge gebe als ihre Reden und Meinungen. »Und mit solchem Treiben richten sie den Staat zugrunde.«

Die beste Vergeltung sei eine schnelle Vergeltung. »Wenn die Vergeltung durch lange Diskussionen aufgehalten wird wie jetzt, wird der Zorn des Gekränkten schon stumpf.«

Höhnisch fragte er, wer solchen offensichtlichen Wahrheiten wohl widersprechen wolle. Das könne doch wohl nur jemand sein, der von seinen Fähigkeiten als Redner so berauscht sei, daß er sich einbilde, er könnte sie davon überzeugen, daß bekanntermaßen falsche Dinge doch wahr seien. Vielleicht sei es auch ein bestochener Redner, der heimlich auf seiten des Feindes stünde und nun eine sorgfältig ausgearbeitete Rede vortragen werde, um sie zu verführen.

Was ihn selbst anginge: »Ich habe meine Meinung nicht geändert und muß mich sehr wundern, daß man über Mytilene eine neue Beratung angesetzt hat. Gebt die Schuld nicht allein den dortigen Aristokraten, um das gemeine Volk freizusprechen, denn die Bürger von Mytilene haben, als sie rebellierten, alle zusammen gehandelt. Wenn sie das Recht gehabt hätten, von uns abzufallen, dann würde daraus folgen, daß ihr kein Recht habt, über sie zu herrschen. Wenn ihr euer Reich behalten wollt, dann dürft ihr nicht lange über Recht und Unrecht nachdenken, sondern müßt diese Leute sofort bestrafen. Sonst müßt ihr euer Reich aufgeben, brav im sicheren Winkel sitzen und dort die Tugenden üben, die ihr jetzt predigt.«

Er warnte die Zuhörer vor jedem, der ihm widerspräche: Die Debatte sei kein Rednerwettstreit, und sie müßten nicht über die Schönheit der Reden, sondern über wichtige Staatsangelegenheiten entscheiden.

Diodotus war der Name des Mannes, der dann aufstand, um die Gegenrede zu halten. »Die gefährlichsten Demagogen unter uns«, sagte er, »sind Leute wie Kleon, die schon im voraus jeden Opponenten als korrupt oder als Verräter der Interessen Athens zu verleumden versuchen. Ein guter Bürger sollte sich dadurch als überlegen erweisen, daß er die besseren Argumente vertritt, nicht dadurch, daß er seine Gegner einzuschüchtern versucht. Aber Leute wie Kleon, wohl wissend, daß man eine schlechte Sache nicht gut vertreten kann, nutzen ihre rhetorischen Fähigkeiten, um wenigstens ihre Gegenredner zu verleumden. Das geschieht zum Schaden der Stadt, denn mit der Zeit verscheucht die Furcht ihr alle Ratgeber.«

Diodotus erklärte, es sei besser für Athen, wenn nur die schuldigen Mytilener bestraft würden. Daß zwar alle bestraft werden sollten, die sich schuldig gemacht hätten, daß es aber besser sei, die in Frieden zu lassen, die nicht an dem Aufstand schuld seien.

»Immer wenn ihr in den Krieg zieht, habt ihr das gemeine Volk in den Städten eurer Widersacher auf eurer Seite. Wenn ihr jetzt aber das Volk von Mytilene vernichtet, das am Abfall der Stadt gar nicht teilgenommen hat, dann wird sich überall herumsprechen, daß die Schuldigen und die Unschuldigen gleichermaßen bestraft werden, und jedesmal, wenn einige sich gegen uns erheben, müssen alle sie unterstützen. Das wäre unseren Feinden nur recht. Ja, auch wenn es im gemeinen Volk einige wenige gibt, die sich ebenfalls schuldig gemacht haben, solltet ihr das geflissentlich übersehen, um uns nicht die einzige Klasse zu Feinden zu machen, die uns grundsätzlich freundlich gesonnen ist.«

Bei dieser Gelegenheit wurde Kleon knapp überstimmt.

In aller Eile schickten die Athener eine zweite Triere nach Lesbos, um das revidierte Urteil zu überbringen.

Das erste Schiff hatte einen Tag und eine Nacht Vorsprung, aber die Gesandten von Mytilene machten der Mannschaft des zweiten große Versprechungen und versorgten sie mit Wein und Brot, so daß die Männer schichtweise Tag und Nacht ruderten. Die Besatzung des ersten Schiffs dagegen hatte es nicht besonders eilig, die schreckliche Nachricht zu überbringen. So langte das erste Schiff zwar zuerst an, das zweite aber kam kurz danach, noch ehe der Hinrichtungsbefehl hatte ausgeführt werden können, und das Volk von Mytilene entging um Haaresbreite der Tötung.

Die Mauern der Stadt wurden niedergerissen und die mytilenische Flotte beschlagnahmt. Alle Ländereien wurden enteignet und durch das Los auf athenische Kolonisten verteilt, die es allerdings gleich wieder an die Mytilener verpachteten.

Die Frauen und Kinder wurden nicht versklavt, die Hauptverantwortlichen am Aufstand jedoch auf Antrag Kleons in Athen zum Tode verurteilt und hingerichtet. Es waren immer noch über tausend.

19

Ungefähr um dieselbe Zeit mußten die demokratischen Verteidiger der Stadt Plataia vor den Spartanern kapitulieren. Die Athener unter Kleon waren nicht in der Lage gewesen, den nötigen militärischen Beistand zu leisten. Plataia ergab sich unter der Bedingung, daß jeder Mann einzeln vor Gericht gestellt und niemand bestraft würde, der sich nicht eines Verbrechens schuldig gemacht hätte.

Ein spartanisches Versprechen war damals genausoviel wert wie das Wort eines holländischen Kaufmanns Jahrhunderte später.

Die spartanischen Richter ließen auch tatsächlich jeden Mann einzeln vorführen und stellten ihm eine einzige Frage: »Welchen Dienst hast du uns oder unseren Verbündeten in diesem Krieg geleistet?«

Dann wurden die Männer weggeführt und hingerichtet.

Mehr als zweihundert Plataier und fünfundzwanzig Athener, die an ihrer Seite gekämpft hatten, wurden auf diese Weise getötet. Die Frauen wurden als Sklavinnen verkauft. Die kleine Stadt Plataia, die dreiundneunzig Jahre ein demokratischer Verbündeter Athens gewesen war, wurde dem Erdboden gleichgemacht und verschwand ein Jahr nach Platons Geburt vom Antlitz der Erde.

20

Zur gleichen Zeit entbrannte auf der Insel Kerkyra, die wir heute Korfu nennen, ein Bürgerkrieg, der sich später in der ganzen griechischen Welt ausbreitete. Da die Ereignisse in Kerkyra die ersten dieser Art waren, wurden sie nicht vergessen. Die Aristokraten der Stadt, heimlich von Korinth unterstützt, hatten sich verschworen, die demokratische Regierung zu stürzen und eine Oligarchie zu errichten. Bei einem plötzlichen Überfall auf den Senat ermordeten sie den demokratischen Führer und sechzig weitere Bürger und Ratsherren.

Daraufhin erhob sich das Volk gegen die Aufrührer, und der Bürgerkrieg war da.

In Friedenszeiten hätte keine der beiden Parteien Unterstützung in Athen oder Sparta gesucht. Aber jetzt, wo diese Krieg führten, war es leicht, einen Verbündeten zu finden, wenn man eine Revolution anzetteln wollte, um seine Gegner zu schwächen und die eigene Sache zu stärken.

Wo es Krieg gibt, gibt es auch Kriegstreiber; und der Demagoge Kleon wies spartanische Friedensangebote zurück, die ein Perikles sehr wohl akzeptiert hätte.

Daß eine Demokratie so kriegerisch auftritt, ist keineswegs merkwürdig.

Daß die Bürger einer Demokratie anderen die natürlichen Rechte verweigern, die sie selbst beanspruchen, ist nicht ungewöhnlich.

»Auf welcher Seite stehst du eigentlich?« lautete die ärgerliche Herausforderung, mit der Kleon und seine radikalen Parteigänger jeden Widerstand gegen ihre Kriegspolitik einzuschüchtern versuchten.

Alle, die sich gegen die Kriegspolitik und die dazugehörigen Verwaltungsmaßnahmen wehrten, beschimpfte er als antiathenische, pro-spartanische Feiglinge oder Verräter.

Jede Seite behauptete, die ihr zugeneigte Bürgerkriegspartei kämpfe um Freiheit.

Das war natürlich vollkommen richtig.

Die Demokraten kämpften gegen die Diktatur einer Minderheit.

Die Oligarchen kämpften gegen die Diktatur der Mehrheit.

Im großen und ganzen orientierten sich die Reichen an Sparta, und die Armen und zum Teil auch weniger Armen an Athen.

Sowohl Sparta als auch Athen nannten die Bürgerkriegsparteien, die sie unterstützen, »Freiheitskämpfer«.

Beide hatten gleichermaßen recht.

Sowohl die Demokraten als auch die Oligarchen kämpften um Freiheit von der Herrschaft des anderen.

Kleon wetterte gegen eine »so ungeheure Verschwörung«, daß jedem gesunden und vaterlandstreuen Athener das Blut erstarren müsse, und machte sich anheischig, jederzeit eine Liste von dreihundertfünfzig Athenern vorlegen zu können, die auf hochverräterische Weise pro-spartanisch eingestellt seien.

Denn jeder, der nicht für den Krieg war, war pro-spartanisch.

»Auf welcher Seite steht ihr eigentlich?« knurrte Kleon, wenn er die Rednertribüne der Ratsversammlung betrat, und sorgte dafür, daß sein Kabinett und seine Redenschreiber diese Frage hundertfach reproduzierten.

Kleon verlangte freie Hand mit der Begründung, jeder Ratsherr, Beamte oder Feldherr, der sich ihm widersetze, sei entweder bewußt oder unbewußt ein Helfershelfer und Sympathisant der Spartaner – oder gar noch Schlimmeres.

»Es gibt hier subversive Elemente«, bellte er von der Tribüne herunter, »die im Bunde mit Sparta versuchen, Einfluß auf die Versammlung zu nehmen. Ein Verbrechen ist das nach unserer freiheitlichen Verfassung zwar nicht«, mußte er zugeben, »aber das heißt noch lange nicht, daß es erlaubt wäre!«

Wenn es an einer rechtlichen Begründung fehlte, sprach er von einer moralischen Verpflichtung gegenüber den vielen kleinen Gruppen in den griechischen Städten, die um militärische Unterstützung Athens baten.

»Wenn unsere Verbündeten irgendwo eine Niederlage erleiden«, verkündete er, »müssen wir dort unweigerlich unsere Truppen einsetzen.«

Er erwähnte nicht, daß der eine oder andere Verbündete Athens ständig in Opposition zur Politik Athens stand und viele der blutigsten Kriege des demokratischen Athen gegen Verbündete geführt wurden, die ihre Unabhängigkeit suchten und Selbstbestimmung verlangten.

Daß es in Mytilene, Kerkyra und anderen Städten tatsächlich oligarchische Verschwörungen zum Sturz der demokratischen Regierungen gegeben hatte, gab seinen Anschuldigungen allerdings ein gewisses Gewicht.

Kleon war ein Zyniker, der sicherlich selbst nicht alles glaubte, was er erzählte. Aber er wußte, daß seine Geschichten ihm nutzten, und er genoß es, die Gefühle seiner Zuhörer zu manipulieren. Jeder wußte, daß er Spitzel für sich arbeiten ließ, aber niemand wußte, wie viele es waren und wer für ihn arbeitete. Es gab sogar Leute, die nur aus Angeberei behaupteten, sie arbeiteten für die Regierung, und niemand wußte, ob sie die Wahrheit erzählten.

Patrioten wie Aristophanes, die für den Frieden waren, wurden als Aufrührer und Staatsfeinde verleumdet. Aristophanes wurde sogar vor Gericht gezogen; denn er hatte in einer seiner Komödien Perikles beschuldigt, den Krieg begonnen zu haben, und Athen und Kleon dafür kritisiert, daß sie ihn fortsetzten.

Es gab aber immer noch Redefreiheit in Athen, und Aristophanes wurde freigesprochen.

In seiner Komödie *Die Acharner* schlug Aristophanes im nächsten Jahr zurück. Von der öffentlichen Bühne herunter verkündete er, daß er Kleon gerben lasse wolle, damit man Schuhe für Ritter aus ihm machen könne. Kleon habe ihn vor den Rat geschleppt und aus seinem falschen Maul einen endlosen Schwall von Lügen über ihm ausgeschüttet. Kleon sei ein Intrigant und Taschenspieler und verkaufe sich wie eine Prostituierte an den Meistbietenden.

In den *Rittern*, ein Jahr später, nannte er Kleon einen »paphlagonischen Gerber«, »einen arroganten Schuft«, und »die Verkörperung der Verleumdung«. Er stellte ihn als betrügerischen Obersklaven auf die Bühne, der das Leben für andere unerträglich gemacht habe und unbedingt beseitigt werden müsse; er sei »ein brutaler Kalfaktor«, »ein Bohnenfresser, der laut furzt und schnarcht«, »ein übellauniger Patron«, »ein schwanzwedelnder Köter«, »ein Räuber«, »eine Krakeeler«, »verächtlich«, »ein gähnender Abgrund voll Plunder«, »ein täglich tausendfacher Schuft«, »ein Hochstapler«, »ein arger Schelm«, »ein Dieb«, »ein Betrüger«, der von einer Gaunerei zur anderen hüpfe und sich »mit beiden Händen« aus öffentlichen Mitteln bediene, »ein Hinternvisitator« mit der »Bildung eines Schweins«, mit einem Wort: ein Mann, dessen Tod für alle Athener und ihre Kindeskinder ein Freudentag wäre.

Gemeint war ein autokratischer Führer in Kriegszeiten, der auf dem Höhepunkt seiner Popularität stand.

Beide Komödien des Aristophanes erhielten von den Athenern den ersten Preis bei den Theaterfestspielen.

Kleon erhielt von den Athenern den Auftrag, den Krieg fortzusetzen.

»Auf welcher Seite steht ihr eigentlich?« tobte und geiferte Kleon. »In dieser Abstimmung über die Militärhilfe und sonstigen Maßnahmen, die ich verlange, muß die demokratische Partei zeigen, ob sie auf meiner Seite steht und die Interessen unseres freien Athens verteidigt oder auf seiten der spartanischen und korinthischen Oligarchen, die kein Geheimnis daraus machen, daß es ihr Ziel ist, Athen und alles, wofür wir stehen, zu zerstören.«

Als der Krieg erst einmal begonnen hatte, wurde es für Athen wie für Sparta bald zur Routine, in den Städten, die zum gegnerischen Bündnis gehörten, Zwietracht zu säen. Wo es keinen Streit gab, versuchten beide Seiten ihr Bestes, um ihn zu entfachen. Beide Seiten beteiligten sich an Verschwörungen, um mit Gewalt oder anderen Mitteln die Regierung auch jener Städte und Staaten zu stürzen, die neutral bleiben wollten. Unruhe breitete sich in dieser dritten Welt aus; Sparta plante und unterstützte Putschversuche der Oligarchen in den Demokratien, Athen unterstützte und plante Rebellionen der Demokraten in den Oligarchien.

Und so kamen viele Verfallserscheinungen über die griechische Welt, die sich immer wiederholen werden, solange die menschliche Natur bleibt, wie sie ist.

Im Frieden und Wohlstand ist die Denkart der Staaten wie der einzelnen edler, sagt Thukydides, aber der Krieg, der den Menschen die leichte Befriedigung ihrer Bedürfnisse verweigert, ist ein rauher Lehrmeister und erzeugt in den meisten Menschen eine Gemütsverfassung, die dem äußeren Zustand entspricht.

Die Sprache verkam.

Der bislang gültige Gebrauch bestimmter Worte für bestimmte Dinge wurde nach Gutdünken verändert.

Waghalsige Abenteuer galten als Beweis für Tapferkeit, Solidarität und konsequente Parteilichkeit.

Vernünftiges Zögern galt als verkleidete Feigheit.

Mäßigung als weibische Schwäche.

Und die Fähigkeit, eine Sache unter mehr als einem Aspekt zu betrachten, galt als Beweis für Entschlußlosigkeit.

Fanatische Heftigkeit galt als Kennzeichen des echten Mannes, und vorsichtige Überleugung als Verbrämung eines Zurückweichens.

Radikale Schwätzer und Hitzköpfe galten als vertrauenswürdig, ihre Widersacher als verdächtig.

Wer hinter dem Rücken des Feindes eine erfolgreiche Intrige in Gang setzte, galt als kluger Kopf, und wer eine Intrige entdeckte, ehe sie wirksam wurde, galt als noch klüger.

Wer aber nichts mit solchen Intrigen zu tun haben wollte, wurde als unsolidarisch bezeichnet und beschuldigt, er hätte Angst vor der Gegenseite.

Mit einem Wort, es galt als lobenswert, dem anderen, der vielleicht etwas Böses vorhatte, die Faust zuerst ins Gesicht zu schlagen, und demjenigen, der vollkommen arglos war, zuerst einmal etwas Böses zu unterstellen.

Sich zu rächen, schien wichtiger, als einen Schaden, der Rache verlangte, gar nicht erst zu erleiden.

Ein erschlichener Sieg galt als schönster Beweis für überlegene Intelligenz.

Schließlich wollte jeder lieber ein schlauer Bösewicht sein als ein ehrlicher Dummkopf. Des letzteren schämte man sich, während man auf das erstere stolz war.

Die Ursache all dieser Übel war die durch Habgier und Ehrgeiz beflügelte Herrschsucht.

Diejenigen, die mit wohlklingenden Parolen wie der Forderung nach »politischer Gleichberechtigung der Massen«, nach einer »gemäßigten Herrschaft der Besten« oder »der zuverlässigen konservativen Kräfte« zu Parteiführern wurden, strebten in Wirklichkeit nur danach, das Ruder in die Hand zu bekommen und sich den Staat als Beute zu sichern.

Bei ihrem Ringen um die Macht war ihnen nichts heilig.

Sie waren bereit, die Feindschaft des Augenblicks mit jedem Mittel zu befriedigen, sei es durch ein ungerechtes Urteil oder durch nackte Gewalt.

Die gemäßigten Bürger, die zu keiner der Parteien gehörten, wurden von beiden Seiten angefeindet, bekämpft und ermordet. Entweder, weil sie nicht mit diesen oder jenen gemeinsame Sache machen wollten, oder, weil man ihnen neidete, daß sie sonst womöglich überlebten.

So kam es im Verlauf dieses Bürgerkriegs in der griechischen Welt zu einem unübersehbaren Sittenverfall, und die schlichte Einfalt, die das Kennzeichen edlerer Naturen ist, ging unter im Spott und verschwand, während das Mißtrauen zwischen zwei Lagern mit unterschiedlicher Weltanschauung vorherrschte.

Die weniger Intelligenten zeigten zumeist größere Überlebenskräfte. Sie stürzten sich rücksichtslos auf die anderen, während diejenigen, die nicht einsehen konnten, warum sie sich mit Gewalt holen sollten, was auch durch Vernunft und Wissen erlangt werden konnte, oft genug überrascht wurden und in großer Zahl umkamen.

Die menschliche Natur, die jetzt über Gesetze und Gewohnheiten triumphierte, ergötzte sich daran, ihre Leidenschaften als unkontrollierbar zu demonstrieren und somit zum Feind allen höheren Strebens zu werden.

In Kerkyra zeigten sich, während eine Flotte von sechzig athenischen Schiffen von der Reede aus zusah, bei den Bürgern zuerst die Leidenschaften des Bürgerkriegs und der Revolution.

Es war schlimmer als die Pest oder jede andere Seuche.

Das Volk von Kerkyra ergriff alle Feinde, derer es habhaft wurde, und tötete sie.

Dann zogen die Männer vor den Tempel der Hera, wohin sich die Überreste der Oligarchenpartei, mindestens vierhundert, geflüchtet hatten und Schutz suchten. Fünfzig davon überredeten sie, herauszukommen und sich dem Gericht zu stellen. Sie wurden alle zum Tode verurteilt.

Als die anderen sahen, was geschah, brachten viele sich im Heiligtum gegenseitig um. Einige erhängten sich an den Bäumen oder entleibten sich, wie sie es konnten.

Während der sieben Tage, die sich der athenische Admiral mit seinen sechzig Schiffen im Hafen aufhielt, schlachteten die Kerkyrer jeden ihrer Landsleute ab, den sie für einen Feind hielten.

Der Tod zeigte sich in jederlei Gestalt. Alle Greuel, die in solchen Zeiten geschehen, geschahen auch hier – und noch schlimmere dazu.

Es fällt schwer, es zu glauben, aber Väter ermordeten ihre Söhne.

Leichter ist schon zu glauben, daß manche Opfer aus den Tempeln gezerrt und gleich in der Nähe niedergemacht oder auf den Altären hingemetzelt wurden. Einige wurden sogar im Tempel des Dionysos eingemauert und verhungerten dort.

Für das letzte große Massaker trugen, wie Thukydides sagt, auch die athenischen Feldherrn große Verantwortung: Sie ließen es zu, daß Gefangene, die sich unter der Bedingung ergeben hatten, daß sie in Athen vor Gericht gestellt würden, von Bord der Schiffe geholt wurden; und dann sahen sie weg, als man sie umbrachte.

Die Kerkyrer sperrten die Gefangenen in ein großes Gebäude und führten sie dann später in Gruppen von je zwanzig Mann vor die Tür, wo bereits zwei Reihen von Schwerbewaffneten darauf warteten, die aneinandergefesselten Gefangenen Spießruten laufen zu lassen. Die Gefangenen wurden mit Schlägen und Stichen getötet, wobei sich vor allem diejenigen hervortaten, die einen persönlichen Feind erkannten. Wer nicht schnell genug lief, wurde mit Peitschenhieben vorwärtsgetrieben.

Auf diese Weise wurden etwa sechzig herausgeführt und getötet, ohne daß die im Haus zurückgebliebenen Männer es merkten. Diese glaubten, daß ihre Gefährten nur zu einem anderen Sammelplatz geführt worden wären.

Als sie aber erkannten, was vorging, schrien sie nach den Athenern um Hilfe und verlangten, wenn sie schon sterben müßten, sollten die Athener sie doch mit eigenen Händen umbringen.

Sie weigerten sich, das Haus zu verlassen, und erklärten, sie würden auch jedem den Eintritt verwehren, solange sie könnten.

Die Kerkyrer brachen auch die Türen nicht auf. Sie kletterten auf das Dach und deckten es teilweise ab, um die Gefangenen von oben mit Ziegeln und Pfeilen zu töten.

Die Männer im Inneren verteidigten sich, so gut sie konnten. Gleichzeitig begannen viele von ihnen, sich gegenseitig zu töten. Sie stießen sich die Pfeile in die Hälse, erwürgten sich mit den Borten und Bändern einiger Betten, die dort zufällig standen, oder erhängten sich an Stoffetzen, die sie aus ihrer eigenen Kleidung herausrissen.

Die Dunkelheit senkte sich über ihr Elend, aber das Schlachten ging die ganze Nacht weiter.

Bei Tagesanbruch luden die Kerkyrer die Leichen kreuzweise auf Karren und brachten sie in ein Massengrab vor der Stadt.

Die gefangenen Frauen wurden in die Sklaverei verkauft.

Auf diese Weise wurde der Putsch von den Demokraten niedergeschlagen, und solange der Aufstand auch gedauert hatte, für die Dauer dieses Krieges war er beendet; es gab einfach nicht mehr genug Oligarchen auf Kerkyra, um ihn zu erneuern.

Als die Athener von ihren Schiffen aus sahen, daß die Ordnung wiederhergestellt war, fuhren sie nach Sizilien, um den Krieg dort fortzusetzen.

Der Krieg war ein rauher Lehrmeister, wie Thukydides sagte.

Es gab kein Verbrechen auf der einen Seite, das von der anderen nicht wiederholt wurde.

Kehlen wurden durchschnitten.

In Athen ging das Leben weiter. *Oedipus* und *Elektra* von Sophokles wurden aufgeführt, und der *Hippolytos* von Euripides, trotz der sich in fast jedem Sommer wiederholenden Einfälle und Belagerungen der Spartaner, die allerdings nur selten länger dauerten als vierzig Tage. Die Olympischen Spiele fanden ohne Unterbrechung jedes Jahr statt. Botschafter, Spione und Terroristenführer nahmen daran teil, einerseits wegen der sportlichen Ereignisse, andererseits aber auch, um neue Koalitionen zu schließen. Alkibiades gab ein Vermögen aus, um an sieben Wagenrennen mit Vierspännern teilzunehmen, und trug auch tatsächlich drei der vier Preise davon. Um seinen Sieg zu feiern, gab er private Bankette, und um seinen Gästen zu zeigen, wie sehr er zu Hause geschätzt wurde, benutzte er das offizielle athenische Tafelsilber, als ob es sein eigenes wäre.

X.
Die Sprache des Geldes

21

Aristoteles konnte sehen, sobald Rembrandt ihm Augen gemalt hatte, daß der Mann, der für sein Bildnis Modell stand, eigentlich nicht im mindesten so aussah, wie er selbst einmal ausgesehen hatte. Er glaubte sich an einen kleinen, kahlen, krummbeinigen Burschen mit der selbstgefälligen Miene eines Stutzers erinnern zu können.

Der Mann da im Atelier war hochgewachsen und olivhäutig. Er hatte einen langen schwarzen Bart, schwarze, melancholische Augen und slavische, orientalische, vielleicht auch semitische Züge.

Er hatte für Rembrandt schon früher Modell gestanden. Sie redeten ganz entspannt miteinander.

Sie redeten über Häuser.

Die Nachbarschaft veränderte sich. Aus dem Viertel um die Ecke zogen immer mehr sephardische Juden in die Breestraat. Die Straße wurde im Volksmund schon jetzt, ganz ohne Bösartigkeit, *Jodenbreestraat* genannt, und dieser Name wurde gegen Ende des Jahrhunderts auch offiziell.

Rembrandt fragte sich, ob die Immobilien wegen der Juden an Wert verlieren würden. Der Mann vermochte es ihm nicht zu sagen. Aristoteles war der Ansicht, daß der Preisverfall weit mehr mit der Rezession und der britischen Blockade zu tun hatte.

Bei der Betrachtung der Büste Homers zog Aristoteles eine Bilanz der Welt und kam dabei zu dem Ergebnis, sie habe sich seit seinem Exil und Tod kaum gebessert. Kein Wunder, daß er so deprimiert war. Geschäftige kleine Länder wie England und Holland mit ihren engen Grenzen und ihren wuchernden Flotten erinnerten ihn an das habgierige Athen und seine umherstreifenden Trierengeschwader. Er sagte beiden ein böses Ende voraus.

Die Entwicklung der Stadtstaaten zu Nationalstaaten hatte lediglich die Kriege zwischen ihnen vergrößert, und in den Niederlanden zu Zeiten Rembrandts ereigneten sich zweitausend Jahre später immer noch die gleichen langweiligen Zusammenbrüche und Umstürze wie zu Platons Zeiten in Athen, stellte Aristoteles fest, als er mit einem verblüfften Augenaufschlag, den Rembrandt sofort übermalte, zu der Erkenntnis gelangte, daß ausgerechnet *er*, Aristoteles, die Person war, die Rembrandt da auf der Staffelei zu neuem Leben erweckte.

Am Anfang, als Rembrandt mit einem Pinsel voller schwarzer Farbe nur den Umriß seiner Gestalt auf der Leinwand skizziert hatte, war sich Aristoteles noch keineswegs sicher gewesen, wen Rembrandt malen würde. Als er es erst einmal wußte, konnte es Aristoteles allerdings kaum noch erwarten, sein Äußeres kennenzulernen. Daß er zufrieden war, konnte er nicht gerade behaupten.

Das protestantische England führte Krieg gegen die protestantische Regierung von Holland. Das katholische Spanien führte Krieg gegen das katholische Frankreich, während die Juden in Polen und auf dem Balkan von Katholiken und die Katholiken im katholischen Irland von englischen und schottischen Protestanten umgebracht wurden.

Kreuzzüge gab es allerdings nicht mehr.

Falls sie sich um Geld stritten, hätte Aristoteles ihnen sagen können, daß Geld keinen Streit wert war. Wahre Aristoteliker hätten auch gewußt, daß es keinen Sinn hatte, über etwas zu streiten, von dem er mit logischen Argumenten nachweisen konnte, daß es keinen Eigenwert hatte. Aber Aristoteles wußte mittlerweile, daß kein wahrer Aristoteliker ihm geglaubt hätte.

Seine *Politeia* wurde ebenso ignoriert wie seine *Ethik*. Seine naturwissenschaftlichen Spekulationen aber, die jahrhundertelang als unumstößliche Wahrheiten gegolten hatten, erwiesen sich eine nach der anderen als falsch. Es erschien ihm mehr als erstaunlich, daß irgend jemand in Holland noch viel von ihm hielt.

Aristoteles betrachtete Rembrandt, wie er gerade *Aristoteles bei der Betrachtung Homers* malte, und fragte sich, wieso Rembrandt, der ja nie Griechisch gelernt hatte, gerade ihn malte und dann auch noch mit einer Büste Homers, dessen Werke ihm, als er die Ausgabe der *Ilias* für Alexander fertig hatte, ziemlich zum Hals heraushingen. Nur gut, daß er Homer nicht als »Sänger« gemalt hatte! Oder beim Diktieren – wie auf dem anderen Bild für Don Antonio, das er zehn Jahre später nach Sizilien schickte. Als Erwachsener hatte sich Aristoteles nicht mehr gern vorlesen oder vorsingen lassen.

Außerdem hatte er Homer indirekt dadurch abgewertet, daß er die Epik in seiner *Poetik* niedriger eingestuft hatte als die Tragödie. Genauso wie er in seiner Arbeit *Über die Philosophie* Platon zum ersten Mal kritisiert hatte.

Seine *Poetik* war ihm jetzt peinlich – und dies nicht nur, weil er versäumt hatte, sie zu vollenden. Himmel, warum war er bloß in seinem Lykeion herumstolziert und hatte über Aischylos, Sophokles und Euripides geredet, wo doch Aischylos schon hundertfünfundzwanzig und die beiden anderen schon fünfundsiebzig Jahre lang mausetot waren?

Hatte er sich vielleicht ohne es zu merken in einen der in Athen so häufigen aufgeblasenen Wichtigtuer verwandelt, die sich auf jedem Gebiet für eine Autorität hielten und sich geradezu zwanghaft bei jedem Thema zu Wort meldeten? Dies hatte er sich während seiner letzten Lebensjahre im Exil oft gefragt.

Aristoteles hatte aus demselben Grund über die Dichtkunst geschrieben wie über Sterne und Käfer: Sie war eben ein

Phänomen, das in den Zuständigkeitsbereich philosophischer Untersuchungen fiel. Aus den gleichen guten Gründen hatte er auch über die Rhetorik geschrieben. Er hoffte allerdings inbrünstig, daß andere über etwas hinwegsahen, was er selbst angestrengt zu vergessen versuchte: daß der erhabene Schöpfer seiner *Ethik* und seiner *Metaphysik* sich in seiner *Rhetorik* nicht entblödet hatte, seinen Schülern rhetorische Tricks zu empfehlen, mit denen sie in Diskussionen die Oberhand behalten könnten, auch wenn sie dabei, wie Aristophanes in den *Wolken* von Sokrates behauptet hatte, das schlechtere Argument zum besseren und das bessere zum schlechteren machen mußten.

War das denn moralisch?

Aristoteles blickte immer finsterer, je weiter Rembrandts Gemälde von ihm gedieh. Das neblige europäische Wetter entsprach seiner Stimmung. Wenn die Nebel niedrig hingen, war die feuchte Luft in der Stadt mit Bierdunst, Tabaksqualm und Heringsgerüchen gesättigt. Hier in Holland war er jetzt oft schon genauso pessimistisch wie Platon.

Allein vom Anblick der ganzen Händler in dieser Stadt wäre Platon vermutlich schon übel geworden.

Ein eigenartiger Mann, dieser Platon, der sich so flüssig über andere äußerte und so gar nichts von sich selbst verriet. Was er an Humor besaß, hatte er Sokrates gegeben. Aristoteles versuchte sich vorzustellen, was Sokrates wohl wirklich über Platon und seine Philosophien gedacht hätte. Vielleicht genausowenig wie der zynische Diogenes. Bestimmt sehr viel weniger jedenfalls als der vertrauensselige Augustinus, der – da hätte Aristoteles gutes Geld darauf gewettet – im besten Glauben weit mehr Platon geschluckt hatte, als Sokrates je versucht hätte.

Denn der Sokrates, den Platon in seinen Dialogen geschaffen hatte, war doch im großen und ganzen immer noch ein ziemlich skeptischer, pragmatischer Mensch, auch wenn er nach Ansicht von Platon nur die Nachahmung einer Nachahmung war.

Man mußte Platon schon persönlich kennen, um zu würdigen, wieviel Liebe zur Musik, zur Dichtung und zum Theater er puritanisch unterdrückt hatte, um diese Künste so scharf kritisieren und aus seinem idealen Staat nahezu völlig verbannen zu können. Sie bewegten ihn einfach zu tief.

Es gab keine Sklaven in Holland, stellte Aristoteles schokkiert fest. Erst allmählich begriff er, daß die Holländer immer genug Leute hatten, die arm genug waren, um wie Nigger zu schuften. Leute, die jedem auf See und im Kriege zu dienen bereit waren, der ein bißchen mehr Hungerlohn als die anderen zahlte. Englische Kriegsgefangene heuerten gern bei den Holländern an, weil die Bezahlung großzügiger und pünktlicher war als der spärliche Sold, den sie aus der leeren Schatzkammer von König Charles II. gewohnt waren.

Die Negersklaven aus Afrika wurden nicht nach Holland, sondern dorthin gebracht, wo sie wirklich gebraucht wurden, in die unterbevölkerte Neue Welt. Aristoteles beneidete die Sklavenhalter in Brasilien, Virginia und Carolina. Träumerisch malte er sich aus, wie die Besitzer der Zuckerrohrplantagen in Spanisch-Amerika und der Tabak- und Baumwollplantagen in Nordamerika, die alles besaßen, was man zum Glück brauchte, jeden Tag ihres Lebens, das er sich unendlich heiter, idyllisch, erfüllt und seelenvoll vorstellte, damit verbrachten, zu philosophieren und die Natur zu betrachten.

Alle Menschen, hatte Aristoteles geschrieben, seien vom Drang nach Erkenntnis beseelt.

In Rembrandt hatte er eine Ausnahme gefunden.

Alles, was Rembrandt an diesem Nachmittag Ende 1653 wissen wollte, als er auf dem Arbeitstisch seine sämtlichen Büsten römischer Kaiser und berühmter Griechen in zwei Reihen aufstellte, war nur das eine: wieviel es ihm einbringen würde, wenn er sie als Sammlung verkaufte.

Oder waren sie einzeln mehr wert?

Der hochgewachsene, schwarzbärtige Mann mit den traurigen Augen, der für Rembrandt Modell stand, wußte es auch nicht.

Er war genauso überrascht gewesen wie Aristoteles selbst, als er herausfand, daß er Aristoteles sein sollte. Und jetzt war er doppelt überrascht, als er etwas entdeckte, was ihm sehr unlogisch, ja geradezu wie ein Kunstfehler vorkam. Aristoteles beobachtete unauffällig, wie der Mann sich den Kopf kratzte, sein Pfeifchen schmauchte und verblüfft die antiken Köpfe musterte, die Rembrandt aufgestellt hatte. Mit seiner heiseren Baßstimme, die immer ein bißchen so klang, als ob er sich für etwas entschuldigen müsse, fragte er:

»Rembrandt, wenn ich Euch recht verstehe, habt Ihr da eine Büste des Aristoteles stehen?«

»Ja, und verkaufen will ich ihn vielleicht auch«, sagte Rembrandt und lächelte zufrieden wie ein Kaufmann, der sich seiner Waren sicher sein kann. »Und Homer und Sokrates habe ich auch. Ich habe mehr als ein Dutzend Kaiser. Ihr könnt die Namen hier lesen. Ich hätte da einen Augustus, einen Tiberius, einen Caligula, einen Nero, Galba, Otho, Vitellius, Vespasian und Titus Vespasian, Domitian, der hier heißt Silius Brutus, und dann natürlich Agrippa, Marc Aurel, noch einen Vitellius, und dann noch einen, den ich noch nicht identifiziert habe.«

»Darf ich Euch dann etwas fragen? Warum malt Ihr mich?«

»Wieso?«

»Ihr habt doch eine Büste des Aristoteles. Warum malt Ihr mein Gesicht, wenn Ihr das Gesicht des Aristoteles doch gleich hier zur Hand habt?«

Rembrandts Gesicht wurde mürrisch. »Euer Gesicht gefällt mir besser. Es sieht echter aus.«

»Echter als das da?«

»Ja.«

»Mein Gesicht sieht echter aus als das von Aristoteles selbst?«

»Ja. Seid Ihr blind?«

»Aber wie ist das möglich?«

»Ich weiß, was ich tue.«

»Ist das nicht Betrug?«

Rembrandt sah nicht ein, wieso. »Das ist doch nur Kunst. Was geht Euch das überhaupt an? Es ist kein Porträt.«

»Ich finde das unlogisch. Ihr malt ein Bild von mir und behauptet, es wäre von ihm. Würdet Ihr auch ein Bild von ihm malen und sagen, das wäre ich?«

»Ich kann ihn nennen, wie ich will, auf diesem Gemälde. Nur ein Philosoph muß es sein. Aber ich finde, für seine fünfhundert Gulden hat mein Sizilianer das Bild eines Philosophen verdient, der eine echte Person ist.«

»Aber ich bin doch kein Philosoph.«

»Ich habe ein paar Dinge verändert. Ihr lächelt mehr. Ich habe etwas Rot in den Bart gemacht. Und seht Euch die Kleider an!«

»Waren das seine?«

»Sind es Eure?«

»Ich beschwere mich ja nicht über die Kleider. Ich frage ja nur wegen des Bildes von mir.«

»Das ist nicht von Euch. Das Bild stellt Aristoteles dar.«

»Dann bin ich aber froh, daß es nicht in Amsterdam bleiben wird, wo die Leute mich wiedererkennen und mich für Aristoteles halten. Ich muß allerdings zugeben, daß mir das Bild gefällt, das Ihr von mir malt, auch wenn Ihr sagt, daß es jemand anderes ist. Trotzdem bleibt es ein Rätsel, warum Ihr mein Gesicht nehmt, wo Ihr doch seins direkt zur Verfügung habt. Ihr könntet ihm ja dasselbe Kostüm geben.«

»Sein Gesicht ist nicht besonders.«

»Er sieht immer trauriger aus, je länger wir reden. Warum macht Ihr ihn so traurig?«

Rembrandt stieß ein zufriedenes Lachen aus. »Das Gesicht von Aristoteles würde nicht zwischen diesen Hut und dieses Gewand passen. Es würde nicht natürlich aussehen. Jetzt ist Euer Gesicht das einzige, das paßt. Soll ich meinem sizilianischen Kunstfreund etwa ein Gemälde mit dem Gesicht einer Statue in Betrachtung einer anderen schicken?« Der Mann lachte jetzt auch. »Und dann noch mit ›Rembrandt‹ signieren?«

»Ihr habt mein Medaillon schon wieder woanders hingehängt.«

»Das ist nicht *Euer* Medaillon. Und da, wo es jetzt hängt, gefällt es mir besser.«

»Ihr findet auch nie ein Ende. Jetzt ist ein Gesicht drauf. Muß man wissen, wer das ist?«

»Alexander natürlich.«

»Wer?«

»Alexander der Große!«

Röntgenuntersuchungen von Rembrandts *Aristoteles bei der Betrachtung der Büste Homers* haben mehrere Veränderungen in der Position des Medaillons und eine Geschwulst in der Leber des Philosophen gezeigt, die vermutlich für die Beschwerden im Jahr seines Todes verantwortlich war.

Aristoteles fand Rembrandt an sich nicht besonders interessant oder nett, aber er mußte doch immer wieder über seine Geschicklichkeit, mit Licht und Schatten, dunklen Tönen und Gold umzugehen, staunen. Alle drei waren wie verzaubert von den Änderungen, die Rembrandt an den Kleidern des Modells vorgenommen hatte, als er sie Aristoteles auf der Leinwand anpaßte.

»Bei ihm sehen sie viel besser aus als bei mir«, sagte der Mann schmollend.

»Bei seinen kann ich mit Farben arbeiten«, sagte Rembrandt. »Auf den Sachen, die Ihr tragt, kann ich ja keine Farben auftragen, oder?«

Er machte das Impasto auf dem seidenen Rock noch weicher, trug eine dünne Lasur auf und verstärkte das Chiaroscuro. Er machte das Licht auf Aristoteles' Ärmeln zu Gold und webte goldene Reflexe auch in andere weiße Teile des Stoffs. In die Falten legte er noch tiefere grüne und blaugrüne Schatten.

Die goldene Kette formte er zu einem plastischen Relief mit immer dickeren Schichten von Weiß, auf die er eine gelbe, braune und schwarze Lasur nach der anderen legte. So stellte Rembrandt Gold für Aristoteles her.

»Das Gold sieht beinahe echt aus«, sagte Rembrandts Modell.

»Es ist echt«, murmelte Rembrandt, ohne aufzublicken. Er veränderte den Ring noch ein bißchen, indem er kleine gelbweiße Tupfer auf schwere weiße Tupfer auftrug, und die Oberfläche des Metalls glänzte noch goldener als zuvor. Es war, als sei Rembrandt dabei, das Gold aus Farbgerüchen neu zu erfinden. Sein schmaler Pinsel schien dabei der Zauberstab zu sein. »Euer Gold ist falsch.«

»Ich verstehe Euch nicht.«

»Ich habe reines Gold gemalt.«

»Mit Schwarz, Braun und Weiß?«

»Was Ihr tragt, ist auch bloß vergoldet. Der Ring, der Ohrring, einfach alles. Die Kette ist eine Messingimitation. Tretet näher! Seht Eure Kette und dann das Bild an! Seht Ihr den Unterschied nicht? *Das* Gold hier ist echt.«

Das Gold auf der Leinwand sah tatsächlich authentischer aus.

»Ich glaube, ich möchte nicht mehr darüber reden«, sagte der Mann unzufrieden. »Ihr sprecht von Imitation ...«, sagte er, verstummte aber gleich wieder und überlegte, ob er noch mehr sagen sollte. »Wißt Ihr eigentlich, daß Govert Flinck mehr und mehr Erfolg mit Bildern hat, die Euern Stil imitieren?«

»Flinck war mein bester Schüler«, sagte Rembrandt gnädig und nickte. »Er wußte schon viel, als er zu mir kam. Er hat in weniger als einem Jahr gelernt, in meinem Stil zu malen.«

Der Mann nickte ebenfalls. »Es heißt, er bekomme mehr Geld für die nach Eurer Manier gemalten Bilder als Ihr selbst.«

Rembrandt legte ganz langsam den Malstock und die Palette beiseite und griff nach einem schweren Pinsel. Er wischte ihn an seinem Kittel sauber und packte ihn dann wie einen Säbel: mit dem spitzen Ende nach vorn. Aristoteles begann um sein Leben zu fürchten. Rembrandt sah aus wie jemand, der ihm das Ding jederzeit durch die Brust stoßen konnte.

»Ich verstehe nicht ganz«, sagte der Maler kalt.

»Es heißt, er kriegt mehr Geld für seine Bilder als Ihr.«

»Für die Bilder in meiner Art?«

»Für die auch, ja.«

»Das kann gar nicht wahr sein. Wie sollte das wahr sein?«

»In Amsterdam ist es wahr.«

»Das ist doch Unsinn. Er kriegt für seine Imitationen meiner Arbeiten mehr als ich für meine Originale?«

»Sie werden wohl mehr verlangt.«

»Wieso das denn? Warum sollten ihm die Leute mehr für seine Imitationen meiner alten Arbeiten zahlen, wenn sie bei mir Originale kaufen können?«

»Sie sagen, die von Flinck wären besser.«

»Wie können sie besser sein? Also ich bin wirklich sprachlos! Das wäre dann alles für heute. Was sagen die Leute denn noch so? Bitte erzählt mir alles!«

»Nun ja«, sagte der Mann, während er sein eigenes schwarzes Gewand überstreifte. »Da Ihr fragt... Man munkelt in Euren Kreisen, daß Eure Haushälterin... Es heißt, sie wäre in anderen Umständen.«

»Was geht mich das an?« fragte Rembrandt.

»Es heißt«, sagte der Mann, »das Kind sei von Euch.«

»Was geht das die Leute an?« Rembrandt wandte sich ab. »Guten Tag, mein Freund. Gott sei mit Euch.«

»Und mit Euch!«

Descartes heiratete die Magd, die sein Bett mit ihm teilte. Rembrandt legte höhere gesellschaftliche Maßstäbe an und ließ sich zu so etwas nicht herab. Er und Hendrickje heirateten nie, obwohl er sie einmal in einem juristischen Dokument seine »verstorbene Frau« nannte.

Als im weiteren Verlauf dieses Tages Jan Six zum Modellstehen für sein Porträt kam, wollte Rembrandt sofort wissen, ob Govert Flinck tatsächlich solchen Erfolg hätte.

Six hielt das für möglich.

»Er war mein schlechtester Schüler!« schrie Rembrandt aufgebracht.

»Sein Ruf ist erheblich besser geworden«, sagte Six. »Und das gleiche gilt für seine Beziehungen. Bald wird er über sämtliche städtischen Aufträge verfügen.«

»Aber das ist doch vollkommen unlogisch!«

»Wenn Ihr Logik wollt«, sagte Six amüsiert, »müßt Ihr Descartes kennenlernen. Oder wollt Ihr vielleicht mal mit Eurem Aristoteles auf der Leinwand da reden? Er hat den Syllogismus perfektioniert, wie Euch sicher bekannt ist.«

Rembrandt wollte nicht mit Aristoteles reden! »Flinck kriegt jetzt mehr für seine alten Rembrandts als ich für meine neuen? Ist das wahr? Wollt Ihr mir das sagen?«

»Ich glaube, so ist es. Ich sage nicht, daß ich das richtig oder gerecht finde.«

»Aber wie kann so etwas passieren?«

»Die üblichen geschäftlichen Gründe, vermutlich. Die Leute denken, sie wären wertvoller.«

Rembrandt schnaubte vor Wut. »Ich finde das wirklich erstaunlich. Wollt Ihr wirklich behaupten, die Leute finden meine Originale weniger wertvoll als seine Imitationen? Sie finden seine Imitationen wertvoller? Das glaubt doch kein Mensch.«

»Sie denken, sie wären besser.«

»Aber wie ist das möglich? Dieser Govert Flinck... mein dümmster Schüler, ein völliger Stümper! Er hat mir immer Gulden auf den Boden gemalt, bei denen man schon von weitem sehen konnte, daß sie nicht echt waren. Und der soll jetzt mehr Geld für seine Bilder kriegen als ich? Für Bilder, die meinen Stil imitieren? Weil die Leute denken, sie wären *besser* als meine? Sind die Leute verrückt? Haben sie den Verstand verloren? Oder bin ich verrückt?«

»Ihr macht es Euch zu leicht mit den Imitationen, mein Freund«, sagte Six lächelnd. »Euer Aristoteles da hat in seiner *Poetik* –«

»Das ist nicht *mein* Aristoteles. Das ist ein Gemälde, keine Person.«

»Darum geht es nicht. Aristoteles hat gesagt, alle großen Tragödien sind Nachahmungen einer Handlung. Ich glaube allerdings, daß hier in Holland, denn es gibt kein anderes Land wie dieses, unsere nationalen Tragödien vielleicht noch echt sind.«

»Wir reden doch hier nicht von Tragödien. Jedenfalls nicht von solchen. Wenn überhaupt, dann ist *Flinck* eine Tragödie oder das, was er macht. Was Ihr mir da erzählt, ergibt keinen Sinn.«

»Über Aristoteles?«

»Nein, über Flinck. Aristoteles ist mir egal. Ihr seid doch ein gebildeter Mann. Wie können diese Gemälde von ihm, die meinen Stil imitieren, besser als meine eigenen sein?«

»Seine Oberflächen sind glatt, seine Farben transparent, seine Umrisse deutlich und die Einzelheiten genau.«

»Das ist nicht mein Stil!« schrie Rembrandt voller Schmerz und Empörung. »Flinck ist ein Betrüger! So male ich überhaupt nicht!«

»Dann solltet Ihr das vielleicht tun«, sagte Six freundlich, »wenn Ihr Eure Popularität zurückgewinnen und soviel Geld für Eure Bilder kriegen wollt wie er.«

»Und meine Bilder«, sagte Rembrandt mit schiefem Gesicht, »wären dann Kopien seiner Imitationen meiner Gemälde, nicht wahr?«

»Genau«, sagte Six. »Vor allem, wenn er wirklich wieder so malen würde wie Ihr. Und das beste wäre, daß Ihr nicht mehr soviel Zeit darauf verwenden müßtet, Originale zu malen.«

»Und mit welchem Namen sollte ich dann Eurer Meinung nach signieren? Mit meinem oder mit seinem?«

»Ich glaube, Ihr würdet mehr verdienen, wenn Ihr seinen verwendet. Aber vielleicht könnt Ihr ihn ja auch überreden, daß er Eure mit *Rembrandt* signiert.«

»Kann er denn meine Signatur auch in meinem Stil nachmachen?«

»O ja! Das beherrscht er sehr gut. Er könnte Eure Signatur sogar noch ein bißchen klassischer machen als Ihr.«

»Soll ich mit dem neuen Stil gleich bei Eurem Porträt anfangen?« fragte Rembrandt. Seine Stimme war schneidend geworden. »Ich kann sofort mit den nötigen Änderungen beginnen.«

»Bitte fahrt mit meinem Bild genauso fort, wie Ihr begonnen habt, Rembrandt!«

»Nein, ich möchte, daß es so aussieht wie eine Imitation der Porträts im Stil des Porträts von Jan Six, mit denen die Leute den guten Flinck zu hunderten beauftragen werden, wenn sie erst Gelegenheit hatten, Euer Porträt zu bewundern.«

»Laßt das Bild in Ruhe!«

»Ich kann es vordatieren, damit es wertvoller wird. Damit es auch ganz bestimmt wie eine von mir gefertigte Imitation seiner Imitationen meines Porträts von Euch aussieht.«

»Mein Freund, ich wußte gar nicht, daß Ihr so trefflich zu scherzen versteht«, sagte Six. »Aber ich möchte, daß Ihr mit unserem Bild genauso weitermacht, wie wir es besprochen haben und wie Ihr begonnen habt.«

»Ich scherze keineswegs.«

»Mein Gesicht gefällt mir so gut.«

»Das ist nicht Euer Gesicht.«

»Und das hier ist nicht das Gesicht von Aristoteles. Ihr habt mich wieder geändert, nicht wahr? Ihr habt eine Menge daran gemacht, seit ich das letzte Mal da war.«

»Ich werde Euch ein bißchen älter aussehen lassen.«

»Härter, das sehe ich. Fast grausam. Und Ihr wollt mir Manschetten, umgeschlagene weiße Ärmel und einen frisch gebügelten Hemdkragen geben. Ich wirke so sauber. Wie habt Ihr das bloß gemacht? Ich wünschte, unsere Waschfrau könnte auch so ein Weiß produzieren. Die Hände gefallen mir auch gut. Ihr habt sie einfach aus dem Nichts geschaffen, nicht wahr? Nur ein paar Pinselstriche und Farbe. Soweit habt Ihr mich sehen lassen. Darf ich beim Rest zuschauen? Eure besten Tricks benutzt Ihr immer dann, wenn ich nicht da bin, stimmt's?«

»Die Hände gefallen mir auch«, sagte Rembrandt griesgrämig und platzte dabei fast vor Stolz.

Selbst Aristoteles mußte sie bewundern.

Alle drei waren sich einig.

Aristoteles hatte die Anspielungen von Six auf seine Werke wohl gehört, ohne hierbei merklich rot geworden zu sein. Aus seinen Augenwinkeln hatte er manche lange, ermüdende Stunde zugesehen, wie Rembrandt voller Zuversicht und in aller Heimlichkeit daran gearbeitet hatte, mit verschiedenen weißen Farbtönen den Kragen und die Manschetten, die Six gelobt hatte, so wunderbar plastisch zu machen. Selbstgefällig zog Rembrandt jetzt einen Pinsel mit goldgelber Farbe über den rechten Arm der gemalten Person, so daß ein aufgeschlagener Ärmel erschien, und als Six sich erkundigte, wie er denn diesen herrlich glänzenden Stoff und diese frische Gewebestruktur erreicht habe, antwortete er nur mit einem unverbindlichen Grunzen. Aristoteles wußte, daß Six nie im Leben dahinterkommen würde, daß Rembrandt genau den gleichen Pinselstrich angewandt hatte, um dem schlaffen Handschuh, den Six in der Faust hielt, seine äußere Gestalt zu verleihen. Auch dieses unscheinbare Kleidungsstück bestand nur aus Form und Farbe und hielt doch das Ganze in der Balance.

»Macht Ihr mich etwa auch schwerer?« fragte Six ein wenig mißmutig. Er war noch nicht einmal sechsunddreißig.

»Älter«, korrigierte Rembrandt, »nicht schwerer. Ihr werdet reifer aussehen, ein Mann voller Kraft mit einer starken Persönlichkeit. Ihr wißt, Ihr werdet nicht immer so schlank und so jung sein. Ich werde Euch als einen Mann malen, der immer die richtigen Entscheidungen trifft. So werdet Ihr aussehen wollen, wenn Ihr erst im Magistrat und Bürgermeister seid.«

Die Unterhaltungen, so schien es Aristoteles, nahmen stets eine intellektuellere Wendung, wenn Six zu Besuch war, besonders, wenn er von Aristoteles sprach.

»Wußtet Ihr, daß Euch Aristoteles in seiner Poetik für dieses Porträt von mir lobt?« fragte Jan Six, und Aristoteles spitzte die Ohren. Sofort nahm Rembrandt einen Pinsel voll ebenholzschwarzer Überglasur zur Hand und ließ die Ohren wieder im Schatten verschwinden, wohin sie gehörten. »Nicht namentlich, natürlich. Er spricht von Malen im allgemeinen.«

»Er sagt also nicht Rembrandt van Rijn?«

»Er sagt auch nicht Govert Flinck. Aristoteles fordert die Dramatiker auf, dem Beispiel der guten Porträtmaler zu folgen und die besondere menschiche Gestalt lebensecht abzubilden und zugleich schöner zu machen. Ich glaube, daß ist es, was Ihr mit mir macht. Ich finde übrigens, daß Euer Aristoteles heute besser gelaunt zu sein scheint als jemals zuvor. Er sieht beinahe vergnügt aus, so als ob es ihm gefiele, mich über ihn reden zu hören. Habt Ihr ihn wieder geändert? Er sah vorher so kränklich aus.«

»So wird er auch bald wieder aussehen«, versprach Rembrandt. »Manchmal gehe ich beim Verändern zu weit und muß dann ein Stück weit zurückgehen. Ich habe eine geschäftliche Frage, bei der Ihr mir helfen könnt, glaube ich. Von den Gemälden, die ich besitze, stammen siebzig von mir. Ich könnte sie alle verkaufen...«

»Signiert sie mit Flincks Namen«, scherzte Six. »Dann werdet Ihr in Amsterdam reich.«

»Wirklich?« fragte Rembrandt in vollem Ernst.

Six schüttelte den Kopf. »Ein Erzeugnis für Geld zu verkaufen, sagt Aristoteles, heißt, es mißbrauchen. Ein Schuh zum Beispiel ist dazu da, um getragen zu werden.«

Aristoteles habe so etwas leicht sagen können, knurrte Rembrandt, heutzutage sähe das anders aus. Er trat an die Leinwand und wischte Aristoteles mit einem Tuch und dem Zeigefinger etwas aus dem Gesicht, was fast wie ein Lächeln aussah.

Six war mit dem 1647 gestorbenen Dichter und Historiker Pieter C. Hooft befreundet gewesen, mit dem Aristoteles 1815 in London verwechselt werden sollte. Er war ein dilettierendes Mitglied des literarischen Zirkels auf Schloß Muiden. Er sprach mit Descartes. Er war mit Spinoza befreundet.

Und während er so zuhörte, mußte Aristoteles plötzlich voller Entsetzen an einen Nachmittag einige Monate zuvor denken, als er sich am liebsten versteckt hätte, weil das, was er hörte, so peinlich war: Six hatte von Descartes und Spinoza erzählt, und Rembrandt hatte ihn unterbrochen, um zu fragen, ob er sich tausend Gulden von Six leihen könnte. Aristoteles hatte sich gekrümmt, als der Meister auch noch Zinsen angeboten hatte.

»Wenn ich Euch das Geld leihe«, hatte Six ihn milde getadelt, »dann nicht, um Rendite damit zu erzielen.«

Als Six heiratete, beauftragte er nicht Rembrandt mit dem Porträt seiner Frau, sondern Flinck. Und irgendwann vor 1656 verkaufte Six den Schuldschein über tausend Gulden, den Rembrandt ihm ausgestellt hatte, mit einem Abschlag an einen anderen Gläubiger. Dieser verlangte alsbald Bezahlung der

Schuld und gab damit den letzten Anstoß zu Rembrandts Bankrott.

Wir wissen nicht, warum.

Weder Six noch der andere Mann brauchten Geld.

Aristoteles konnte auch nicht mehr helfen.

Er hing zu dieser Zeit bereits im Schloß von Signor Ruffo auf Sizilien, jener Insel der Antike, auf die sich die athenische Flotte prahlerisch gestürzt hatte, um bald darauf in einer so gewaltigen militärischen Katastrophe unterzugehen, daß sich der ruhmreiche Admiral Alkibiades lieber gleich nach Sparta flüchtete, als sich in Athen mit irgendwelchen an den Haaren herbeigezogenen Beschuldigungen den Prozeß machen zu lassen, jener Insel, die ein fehlgeleiteter Platon gleich dreimal mit weltfremden und egozentrischen Hoffnungen aufgesucht und die er dreimal in tiefer Enttäuschung und Frustration wieder verlassen hatte.

XI.
Stell dir vor

22

Die Zerstörung von Melos fand statt, als der Friede ein Zwischenspiel gab, das man den kalten Krieg nannte.

Als der brillante spartanische General Brasidas, der gegen einen Frieden gewesen war, weil ihm der Krieg soviel Ruhm und Erfolg gebracht hatte, und der Demagoge Kleon, der gegen den Frieden gewesen war, weil er glaubte, im Krieg würden seine üblen Machenschaften und Verleumdungen nicht so auffallen, in ein und derselben Schlacht fielen, war es plötzlich möglich, dem Krieg Einhalt zu gebieten.

Einer der sympathischsten Züge der damaligen griechischen Kriege war der, daß die Leute, die diese am meisten befürworteten, oft darin starben.

Der Nikiasfrieden wurde auf fünfzig Jahre geschlossen.

Er dauerte sieben.

Er hätte ewig dauern können, wäre nicht Alkibiades auf die Idee gekommen, zum Unglück für Athen, Syrakus, Sparta, Persien, Melos, Argos und Sokrates in die Außenpolitik einzugreifen.

Und wenn schon nicht für immer, dann doch wenigstens für siebzig Jahre, bis Philipp von Makedonien heruntermarschiert kam und alle Städte auf dem Festland und auf dem Peloponnes unterwarf.

Alkibiades wurde Politiker, weil er Ruhm und Geld wollte. Er stellte sich auf die Seite der Falken, weil diese ihm Ruhm und Geld versprachen. Mit Friedensliebe hat noch nie jemand die Phantasie eines Volkes entzündet.

Die Friedensbedingungen waren einfach: Athen und Sparta erkannten gegenseitig ihre Grenzen und jeweiligen Bündnisse an und wollten sich allenfalls in den neutralen Städten der dritten Welt Konkurrenz machen.

Eine dieser Städte war Melos, auf einer kleinen Insel im Ägäischen Meer, etwa gleich weit von Athen und Sparta entfernt.

Gewiß erinnern Sie sich noch daran, daß sich die Athener, als es um die abtrünnige Stadt Mytilene ging, in letzter Minute anders besannen. Im Falle von Melos, das eigentlich nur neutral bleiben wollte, gab es einen solchen Sinneswandel nicht. Der Aufstand in Mytilene fand zu einer Zeit statt, als die Athener im Krieg schwere Rückschläge hatten einstecken müssen. Die Zerstörung von Melos aber ereignete sich in einer ruhigen und friedlichen Atmosphäre.

Die Athener fuhren mit dreißig eigenen Schiffen nach Melos, hinzu kamen sechs aus Chios und zwei aus Lesbos. Sie setzten zwölfhundert Hopliten, dreihundert Bogenschützen und zwanzig berittene Schützen an Land, ergänzt durch etwa fünfzehnhundert Schwerbewaffnete, die von den Inselstädten kamen oder Verbündete waren.

Der berühmte Melierdialog war kurz. Die Athener zeigten von Anfang an jene praktische, realpolitische Intelligenz, die sie vor allen anderen Griechen auszeichnete und die heute zu den Markenzeichen routinierter Außenpolitik gehört. Nachdem sie ihre Truppen an Land gesetzt hatten, bestimmten die Athener sofort den Gang der Verhandlungen, indem sie folgende unwiderlegbare Behauptungen zum Gesprächsthema machten:

1. Der Haß der Melier ist wertvoller für die Athener als ihre Freundschaft.
2. Es ist ein Gesetz der Zivilisation, daß der Starke den Schwachen beherrscht.

Der Dialog fand auf dem Strand vor der Stadt statt.

Die Führer der Melier wollten die Athener nämlich nicht unmittelbar zum Volk sprechen lassen. Es sollte ja nicht so aussehen, als gäbe es keine legitime Regierung auf Melos.

»Wohlan denn«, sagten die Athener. »Da wir unsere Worte schon nicht an das Volk richten dürfen, damit es nicht von unseren Vorschlägen verführt werde, verhandeln wir eben hier. Wir werden dabei besonders vorsichtig vorgehen und euch keine lange, fertig ausgearbeitete Rede vorlegen. Wir werden reden, und ihr werdet zuhören. Auch braucht ihr keine ausführliche Rede zu halten. Unterbrecht uns nur einfach, sobald wir etwas sagen, was euch nicht annehmbar erscheint. Dann können wir das sofort erledigen, ehe wir zum nächsten Punkt übergehen.«

Klang das nicht fair?

Schön und gut, sagten die Melier, wenn nur die Athener nicht so bedrohlich und kriegerisch auftreten würden: das ließ gar kein so geruhsames Erörtern von Standpunkten erwarten.

»Wir sehen doch, daß ihr gekommen seid, um selbst darüber zu richten, welche Argumente die besseren sind. Wenn sich unser Standpunkt als richtig erweist und wir nicht nachgeben wollen, führt das wahrscheinlich zum Krieg, geben wir nach, führt unser Weg direkt in die Knechtschaft.«

Wenn die Melier über das Ergebnis der Auseinandersetzung spekulieren oder über anderes reden wollten als das, was sie doch wohl deutlich genug sehen könnten, dann sollte man jetzt keine Zeit mehr verschwenden und die Verhandlungen abbrechen, sagten die Athener. Die Melier, um ihre Stadt besorgt, wollten lieber verhandeln.

Dann möge man doch, sagten die Athener, die Frage des Rechts bitte gleich von Anfang an gänzlich außer Betracht lassen. »Recht und Unrecht wollen wir lieber vergessen, denn ihr wißt ja genauso wie wir, daß Recht nur dann gilt, wenn die Kräfte ungefähr gleich sind.«

Es sei nun mal der Lauf der Welt, daß der Starke durchsetzt, was er vermöge, während die Schwachen dulden müßten, was sie nicht ändern könnten.

Da die Athener vom Prinzip der Gerechtigkeit nichts hören wollten, so sagten die Melier, wollten sie doch darauf hinweisen, daß es auch nützlich sein könne, Güte zu zeigen. Es bestünde doch durchaus die Gefahr, daß die Athener sich selber Schaden zufügten mit ihrem Auftreten. Würden sich angesichts der Ereignisse auf Melos nicht auch die anderen Inselstädte von den Athenern bedroht fühlen?

»Genau das wollen wir ja«, erwiderten die Athener. »Wir vertrauen mehr auf die Furcht der anderen Städte als auf ihre Loyalität.«

Daß Melos eine der kleineren und schwächeren Inseln war, machte es besonders notwendig, sie zur Unterwerfung zu zwingen. »Wenn wir euch erlaubten, eure Unabhängigkeit zu behalten, würden sie glauben, ihr wäret stark und wir hätten Angst. Aber als Unterworfene würdet ihr unsere Herrschaft stärken und sichern.«

Einer weiteren Neutralität der Melier konnten die Athener also nicht zustimmen.

»Eure Feindschaft schadet uns weniger als eure Neutralität, und wäre sie noch so freundlich. Denn eure Freundschaft wäre ein Zeichen unserer Schwäche, während euer Haß ein Zeichen unserer Stärke sein wird. Wie gesagt, wenn wir euch jetzt unterwerfen, so stärkt und sichert das unsere Herrschaft.«

Alles, worum es ging, war die Einsicht, daß die Athener zum Schutz ihres Reiches gekommen waren und daß es beiden Seiten zum Vorteil gereichte, wenn sich Melos sofort unterwarf.

»Wie kann der Verlust der Freiheit uns genauso Vorteil bringen wie euch der Gewinn neuer Herrschaft?«

»Weil ihr euch unterordnen dürftet, ohne das Schlimmste zu leiden, und wir einen neuen Verbündeten und eine weitere unterworfene Stadt hätten, vorausgesetzt, wir würden euch nicht zerstören.«

Wenn aber, gaben die Melier zu bedenken, die unterworfenen Städte großen Anstrengungen machten, um sich vom Joch zu befreien, und Athen sich genauso energisch bemühe, die Macht zu behalten, wäre es dann nicht sehr feige, wenn die Bewohner einer freien Stadt wie Melos sich gar nicht dagegen wehrten, von Athen unterworfen zu werden?

Nein, ganz im Gegenteil, wenn sie es sich vernünftig überlegten.

»Es geht hier nicht um einen Kampf von gleich zu gleich, bei dem die Mannesehre oder Schande auf dem Spiel steht«, sagten die Athener höchst realistisch. »Euch stellt sich vielmehr die Frage der Selbsterhaltung: wollt ihr überleben und eure Stadt retten oder unvernünftigerweise weitaus Stärkeren Widerstand leisten?«

»Wir wissen aber«, sagten die Melier, »und ihr habt es sicher auch schon erfahren, daß die Geschicke des Krieges oft wechselhaft sind und das Ergebnis nicht immer den zahlenmäßigen Unterschieden entspricht. Wenn wir uns jetzt unterwerfen, heißt das alle Hoffnungen aufgeben; wenn wir uns aber widersetzen, besteht immer noch Hoffnung, freie Männer zu bleiben.«

Hoffnung, erwiderten die Athener, sei ein gefährlicher Luxus. »Für den, der noch Reserven hat, ist sie in der Stunde der Gefahr ein nützlicher Trost. Ihm kann die Hoffnung zwar schaden, aber sie ruiniert ihn nicht gleich. Wer aber alles auf einen Wurf setzt, erkennt erst, wenn die Katastrophe ihn bereits überfällt, wie leichtsinnig es ist, sich auf Hoffnungen zu verlassen. Euch, die ihr so schwach seid, bitten wir: Geht ein solches Risiko nicht mutwillig ein! Laßt euch nicht von falschem Ehrgefühl leiten. Es ist nichts Unwürdiges darin, sich der größten Stadt in Griechenland anzuschließen, wenn sie euch das maßvolle Angebot macht, Verbündete zu werden, die zwar Tribut leisten müssen, ansonsten aber ihre Freiheit und ihr Eigentum ganz ungeschmälert weiter genießen können.«

Wenn man zwischen Krieg und Sicherheit zu wählen habe, sei es wohl nicht sehr klug, sich für die schlechtere Alternative zu entscheiden.

»Es ist eine alte Regel«, sagten die Athener, »daß der am besten fährt, der seinesgleichen nicht nachgibt, Stärkeren respektvoll begegnet und gegen die Schwächeren maßhält.«

Da sie eine gerechte Sache vertraten, waren die Melier versucht, auf die Hilfe der Götter zu vertrauen.

Die Athener hatten keine Bedenken, das gleiche zu tun, denn ihr Verhalten und ihre Absichten standen keineswegs im Gegensatz zu dem, was den Menschen von den Göttern bekannt war. Die Götter verhielten sich untereinander genauso.

»Denn von den Göttern glauben wir, was wir von den Menschen genau wissen: daß sie herrschen, wo immer sie die Macht dazu haben. Wir haben dieses Gesetz nicht gemacht, und wir sind auch nicht die ersten, die danach handeln. Wir haben es vielmehr vorgefunden und werden es der Nachwelt in alle Ewigkeit so hinterlassen. Wir tun nichts anderes, als uns an dieses ewige Gesetz zu halten, und wir wissen, daß ihr dieses Gesetz genauso wie jeder andere befolgen würdet, wenn ihr die Macht dazu hättet. Von den Göttern brauchen wir also nichts zu befürchten.«

Die Melier rechneten aber auch auf Hilfe von den Spartanern.

Darüber hätten die Athener fast lauthals gelacht. »Wir haben keinen Krieg mehr mit Sparta«, sagten sie.

»Trotzdem –«

»Wir müssen euch darauf hinweisen, daß sich die Spartaner vor allem dadurch auszeichnen, daß sie alles Angenehme für ehrenhaft und alles Nützliche für gerecht halten. Wir segnen euch für euren Kinderglauben, um eure Torheit können wir euch nicht beneiden.«

Eigennutz und Sicherheit gingen Hand in Hand, sagten die Athener, während Ehre und Gerechtigkeit nicht ohne Gefahren ausgeübt werden könnten. Es sei nicht sehr wahrscheinlich, daß die Spartaner, zumal angesichts der athenischen Seeherrschaft, zu einer Insel übersetzen würden, um einer kleinen Stadt zu helfen, die ihnen nichts nutze. Außerdem seien sie an den Friedensvertrag gebunden.

»Was uns allerdings überrascht«, sagten die Athener, »ist die Tatsache, daß ihr in dieser langen Diskussion noch kein einziges Argument vorgebracht habt, worauf ein vernünftiger Mensch die Hoffnung zu überleben gründen könnte. Hattet ihr nicht gesagt, ihr wolltet hierüber verhandeln? Statt dessen redet ihr vor allem von Hoffnungen, die sich vielleicht in der Zukunft erfüllen, während eure jetzigen Kräfte viel zu schwach sind, um Widerstand leisten zu können. Es wäre deshalb besser für euch, wenn ihr langsam zu Einsichten kämt, die vernünftiger sind, als die bisher genannten.«

Die Melier berieten sich, während sich die Athener zurückzogen, und faßten dann den Beschluß, die Freiheit, die ihre Vaterstadt seit siebenhundert Jahren genossen hatte, nicht in einem einzigen kurzen Augenblick aufzugeben.

Sie würden auf die Götter und Hilfe aus Sparta vertrauen.

»Unser Vorschlag ist, daß wir euch freund und niemandem feind sind, daß ihr euch aus unserem Land zurückzieht und wir einen Vertrag schließen, wie er uns beiden nützlich erscheint.«

»Ihr seid wirklich einzigartig«, höhnten die Athener. »Ihr glaubt offenbar, die Zukunft genauer zu sehen, als das, was sich unmittelbar vor euren Augen befindet. Ihr nehmt bereits als gegeben, was ihr völlig zu unrecht erwartet. Ihr vertraut auf eure Hoffnungen und euer Glück und setzt dabei alles aufs Spiel, und so werdet ihr untergehen mit allem, was euch gehört.«

Einige Monate später ergab sich die Stadt der Belagerung, und alle Männer im kriegstüchtigen Alter wurden erschlagen. (Mit Ausnahme vielleicht einiger Verräter aus der Fünften Kolonne, die von innen heraus auf den Fall der Stadt hingewirkt hatten.) Die Frauen und Kinder wurden als Sklaven verkauft.

Euripides schrieb die *Troerinnen.*

Das Stück wurde zur Teilnahme am öffentlichen Wettbewerb in einer Stadt ausgewählt, die sich bereits zu einem Feldzug gegen Syrakus rüstete, der ebenfalls in jenem Friedensintervall stattfand, das kalter Krieg genannt wurde.

Im demokratischen Athen gab es jene höhere politische Weisheit, die man Realpolitik nennt, stets im Übermaß, während sie in den anderen griechischen Städten meist ziemlich knapp war. Zwölf Jahre später allerdings verlor Athen den Krieg.

23

Von Athen nach Syrakus zu rudern oder zu segeln, war ungefähr genauso langwierig wie heute eine Reise mit einem Truppentransporter von Kalifornien nach Vietnam oder von Washington zum Flughafen Beirut oder zum Persischen Golf.

Man soll in einem weit entfernten, feindseligen Land keinen Krieg anfangen, wenn man nicht die Absicht hat, dort zu bleiben.

Die dortige Bevölkerung wird in der Überzahl sein; schon die Ankunft wird höchste Beunruhigung auslösen; die Regierung, die man einsetzt, um Ordnung zu halten, wird keine Ordnung halten; wenn die Bevölkerung nicht aufhört zu kämpfen, kann man nicht siegen; und Völkermord ist das einzige Mittel, um entschlossenen militärischen Widerstand vor Ort zu brechen.

Nikias, einer der drei Kommandeure, die den Feldzug anführen sollten, war launisch, konservativ, religiös, abergläubisch. Er war sich der Hindernisse durchaus bewußt und sprach sich auch dann noch gegen die Expedition aus, als die Mehrheit längst dafür gestimmt hatte.

Die Gelegenheit zum Eingreifen entstand aufgrund einer Auseinandersetzung zwischen zwei sizilianischen Städten, und wie üblich hatten diejenigen, die Athen um Hilfe baten, hinsichtlich der Unterstützung in der Bevölkerung und der Zahlungen, die sie zu leisten imstande wären, stark übertrieben.

Die Volksversammlung mußte jetzt nur noch über die Ausrüstung der Flotte beschließen. Und diese Gelegenheit wollte Nikias benutzen, um das ganze Unternehmen noch einmal in Frage zu stellen.

»Laßt euch nicht in einen Krieg hineinziehen, der uns eigentlich gar nichts angeht«, warnte er.

Weil Nikias ein wohlhabendes, hoch angesehenes Mitglied der Friedenspartei war, hatten ihn die Athener in ihrer eigenwilligen Logik gegen seinen Willen zum Feldherrn gewählt.

Er fürchtete, daß die jetzt vom jugendlichen Alkibiades angeführte Kriegspartei der Falken den Konflikt zwischen Egesta und Selinus lediglich als Teil eines umfassenden Plans zur Eroberung von ganz Sizilien ansahen.

Es erschien ihm unvorsichtig, so viele Feinde in unmittelbarer Nähe zurückzulassen, um nach Sizilien zu fahren und sich dort neue zu schaffen.

»Der Friedensvertrag mit Sparta wird nur dann Bestand haben, wenn wir uns ruhig verhalten. Erleiden wir eine Niederlage, werden unsere Feinde uns sofort angreifen. Selbst wenn wir die Sizilier besiegen, wäre es schwierig, sie auch dauerhaft zu beherrschen, denn sie sind äußerst zahlreich und leben weit von hier entfernt. Es ist Unsinn, ein Volk anzugreifen, das man nicht unter Kontrolle halten kann, auch wenn man es einmal besiegt hat; und es ist genauso ein Unsinn, nach einem neuen Reich zu greifen, ehe wir unser altes gefestigt haben. Die Griechen in Sizilien werden sicher am meisten Respekt vor uns haben, wenn wir gar nicht erst hinfahren. Wenn wir eine Niederlage erleiden, werden sie uns bloß verachten und sich unseren Feinden anschließen. Unsere Verbündeten in der Ägeis leisten uns nur sehr widerwillig Gehorsam, und schon eilen wir unserem angeblichen Verbündeten Egesta in Sizilien zu Hilfe, dem angeblich ein Unrecht geschehen sein soll und der doch nichts anderes im Sinn hat, als uns Lügen zu erzählen, die wir dann glauben sollen. Sizilien und seine Städte stellen keine Gefahr für uns dar. Hüten wir uns davor, sie zu einer zu machen. Und wenn es hier jemanden gibt, der euch vor lauter Stolz, daß er zum Feldherrn gewählt worden ist, zu diesem Feldzug nach Sizilien aufstachelt, weil er wie bei der Pferdezucht und beim Wagenrennen nur an seinen eigenen Ruhm und seinen Profit als Kommandeur denkt, dürft ihr ihm keine Gelegenheit geben, sich auf Kosten der Stadt hervorzutun. Von solchen Jünglingen fürchte ich Schlimmes. Und deshalb rufe ich die Älteren auf: Wenn einer von euch neben einem Anhänger der Kriegspartei sitzt, dann laßt euch nicht einschüchtern, laßt euch nicht einreden, daß es feige wäre, gegen den Krieg abzustimmen. Laßt die Sizilier in Ruhe ihre Insel genießen und ihre Angelegenheiten regeln. Wir sollten überhaupt keine Bündnisse mit Leuten mehr schließen, die wir zwar verteidigen müssen, bei denen wir aber keine Hilfe finden, wenn wir welche brauchen.«

In Syrakus, der nach Athen zweitgrößten Stadt in der griechischen Welt, rieten die Redner zum entschlossenen Widerstand.

Vor dem Übermut und der Macht der Athener brauche sich niemand zu fürchten, sagte der erste Redner, selbst wenn die Gerüchte über das Auslaufen der Flotte zutreffen sollten. »Sie werden selbst mehr Schaden nehmen, als sie uns je zufügen können.«

Es hatte noch nicht sehr viele griechische oder fremde Expeditionen gegeben, die weit entfernt von zu Hause Erfolg gehabt hatten.

»Sie können nicht in größerer Zahl kommen, als diese Stadt und unsere Nachbarstädte Einwohner haben, und wahrscheinlich schlägt das ganze Unternehmen schon deshalb fehl, weil es ihnen in der Fremde an Leuten fehlt, die sie mit Nachschub versorgen.«

Die Athener müßten eine erhebliche Strecke auf dem freien Meer zurücklegen, und man könnte ihre Geschwader angreifen, wenn die Ruderer erschöpft seien. Vielleicht würde ihnen sogar schon unterwegs der Proviant ausgehen.

Der nächste Redner war der Führer der demokratischen

Partei: »Mit Ausnahme einiger weniger Feiglinge und vaterlandsloser Gesellen sind wir alle begierig darauf, daß die Athener ihre Dummheit beweisen, indem sie vor unserer Küste erscheinen und sich damit in unsere Hände begeben.«

Über die Gerüchte von der athenischen Expedition war er weniger beunruhigt als über die Gefahr, daß die Adeligen der Stadt Syrakus die Verteidigungsanstrengungen unter ihre Kontrolle bringen und die Gelegenheit nutzen könnten, um die bürgerlichen Freiheiten einzuschränken.

»Nun mag es Leute geben, die behaupten, eine Demokratie könne weder klug noch gerecht sein, und nur die Besitzenden verstünden, gut zu regieren. Ich aber sage euch, daß eine Demokratie im Namen aller regiert, während die Oligarchie nur für eine Minderheit spricht. Die Reichen sind vielleicht die besten Bewahrer des Reichtums, aber Ratgeber müssen vor allem klug sein. Und wenn die Angelegenheiten ausführlich erörtert worden sind, ist das Volk stets der beste Richter über sein Schicksal.«

Die Bedrohung durch das demokratische Athen brachte die Demokratie in Syrakus in Gefahr.

Selbst wenn die Athener eine Stadt so groß wie ein zweites Syrakus mitbrächten und in der Nachbarschaft aufbauten, um von dort aus Krieg zu führen, sagte der Sprecher der Demokraten, hätten sie nur sehr geringe Aussichten, einer völligen Vernichtung zu entgehen.

Um wieviel schlechter wären ihre Aussichten aber erst, wenn sie in einem ringsum feindlichen Sizilien auf ein notdürftiges Schiffslager aus Hütten und Zelten beschränkt blieben und sich wegen der gegnerischen Reiterei nicht hinauswagen könnten? Sie würden sich, wenn sie überhaupt landen konnten, auf dem schnellsten Wege zurückziehen müssen, solange ihre Schiffe noch heil wären und die Fluchtwege offen.

Der Beschluß der athenischen Volksversammlung, Syrakus anzugreifen, um die Ordnung in Sizilien wiederherzustellen, war dumm, verlogen, chauvinistisch, korrupt, irrational und selbstmörderisch.

Dennoch wurde er mit großer Mehrheit gefaßt.

Der eifrigste Befürworter des Feldzugs war Alkibiades, jener junge Mann, der Nikias mit seiner Anspielung auf Pferdezucht und Wagenrennen gemeint hatte. Er war zum Feldherrn bestimmt worden und hoffte jetzt nicht nur Sizilien, sondern auch noch Karthago unterwerfen zu können und dabei sowohl seinen Ruhm, als auch sein Vermögen erheblich zu vermehren.

Während der Friedensperiode des kalten Krieges hatte Alkibiades seine Zeit damit zugebracht, neue Kriege vom Zaun zu brechen. Zu diesem Zweck hatte er Argos und andere unabhängige Städte zu einem anti-spartanischen Bündnis bewogen, das zusammen mit einem athenischen Hilfsheer in der Schlacht von Mantineia entscheidend geschlagen worden war.

Alkibiades nannte diese Niederlage allerdings einen ruhmreichen Sieg, und seine Freunde in Athen bejubelten ihn als Nationalhelden.

»Es ist doch wirklich zu albern«, sagte Alkibiades später im vertrauten Kreis, »man kann es einfach nicht ernst nehmen. Ich muß dir wirklich recht geben, mein Freund. Was du über Demokratie, Freiheit, Gleichheit und Brüderlichkeit gesagt hast, trifft nur allzusehr zu.«

»Was meinst du jetzt im einzelnen?« fragte Sokrates.

»Daß all diese Dinge völlig absurd sind.«

»Waren das meine Worte?«

»Mehr als einmal. Sieh doch nur, wie sie mir zugehört, mich in den höchsten Tönen gepriesen und schließlich zu einem der Feldherrn gewählt haben. Bloß weil sie eine blinde Herde von Snobs sind und glauben, ich wäre ihnen überlegen. Das ganze Gerede von Gleichheit ist Heuchelei. Diese Krämerseelen wollen uns doch nur gleichstehen. Und nur wir sollen gleichberechtigt mit ihnen sein.«

»Und jetzt haben sie dir den Feldzug nach Sizilien geschenkt, den du dir so dringend gewünscht hast«, sagte Sokrates. »Ich persönlich sehe ja nicht so recht, was dabei Gutes herauskommen soll. Bitte erklär mir doch«, bat der Philosoph nach einem Augenblick des Nachdenkens, »welches deine wahren Gründe für dieses Unternehmen sind.«

»Ich weiß nicht recht, ob ich sie kenne«, erwiderte Alkibiades.

»Nun, wenn du die wahren Gründe nicht kennst, dann nenne mir die guten. Welches sind die guten Gründe, die dich überzeugen? Bei meinem Barte, Alkibiades, wenn ich jünger wäre, könnte es gut sein, daß ich über die Vorstellung, in einen solchen Krieg ziehen zu müssen, sehr empört wäre.«

»Wir werden mehr Männer haben, als wir brauchen. Aber wir nehmen sie trotzdem.«

»Bitte gib mir doch einen Hinweis! Weshalb willst du dich unbedingt auf diesen gefährlichen Krieg in Sizilien einlassen? Was ist dein stärkstes Motiv?«

»Pferde, natürlich.«

»Jetzt weiß ich wirklich nicht mehr, was ich sagen soll.«

»Das muß das erste Mal sein in den langen Jahren unserer Freundschaft.«

»Du weißt sicher, was ich jetzt fragen will.«

»Die Pferdezucht ist teurer, als du dir vorstellen kannst, lieber Sokrates«, sagte Alkibiades mit jener sorglosen Heiterkeit, die ihm schon seit Jahren zur zweiten Natur geworden war. »Mit sieben Gespannen an der Olympiade teilzunehmen, war nicht gerade billig, weißt du?«

»Warum hast du es dann getan?« fragte Sokrates. »So viele Gespanne hat vor dir noch nie jemand angemeldet.«

»Genau das war der Grund, weshalb ich's getan habe. Erinnerst du dich nicht mehr? Du hast mich doch selbst gelehrt, das Geld zu verachten.«

»Hatte ich damit Erfolg oder nicht? Das geht aus deinem Beispiel nicht deutlich hervor.«

»Ich wollte die Aufmerksamkeit auf mich lenken und einen großartigen, spektakulären und zugleich provozierenden Eindruck beim Publikum hinterlassen.«

»Du hast nie etwas anderes getan.«

»Ich wollte der ganzen griechischen Welt zeigen, wieviel Geld ich besaß«, erklärte Alkibiades, »und dadurch, daß ich es auf so vulgäre Weise verschleuderte, zugleich deutlich machen, daß es mir vollkommen gleichgültig war.«

»Aber als du deinen Feldzugsplan verteidigt hast«, sagte Sokrates, »hast du behauptet, du hättest die sieben Gespanne zum höheren Ruhme Athens angemeldet.«

»Glaubst du, meine Stadt wäre mir wichtiger als ich selbst?«

»Das war Ironie?«

»Die hast du mich gelehrt.«

»Die hättest du auch ohne mich gelernt.«

»Ich habe ihnen die Lüge erzählt, die sie hören wollten. Und sie haben jedes Wort aufgeleckt, als wäre es süßer, berauschender Wein. Und jetzt, wo ich mein Geld so souverän und verächtlich auf die Pferde verschwendet habe, brauche ich diesen Feldzug, um mir das Verschwendete wiederzuholen.«

»Aber eines verstehe ich nicht. Das mußt du mir erklären.«

»Wieso? Bin ich jetzt der Lehrer?«

»Ich habe schon immer gesagt, daß ich nichts weiß.«

»Und deinen Zuhörern gleichzeitig klargemacht, daß du sehr viel wußtest.«

»Ich verstehe nicht, wie ein Diener des Staates persönlichen Reichtum gewinnen kann, indem er einen Feldzug für diesen Staat unternimmt.«

»Das weiß ich auch nicht«, gab Alkibiades zu. »Aber ich bin entschlossen, es herauszufinden.«

»Du hast dir letztes Jahr eine Sklavin mitgebracht, als ihr Melos zerstört habt.«

»Kriegsbeute«, sagte Alkibiades, fügte aber gleich hinzu: »Ich habe natürlich für das Mädchen bezahlt, eine kleine Summe zumindest. Da Melos meine Idee war, hatte ich das Gefühl, ein vorbildliches Verhalten zeigen zu müssen. Hast du sie eigentlich schon gesehen? Sie ist sehr schön, findest du nicht? Für eine Frau, wenigstens.«

»Du bist unverbesserlich, Alkibiades.«

»Das sagt meine Frau auch immer.«

»Du bringst mich in Gefahr«, sagte Sokrates schmunzelnd. »Deine Feinde machen mich dafür verantwortlich, daß du so bist, wie du bist.«

»Meine Freunde machen dich dafür verantwortlich, daß ich es nicht noch mehr bin.«

»Du wolltest nie Flöte spielen, als du noch jung warst«, sagte Sokrates.

»Mein Gesicht sah so lächerlich dabei aus. Ich habe doch gesehen, wie das Spiel andere entstellt hat.«

»Und jetzt weigern sich plötzlich alle jungen Leute, ordentlich Flöte spielen zu lernen.«

»Flöten sind was für Flötenmädchen.«

»Du übertreibst dein Lispeln. Bitte, lüg mich nicht an – wenn du betrunken bist, lispelst du fast überhaupt nicht. Aber weil du so damit angibst, lispeln jetzt plötzlich alle. Dein Sohn, der nie gelispelt hat, als er noch klein war, gibt sich jetzt die größte Mühe zu lispeln.«

»Ich bin stolz darauf, daß er lispelt.«

»Er lispelt jetzt sogar mehr als du.«

»Das liegt wohl daran, daß es Mode ist.«

»Diese Mode hast du doch gemacht, Alkibiades!«

»Wäre es dir lieber, wenn ein anderer sie machte?«

»Du läufst in einer langen persischen Robe herum, deren Schleppe im Staub schleift, und jetzt tragen sie alle so etwas. Und in der Volksversammlung gehorcht man dir, als wären Krieg und Frieden eine Frage der Mode.«

»Krieg ist immer in Mode, mein Alter. Sieh dir doch unsere Geschichte an. In unserem Goldenen Zeitalter Athens hatten wir kaum fünf Jahre mal keinen Krieg. Wir verlieren die meisten großen Schlachten und können das nicht festhalten, was wir gewinnen. Und doch gedeiht die Stadt, die Wirtschaft blüht. Und sieh dir bloß an, wie schwach und wenig überzeugend es jedesmal wirkt, wenn der arme alte Nikias für den verschlissenen, abgewetzten, langweiligen Frieden plädiert. Wenn ein Politiker Krieg verlangt, kann er donnern. Wenn er Frieden will, kann er bloß bitten.«

»Und wenn das Schicksal schon so freundlich war, einen so überragenden Mann aus dir zu machen, warum läufst du dann herum wie eine Frau?«

»Aber, Sokrates! Hast du mich denn nie geküßt, als ich noch jung war?«

An dieser Stelle lachte Sokrates laut auf. »Dafür hast du doch andere genug gehabt, Alkibiades. Ich hatte mich eigentlich mehr darauf kapriziert, deine Seele und deinen Geist zu entwickeln.«

»Wozu sollte das gut sein?«

»Ich hoffte, daß du dein Leben der Philosophie weihst.«

»Und wem sollte das nutzen?«

»Nun, ich habe mir damit die Zeit gut vertrieben.«

»Die Leute wollen mehr. Das Denken wird stark überschätzt. Wirf einen Blick auf die Geschichte, lieber Sokrates, und du wirst feststellen, daß all die großen Ideen, welche die Menschen am stärksten bewegt haben, keineswegs tiefsinnig, sondern oberflächlich und schlicht waren.«

»Ich nehme an, dafür muß ich wohl dankbar sein, denn auf diese Weise bin ich immun geblieben und hatte zum Nachdenken Zeit. Du hingegen überraschst mich mit deinen politischen Ansichten«, sagte Sokrates ernsthaft. »Bei deiner Abstammung und Erziehung hätte ich vermutet, daß du pro-spartanisch eingestellt bist und den Frieden befürwortest. Statt dessen hast du von der Stunde an, wo der letzte Krieg mit Sparta zu Ende war, nichts anderes getan, als Pläne für einen neuen zu schmieden.«

»Womit sollte ich mich sonst in der Politik auszeichnen?« fragte Alkibiades. »Heute verlangen ja schon Demokraten und Kaufleute Frieden mit Sparta. Erwartest du, daß ich mich hinten anstelle und warte, bis ich auch mal was sagen darf?«

»Aber warum wiegelst du die Leute so auf? Wenn du Erfolg hast und ihr tatsächlich nach Syrakus fahrt, brecht ihr den Nikiasfrieden mit Sparta, und es gibt wieder Krieg.«

»Das will ich ja gerade.«

»Aber warum das?«

»Eben weil dieser Friede«, sagte Alkibiades, »der Nikiasfriede genannt wird.«

»Ah, so! Und wenn es der Frieden des Alkibiades wäre?«

»Dann würde ich ihn für genial und heilig erklären. Die Spartaner haben mich gekränkt. Sie hätten darauf bestehen sollen, mit mir zu verhandeln, Sokrates. Schon seit Generationen hat meine Familie in Athen die spartanischen Handelsinteressen vertreten.«

»Du warst doch noch viel zu jung.«

»Das ist mir egal.«

Der Friede sei natürlich trotzdem ein Segen, sagte Alkibiades leichtfertig. Denn so könne man anderswo einen Krieg anfangen, und eine große Zivilisation wie die ihrige wäre dumm, eine solche Gelegenheit zu verpassen.

»Wir haben geschworen, unseren treuen Freunden in Egesta zu helfen, und deshalb ist es jetzt unsere Pflicht, sie zu unterstützen«, hatte er vor der Volksversammlung gesagt, als Nikias das Podium verlassen hatte. Damit hatte er viele überrascht, die gar nicht wußten, daß Athen mit der weit entfernten Stadt Egesta verbündet war, und die, ähnlich wie Nikias, der Ansicht waren, daß, selbst wenn es solche Bündnisverpflichtungen gebe, man sie nicht unbedingt einzuhalten brauchte. Alkibiades zögerte nicht, seine Zuhörer umfassend zu informieren. »Wir sind gezwungen, neue Eroberungen zu machen, denn der Erfolg hat uns an einen gefährlichen Punkt gebracht« – irgendwie bringt der Erfolg die Staaten immer an einen gefährlichen Punkt – »wir sind jetzt in Gefahr, in die Gewalt anderer zu geraten, wenn wir nicht alle anderen in unsere Gewalt bringen. Wenn wir unser Reich nicht vergößern, laufen wir Gefahr, unser jetziges Reich zu verlieren. Die Spartaner aber sind uns gegenüber schwächer denn je. Sie können uns nur über Land angreifen – und das können sie auch, wenn wir diesen Feldzug nicht unternehmen. Was nun meine Jugend und Unerfahrenheit angeht, so möchte ich daran erinnern, daß ich es war, der die mächtigsten unabhängigen Städte auf dem Peloponnes dazu brachte, sich gegen Sparta zusammenzuschließen und sich, ohne daß es Athen viel gekostet hätte, am Tag von Mantinea mit den Lakedämoniern zu schlagen. Die Spartaner haben die Schlacht zwar gewonnen, aber für uns war es trotzdem ein großer Sieg. Wir haben kein Geld ausgegeben und keine Gefallenen zu beklagen. Sie wissen jetzt, was wir ihnen für Schwierigkeiten machen können, und ihr Selbstvertrauen ist erschüttert. Wenn unser Volk müßig bleibt, wird es sich, wie andere auch, bei inneren Auseinandersetzungen aufreiben und alles kriegerische Können verlernen. Wenn es sich dagegen ständig im Kampf bewähren muß, wird es an Erfahrung gewinnen und sich in der Selbstverteidigung nicht bloß durch Reden üben, sondern auch durch Taten.«

Nikias hoffte, die Volksversammlung dadurch abzuschrecken, daß er gewaltige Rüstungsanstrengungen und dementsprechende Mittel verlangte. Aber sein Plan schlug fehl. Die Athener bewilligten alles. Sie fühlten sich von diesem klugen, konservativen Mann gut beraten und glaubten, daß nun nichts mehr schiefgehen könne. Alle waren darauf versessen, mit nach Sizilien zu fahren.

Alkibiades wiederholte für Sokrates noch einmal die Theorie, die seine Zuhörer in der Volksversammlung so fasziniert hatte: Wenn Syrakus fiel, würden auch die Städte in der Nähe von Syrakus fallen – wie Dominosteine. Dann würden der Reihe nach erst alle anderen Städte Siziliens fallen, dann Italien, dann Karthago und schließlich, unter dem gemeinsamen Ansturm all dieser neuen Verbündeten und tributpflichtigen Städte, auch Sparta.

Sokrates war beeindruckt. »Und das alles wird wirlich geschehen?«

»Ich weiß es nicht«, sagte Alkibiades offen. »Außerdem will ich so weit gar nicht vorausschauen. Ich will einfach jetzt losschlagen. Ich bin ungeduldig. Ich will es lieber tun als darüber nachdenken. Urteile nicht allzu streng über mich, Sokrates. Ich weiß, es fällt mir viel leichter, in den Plänen anderer Fehler zu finden, als selbst einen Plan aufzustellen, der fehlerlos ist.«

»Du hast eben die sokratische Methode gelernt«, sagte Sokrates lächelnd.

Auch Alkibiades lächelte jetzt. »Es wird dir doch nicht entgangen sein, lieber Sokrates, daß auch ich nur aus den gewöhnlichen Gründen Politiker geworden bin: um zu glänzen und anzugeben, um Macht auszuüben und Geld zu verdienen.«

»Du sagst das alles so sorglos«, murrte Sokrates. »Merkst du denn gar nicht, daß du mich damit ständig in Verlegenheit bringst?«

»Aber ich bitte dich, auf die Mißbilligung dieser albernen Demokraten kann man doch wirklich nichts geben. Sie mögen dich auch nicht besonders. Die Leute hassen mich und lieben mich und wissen vor allem nicht, wie sie ohne mich auskommen sollen. Und deshalb wählen sie mich am Ende zum Feldherrn. Und weil sie meine Verwegenheit fürchten, wählen sie als Gegengewicht den alten Nikias, dessen Ängstlichkeit uns ständig behindern wird, zum zweiten Feldherrn. Als dritten wählen sie schließlich Lamachus, den einzigen, der genug Erfahrung hat, um einen so großen Feldzug zu lenken. Aber Lamachus stammt aus einer armen Familie, deshalb ist es unter unserer Würde, seinem Ratschlag zu folgen. Lamachus wird sofort angreifen wollen, ich werde erst Verbündete in Sizilien suchen, weil das spektakulärer und spannender ist. Nikias wird gleich wieder umkehren wollen, und am Ende werden wir wahrscheinlich nichts davon tun. Willst du nicht mitkommen? Ich hätte dich gern wieder als Hopliten dabei, einfach so, als alten Freund.«

Sokrates schüttelte den Kopf. »Ich habe keine Rüstung mehr. Du weißt doch, daß meine Frau sie verkauft hat.«

»Ist Xanthippe gegen den Feldzug?«

»Sie ist vor allem eine Hausfrau, die für den Haushalt ein bißchen Geld braucht. Sie will, daß ich bettle.«

»Du könntest doch für Geld unterrichten.«

»Das nenne ich Betteln.«

»Ich schenke dir eine Rüstung. Es würde jedem Herrn Schande machen, wenn er seine Sklaven in einem so zerlumpten Gewand herumlaufen lassen würde, wie du es trägst. Ich schenk dir ein neues. Und ich leihe dir meinen goldenen Schild.«

»Auch dein goldener Schild ist ein Skandal! Dieser vergoldete Schild, auf dem von allen Göttern ausgerechnet Cupido einen Blitz schleudert, ist eine Frechheit und außerdem geschmacklos. Er ärgert viele ältere Männer bei uns in der Stadt. Alkibiades, man sagt, du hättest dich deshalb in Frauenkleider gehüllt, um heimlich an den Mysterien der Frauen teilnehmen zu können.«

»Es geht sogar das Gerücht, ich würde Frauenkleider tragen und in meinem Haus *eigene* Mysterien abhalten, bei denen ich alle anderen verspotte.«

»Du bist zu einem Festmahl bei Anthemion eingeladen worden und hast mit großer Ungezogenheit abgelehnt.«

»Er hätte wissen müssen, daß ich ablehnen würde. Er wollte mit mir seine anderen Gäste beeindrucken.«

»Und dann bist du später doch noch gekommen, hast einen Haufen betrunkener Freunde mitgebracht und deinen Dienern befohlen, dem armen Anthemion das silberne und goldene Geschirr wegzutragen.«

»Auf diese Weise habe ich den Eindruck bei ihm hinterlassen, den er verdient hat.«

»Als sich deine Frau vor Gericht scheiden lassen wollte, bist du wortlos hereinmarschiert, hast sie dir über die Schulter gelegt und bist wieder gegangen.«

»Das ist mein gesetzlich verankertes Recht. Frauen müssen ja gerade deshalb persönlich vor Gericht erscheinen, damit ihre Ehemänner Einspruch gegen die Scheidung einlegen können.«

»Von Einspruch hast du aber nichts gesagt. Du hast sie einfach bloß weggeschleppt. Gesagt hast du überhaupt nichts.«

»Ich hatte eben keine Lust.«

»Die Geschworenen waren beleidigt.«

»Meine Frau nicht.«

»Ich fühle mich ziemlich bloßgestellt«, sagte Sokrates, und in seinen Augen schimmerte Stolz. »Es ist mir sehr peinlich, daß die Leute glauben, du hättest das alles bei mir gelernt.«

»Und mir ist es peinlich«, sagte Alkibiades, »einen Menschen als Lehrer gehabt zu haben, dem seine Frau einen Nachttopf über den Kopf gekippt hat.«

»Das hast du nie gesehen!« rief Sokrates in gespielter Empörung. »Das sind bloß Gerüchte, die du gehört hast!«

»Ich hab's noch nicht mal gehört! Ich verbreite diese Gerüchte!«

»Alkibiades! Du bringst mich noch um!«

Dieser Dialog zwischen Sokrates und Alkibiades gilt als gefälscht. Er ist der letzte, den wir besitzen.

24

Die Geschwindigkeit, mit der sich das Gerücht verbreitete, daß Alkibiades für die Verstümmelung der Hermen verantwortlich sei, verblüffte selbst jene, die es in Umlauf gesetzt hatten. Der Pietätlosigkeit und des Hochverrats werden normalerweise nicht die säbelrasselnden Kriegshetzer verdächtigt.

Der Kriegstreiber ist normalerweise eine Persönlichkeit von demonstrativer Frömmigkeit, er besitzt die Fähigkeit, seine religiösen und weltlichen Ansichten ausgezeichnet miteinander in Einklang zu bringen. Er hält (wie man es besonders den Athenern und den Spartanern nachsagte) immer das für gerecht und richtig, was er selbst tut, und das für moralisch und patriotisch, was seinen religiösen und persönlichen Bedürfnissen am meisten entspricht.

Die Entweihung der Hermen geschah unmittelbar am Vorabend der Ausfahrt nach Syrakus.

Die Stadt war religiös, und die Verstümmelung der Steinbilder erschien den meisten als schlechtes Omen für den bevorstehenden Feldzug. Die Beschuldigungen gegen Alkibiades wurden von denjenigen aufgegriffen, die am eifersüchtigsten auf ihn waren. Sie behaupteten, der Hermenfrevel sei Teil einer Verschwörung zur Beseitigung der Demokratie.

Es war zwar nicht besonders wahrscheinlich, daß ausgerechnet der General, der den Feldzug am meisten befürwortet hatte, jetzt einen Akt des Vandalismus begangen haben sollte, der die Ausfahrt womöglich verhindern würde, aber das störte seine Feinde im Staatsapparat wenig.

Alkibiades witterte die Falle und verlangte, sofort vor Gericht gestellt zu werden. Er wolle entweder sofort hingerichtet werden oder als Feldherr mit der Flotte in See stechen – je nachdem, ob man ihn für schuldig befand oder nicht.

Seine Widersacher fürchteten natürlich seine Beliebtheit bei den Truppen und forderten ihn auf, wie geplant nach Syrakus aufzubrechen. Sie hofften, ihn in seiner Abwesenheit um so besser verleumden zu können, und wollten ihn dann zum Prozeß zurückholen, wenn seine Anhänger fort waren.

Also reiste Alkibiades wie geplant ab.

Der Sommer war schon zur Hälfte vorbei, als die Athener endlich Segel setzten.

Die meisten Verbündeten und die Proviantschiffe sammelten sich vor Kerkyra, von wo aus sie das Ionische Meer im geschlossenen Verband zu überqueren gedachten.

Die Athener selbst und alle Verbündeten, die sich in Athen befanden, zogen am Tage der Abfahrt bei Sonnenaufgang nach Piräus hinunter und verteilten sich auf die Schiffe. Der Rest der Bevölkerung und viele Fremde gingen mit, um ihnen Lebewohl zu sagen. Es war ein erhebender Anblick. Die einheimischen Soldaten und Seeleute hatten fast alle jemanden, der ihnen zum Abschied zuwinkte, denn sie waren ja die Freunde, Verwandten oder Söhne der Städter, und diese kamen nun voller Hoffnung und Trauer zugleich. Einerseits dachten sie an die bevorstehenden Eroberungen, andererseits fragten sie sich, wieviele von denen, die zu dieser langen Reise an Bord gingen, wohl jemals zurückkehren würden.

In diesem Augenblick, wo ihnen die Trennung unmittelbar bevorstand, wurden ihnen die Gefahren ihres Vorhabens viel stärker bewußt als in der Volksversammlung, wo sie für den Feldzug gestimmt hatten.

Andererseits machten ihre Zahl und der Anblick ihrer gewaltigen Rüstungen ihnen auch wieder Mut.

Denn die Flotte, die an diesem Tag Segel setzte, war die

teuerste und prachtvollste Streitmacht, die jemals von einer einzelnen griechischen Stadt aufgestellt worden war. Andere Expeditionen waren vielleicht der Zahl nach gar nicht mal kleiner gewesen, hatten aber nur relativ kurze Anmarschwege gehabt und waren deshalb auch nur auf gewöhnliche Weise gerüstet. Die Expedition nach Sizilien dagegen sollte lange Zeit unterwegs sein und war sowohl mit Kriegsschiffen als auch mit Fußvolk in großer Zahl ausgerüstet. Die Schiffe waren mit den besten verfügbaren Seeleuten bemannt. Zusätzlich zum staatlichen Sold zahlten die Schiffsherrn den Ruderern noch Leistungsprämien; auf die Galionsfiguren und die Takelage hatten sie große Mühe verwendet, denn jeder wollte, daß sein Schiff das schönste und schnellste sein sollte. Auch das Fußvolk war sorgfältig ausgewählt, und bei der persönlichen Bewaffnung und Ausrüstung hatte es einen eifersüchtigen Wettstreit unter den Männern gegeben. Diese Konkurrenz der Athener untereinander ging so weit, daß dieser Aufbruch für die anderen Griechen kaum noch wie ein Kriegszug, sondern mehr wie eine Parade aussah, bei der Macht und Reichtum zur Schau gestellt werden sollten.

Von Kerkyra aus sollten einhundertvierunddreißig Trieren und zwei Fünfzigruderer aus Rhodos gemeinsam über das Ionische Meer nach Sizilien fahren. Hundert von diesen Trieren kamen direkt aus Athen, der Rest aus Chios und von den anderen Verbündeten. Die Hopliten zählten insgesamt fünftausendeinhundert. Eintausendfünfhundert waren in Athen nach den Musterungslisten einberufen worden, weitere siebenhundert stammten aus den ärmeren Bevölkerungsschichten, die normalerweise nur als Ruderer angeheuert wurden, in außergewöhnlichen Fällen, so wie jetzt, aber auch als gepanzerte Landungstruppen eingesetzt werden konnten. An Bord waren ferner vierhundertachtzig Bogenschützen, davon achtzig aus Kreta, siebenhundert Schleuderer aus Rhodos, und hundertundzwanzig aus Megara Verbannte, die zu den Leichtbewaffneten zählten. Auch ein Lastschiff mit dreißig Pferden und Reitern war dabei.

Zur Versorgung der Truppe fuhren dreißig Proviant- und Lastschiffe mit, die auch Bäcker, Steinmetzen, Zimmerleute und alles Gerät für die bevorstehenden Belagerungen an Bord hatten. Sie wurden wiederum von hundert Booten begleitet, die zum Dienst gezwungen worden waren. Viele andere Boote und Frachtkähne aber folgten der Flotte freiwillig, da man hoffte, während des Feldzugs Handel treiben zu können.

Als an jenem Tag in Piräus endlich alle Schiffe bemannt und alles eingeladen war, wurde durch eine Trompete Schweigen geboten. Die vor der Ausfahrt üblichen Gebete wurden diesmal nicht auf jedem Schiff einzeln, sondern unter Anleitung eines Herolds von allen gemeinsam gesprochen. Der ganzen Armee wurde Wein ausgeschenkt, und die Offiziere und Mannschaften opferten aus silbernen und goldenen Bechern. Nach dem Hymnus und der Darbringung des Opfers lichteten sie die Anker und liefen zunächst in Linie aus, bis sich nach und nach eine wilde Wettfahrt entwickelte, die erst vor Aegina aufhörte. So gelangten die Schiffe aus Athen in rascher Fahrt nach Kerkyra, wo sich die Streitkräfte der Verbündeten sammelten.

Platon war dreizehn, als er die Schiffe abfahren sah. Er stand mit seinem Onkel Krition auf der Mole.

Zurückkehren sah er sie nicht.

Sie kehrten nicht mehr zurück.

Schon bald war von den drei Feldherren nur noch Nikias übrig.

Lamachus fiel im Kampf, und Alkibiades flüchtete, als er zum Prozeß nach Athen zurückbefohlen wurde, statt dessen nach Sparta, wohin er guten Rat und geheime Kenntnisse mitbrachte. In einer der sizilianischen Städte, die er passierte, wurde Alkibiades von einem Athener erkannt.

»Traust du deinem Vaterland nicht mehr zu, dich gerecht zu behandeln, Alkibiades?« fragte der Mann vorwurfsvoll.

»Doch, doch, in anderen Dingen durchaus«, sagte Alkibiades. »Aber wenn mein Leben auf dem Spiel steht, würde ich sogar meiner eigenen Mutter zutrauen, daß sie bei der Abstimmung versehentlich den schwarzen mit dem weißen Stein verwechselt.«

Den Spartanern sagte er: »Die Demokratie ist eine lächerliche Einrichtung. Man braucht sich ja nur anzusehen, was diese Demokraten mir angetan haben!«

Er riet den Spartanern, hochrangige Militärberater, Schiffe und Truppen nach Sizilien zu schicken, erneut in Attika einzufallen und diesmal auch dort zu *bleiben,* statt jeden Herbst wieder nach Hause zurückzukehren. Der sicherste Weg, einem Gegner zu schaden, bestünde darin, daß man herausfinde, welche Form des Angriffs er am meisten fürchte, und diesen dann unternehme.

»Und durch mich habt ihr jetzt herausgefunden, wovor die Athener sich fürchten.«

Die Spartaner waren mißtrauisch. »Das würde gegen den Vertrag verstoßen und unseren Waffenstillstand beenden.«

Alkibiades warf den Kopf zurück und lachte. »Glaubt ihr denn im Ernst, daß Athen und Sparta jetzt keinen Krieg führen? Greift ihr nicht die Freunde des jeweils anderen an? Unterstützt ihr nicht beide die Feinde des anderen? Natürlich befindet ihr euch im Krieg.«

Er schreckte die Spartaner mit der Dominotheorie auf, ohne ihnen zu sagen, daß sie von ihm selbst stammte. »Wenn ihr jetzt in Syrakus nicht gegen sie kämpft, müßt ihr später vor den Mauern von Sparta gegen sie kämpfen, und dann werden die Karthager und ganz Sizilien sie unterstützen. Woher kommt euer Getreide?«

»Das meiste bauen wir selbst an.«

»Und der Rest?«

»Den beziehen wir aus Sizilien.«

»Sizilien steht euch bald nicht mehr zur Verfügung. Aber

die Athener waren dumm genug, ihr Heer nach Sizilien zu schicken und Attika ungeschützt zu lassen.«

Er sagte ihnen nicht, daß auch dies seine Idee gewesen war.

Sparta folgte seinen Empfehlungen und erzielte dabei ausgezeichnete Ergebnisse. Alkibiades gewann die Herzen seiner neuen Landsleute, indem er sich das Haar wachsen ließ, kalte Bäder nahm, grobkörniges Brot aß und sich den spartanischen Sitten auch sonst mit atemberaubender Geschwindigkeit anpaßte.

Zu den von ihm gewonnenen Herzen gehörte auch das der Ehefrau von König Agis, die ihren jüngstgeborenen Sohn voller Zärtlichkeit Alkibiades nannte...

Alkibiades verließ Sparta gerade noch zur rechten Zeit und trat in die Dienste des Persers Tissaphernes. Da er sowohl die Athener als auch die Spartaner militärisch beraten hatte, konnte er seinen neuen Herren ausgezeichnet über beide informieren.

Den Krieg um Sizilien hatte Nikias inzwischen verloren.

Aber zuvor, noch ehe die Kämpfe richtig begonnen hatten, war noch eine zweite Flotte angefordert und nach Sizilien geschickt worden, die ebenso groß war wie die erste. Nikias, der gehofft hatte, mit der Forderung nach Verstärkung den Feldzug beenden zu können, hatte sich erneut verschätzt. Der Krieg und die Belagerung von Syrakus gingen weiter. Und schließlich, nach zwei Jahren wechselnden Kriegsglücks, mußten sich Nikias und seine Männer zurückziehen. Sie flüchteten nach Süden, überschritten den Erineos und lagerten auf einer Anhöhe.

Die Schiffe waren verloren. Vergeblich hatten sie versucht, aus dem Hafen auszubrechen.

Am nächsten Tag hatten die Syrakuser Nikias eingeholt und griffen seine Truppen von allen Seiten mit Wurfgeschossen, Pfeilen und Speerwürfen an. Die flüchtenden Athener waren in einem schrecklichen Zustand, es fehlte ihnen an Nahrung und allem, was sie sonst brauchten. Bei Tagesanbruch führte Nikias das Heer weiter, aber die Syrakuser und ihre Verbündeten ließen in der Verfolgung nicht nach.

Ziel der Athener war der Fluß Asinaros, teils weil sie hofften, den ständigen Angriffen der Reiter und sonstigen Truppen weniger ausgesetzt zu sein, wenn sie den Fluß erst einmal überquert hätten, teils aber auch, weil sie müde waren und Durst hatten. Deshalb stürzten sie sich, als sie den Fluß erreicht hatten, völlig ungeordnet hinein. Jeder wollte als erster das gegenüberliegende Ufer erreichen, obwohl gleichzeitig die Angriffe der Feinde den Übergang immer mehr erschwerten. Zu einer dichten Masse zusammengedrängt fielen und stolperten die Athener über sich selbst. Manche kamen sofort um, andere verfingen sich in ihrer Ausrüstung und ihrem Gepäck und wurden von der Strömung mitgerissen. Die Syrakuser standen auf dem gegenüberliegenden Steilufer und ließen Steine und Pfeile auf die Athener herabregnen, von denen die meisten im Flußbett standen und ihren Durst löschten. Die Spartaner, die natürlich ebenfalls längst ein Heer nach Sizilien entsandt hatten, stiegen herunter und schlachteten die ab, die im Fluß standen. Das Wasser verfärbte sich augenblicklich, aber die Athener tranken es trotzdem, so blutig und schlammig es auch war, ja, sie kämpften sogar untereinander darum.

Endlich, als die Toten schon nicht mehr zu zählen waren und das Heer vernichtet war, teils im Fluß und teils von den Reitern auf der anderen Seite, ergab sich Nikias und sagte, sie sollten mit ihm tun, was sie wollten, aber das Schlachten seiner Soldaten endlich beenden.

Die Syrakuser und ihre Verbündeten vereinigten ihre Truppen, sammelten die Beutewaffen ein, trieben so viele Gefangenen zusammen wie möglich und zogen zurück in die Stadt.

Nikias brachten sie um, einen Mann, der von allen Hellenen der damaligen Zeit einen solchen elenden Tod am wenigstens verdient hatte, da er, wie Thukydides meint, doch sein ganzes Leben der Tugend geweiht hatte.

Reich geworden war der edle Nikias dadurch, daß er der Stadt seine Sklaven für die Arbeit in den Silberminen vermietete.

Die gefangenen Athener und ihre Verbündeten wurden in die Steinbrüche gebracht, wo sie am sichersten bewacht werden konnten.

Die Gefangenen wurden zuerst übel behandelt. Sie waren sehr viele und mußten sich in einer engen Grube zusammendrängen, wo sie ohne Schutz vor der Sonne in stickiger Luft lagerten, während die Nächte schon herbstlich kalt waren. Die starken Temperaturgegensätze ließen bald viele von ihnen erkranken.

Zusätzlich zwangen sie die beengten Verhältnisse, alles an derselben Stelle zu verrichten. Die Toten, die an ihren Wunden oder an Krankheiten gestorben waren, stapelten sich übereinander, und es verbreitete sich ein unerträglicher Gestank. Gleichzeitig mußten die Gefangenen Hunger und Durst leiden. Acht Monate lang erlaubten die Syrakuser jedem Mann nur einen halben Liter Wasser und ein Pfund Brot am Tag, und so gab es bald kein Leiden der Gefangenschaft mehr, das sie nicht heimgesucht hätte.

Ungefähr zehn Wochen lang hausten sie auf diese Weise zusammen. Dann wurden die ersten von ihnen als Sklaven verkauft und fanden auf diese Weise Erleichterung. Ausgenommen davon blieben aber die Athener und die Griechen aus Sizilien und Italien, die sich dem Feldzug angeschlossen hatten.

Es ist schwer, über die Zahl der Gefangenen genauere Angaben zu machen, aber es müssen insgesamt etwa siebentausend gewesen sein.

Dies war das größte Ereignis in diesem Krieg, das größte, das wir aus der griechischen Geschichte kennen.

Für die Sieger war es der strahlendste Erfolg, für die Geschlagenen die vernichtendste Niederlage. Ihre Leiden waren schrecklich, und den Athenern ging buchstäblich alles verloren: Heer und Flotte waren gleichermaßen vernichtet, und von den vielen kehrten nur ganz wenige zurück. Nur von einem kennen wir den Namen: Alkibiades.

Im ganzen athenischen Reich kam es zu Aufständen.

So unglaublich es klingt, aber Athen kämpfte noch neun Jahre lang weiter.

»Laßt sie nur kämpfen«, riet Alkibiades seinem persischen Gönner Tissaphernes. Und wenn er im Auftrag des Tissaphernes mit den Athenern verhandelte, ließ er durchblicken, sein Einfluß bei den Persern sei groß genug, um ihnen zu helfen, wenn sie sich nur entschließen könnten, die Demokratie abzuschaffen und eine Oligarchie zu errichten. »Gebt Sparta Geld für Schiffe«, riet er dem Perser, »aber nicht zuviel. Unterstützt immer die schwächere Seite, und laßt sie untereinander kämpfen, statt gegen uns. Wer immer auch gewinnt, er wird nicht unser Verbündeter sein.«

Im Jahre 411 wurde Alkibiades von den Demokraten in Athen, die er hatte niederwerfen wollen, wieder zum Feldherrn gewählt. Kurz danach gab man ihm ungerechtfertigterweise die Schuld an der Niederlage in der Seeschlacht bei Notion, und daraufhin zog er sich nach Thrakien zurück.

Das Ende für Athen kam mit dem spartanischen Feldherrn Lysander und dessen Sieg bei Aigospotamoi: Einhundertachtzig athenische Schiffe wurden, als sie am Strand lagerten, von ihm zerstört, und nur neun gelang es zu fliehen.

Im Jahr zuvor hatten die Athener mit bestürzender Eile und Brutalität beschlossen, ihre Kommandeure sollten allen Spartanern, die auf See gefaßt würden, die rechte Hand abschlagen lassen. Einer der Kapitäne ging noch einen Schritt weiter und warf die Besatzung zweier gekaperter spartanischer Schiffe über Bord.

Lysander übte Vergeltung. Er ließ diesem Kapitän die

Kehle durchschneiden. Und unter den Gefangenen ließ er alle Athener hinrichten, mit Ausnahme eines einzigen, von dem bekannt war, daß er in der Volksversammlung gegen den Beschluß gesprochen hatte. Und er blockierte mit seinen Schiffen die Häfen.

Die Nachricht von der Niederlage traf bei Nacht ein, schreibt Xenophon.

Ein einziger Klagelaut lief von Piräus die langen Mauern hinauf in die Stadt, als einer dem anderen die Nachricht weitergab, und in dieser Nacht vermochte niemand zu schlafen. Alle trauerten, nicht nur um die Gefallenen, sondern vor allem um sich selbst, denn sie waren überzeugt, daß ihnen jetzt das gleiche Schicksal zuteil werden würde, das sie den Bewohnern von Melos, Histiaia, Skione, Torone, Aegina und vielen anderen Griechen bereitet hatten.

Aber Sparta erlaubte nicht, daß die Stadt, die für alle Griechen so viel getan hatte, zerstört wurde. Das führte dazu, daß sich die Verbündeten Spartas wie Korinth, Theben und Elis weigerten, den Friedensvertrag zu unterzeichnen. Sie nannten die Vertragsbedingungen lächerlich und fanden, daß die Spartaner den Sieg verschenkt hätten.

Athen durfte zwölf Schiffe behalten, aber die Mauern wurden niedergerissen.

Erst als alle Nahrungsmittel verbraucht waren, hatten die Athener schließlich um Frieden gebeten. Als die Unterhändler aus Sparta zurückkehrten, hatte sich eine große Menschenmenge versammelt. Sie fürchteten, die Verhandlungen seien fehlgeschlagen, und wußten zugleich, daß sie nicht länger warten konnten, weil täglich so viele verhungerten.

Die Unterhändler berichteten der Volksversammlung über die Bedingungen, welche ihnen die Spartaner für eine Aufhebung der Blockade und den Friedensschluß genannt hatten. Sie empfahlen die Annahme dieser Bedingungen. Einige widersprachen noch, aber die meisten waren dafür, und es wurde beschlossen, auf die Bedingungen einzugehen. Daraufhin lief Lysander in den Hafen von Piräus ein, die Verbannten durften zurückkehren, soweit sie das wollten, und die Peloponnesier begannen, begleitet von den Melodien ihrer Flötenspielerinnen, mit großem Eifer die Mauern niederzureißen. Dies sei der erste Tag der Freiheit für ganz Griechenland, jubelten sie.

Als die Athener das hörten, waren sie verblüfft, daß die Kapitulation ihrer demokratischen Stadt von allen anderen als Wiederkehr der Freiheit begrüßt wurde.

Noch im selben Jahr wurde Alkibiades auf Betreiben der Spartaner und der athenischen Tyrannen von persischen Attentätern ermordet. Mittlerweile hatten ihn die führenden Politiker aller drei Mächte satt.

Die Frau, in deren Armen er die Nacht verbracht hatte, sagt Plutarch, wickelte seinen Leichnam in ihre eigenen Kleider und begrub ihn so ehrenhaft, wie es ihr unter den gegebenen Umständen möglich war.

25

Alternde *enfants terribles* verlieren viel von ihrer Anziehungskraft, und das galt auch für Alkibiades.

Es gab nicht wenige brave verheiratete Frauen in Athen, die höchst zufrieden über die Art und Weise waren, wie er zu Tode gekommen war. Xanthippe, die Frau des Sokrates, fand es nicht überraschend. Er habe es nicht besser verdient, sagte sie, und sie habe schon immer gewußt, daß es kein gutes Ende mit ihm nehmen werde.

Sokrates sagte: »So ist das Leben.«

XII. Literarische Nachlässe

26

Die Bürger von Athen, schreibt Platon, sind bei den Griechen als große Redner bekannt. Auf die Holländer im allgemeinen und Rembrandt im besonderen scheint das Gegenteil zuzutreffen.

In Rembrandts literarischem Nachlaß finden sich lediglich sieben eigenhändige Briefe und die von einem Unbekannten gefertigte Übersetzung eines seiner Briefe an Ruffo. Alle diese Briefe beziehen sich auf geschäftliche Fragen. Sie haben deshalb mit Geld zu tun.

Außer den Briefen gibt es noch eine kurze Notiz Rembrandts an Ruffo, die sich auf seinen unvollendeten *Homer* bezieht. Er hatte sie in der Hoffnung, dem Italiener gleich drei griechische Halbfiguren verkaufen zu können, zusammen mit dem *Alexander* geschickt. Die Notiz lautet:

Da jedes Stück 6 mal 8 Handbreit mißt,
sind sie von guter Größe, und der Herr wird
den Preis nicht für zu hoch halten.
Euer sehr ergebener Diener
Rembrandt van Rijn

Die sieben Briefe in seiner eigenen Handschrift gingen an seinen ersten einflußreichen Bewunderer, Constantijn Huygens, und beschäftigten sich mit den letzten drei Gemälden aus der Passionsserie für Prinz Frederik Hendrick.

Der ins Italienische übersetzte Brief war die Antwort auf Beschwerden Don Antonios über den *Alexander*. Rembrandts anmaßender Stil und sein bis zur Unhöflichkeit eigenwilliger Geist sind vielleicht Hinweise darauf, warum es mit Jan Six, Constantijn Huygens und anderen Gönnern zum Bruch gekommen sein könnte.

Neben den Briefen gehören auch noch einige andere Äußerungen Rembrandts in diesen Zusammenhang. Sie sind allerdings alle sehr kurz. Drei davon hat er selbst niedergeschrieben, zwei sind von anderen notiert worden. Alles, was sonst von ihm überliefert ist, sind juristische Stellungnahmen und finanzielle Vereinbarungen. In diesen Dokumenten entspricht seine schwülstige Sprache durchaus der aufgeblasenen Persönlichkeit, die wir schon kennen, und auch mit dem herrischen Auftreten, das seine Selbstporträts aus den Jahren zeigen, als ihm das Unglück am härtesten zusetzte, läßt sie sich sehr gut vereinbaren.

Mit achtundzwanzig, in Amsterdam, schrieb er folgendes in das Album eines deutschen Reisenden:

Ein frommes Gemüt
schätzt Ehre höher als Reichtum.

Nur zweimal in seinem Leben zeigt Rembrandt, soweit uns überliefert ist, so etwas wie ein echtes Gefühl. Das eine Zeugnis ist eine Inschrift auf einer Porträtzeichnung von Saskia zur Erinnerung an ihre Verlobung. Das zweite war ein Ausruf des Bedauerns gegenüber einer Haushälterin gegen Ende seines Lebens.

Die Inschrift für Saskia lautet:

Das ist meine Frau, als sie 21 Jahre alt war, am 3. Tag nach unserer Verlobung, den 8. Juni 1633.

Es handelt sich um eine Silberstiftzeichnung auf einem eigens dafür präparierten Papier, ein schwieriges technisches Verfahren aus der Frührenaissance. Saskia trägt einen bebänderten Strohhut mit Blumen und sieht sehr gesund, ein bißchen verführerisch und älter als einundzwanzig aus. Die Zeichnungen vom Ende ihres Lebens, neun Jahre später, zeigen sie dagegen verzehrt von Krankheit und häufig im Bett.

Saskia und Rembrandt heirateten 1634 in Friesland, wo Saskias Schwester mit ihrem Ehemann, einem Rechtsanwalt und Stadtschreiber, wohnte.

Wir haben keine Veranlassung zu der Vermutung, daß Rembrandt diesen entfernten Ort wählte, um seine katholische Mutter und seine plebejischen Brüder und Schwestern nicht in die Kreise einführen zu müssen, in die er hineinheiratete. Sein Vater, der im Alter möglicherweise blind geworden ist, war ohnehin schon tot.

Es gibt keinen Grund zu der Annahme, daß Rembrandt seine Verwandtschaft nicht auch dann hätte fernhalten können, wenn sie in Amsterdam geheiratet hätten.

Die Hochzeit fand am 22. Juni 1634 statt.

Genau einen Monat später unterschrieb Rembrandt ein Dokument, das seinem neuen Schwager, dem Rechtsanwalt und Stadtschreiber Gerrit van Loo, das Mandat erteilte, für Saskia in Friesland gewissen Schulden einzutreiben, die wir schon früher erwähnt haben.

Die Familie van Loo, in die eine Schwester Saskias eingeheiratet hatte, sollte für den Rest seines Lebens und sogar noch darüber hinaus mit Rembrandts verschiedenen juristischen Problemen zu tun haben. Titus heiratete eine van Loo; und als er starb, war sie schwanger und trug in ihrem Bauch eine weitere kleine van Loo, die einen potentiellen, pränatalen Anspruch auf all das hatte, was der Künstler und sein Sohn an Wert hinterließen.

Nur in den unterentwickelten Staaten der Welt müssen Rechtsanwälte um ihren Lebensunterhalt fürchten.

Ihr erster Sohn, Rombartus, wurde im Dezember 1635 getauft. Als er zwei Monate später begraben wurde, schrieb Rembrandt den ersten jener sieben Briefe, die zu seinem literarischen Nachlaß gehören. Und zwei Monate danach kam es zum ersten jener Prozesse wegen Saskias Erbteil, in denen Rembrandt und Saskia als Kläger auftragen.

In allen Prozessen zu Saskias Lebzeiten trat Rembrandt als Kläger auf; in den Prozessen nach ihrem Tod war Rembrandt fast jedesmal der Beklagte. Fairerweise müssen wir aber bestätigen, daß die Prozesse wegen des Uylenburghschen Erbes jedesmal zugunsten von Rembrandt und Saskia ausgingen. Dennoch darf man vermuten, daß Rembrandts Freude an Rechtshändeln, die er auf dem Höhepunkt seines Erfolgs durchaus geschätzt haben mag, ihm gegen Ende seines Lebens gänzlich vergangen war.

Im ersten der sieben Briefe an Huygens teilt Rembrandt mit, er hoffe, daß der gnädige Herr Seiner Exzellenz – damit meint er Prinz Frederik Hendrick – bitte mitteilen wolle, daß er, Rembrandt, sehr eifrig mit der Vollendung der drei Passionsbilder beschäftigt sei, mit denen Seine Exzellenz ihn beauftragt habe.

Rembrandts *Kreuzaufrichtung* und *Kreuzabnahme* waren schon drei Jahre früher fertig geworden. Von den neuen Gemälden, schreibt Rembrandt, sei eines bereits vollendet. Die beiden anderen seien zur Hälfte fertig. Rembrandt beschließt den Brief mit den Worten:

> *Laßt mich, Mijnher, bitte wissen, ob Seine Exzellenz das fertige Stück sogleich haben möchte oder später alle drei Bilder zugleich, damit ich den Wünschen Seiner Exzellenz des Prinzen nach besten Kräften entspreche. Als Zeichen meiner ergebenen Zuneigung bitte ich Euch, Mijnher, eine meiner neuesten Arbeiten entgegennehmen zu wollen, und hoffe, daß sie günstig aufgenommen wird. Ich grüße Euch und empfehle Euch Gott in Gesundheit.*
>
> *Euer williger und sehr ergebener Diener*
> *Rembrandt*

Hätte Seine Exzellenz, der Prinz, die drei Bilder zusammen gewollt, hätte er vermutlich noch einmal drei Jahre warten müssen, bis Rembrandt zum Kauf des Hauses dringend nach Geldquellen suchte.

Wir wissen, daß das Bild abgeschickt und mit einer gewissen Enttäuschung aufgenommen worden ist, denn Rembrandt bietet in seinem *Zweiten Brief* an, nach Den Haag zu kommen, um zu sehen, wie die *Himmelfahrt* zu den anderen Bildern passe. Für Rembrandt erhebt sich daneben die heikle Frage des Geldes:

> *Was den Preis des Bildes angeht, so habe ich gewiß 1200 Gulden dafür verdient, werde aber zufrieden sein mit dem, was mir Seine Exzellenz bezahlt. Mijnher, Ihr werdet mir diese Freiheit nicht übelnehmen, da ich alles tun werde, um sie zu entgelten. Auf der Galerie Seiner Exzellenz wird sich das Bild am besten ausnehmen, weil dort ein starkes Licht ist.*

Rembrandt erhielt auch diesmal nur sechshundert Gulden, wie schon für die beiden ersten Bilder. Bis zu seinem berühmten *Dritten Brief* vergingen drei Jahre. In der Zwischenzeit gab es einige Aufregung.

So kam es im April 1636 zu einem Prozeß über Saskias Erbe, in dem Rembrandt, Saskia und ihr Bruder Idsert über einen gewissen Dr. Albert van Loo und andere triumphierten. Gegenstand dieser unliebsamen Auseinandersetzung war eine Liegenschaft in Friesland, die allen Uylenburghs gemeinsam gehörte.

Im März 1638 verklagten Gerrit van Loo, Rembrandt, Saskias Schwager François Coopal, ein weiterer Schwager namens Dr. Joannes Maccovius und Saskias Bruder Idsert einen anderen Bruder, Dr. Ulricus Uylenburgh, und eine weitere

Person wegen eines Bauernhofs, der verkauft werden sollte. Auch dieser Prozeß wurde gewonnen.

Im Juli des gleichen Jahres wurde eine Tochter geboren und im August begraben. Einen Monat zuvor hatten Rembrandt und Saskia in Friesland den schon erwähnten Verleumdungsprozeß angestrengt.

Das Ehepaar führte Klage darüber, daß Dr. Albert van Loo, der einen der früheren Prozesse verloren hatte, und seine Schwester Mayke einfach behauptet hätten, Saskia habe »das Erbe ihrer Eltern durch protziges Auftreten, Eitelkeit und Prunk verschwendet«.

Wir wissen nicht, ob die Beklagten Rembrandts Selbstporträt mit Saskia kannten, aber Rembrandt und Saskia schienen sie durchaus zu kennen.

In seiner Klageschrift stellte Rembrandt unter anderem fest:

> *Der Kläger und seine Frau waren recht wohlhabend und (wofür sie dem lieben Gott nie genug danken können) mit einem Überfluß irdischer Güter reichlich gesegnet.*

Da also, Gott sei Dank, vollkommen wahrheitswidrig gewesen sei, was der Beklagte in die Welt gesetzt habe, müsse Rembrandt sich dagegen zur Wehr setzen. Er verlangte Schadensersatz in From einer Entschuldigung und Zahlung von vierundsechzig Gulden wegen der erlittenen Rufschädigung für sich selbst, sowie weitere vierundsechzig Gulden für Saskia, zuzüglich aller Gerichtskosten.

Dr. van Loo erwiderte, weder er noch seine Schwester hätten jemals die Behauptung geäußert, deren sie angeklagt waren. Sollte trotzdem irgendein Schadenersatz notwendig sein, so sei er bereit, den Klägern, bei denen es sich »lediglich um einen Maler und seine Frau« handele, acht Gulden zu zahlen, was ja wohl ausreiche, um eine etwaige Rufschädigung zu entgelten.

Die Klage, mit der Rembrandt sich gegen die Beschuldigung der Verschwendungssucht wehrte, war nicht erfolgreich. Beide Seiten wurden dazu verurteilt, ihre Kosten selbst zu tragen, und sechs Monate später kaufte Rembrandt das teure Haus.

Der Erwerb des Hauses führte bei Rembrandt zu einer jähen Steigerung der literarischen Produktion. Mehrere Briefe begleiteten die Vollendung der beiden letzten Bilder aus der Passionsserie, von denen er schon drei Jahre zuvor gesagt hatte, er arbeite »fließig daran, um sie so schnell wie möglich fertigzustellen«.

Nur neun Tage, nachdem er das Haus gekauft hatte, schrieb Rembrandt nach dreijährigem Schweigen seinen *Dritten Brief* an Huygens und ließ ihn am 12. Januar 1639 durch Boten zustellen.

Durch die große Lust und Liebe, die ich darauf verwendet habe, die beiden Bilder, mit denen Seine Hoheit mich beauftragt hat, gut auszuführen – das eine stellt dar, wie die Leiche Christi ins Grab gelegt wird, und das andere, wie Christus zum Schrecken der Wächter von den Toten aufersteht – sind diese beiden Bilder jetzt durch fleißige Arbeit vollendet, und ich würde sie gerne abliefern, um Seiner Hoheit damit eine Freude zu machen, denn in diesen beiden Bildern ist das größte und natürlichste Gefühl ausgedrückt, und dies ist auch die größte Ursache dafür, daß sie so lange unter meinen Händen geblieben sind…

Da ich Euch, Mijnher, nun schon zum zweiten Mal in dieser Angelegenheit behellige, füge ich als Zeichen meiner Dankbarkeit ein Bild von 10 Fuß Breite und 8 Fuß Höhe hinzu, das Eures Hauses würdig sein sollte. Ich wünsche Euch alles Glück und himmlischen Segen, Amen.

Euer sehr ergebener Diener
Rembrandt
Am 12. Januar 1639
Mijnher, ich wohne jetzt an der Binnen Amstel. Das Haus heißt die Zuckerbäckerei.

Huygens wollte das Bild, das er womöglich als Bestechungsversuch betrachtete, gar nicht haben. Aber Rembrandt schickte es trotzdem, zusammen mit einem Brief, der am Ende wieder einmal das heikle Thema der Bezahlung berührte.

Ich habe Euer geschätztes Schreiben vom Vierzehnten mit dem größten Vergnügen gelesen. Ich habe soviel Gunst und Zuneigung darin gefunden, daß ich mich zu bestmöglichen Diensten und Freundschaft verpflichtet fühle. Aus diesem Grunde schicke ich auch entgegen Eurem Wunsch die beigefügte Leinwand, in der Hoffnung, daß Ihr mir's nicht verübelt, ist es doch das erste Mal, daß ich ein Zeichen meines Dankes gebe...

...ich möchte Euch bitten, daß ich, was immer Seine Hoheit mir für die 2 Bilder bewilligen mag, so schnell wie möglich erhalte, was mir gegenwärtig sehr gelegen wäre. Mit Eurer gütigen Erlaubnis erwarte ich Eure Antwort und wünsche Euch, Mijnher, und Eurer Familie Glück und Segen.
Euer sehr ergebener und wohlaffektionierter Diener
Rembrandt
In Eile
Am 27. Januar 1639

Mijnher, hängt das Bild in starkes Licht und so, daß man Abstand nehmen kann, dann wird es am schönsten leuchten.

Rembrandt hatte es mit der Bezahlung so eilig, daß er die beiden neuen Gemälde verpackte und auf den Weg brachte, ehe sie richtig trocken waren. Die oberen, frisch aufgetragenen Farbschichten hatten sich nicht genügend mit den unteren verbunden, so daß Rembrandts *Grablegung* und *Auferstehung* von Anfang an eine sichere Einnahmequelle für Restauratoren gewesen sind.

Rembrandts Begleitschreiben ist kurz:

Mijnher,
mit Eurer Erlaubnis schicke ich Euch diese beiden Werke, deren Qualität gewiß so hoch geschätzt werden wird, daß Seine Hoheit mir jetzt sogar mindestens tausend Gulden für jedes zahlen wird. Sollten Seine Hoheit aber der Meinung sein, daß sie nicht soviel wert sind, soll er mich nach seinem Gutdünken bezahlen. Im Vertrauen auf Seiner Hoheit Kunstverstand und Kenntnisse werde ich dankbar und zufrieden sein mit dem, was er sagt. Und mit meinen Grüßen verbleibe ich sein
Sehr ergebener Diener
Rembrandt
Für die beiden Rahmen und die Versandkiste habe ich insgesamt 44 Gulden vorgestreckt.

Aus Rembrandts nächstem, dem sechsten Brief in seinem schmalen schriftlichen Œuvre erfahren wir, daß er die verlangten tausend Gulden nicht erhalten hatte.

Geehrter Herr,
ich habe in allen Dingen größtes Vertrauen zu Euch, besonders was die Bezahlung der letzten beiden Gemälde angeht, und ich bin überzeugt, wäre alles nach Euren Wünschen gegangen und so wie es recht ist, hätte es gegen den vereinbarten Preis keinen Einwand

gegeben. Was die früher gelieferten Bilder angeht, so sind für jedes nicht weniger als 600 Carolus Gulden gezahlt worden. Und wenn Seine Hoheit nicht mit Anstand zur Zahlung eines höheren Preises bewegt werden kann, obwohl die Stücke es offensichtlich wert sind, will ich mich mit 600 Carolus Gulden für jedes zufriedengeben, wenn mir außerdem meine Auslagen für die beiden Ebenholzrahmen und die Versandkiste erstattet werden, die insgesamt 44 Gulden betragen. Ich möchte Euch also bitten, Mijnher, dafür zu sorgen, daß ich mein Geld hier in Amsterdam jetzt sobald wie möglich erhalte, ich vertraue fest darauf, daß mir das Geld dank Eurer freundlichen Bemühungen bald zur Verfügung stehen wird, und danke Euch für alle Freundlichkeit. Mit Grüßen an Euch, Mijnher, und Eure Freunde empfehle ich Gott Eure Gesundheit.
Euer sehr ergebener und wohlaffektionierter Diener
Rembrandt

Die Zahlung wurde sogleich bewilligt, was Rembrandt nicht wußte. Auch erhielt er das Geld nicht, denn der Schatzmeister, der das Geld der anderen mit sicherem Instinkt so lange wie möglich zum eigenen Gebrauch zurückhielt, behauptete wahrheitswidrig, die Steuergelder, aus denen Rembrandt bezahlt werden solle, seien noch nicht eingegangen.

Verzweifelte Nachfragen Rembrandts brachten die Wahrheit zutage.

Es ist interessant, den *Siebenten Brief* von Platon mit dem *Siebenten Brief* von Rembrandt zu vergleichen. Beide sind verdrießlich, wortreich und selbstgerecht. Rembrandts Brief ist im Grunde eine sich selbst erniedrigende Beschwerde und Mahnung:

Mein edler Herr,
nur zögernd behellige ich Euch erneut mit einem Brief, und ich tue es auch nur, weil mir der Steuereintreiber, bei dem ich mich wegen der verzögerten Zahlung beschwert habe, etwas erzählt hat... Dies ist offenbar die Wahrheit in dieser Angelegenheit, und deshalb bitte ich Euch, gnädiger Herr, daß die Zahlungsanweisung jetzt endlich erteilt wird, damit ich endlich meine wohlverdienten 1244 Gulden empfange. Ich werde mich bemühen, Euch dafür stets mit respektvollstem Diensteifer und Beweisen meiner Freundschaft zu entschädigen.
Mijnher, ich empfehle mich in der Hoffnung, daß Gott Euch bei guter Gesundheit erhalte und segne. Amen.
Euer sehr ergebener und wohlaffektionierter Diener
Rembrandt
Ich wohne an der Binnen Amstel in der Zuckerbäckerei.

Im Gegensatz zu Platons *Siebentem* ist Rembrandts *Siebenter* ein echter Brief. Platons Epistel war eine eitle Selbstdarstellung, die von vornherein im Hinblick auf eine Veröffentlichung hin konzipiert war. Sie sollte den Verfasser im besten Licht zeigen.

Rembrandts Brief erreichte sein Ziel insofern, als er das Geld erhielt, das er wollte. Zugleich ist er aber auch der letzte überlieferte Hinweis auf irgendeinen Kontakt zwischen Huygens und Rembrandt, obwohl Rembrandt danach noch dreißig Jahre gelebt hat und Huygens sogar älter als neunzig geworden ist und immer fleißig Tagebuch geschrieben hat.

Im Juli 1640 wurde Saskia von einer weiteren Tochter enbunden, die im nächsten Monat starb; und am dreißigsten August des Jahres beauftragte Rembrandt einen Rechtsanwalt damit, das Geld einzutreiben, das Saskia von einer Tante geerbt hatte, die sechs Jahre zuvor gestorben war.

Im September 1641 wurde Titus geboren.

Neun Monate später starb Saskia.

In dem neuen Testament, das sie wenige Tage vor ihrem Tod aufsetzte, machte Saskia ihren Sohn zum Alleinerben und Rembrandt zum alleinigen Vormund. Sie gestattete ihm die Nutzung ihres Vermögens unter der Bedingung, daß er für die Erziehung ihres Sohnes aufkomme und nicht wieder heirate.

Wie Geertghe Dircx bezeugen konnte, hat Rembrandt tatsächlich nicht wieder geheiratet. Im Jahre 1649 verklagte sie ihn wegen eines gebrochenen Eheversprechens und behauptete, daß...

...der Beklagte ihr mehrfach mündlich die Ehe versprochen und ihr als Unterpfand einen Ring geschenkt hat. Daß er darüberhinaus mehr als einmal mit ihr geschlafen hat. Sie verlangt daher, mit dem Beklagten verheiratet oder anderweitig von ihm unterhalten zu werden.

Rembrandts schriftliche Antwort, die zweifellos unter Mitwirkung eines Rechtsanwalts abgefaßt worden ist, war eher verächtlich und machte keinerlei Zugeständnisse:

Der Beklagte leugnet, der Beschwerdeführerin die Ehe versprochen zu haben, und erklärt darüberhinaus, er sehe keine Notwendigkeit zuzugeben, daß er mit ihr geschlafen habe. Die Klägerin selbst hat diesen Punkt zur Sprache gebracht und wird Beweise vorbringen müssen.

Die Richter überzeugte beides nicht: Sie verurteilten Rembrandt zu einer Unterhaltszahlung von zweihundert Gulden jährlich, zwangen ihn aber nicht, Geertghe zu heiraten.

Zweihundert Gulden waren vierzig mehr, als er freiwillig angeboten hatte.

Im April 1650 gab Geertghe ihrem Bruder die Vollmacht, sie in allen Rechtsgeschäften zu vertreten. Und im Juli einigte sich dieser dahingehend mit Rembrandt, daß er seine Schwester in eine geschlossene Anstalt in Gouda einweisen ließ. Dies wurde so geschickt eingefädelt, daß Geertghes Freunde zunächst gar nicht wußten, was aus ihr geworden war. Aber dann ging Rembrandt einen Schritt zu weit: Um Geertghe für mindestens zwölf Jahre verschwinden zu lassen, versuchte er, ihre Bekannten zu ungünstigen Zeugenaussagen zu bewegen. Geertghe wurde schließlich nach fünf Jahren, im Herbst 1655 entlassen, als Rembrandt gerade verzweifelt versuchte, seinen Konkurs abzuwenden.

Die Jahre 1655 und 1656 waren eine schwere Zeit für Rembrandt, trotzdem fand er noch Gelegenheit für einen weiteren Versuch, Geertghe wieder in die Besserungsanstalt zu bringen, ihren Bruder wegen einer Forderung von hundertvierzig Gulden ins Schuldgefängnis werfen zu lassen und Titus zu einem Testament zu veranlassen. Außerdem malte er die *Anatomie des Dr. Deymann*, den *Segen Jakobs*, *Jesus und die Samariterin*, *Titus am Schreibtisch*, *Titus lesend*, *Die lesende Alte*, *Hendrickje im Bade*, *Hendrickje in einer offenen Tür*, zwei Gemälde, auf denen Joseph von Potiphars Weib angeklagt wird, zwei Alexander-Bilder (keins davon für Don Antonio), ein Selbstporträt und (vielleicht ebenfalls als unbewußtes, symbolisches Selbstporträt) den *Geschlachteten Ochsen*. Er zeichnete und radierte mehr, als man aufzählen muß, um zu beweisen, daß seine Fruchtbarkeit als Künstler durch die Widrigkeiten dieser Jahre genausowenig Schaden nahm wie sein skrupelloses Finanzgebaren und seine Rücksichtslosigkeit im Umgang mit seinen Mitmenschen.

Rembrandts *Aristoteles* wurde 1652 in Auftrag gegeben und 1653 vollendet, während seine literarische Produktion des Jahres 1653 im wesentlichen aus den Unterschriften bestand, die er leisten mußte, um sich Geld zu leihen oder Geld einzutreiben.

Zwischen Januar und März 1653 unterschrieb er einen

Schuldschein über 4180 Gulden für ein Darlehen von Bürgermeister Cornelius Witsen, der sein Geld im Lauf der Zeit vollständig zurückerhielt, einen Schuldschein über 1000 Gulden für ein zinsloses Darlehen von Jan Six, der einen Teil seines Geldes zurückerhielt, indem er den Schuldschein später mit einem Abschlag weiterverkaufte, und einen Schuldschein über 4200 Gulden für ein mit fünf Prozent verzinstes Darlehen von Isaac van Haarsbeeck, der nichts von seinem Geld wiedersah.

Zweimal erteilte Rembrandt in diesem Jahr mit seiner Unterschrift Vollmacht, Schulden für ihn einzutreiben, aber er signierte auch sein Gemälde des Aristoteles – mit seinem Vornamen. Rembrandt war der erste uns bekannte holländische Maler, der seine Bilder nur mit seinem Vornamen signierte.

Im Juni des folgenden Jahres, als Aristoteles bereits für seine Reise nach Sizilien verpackt worden war, wurde die im fünften Monat schwangere Hendrickje Stoffels vom Konsistorium der calvinistischen Kirche von Amsterdam vorgeladen, wo sie sich gegen den Vorwurf verteidigen sollte, mit Rembrandt Unzucht getrieben zu haben.

Rembrandt erhielt ebenfalls eine Vorladung, warf diese aber weg.

Er war kein Mitglied irgendeiner Kirche.

Hendrickje allerdings schon.

»Willst du mich da wirklich allein hingehen lassen?« fragte sie. Aristoteles, in seine Kiste eingenagelt, war Zeuge.

»Sie scheinen sich für mich nicht zu interessieren«, behauptete Rembrandt. Daß er mit ihr Unzucht getrieben habe, stünde nicht in der Vorladung. »Sie können dir wirklich nichts tun.«

Außer sie zu exkommunizieren.

Die Protokolle in den Kirchenakten verzeichnen, Hendrickje habe gestanden, »daß sie mit Rembrandt, dem Maler, Hurerei getrieben« habe, und sei dafür zur Buße ermahnt und vom Tisch des Herrn ausgeschlossen worden.

Drei Monate später wurde sie von einer Tochter entbunden, die auf den Namen Cornelia getauft wurde.

Insgesamt hielt Aristoteles konsequent an seiner negativen Einschätzung der menschlichen Qualitäten Rembrandt van Rijns fest, bewunderte ihn aber gleichzeitig als Künstler. Er schätzte den protzigen Goldschmuck, den der Maler ihm geschenkt hatte, und staunte nach wie vor über seine magische Geschicklichkeit mit Lasuren und Farben, vor allem über seinen Umgang mit den gedämpften Rot-, Braun- und Schwarztönen, bei denen sich seine ganze Meisterschaft zeigte.

Die Besucher aus nah und fern, die ins Metropolitan Museum of Art kamen, um Aristoteles in Betrachtung Homers zu betrachten, flüsterten immer noch Komplimente. Allerdings mußte Aristoteles betrübt feststellen, daß sein Anblick die Menge nicht mehr in so großer Zahl anlockte und die Besucher auch nicht mehr so enthusiastisch herbeieilten wie früher. Er schmollte. Sein verletzter Stolz überzeugte ihn, daß große Museen, wo es sogenannte Meisterwerke zu Dutzenden gab, einfach kein geeigneter Aufenthaltsort für Gemälde von solcher Qualität wie das seinige waren, jedenfalls nicht auf Dauer. Oft schien er den Tränen nahe zu sein. Er fühlte sich nicht genügend gewürdigt.

Er hoffte manchmal, jemand Nettes würde ihn kidnappen.

Aus dem auf Hendrickjes Exkommunizierung folgenden Jahr besitzen wir Zeugnisse über Äußerungen Rembrandts gegenüber einer Frau namens Trijn Jacobs, einer Freundin von Geertghe Dircx, die ihm mitgeteilt hatte, sie wolle sich nach Gouda begeben, um dort Geertghes Freilassung zu erreichen.

»Das würde ich nicht tun«, sagte Rembrandt daraufhin angeblich. Er habe ihr mit dem Finger gedroht, erklärte sie unter Eid, und hinzugefügt: »Das wird Euch leid tun, wenn Ihr da hingeht!«

Als sie in Gouda ankam, habe sie zu ihrer Überraschung festgestellt, daß dort schon eine Reihe von Briefen Rembrandts vorlagen, in denen der Magistrat aufgefordert wurde, Geertghes Anstaltsaufenthalt auf keinen Fall zu beenden. Diese Briefe haben nicht überlebt.

Als Geertghe endlich freigekommen war, widerrief sie alle Vollmachten, die sie ihrem Bruder erteilt hatte, und erhob wegen des Unterhalts für das laufende Jahr Klage gegen Rembrandt.

Es gelang diesem nicht, sie erneut in die geschlossene Anstalt einweisen zu lassen.

Wir wissen, daß sie bald darauf starb.

In dem Jahr, in dem Geertghe entlassen wurde, vollendete Rembrandt das rührende Gemälde *Titus beim Zeichnen,* das heute in Rotterdam hängt. Es könnte, scherzt Gary Schwartz, auch *Titus macht sein Testament* heißen, wenn dies nicht Rembrandt selbst verfaßt hätte.

Titus war jetzt vierzehn und hatte weniger Grund zu Ressentiments gegen Saskias Familie als Rembrandt. Das Testament aber machte Rembrandt zum Universalerben, schloß die Verwandten mütterlicherseits vollkommen aus und verbot alle Eingriffe Dritter in die Vollstreckung.

Da nicht nachgewiesen werden kann, daß Rembrandt tatsächlich der Autor des Testaments von Titus gewesen ist, gehört dieses Dokument nicht zum Kanon seiner Schriften.

Gegen Ende des Jahres unternahm Rembrandt einige Schritte, die bei seinen Gläubigern, denen er das auf ein Jahr ausgeliehene Geld auch jetzt, nach zwei Jahren, noch nicht zurückgezahlt hatte, mit Sicherheit eine gewisse Beruhigung auslösen mußten.

Er mietete eine Halle und veranstaltete einen öffentlichen Ausverkauf seines Hausrats und seiner Sammlungen. Wir wissen nicht, was er verkaufte und wieviel Geld er dafür erhielt. Wir wissen lediglich, daß er nichts davon verwendete, um seine Schuldenlast zu verringern.

Im Mai 1656 überschrieb er das Haus auf Titus.

Damit wollte er es angesichts des offensichtlich bevorstehenden finanziellen Ruins vor dem Zugriff der Gläubiger retten, unterschätzte aber auf ziemlich naive Weise den politischen Einfluß von Bürgermeister Witsen, der das Konkursgericht ohne große Mühe veranlaßte, den Einspruch der Waisenkammer gegen eine Zwangsversteigerung des Hauses zu übergehen und das ihm geschuldete Geld in voller Höhe auszuzahlen, ehe der Rest des Verkaufserlöses zugunsten von Titus gesperrt wurde.

Nur zwei Monate, nachdem er das Haus überschrieben hatte, suchte Rembrandt um einen Vergleich nach, eine *cessio bonorum.* Zur Begründung teilte er mit, er habe »Verluste zu Lande und zu Wasser« erlitten. Im Falle Rembrandts war das reine Fiktion. Aber ein geschäftlicher Konkurs war ehrenhafter und schützte ihn besser vor den Folgen für seine Person. Er war mittellos, aber er brauchte nicht ins Gefängnis.

Es ist eine phantastische Vorstellung, daß Rembrandt in einem Jahr solcher Heimsuchungen nicht nur die *Anatomie des Dr. Deymann,* sondern auch den faszinierenden *Jakobssegen* gemalt hat, ein Gemälde, in dem eine kraftvolle Komposition und eine unfehlbare, subtile Farbgebung zu einer Aura von unbeschreiblicher Heiterkeit und Abgeklärtheit verschmelzen. Kein Sohn hat je sanftere Ergebenheit in seinen Zügen getragen als Rembrandts Joseph. Der blinde Jakob, dessen Hand von der göttlichen Vorsehung gelenkt wird, erteilt Ephraim, seinem jüngeren Sohn, den Segen, während Manasseh, der Ältere, und Asenath, Josephs ägyptische Frau, den geometrischen Aufbau des Bildes vollenden.

Gegenstand des Bildes ist eine Erbschaft.

Vollendet wurde es im Jahr von Rembrandts Bankrott.

Die *Anatomie des Dr. Deymann* ist im Gegensatz zur *Anatomie des Dr. Tulp* recht realistisch. Neben Rembrandts eigener Sichtweise findet man hier im freien Pinselstrich auch die Kontraste Caravaggios und die Atmosphäre eines Titian oder anderer Venezianer. Manche Kritiker sind der Ansicht, auch Leonardo und Raffael seien anwesend.

Die schauerlichen Farben sind vorzüglich. Der Tote schaut den Betrachter direkt an. Die Bauchhöhle ist geöffnet und bereits ausgeleert. Die Schädeldecke ist sauber aufgeschnitten. Der größte Teil des Gemäldes ist später verbrannt. Unbeschädigt blieb der Kadaver des Mannes, der am Tag zuvor hingerichtet worden war, weil er eine Tuchhandlung zu berauben versucht und ein Messer gezückt hatte, als man ihn festnehmen wollte.

In Amsterdam konnte man für den Diebstahl eines Mantels hingerichtet, und ins Rathaus eingeladen werden, nachdem man ein Vermögen unterschlagen hatte.

Das Inventar, das vor den öffentlichen Versteigerungen für Rembrandts Konkurs aufgestellt wurde, umfaßt Hunderte von Einzelposten, darunter die Büsten von Homer, Sokrates, Aristoteles und den sechzehn römischen Kaisern; Gemälde und Zeichnungen von Dutzenden von Meistern; drei Hemden, sechs Taschentücher, zwölf Servietten und drei Tischtücher, sowie einige Manschetten und Kragen, die gerade in der Wäscherei waren. Es standen mehr als siebzig Gemälde von Rembrandt selbst und Hunderte seiner Zeichnungen zum Verkauf.

Die Versteigerungen fanden während der schlimmsten Rezession seit Menschengedenken statt.

Die ganze Sammlung, einschließlich der siebzig Gemälde und Hunderter von Zeichnungen, erbrachte 2516 Gulden. Der Anteil der Zeichnungen daran betrug sechshundert Gulden, so daß man für die siebzig Gemälde und den Hausrat nur etwa 1900 Gulden rechnen kann, also noch nicht einmal das Vierfache dessen, was Rembrandt allein für den *Aristoteles* verlangt hatte.

Die Aktien der Ostindischen Kompanie fielen ebenfalls in den Keller.

Das Haus wurde 1658 versteigert, im selben Jahr, in dem Rembrandt das majestätische Selbstporträt vollendete, das jetzt in der Frick Collection in New York hängt. Auf diesem Bild sitzt er in einem üppigen Pelzmantel auf einem Sessel, als wäre es ein Thron. Seine Finger liegen auf einem Spazierstock mit silbernem Knauf wie auf einem Szepter, und er sieht so königlich aus wie vielleicht Mr. Henry Clay Frick, der Stahlbaron, selbst. Oder wie Frick, Cornelius Vanderbilt, Henry Ford, John Pierpont Morgan und Lorenzo de'Medici zusammen.

Man käme nie auf den Gedanken, einen Bankrotteur vor sich zu haben.

Vier Gemälde von Rembrandt, die als Sicherheit für ein Darlehen von hundertundsechzehn Gulden verpfändet worden waren, mußten für fünfundneunzig verkauft werden.

Eine Bestimmung der Malergilde verbot jedem Künstler, der seine Gemälde liquidiert hatte, für alle Zeiten den Handel mit Kunstgegenständen in Amsterdam.

Rembrandt benutzte einen Trick, um das zu umgehen. Er veranlaßte Hendrickje und Titus, eine Firma zu gründen, deren Angestellter er wurde: Gegen Unterkunft und Verpflegung und die Zahlung von kleineren Geldbeträgen, die nicht zur Verminderung seiner Schulden eingesetzt werden konnten, wirkte er als Berater und übertrug der Firma alle neuen Werke.

Sie wohnten jetzt in dem Haus an der Roozengracht im Stadtviertel Jorden, dessen Jahresmiete zweihundertfünfundzwanzig Gulden betrug.

Wie der zweite Auftrag von Don Antonio Ruffo zustande kam, wissen wir nicht. Aber als Rembrandts *Alexander* 1661 eintraf, war *Aristoteles* jedenfalls schon in Messina.

Sein ganzes Leben lang hatte Aristoteles noch nie so schreckliche Flüche gehört! Die Luft war erfüllt von abscheulichen Obszönitäten und sizilianischen Racheschwüren der gräßlichsten Art. Einige Tage lang liefen die Männer bewaffnet herum. Ein besonders leidenschaftlicher Neffe des Grafen mit einem spitzen Degen warf Aristoteles finstere Blicke zu und brüllte, er würde auch ihm gleich die Eier abschneiden!

Nur allmählich erholte sich Don Antonio Ruffo von seinem Entsetzen und rief einen Schreiber.

Von den über zweihundert Bildern, die ihm die besten Meister Europas geschickt hätten, diktierte er mit angestrengter leiser Stimme, sei kein anderes auf so stümperhafte Weise aus vier verschiedenen Leinwandstücken zusammengeflickt wie *Alexander der Große.* Die Nähte seien unglaublich häßlich. Das Gemälde sei offensichtlich ein Kopfbild, das Rembrandt durch angestückelte Teile zur Halbfigur machen wolle.

Ruffo erklärte, er sei nur dann bereit, den *Alexander* zu nehmen, wenn dieser angemessen repariert oder neu gemalt werde und wenn er den *Homer* für zweihundertfünfzig, statt der verlangten fünfhundert Gulden erhalte. Andernfalls drohte er, den *Alexander* zurückzuschicken, denn es sei nicht zumutbar, ein so teures Bild zu behalten, wenn es so mangelhaft sei.

Rembrandt, dessen Bilder bei den jüngsten Zwangsversteigerungen im Durchschnitt weniger als dreißig Gulden gebracht hatten, zeigte sich gegenüber diesem Auftraggeber, der ihm nicht weniger als fünfhundert zugesagt hatte, alles andere als bescheiden. Seine Antwort an Don Antonio, das letzte Stück aus dem schriftlichen Nachlaß, das wir besitzen, ist allerdings nur in italienischer Übersetzung erhalten.

> *Ich wundere mich sehr über die Art, in der man über den* Alexander *geschrieben hat, der so außerordentlich gut gemalt ist. Ich glaube, es gibt nicht viele Kunstliebhaber in Messina. Überdies beschweren Euer Gnaden sich auch noch über den Preis und die Leinwand. Wenn Euer Gnaden das Stück auf eigene Kosten und Risiko zurückschicken wollen, werde ich einen neuen* Alexander *malen. Was die Leinwand angeht, so kam sie mir während der Arbeit zu klein vor, so daß ich ein paar Stücke ansetzen mußte, aber wenn das Bild ins rechte Licht gehängt wird, merkt man das überhaupt nicht.*

Sollten Euer Gnaden mit dem Alexander *zufrieden sein, so wie er ist, geht alles in Ordnung. Sollten Euer Gnaden den besagten* Alexander *nicht behalten wollen, so beträgt der niedrigste Preis für einen neuen 600 Gulden. Und der* Homer *kostet 500 Gulden und das Geld für die Leinwand. Die Versandkosten gehen natürlich zu Lasten von Euer Gnaden.*
Sollten Euer Gnaden weitere Arbeiten von mir wünschen, so geben Sie mir bitte die genauen Maße. Hinsichtlich des weiteren Verfahrens erwarte ich Ihre Antwort.
Rembrandt van Rijn.

Am Ende gab Don Antonio nach. Er seufzte laut und rollte die Augen, warf Aristoteles einen hilflosen Blick zu und sagte: »Wie soll man sich streiten mit so einem Verrückten?«

Aristoteles sah mit unendlichem Verständnis beiseite.

Ruffo behielt den *Alexander* (heute wären wir froh, wenn wir nur wüßten, wo er jetzt ist), bat Rembrandt, den *Homer* zu vollenden, und bezahlte fünfhundert Gulden dafür.

Rembrandt schien unbesieglich.

1661 malte er sein *Selbstbildnis als Paulus*, auf dem er eine Bäckermütze trägt und (unverkennbar) das *Wall Street Journal* studiert.

Der in Amsterdam begehrteste Maler der Epoche war zweifellos Govert Flinck, der 1660 starb. Zahlreiche Künstler waren gebeten worden, Bilder für das neue Rathaus zu malen. Rembrandt gehörte nicht dazu. Flinck dagegen hatte den größten Auftrag erhalten: zwölf Gemälde für die große Galerie, jedes für tausend Gulden. Die Gemälde sollten den Aufstand der Batavier, von denen die Holländer angeblich abstammten, gegen die Römer darstellen.

Als Flinck noch bei der Vorbereitung der Entwürfe starb, erhielt auch Rembrandt einen Auftrag, allerdings nur einen einzigen. Er sollte das erste Bild der Serie malen: *Die Verschwörung des Julius Civilis.*

Das riesige Bild wurde abgelehnt und Rembrandt nach einem Jahr zurückgegeben.

Wer es sich in Stockholm ansieht, wird verstehen, warum. Es ist alles andere als dekorativ. Die ocker- und umbrafarbenen Brauntöne sind mit dem Spachtel aufgetragen, und die Ratsherren und Besucher konnten sich einen hervorragenden Eindruck davon verschaffen, wie das blinde Auge ausgesehen hat, das diesen Stammeshäuptling, wie wir von Tacitus wissen, äußerlich kennzeichnete.

Rembrand erhielt nichts dafür außer dem Preis für die Leinwand. Wahrscheinlich war er enttäuscht.

Das Werk war gewaltig, das größte, das Rembrandt überhaupt je gemalt hat. Im Originalzustand war es ungefähr sechs Meter hoch und fünfeinhalb Meter breit. Um es besser verkaufen und die restliche Leinwand weiterverwenden zu können zerschnitt – wie wir mit einiger Sicherheit annehmen dürfen – Rembrandt selbst dieses große Gemälde, dessen epische Kraft es gewiß mit Raffaels *Schule von Athen* hätte aufnehmen können und das sicherlich zu den majestätischsten Meisterwerken der westlichen Malerei gezählt worden wäre.

Im Jahr darauf verkaufte er Saskias Grab. Was er dafür kriegte, ist nicht bekannt.

Wahrscheinlich war er enttäuscht.

Hendrickje war krank.

Im Jahr 1662, als er Saskias Grab verkaufte und an Ruffos *Homer* malte, vollendete Rembrandt auch die *Staalmeesters,* das Gruppenbildnis vom Vorstand der Tuchmachergilde, und vielleicht malte er in diesem Jahr auch ein weiteres seiner großartigen Spätwerke: seine glorreiche, rätselhafte *Judenbraut.*

Die *Staatmeesters* sind mit Sicherheit eins der großartigsten Gruppenbildnisse auf der Welt. Neben diesem Rembrandt verblaßt Leonardos *Abendmahl* geradezu.

Wenn wir von einem großartigen Bild sprechen, ist allerdings zu beachten, daß wir damit nichts wirklich Großartiges meinen. Es handelt sich immer nur um ein Bild.

Bei Rembrandts großartigem Gemälde *Die Staalmeesters* wird die geniale Komposition erst durch den Blickkontakt mit dem Betrachter vollendet, den die Würdenträger auf dem Bild anstarren, ohne auch nur im geringsten zu lächeln. Wir haben sie offensichtlich gestört. Sie mögen uns nicht und erwarten, daß wir uns entfernen. Wenn man sich vorzustellen versucht, was diese Herren im Rijksmuseum wohl tun, wenn sie unbeobachtet sind, dann kommt man immer wieder zum selben Ergebnis: Sie tun ihre Arbeit.

Sie tun ihre Arbeit, um Geld zu verdienen.

Bei der *Judenbraut* stimmt eigentlich nichts, und doch ist es ein völlig stimmiges Bild.

Der Mann und die Frau sehen merkwürdig aus. Wir wissen weder, wer sie sind, noch, wann das Bild vollendet wurde oder warum es *Die Judenbraut* heißt. Der Mann und die Frau denken nicht aneinander. Keiner von beiden bezieht sich auf den Betrachter. Die unendlich vielen Lasuren, Farbschichten und Glanzlichter auf dem rechten Ärmel des Mannes konnten von keiner anderen Hand gemalt werden als derjenigen, die auch den linken Ärmel der Frau gemalt und beide Figuren in einer Offenbarung von Licht und Farbe vereint hat. Die Hand, die er ihr auf die Brust gelegt hat, ist eine Geste von erstaunlicher Intimität. Sie gehört zu einer Szene ganz ohne Zuschauer. Beide Gestalten sind gedankenverloren in weit getrennten Welten. Keine der bisherigen Deutungen dieses rätselhaften Bildes vermag es befriedigend zu erklären. Wir wissen nicht, wer diese Leute sind oder wer sie sein sollen und was sie da tun. Wir wissen nicht einmal, ob sie tatsächlich verheiratet sind, und weder der Mann noch die Frau sehen irgendwie jüdischer aus als Sie oder ich.

Mehr öffentliche Anerkennung hat Rembrandts unvergeßliches Meisterwerk *Der Mann mit dem Goldhelm* in Berlin-Dahlem gefunden, obwohl es nicht von Rembrandt stammt. Und jetzt, wo man sagt, es sei nicht von Rembrandt, sieht es auch nicht mehr so besonders aus.

In den Zwanziger Jahren wurden Rembrandt über siebenhundert Gemälde zugeschrieben. 1969 war die Zahl auf vierhundert gefallen. Informierte Kreise aus der Wall Street sagen voraus, daß am Ende des Jahrhunderts möglicherweise überhaupt keine Rembrandts mehr übrig sein werden. Damit wird dann vermutlich auch das Interesse an Büchern über den bedeutendsten holländischen Maler des 17. Jahrhunderts auf Null sinken, von dessen Werken wir dann keins mehr besitzen und der wahrscheinlich überhaupt nie gemalt haben wird.

Hendrickje starb 1663 mit ungefähr vierzig, vielleicht an der Pest. Sie wurde in einem gemieteten Grab beigesetzt. Wie hoch die Miete war, wissen wir nicht.

Das wenige, was sie zu vererben hatte, hinterließ sie Cornelia, zu deren Vormund sie Rembrandt ernannte.

Ein Jahr, nachdem sie verschieden war, gleich zu Beginn des zweiten holländisch-englischen Krieges, ergab sich Nieuw Amsterdam einer Truppe von weniger als zweihundert Engländern und wurde in New York umbenannt.

Die kampflose Übergabe erfolgte durch Peter Stuyvesant, den bigotten Generaldirektor der Westindischen Kompanie für Neu-Niederland, der ein Holzbein hatte und die religiöse Verfolgung von Katholiken, Juden, Anglikanern und allen protestantischen Dissidenten befürwortete, die nicht mit den Lehren der strengen Calvinisten in der Stadt übereinstimmten.

Unter anderem verzichtete er auf die Wall Street.

Versuchen Sie jetzt mal, die ohne Kampf an sich zu bringen!

Wenn man sich die nach Peter Stuyvesant benannten Plätze, Organisationen und Institutionen in der Stadt New York und anderswo ansieht, könnte man denken, daß dieser eine bedeutende historische Figur war und nicht bloß die kampflose Übergabe seiner Stadt und ein bigottes Regime zu verantworten hat.

Im September 1665 wurde Titus vorzeitig für mündig erklärt und erhielt die 6952 Gulden, die vom Erbe seiner Mutter noch übrig waren. Gott weiß, was aus dem Geld geworden ist; denn schon im nächsten Jahr waren die Rembrandts schon wieder mit der Miete im Rückstand.

Titus heiratete 1668 und zog aus.

Kurz darauf war er tot.

Er starb vor Ablauf eines Jahres nach seiner Hochzeit, zur gleichen Zeit als Isaac Newton sein Spiegelteleskop baute und der Holländer Antoni van Leeuwenhoek nach einem Blick durch eines seiner Mikroskope die erste genaue Beschreibung der roten Blutkörperchen gab.

Titus' junge Witwe, Magdalena van Loo, behauptete schon bald, Rembrandt habe Mittel veruntreut, die rechtmäßig ihr und ihrem Kinde gehörten.

Die letzten uns überlieferten Worte Rembrandts wurden zu einer Hausmagd gesagt:

»Ich muß für unseren Lebensunterhalt auf Cornelias Ersparnisse zurückgreifen.«

Zum Glück für beide lebte er nicht mehr lange.

Rembrandt starb am 4. Oktober 1669, ein Jahr nach Titus, mit dreiundsechzig.

Die Witwe von Titus wurde dreizehn Tage später beerdigt.

Überlebt wurde Rembrandt von seiner fünfzehnjährigen Tochter Cornelia und seiner Enkelin Titia, die sieben Monate alt war.

Zum Zeitpunkt seines Todes befanden sich in seinem Haus vier unvollendete Bilder und zweiundzwanzig andere, teils als vollendet, teils als unvollendet bezeichnete Werke.

Es ist erfreulich, mitteilen zu können, daß die Nachricht

von seinem Tode eine Welle des Bedauerns in einem Land auslöste, das schon vergessen hatte, daß er noch lebte, und daß die plötzliche Wertsteigerung der Bilder aus seinem Nachlaß hinreichte, um seine Tochter und seine Enkelin ihr Leben lang gut zu versorgen.

Aber dem war nicht so.

Constantin Huygens, der umfassende Tagebücher geführt hat, in denen die Sterbedaten von zahllosen Künstlern vermerkt sind, von denen Sie bestimmt nie gehört haben, erwähnt seinen Tod nicht einmal.

Der Vormund von Titia erhob Klage gegen den Vormund von Cornelia mit der Begründung, sie sei ein außereheliches Kind und deshalb nicht erbberechtigt.

Rembrandt besaß nicht einmal jene eine Mine, die Sokrates bei seinem Prozeß im Austausch für sein Leben angeboten hatte.

Cornelia heiratete den Sohn ihres Vormunds und wanderte nach Batavia in Holländisch Ostindien aus, wo sie Mutter zweier Kinder wurde. Den Jungen nannte sie Rembrandt, das Mädchen Hendrickje.

Im Jahr, in dem Rembrandt starb, verloren die Venezianer Kreta, ihre letzte Kolonie, an die Türken.

XIII.
Platon

27

Daß Platon in Sizilien gewesen ist, wissen wir aus seinen dreizehn Briefen, von denen fünf sicher, vielleicht aber auch alle dreizehn gefälscht sind.

Der griechische Arzt und Schriftsteller Galen, der im zweiten Jahrhundert nach Christus in Rom gelebt hat, berichtet, daß die dortigen Bibliotheken damals schon hohe Preise für Manuskripte von berühmten Autoren der Vergangenheit zahlten und damit einen Markt schufen, auf dem geschickte Fälscher mit ihren Erzeugnissen hohe Gewinne erzielten.

Das Dokument, in dem diese Behauptung aufgestellt wurde, ist möglicherweise gefälscht.

Die Geldgier des Menschen ist unersättlich, sagt Aristoteles.

Platon gelang es nicht, zu den Menschen auf Sizilien eine enge Beziehung herzustellen. Sie führten ein lässiges, vergnügungssüchtiges Leben, während er als Weiser und als eine Art Messias zu ihnen kam. Diese Leute, beschwerte er sich später in seinem *Siebenten Brief*, verzehrten jeden Tag zwei vollständige Mahlzeiten und schliefen nachts nie allein.

In Athen machten die Leute gern Witze über seine Wichtigtuerei und sein würdevolles Gehabe. Er wurde regelmäßig zur Zielscheibe für Komödiendichter und Spötter wie Diogenes, der ihn schrecklich pharisäerhaft und seine Vorlesungen grauenhaft langweilig fand.

Als Platon seinen Dialog *Über die Seele* vorlas, sagt Favorinus, blieb von der gesamten Zuhörerschaft nur Aristoteles bis zum Schluß, während alle anderen irgendwann aufstanden und gingen.

Platon behauptete, die Seele, die er für unsterblich erklärt hatte, nehme auf ihrer Wanderung die verschiedensten Körper an und habe ein numerisches Prinzip. Der Körper wiederum habe ein geometrisches Prinzip.

Ob er das richtig verstanden hatte, wußte Aristoteles nicht.

Die Seele, behauptete Platon, sei der in alle Richtungen ausgehauchte Atem des Lebens.

Aristoteles wußte auch nicht genau, was das bedeuten sollte.

Platon sagte, die Seele sei das einzige, was sich ewig selbst bewege. Außerdem sei sie dreiteilig: Der vernünftige Teil saß im Kopf, der leidenschaftliche in der Nähe des Herzens und der hungrige Teil in der Nähe von Nabel und Leber.

Er sagte mehr über die Seele als irgend jemand sonst je über die Seele gesagt hat. Sie existiert schon, sagt er, ehe wir geboren werden, und überlebt den Körper nach unserem Tode. Sie ist älter als alle Materia, älter als das Universum selbst.

Vom Mittelpunkt ausgehend umschließe die Seele den Körper kreisförmig, sie bestehe aus einzelnen Elementen, sei in harmonische Zwischenräume geteilt, bilde zwei Kreise, die sich nur an zwei Stellen berührten, und da der innere Kreis sechsmal geschlitzt sei, bestehe sie aus insgesamt sieben Kreisen.

Der innere Kreis der Seele bewege sich nach links, der andere, äußere Kreis bewege sich nach rechts. Der äußere sei der beherrschende, weil ungeteilte Kreis, während der andere, innere, geteilt sei. Der beherrschende sei der Kreis desselben, der andere der Kreis des Verschiedenen, womit er sagen wolle, sagte Platon, daß die Bewegung der Seele einerseits die Bewegung des Universums und andererseits die Umdrehung der Planeten sei.

Wenn Platon von der Seele sprach, mußte Aristoteles oft an Schmuck und Mädchen denken.

Auch über die beiden universellen Prinzipien *Gott* und *Materie* hatte Platon feste Ansichten: Er war der Überzeugung, ungeformte Materie gebe es unendlich viel, und die zusammengesetzten Stoffe bestünden aus derselben. Ursprünglich sei alles in ungeordneter Bewegung gewesen, aber da Gott die Ordnung der Unordnung bevorzugte, habe er alles an einer Stelle zusammengetragen. Dann wurde die Materie, sagte Platon, in die vier Elemente Feuer, Wasser, Luft und Erde verwandelt, aus denen die Welt und alles, was in ihr ist, besteht.

Von diesen vier Elementen, sagte Platon, ist allein die Erde Veränderungen nicht unterworfen, und das auch nur wegen der besonderen Beschaffenheit der Dreiecke, aus denen sie besteht.

Bei den anderen drei Elementen, behauptete er, seien die geometrischen Figuren homogen, das ungleichseitige Dreieck, aus dem sie alle zusammengesetzt seien, sei immer dasselbe. Für die Erde sei dagegen ein besonderes Dreieck benutzt worden. Das Element des Feuers sei eine Pyramide, die Luft ein Oktaeder, das Wasser ein Ikosaeder, aber die Erde ein Würfel. Deshalb verwandele sich die Erde niemals in eins der anderen Elemente, und diese sich niemals in Erde.

Alles sei geometrisch.

Aristoteles war oft wie betäubt.

Platon war der erste, der Erörterungen in Form von Frage und Antwort durchführte, er war der erste, der die Analyse als Methode zur Lösung von Problemen erörtert hat, er hat als erster die Begriffe »Antipoden«, »Element«, »Dialektik«, »Eigenschaft«, »ebene Oberfläche« und »göttliche Vorsehung« in die philosophische Diskussion eingeführt, und er war der erste, der nach dem Sinn der Grammatik gesucht hat.

Platons Glaube an die Überlegenheit des reinen Denkens über die induktive Beweisführung erlaubte ihm auch, das

Wunschdenken der Orphik in seine Spekulationen über die Unsterblichkeit der Seele und die unwandelbare Welt der Ideen einzubeziehen.

Die Orphik leitete sich aus dem Mythos von Orpheus ab, einem der vorchristlichen Auferstehungsberichte aus der griechischen Mythologie, zu denen auch die Sagen von Persephone und von Adonis gehören.

Orpheus hat natürlich nie gelebt.

Die Orphiker behaupteten, es gebe eine von Gott geschaffene Seele, die in unsere Körper eingesperrt sei. Diese wiederum neigten dazu, sie zu beschmutzen, und seien ihrer deshalb nicht wert.

Im Lebenskampf geht es darum, die Seele in dieser Welt rein zu erhalten, um in der nächsten Seligkeit zu erlangen. Nach dem Tode, sagten die Orphiker, werde den Reinen ewige Freude zuteil, den unverbesserlich Bösen ewige Qual. Der Rest der Menschheit habe im reinigenden Fegefeuer zu leiden, wo jede Sünde zehnfach abgebüßt werden müsse, ehe es an der Zeit sei, wiedergeboren zu werden.

Die Orphiker waren Vegetarier.

Platon nahm viel davon auf, und seine Ideenlehre mit ihrer Behauptung, das geistige Leben sei dem körperlichen absolut überlegen, gilt als wichtigster Beitrag zur Religionsphilosophie überhaupt.

Was nicht viel bedeutet.

Man sagt, daß Platon mit seiner Ideenlehre, d. h. mit der Vorstellung, es gebe hinter der sichtbaren Welt der Sinne noch eine unwandelbare, wirkliche Welt, mit seinem Gottesbegriff und mit seiner Verknüpfung von Religion und Moral einen tiefen Einfluß auf Cicero, Quintilian, Augustinus, Spenser, Addison, Coleridge, Shelley und Wordsworth ausgeübt habe.

Angesichts dessen kann man auch ihm verzeihen.

In seiner Jugend schrieb Platon absolut grauenhafte Liebesgedichte an junge Männer und Frauen.

Er schrieb auch ein Drama, mit dem er am Schauspielwettbewerb teilnehmen wollte, verbrannte es aber, als er Sokrates kennenlernte. Die zarten Wirkungen der Musik hielt er für so gefährlich, daß er ihre Aufführung in den beiden von ihm als ideal vorgestellten Gefängnisstaaten strengen Beschränkungen unterwarf.

Daß Platon einen Witz erkennen konnte, ergibt sich aus den zahlreichen Pointen, die er Sokrates in den Mund legte. Aber in den *Nomoi* gibt es keinen Sokrates und auch keine Witze.

Als Lehrer definierte Platon den Menschen als federloses, zweifüßiges Tier und wurde für diese erhellende Beschreibung gebührend gefeiert.

Diogenes rupfte ein Huhn, brachte es zu Platons nächster Vorlesung mit und sagte: »Das ist Platons Mensch.«

Woraufhin Platon seine Definition dahingehend erweiterte, daß sein Tier »breite Fußnägel« habe.

»Bei Herakles, was für Lügen verbreitet dieser junge Mann über mich«, hat, wie wir von Diogenes Laertes wissen, Sokrates ausgerufen, als er Platon seinen *Lysis* vortragen hörte.

Über Regierungssysteme hat Platon schon sehr früh herausgefunden, was die meisten von uns erst viel später erfahren: Früher oder später zeigt sich bei allen ein Fehler. Platon erfand aus diesem Grunde ein eigenes, neues System. Es stinkt zum Himmel.

Platons *Politeia*, in der Sokrates als freundliche Persönlichkeit allgegenwärtig ist, ist die ungefähr vierhundert Seiten umfassende literarische Wiedergabe einer Unterhaltung, die an einem einzigen Abend des Jahres 421 v. Chr. stattgefunden haben soll, als Platon gerade sieben Jahre alt war. Veröffentlicht wurde sie fünfzig Jahre danach.

Platons ideale Republik war ein kommunistischer Staat mit einer faschistischen Schlägertruppe von »Wächtern«, die im Auftrag einer regierenden Elite von Philosophen für Ordnung sorgen sollte. Es scherte ihn offenbar wenig, daß er und alle seine Freunde die Philosophen, die ihnen tatsächlich bekannt waren, für skrupellose Scharlatane oder verkannte Genies hielten.

Eigentum und Frauen sollten der Gemeinschaft gehören und von allen geteilt werden. Die Kinder sollten unmittelbar nach der Geburt von ihren leiblichen Müttern getrennt und in Gemeinschaftseinrichtungen aufgezogen werden, so daß keine Mutter in dieser vollkommenen Welt ihr eigenes Kind kennen würde und kein Vater sicher sein konnte, einer zu sein.

Platon hielt mehr von den Frauen als Aristoteles, er war der Ansicht, sie sollten dieselben Aufgaben haben wie Männer und auch dieselbe Erziehung genießen.

»Sollen wir sie genauso nackt wie die Männer in die Arena zum Ringkampf ziehen lassen?« läßt er Sokrates fragen. »Das mag vielleicht am Anfang verrückt scheinen, vor allem, wenn man ältere Frauen gegen ältere Männer antreten läßt, aber wir werden uns daran gewöhnen.«

Platon war beim Prozeß gegen Sokrates, zumindest läßt er Sokrates in der *Apologie* sagen, er sei dort gewesen, und er mußte fürchten, von Konkurrenten wie Xenophon bloßgestellt zu werden, falls das nicht stimmte.

Man kann sich gar keine Vorstellung von der Rivalität machen, die zwischen zwei griechischen Philosophen auftreten konnte, zwischen einem genialen Lehrer und einem genialen Schüler.

Man kann sich sehr gut vorstellen, mit welcher Genugtuung Aristoteles zu Beginn seiner *Nikomachischen Ethik* feststellte, Platon sei ihm zwar lieb gewesen, aber die Wahrheit liebe er mehr. Oder die Frustrationen, unter denen er litt, als ihm klar wurde, daß Platons Wirkung auf künftige Generationen größer als seine eigene war.

Aristoteles ist der Vater der Logik, der Psychologie, der Politikwissenschaft, der Literaturkritik, der Physik, der Physiologie, der Biologie und anderer Naturwissenschaften, der Ästhetik, der Erkenntnistheorie, der Kosmologie, der Metaphysik und der wissenschaftlichen Erforschung der Sprache genannt worden, und über ethische Fragen wußte er auch mehr zu sagen als alle anderen.

Es ist durchaus verständlich, daß Platon auf größere Resonanz stieß.

Die Kirchenväter des Mittelalters, schreibt Hamilton, sahen zum Beispiel im ersten Satz von Platons *Timaios* eine Vorahnung der Heiligen Dreifaltigkeit. Der erste, von Sokrates gesprochene Satz dieses Dialogs lautet:

»Eins, zwei, drei, aber wo, mein lieber Timaios, ist der vierte von denen, die gestern meine Gäste waren und heute meine Gastgeber sein werden?«

Als Sokrates verurteilt worden war und eine letzte Gelegenheit erhielt, um eine geringere als die Todesstrafe zu bitten, hörte Platon ihn sagen:

»Warum?«

Da er nicht wisse, ob der Tod etwas Gutes oder etwas Schlechtes sei, brauche er ihn nicht zu fürchten. Und da er überzeugt war, niemand anderem unrecht getan zu haben, wollte er sich selbst auch kein Unrecht antun, indem er wissentlich eine Strafe vorschlug, die für ihn auf jeden Fall schlimm sein würde.

»Soll ich Gefängnis beantragen?«

Warum sollte er im Gefängnis sein Dasein fristen und Sklave der Gefängniswächter, der turnusgemäßen elf Männer, sein?

»Oder eine Geldstrafe und Haft, bis ich sie bezahlt habe?«

Das würde auf dasselbe hinauslaufen wie eine Haftstrafe, denn er habe kein Geld. Wenn er hingegen eine Geldbuße beantragte, die er bezahlen konnte, bemerkte er treffend, sei das ja keine Buße für das Verbrechen, dessen er schuldig sein solle.

»Oder soll ich Verbannung beantragen?«

Das wäre vielleicht die Strafe, die von der Versammlung am ehesten akzeptiert würde.

Aber so leicht wolle er sie nicht davonkommen lassen.

Er wolle nirgendwo anders hingehen. »Ich müßte schon in blinder Liebe an meinem Leben hängen, wenn ich erwarten würde, daß andere mich ertragen, wenn ihr, meine Mitbürger, meine Reden und Diskussionen so lästig findet, daß ihr mich loswerden wollt. Nein, ihr Männer von Athen, das ist nicht sehr wahrscheinlich. Was sollte ich wohl für ein Leben führen, in meinem Alter, wenn ich ständig von Stadt zu Stadt ziehen und woanders Asyl suchen müßte und immer wieder fortgejagt würde? Ich bin ganz sicher, daß überall, wo ich hinkomme, die jungen Leute mir zuhören wollen, genauso wie hier. Und wenn ich sie abweise, werden sie dafür sorgen, daß man mich wegschickt; und wenn nicht, dann werden die Alten mich wegjagen, so wie ihr mich jetzt wegjagen wollt.«

Könnte er denn nicht einfach den Mund halten, wenn er woanders hinkam?

Nein, das konnte er nicht.

»Euch das verständlich zu machen, wird wahrscheinlich sehr schwer sein. Denn wenn ich euch sage, daß ich damit ungehorsam gegen Gott wäre und deshalb nicht schweigen darf, dann würdet ihr mir nicht glauben, daß ich im Ernst spreche. Und wenn ich euch sage, daß diese täglichen Gespräche über die Tugend und andere Gegenstände, über die ich mich und andere befrage, das höchste Gut der Menschheit darstellen und daß ein Leben ohne Fragen nicht lebenswert wäre, dann würdet ihr mir wohl noch weniger glauben. Und doch ist es wahr, auch wenn es schwer ist, euch davon zu überzeugen.«

Er sei durch die Stadt gegangen und habe die Leute befragt, sagte er, in der Hoffnung, einen Weiseren zu finden als sich selbst. Er hatte geglaubt, das würde nicht lange dauern, denn er wußte, daß er selbst nicht weise war.

»Und ich schwöre euch, ihr Männer von Athen, denn

ich muß euch ja die Wahrheit sagen, das Ergebnis meiner Untersuchungen war, daß die am höchsten Geschätzten so ziemlich die närrischsten waren, während die weniger prominenten weitaus klüger und einsichtiger waren.«

Zuerst war er zu einem gegangen, der wegen seiner Weisheit berühmt war, zu einem Politiker, dessen Namen er nicht nennen wollte. Er mußte aber bald feststellen, daß der Mann keineswegs weise war, auch wenn viele das von ihm dachten und er selbst am meisten davon überzeugt war.

»Als ich ihn verließ, dachte ich: Nun, ich glaube, keiner von uns weiß tatsächlich, was gut und schön ist, aber ein bißchen klüger als er bin ich doch, denn ich weiß, daß ich nichts weiß, er aber weiß nichts und denkt, daß er's weiß.«

Dann ging er zu einem, der von seiner eigenen Weisheit noch mehr überzeugt war, und kam zu demselben Ergebnis.

»Damit hatte ich einen weiteren Feind.«

Die Politiker mochten es nicht, wenn sie im Gespräch mit Sokrates feststellen mußten, daß sie nicht in der Lage waren, vernünftig über die Dinge zu reden, die sie vertraten.

Auch die Dichter konnten ihre besten Passagen nicht erklären oder über die Quellen ihrer Eingebung sprechen.

»Ich legte ihnen die besten Stellen in ihren Dichtungen vor und fragte sie, was sie bedeuten sollten, denn ich dachte, ich könnte dabei etwas lernen. Und was soll ich euch sagen? Es ist wahrscheinlich niemand hier anwesend, der nicht vernünftiger über die Werke dieser Autoren zu reden verstünde als sie selbst.«

Aber weil sie nun einmal bekannte Dichter waren, glaubten sie auch noch in solchen Dingen die weisesten Menschen zu sein, von denen sie überhaupt nichts verstanden.

Auch bei den Handwerkern, mit denen Sokrates sprach, überschattete dieser Mangel all ihre Tugenden. Sie wußten zwar tatsächlich vieles, wovon Sokrates nichts verstand, und waren ihm in dieser Hinsicht an Weisheit weit überlegen. Aber auch die braven Handwerker unterlagen demselben Trugschluß wie die Poeten: Weil sie sich gut auf ihr Handwerk verstanden, hielten sie sich auch in allen höheren Angelegenheiten für sachverständig und bildeten sich ein, sie wüßten Dinge, die ihren Horizont weit überstiegen.

Deshalb war Sokrates überzeugt, er sei all diesen Menschen in einem Punkt überlegen: Sokrates wußte, was er nicht wußte.

»Bei dieser Untersuchung habe ich mir viele Feinde gemacht«, sagte er, »und es sind viele Vorurteile gegen mich entstanden. Denn meine Zuhörer bilden sich immer ein, daß ich die Dinge wüßte, deren Kenntnis ich bei den anderen vermisse.«

Dabei bestand seine Weisheit doch gerade darin, zu wissen, daß er nichts wußte und nur Gott echte Weisheit besaß.

Welche Strafe konnte er als die gerechteste empfehlen?

»Sicherlich die, die mir zukommt«, sagte er. »Was soll man mit einem Mann machen, dem es nie eingefallen ist, ein ruhiges Leben zu führen, und dem die Dinge gleichgültig waren, die den anderen begehrenswert erscheinen: Wohlstand und ein behagliches Heim, Familieninteressen, eine militärische Karriere, Auftritte in der Volksversammlung, öffentliche Ämter, politische Intrigen und geheime Fraktionsbildungen? Für einen Politiker war ich zu ehrlich. Das hätte ich nie überlebt. Deshalb habe ich mich nicht um Ämter bemüht, in denen ich weder euch noch mir genutzt hätte, sondern habe mich ganz für mich darangemacht, jeden einzelnen von euch so weit zu bringen, daß er sich um Selbsterkenntnis und um Tugend und Weisheit bemüht, ehe er seine Interessen wahrnimmt, und daß er den Charakter des Staates untersucht, ehe er dessen Interessen vertritt. Was soll man mit einem Mann wie mir machen? Sicherlich soll man ihm Gutes tun, ihr Männer von Athen, wenn schon eine Strafe festgesetzt werden soll, die meinen Verdiensten entspricht. Und es sollte etwas sein, was meinen Bedürfnissen wirklich entspricht. Was kann ein armer Mann brauchen, der euer Wohltäter ist und Muße haben muß, um euch ins Gewissen zu reden?«

Für jemanden wie ihn, erklärte Sokrates, sei nichts angemessener als eine staatliche Versorgung, wie sie üblicherweise Olympiasiegern gewährt wurde. Diesen Antrag wolle er stellen, denn den Freitisch im Prytaneion verdiene er weit eher als ein Bürger, der bei der Olympiade das Pferde- oder Wagenrennen gewonnen hätte.

»Ich brauche solchen Unterhalt mehr. Denn ich bin bedürftig, während Olympiasieger genug haben. Sie machen euch nur zum Schein glücklich, ich aber wirklich.«

Schon vorher hatte er klipp und klar gesagt: »Ihr Männer von Athen, ich sage euch, ob ihr nun auf Anytos hört oder nicht, ob ihr mich nun laufen laßt oder nicht: Ich werde mein Verhalten nicht ändern, selbst wenn ich hundertmal sterben müßte. Männer von Athen, unterbrecht mich nicht, sondern hört zu! Ich dachte, wir wären uns einig, daß ihr mich ausreden laßt. Ich habe noch mehr zu sagen, was euch vielleicht empört, aber ich glaube, es wird euch nicht schaden, wenn ihr mir zuhört. Ich möchte, daß ihr wißt: Wenn ihr einen wie mich tötet, dann schadet ihr euch selbst mehr, als ihr mir schadet.«

Am Ende ließ er sich zu dem Angebot herab, die Strafe von einer Mine zu bezahlen, denn das war genau der Betrag, den er sich allenfalls leisten zu können glaubte.

»Aber meine Freunde hier«, fuhr er fort, »Platon, Kriton, Kritobulos und Apollodoros raten mir, dreißig Minen zu sagen, und wollen auch dafür bürgen. Laßt die Strafe also dreißig Minen betragen, dafür sind die Genannten sicher hinreichende Bürgen.«

Es war nur allzu offensichtlich, daß dies nicht gerade ein verzweifeltes Flehen um Gnade war, wie es eine selbstgefällige Versammlung von Volksvertretern erwartete und wahrscheinlich auch erhört hätte.

Mit zweihundertachtzig gegen zweihunderteinundzwanzig Stimmen wurde Sokrates schuldig gesprochen. Das Urteil wäre anders ausgefallen, sagte er, wenn nur dreißig sich anders entschieden hätten.

Erstaunt sei er aber nur über das Stimmenverhältnis, sagte er. Da er kein Verbrechen begangen habe, spottete er, sei eigentlich zu erwarten gewesen, daß man ihn mit höherer Stimmenzahl schuldig spreche.

Die Zahl der Stimmen, die ihn zum Tode verurteilten, war dann tatsächlich viel höher: dreihundertsechzig zu hundertundeinundvierzig.

Achtzig Volksvertreter befürworteten also, daß er für Verbrechen hingerichtet werden sollte, die er ihrer Ansicht nach gar nicht begangen hatte.

28

Die Tatsache, daß die Mehrheit für das Todesurteil gegen Sokrates noch größer gewesen war als die für den Schuldspruch, erwies sich als außerordentlich schädlich für den Gerbermeister Asklepios, der einen Monat später vor Gericht gestellt wurde. Das Stimmrecht war ein kostbares Privileg in Athen, schalt Anytos bei den Verhören, die dem Prozeß vorangingen. Gleich zweimal hatte Asklepios dieses Privileg vergeudet und mit der Minderheit gestimmt, die einen Kriminellen freisprechen wollte, den die Mehrheit seiner Mitbürger erst schuldig gesprochen und dann zum Tode verurteilt hatte.

Soweit Asklepios das beurteilen konnte, hatte der Prozeßverlauf keinerlei Hinweise darauf ergeben, daß Sokrates der Verbrechen schuldig gewesen sein könnte, deretwegen er angeklagt worden war.

Na und? bellte Anytos. Worauf es ankam, war, daß die Mehrheit davon überzeugt war. Die Mehrheit wollte, daß er schuldig war, und hatte ihn schuldig gesprochen. Und Asklepios hatte nicht mitgemacht. Es ging ums Prinzip, um die Integrität des Systems, nicht um das Leben eines siebzigjährigen Mannes.

Und das System hatte funktioniert.

Asklepios sagte unter Eid aus, daß er Sokrates nie einen Hahn oder sonstigen Vogel geliehen und ihm auch sonst keine Güter oder Dienstleistungen von entsprechendem Wert zur Verfügung gestellt habe.

Daß er angesichts des umfassenden Belastungsmaterials so

hartnäckig auf seiner Unschuld beharrte, war für seine Ankläger vor allem ein Beweis dafür, daß er nicht bereit war, seine Schuld einzugestehen.

Warum hätte Sokrates sagen sollen, daß er dem Asklepios einen Hahn schulde, wenn dem nicht so war?

»Vielleicht«, sagte Asklepios unsicher, »hat er den Gott der Heilkunst gemeint und von einem Opfer gesprochen?«

»Und warum sollte ein Mann, der kurz vor dem Tod steht, dem Gott der Heilkunst ein Opfer darbringen wollen?«

Das erschien dem Angeklagten auch nicht sehr logisch.

»Könnte es sein, daß er einen Scherz gemacht hat?«

»Nachdem er den Schierlingsbecher geleert hatte?«

Der Gerber war am Ende seines Lateins.

Er erinnerte sich vage, daß Sokrates im Prozeß gesagt habe, er fürchte sich nicht vor dem Tod, und daß er vielleicht tatsächlich gescherzt habe. Die anderen konnten sich daran nicht erinnern.

Es stand auch nichts davon in den Gerichtsakten.

Platons *Apologie* war noch nicht veröffentlicht.

Aktenkundig war nur, daß sich Platon und andere bekannte Freunde des Sokrates nach der Hinrichtung klugerweise aus Athen zurückgezogen hatten. Vermutlich fürchteten sie ein Blutbad.

Asklepios dagegen war geblieben, und man fragte sich, warum er so unbesorgt war. Hatten ihn die letzten Worte des Gefangenen vor seiner Hinrichtung nicht ganz besonders belastet?

Da er nichts Böses getan habe, sagte Asklepios, sei er davon ausgegangen, er habe auch nichts zu befürchten.

Es gab zahllose Schuldige in Athen, die jeden Tag Verbrechen begingen und wußten, daß sie nicht bestraft würden.

Wie konnte sich da ein Unschuldiger einbilden, er habe nichts vom Gesetz zu befürchten?

Auch für Asklepios wurde die Todesstrafe beantragt.

29

Platon lebte noch fünfzig Jahre. Er schrieb seine Bücher. Er gründete seine Akademie. Und er verlor allmählich die Hoffnung, die Menschen und ihre Staaten könnten sich jemals zum Guten verändern.

Alle existierenden Staaten werden schlecht regiert, schrieb er in seinem *Siebenten Brief*, falls sein *Siebenter Brief* tatsächlich von ihm geschrieben sein sollte. Wenn der *Siebente Brief* nicht von Platon geschrieben sein sollte, ist er zumindest von jemand geschrieben worden, der Platon in der Kunst, so wie Platon zu schreiben, ziemlich ebenbürtig gewesen ist.

Alle Staaten, schrieb Platon, werden von den egoistischen Interessen der herrschenden Klasse regiert. Eine Reform der bestehenden Einrichtungen war deshalb genauso schwierig wie die Durchsetzung neuer.

Platon war überzeugt, Erkenntnis sei Tugend. Er glaubte, die Weisheit sei dem Menschen angeboren und könne durch unermüdliche Suche der Seele aufgedeckt werden. Als Oberhaupt seines Musterstaates wünschte er sich daher einen »tugendhaften Tyrannen«, einen Mann mit unbegrenzten Befugnissen, der altruistisch genug war, um ein echter Philosophenkönig zu werden. Und im naiven Glauben, einen solchen gefunden zu haben, reiste er dreimal nach Sizilien.

Als er zum ersten Mal nach Syrakus kam, schwankte der Tyrann, wie es heißt, ob er Platon töten lassen oder in die Sklaverei verkaufen solle, und entschied sich für das letztere. Befreit wurde Platon nur durch einen glücklichen Zufall aristotelisch-dramatischen Wiedererkennens allerniedrigster Ordnung, heißt es, und durch die hohe Lösegeldzahlung eines Wohltäters.

Als Platon das nächste Mal hinfuhr, war der Vater tot und Dionysios II. am Ruder. Platon hatte einen mächtigen Gönner im Onkel des neuen Herrschers, aber dieser Gönner wurde bald ins Exil geschickt: Er stand im Verdacht, den Philosophen geholt zu haben, um das Gehirn des Herrschers mit Philosophie zu vernebeln und selbst die Macht zu ergreifen.

Als er das dritte Mal gerufen wurde, war Platon schon alt und ging wider besseres Wissen. Er stand monatelang unter Hausarrest und wurde erst freigelassen, als verschiedene Intellektuelle aus anderen Teilen der Insel sich für ihn einsetzten.

Er kehrte in seine Heimat zurück, sagt Diogenes Laertios, und mischte sich nie wieder in die Politik ein, obwohl seine Schriften beweisen, daß er sich auch weiterhin für Regierungsformen und -maßnahmen interessierte.

Geboren in der 88. Olympiade, am siebenten Tag des Monats Thargelion, war er jetzt etwa siebzig.

Seine Fehlschläge in Syrakus erklärte er damit, daß keine Stadt in Frieden leben könne, unter was für Gesetzen auch immer, wenn ihre Bewohner es für richtig halten, ihr gesamtes Eigentum für Luxus und Extravaganz zu verschwenden und es als ihre Verpflichtung ansehen, sich ihre Tage mit nichts als Essen und Trinken und anderen Vergnügungen zu vertreiben.

Der Höhepunkt der sizilianischen Peinlichkeiten wurde erreicht, als Dionysios II. abdanken und ins Exil gehen mußte. Der Ex-Tyrann hielt sich inzwischen nämlich für einen Fachmann auf dem Gebiet der Philosophie und verfaßte ein Buch, das angeblich Platons Schriften erhellte.

Vor allem gegen dieses Zerrbild verwahrte sich Platon, als er in seinem *Siebenten Brief* überraschend erklärte, es gebe keinerlei Darstellungen seiner Lehren und werde auch nie eine geben. Anders lägen die Dinge natürlich, sollte Platon seinen *Sie-*

benten Brief nicht selbst verfaßt haben. In diesem Fall wäre es durchaus denkbar, daß Platon überhaupt nie in Sizilien war.

Die Art der Erkenntnis, die er zu geben habe, schrieb Platon, lasse sich nicht mit Worten vermitteln. Sie werde vielmehr wie eine Flamme des Glaubens entzündet und springe von einer Seele zur anderen über wie Feuer.

Das sind eigenartige Worte für einen Mann, der bis zu seinem letzten Atemzug mit Worten gelehrt hat.

Er starb nach einem Hochzeitsmahl. Gewiß nicht an Völlerei.

Es ist schade, daß er die *Nomoi* nicht mehr vollenden und überarbeiten konnte, diese streitbaren Lehren eines alten Atheners, der zwei Zuhörern von seinem idealen Staat erzählt, in dem die einzige Freiheit die des Gehorchens war und in dem Platon eben diesen Dialog nicht hätte vortragen dürfen und seine früheren auch nicht.

Alle Macht in diesem Staat der *Gesetze* sollte den Alten anvertraut werden, sagte der altgewordene Platon, weil die Alten konservativ waren.

Sklaven sollte es auch geben.

Eingeteilt war der Staat in zwölf Stammesgenossenschaften, in denen es jeweils vier Klassen gab, die – ganz wie bei Solon – nach ihrem Besitz unterteilt waren. Übermäßiger Reichtum war verpönt; Gewinnsucht und Handel waren ebenfalls verboten. Dennoch sollten zum herrschenden Senat nur jene Männer aus den zwölf Stammesgenossenschaften gehören, die Eigentum und Ansehen hatten.

Platon lehnte den Reichtum zwar ab, wollte aber dennoch den Reichen die Macht geben.

Auch hier zeigte sich die klassische griechische Oligarchie, die immer wieder triumphierend hervortritt, wie man sie auch benennt. Aristoteles war vermutlich der erste, der schriftlich formulierte, daß in allen Staatsreformen Reichtum das wichtigste Instrument ist, um politische Macht zu erlangen. Deshalb, so folgerte er in der *Politeia*, führe die Übertragung politischer Rechte auf die vermögenslosen Bevölkerungsschichten auch nicht zu einer nennenswerten Steigerung ihrer Macht, trage aber sehr dazu bei, sie zufrieden zu halten.

Eines dieser politischen Privilegien, die auf die staatliche Politik, die Umverteilung der Macht und des Reichtums keinen Einfluß zu haben scheinen, ist das Stimmrecht.

Wie sagte doch Cornelius Vanderbilt, den manche biographischen Lexika altmodischerweise heute noch als einen »amerikanischen Kapitalisten des 19. Jahrunderts« bezeichnen? »Gesetze? Was kümmern mich die Gesetze? Hab' ich denn nicht die Macht?« Obwohl ihm jegliche höhere Bildung vollkommen abging, formulierte Cornelius damit in einfachen Worten, was Politikwissenschaftler und Soziologen heute gern als Vanderbilts Erstes Gesetz der Regierungssysteme bezeichnen.

Kapitalisten gibt es heute natürlich nicht mehr, sie heißen Industrielle, Vertreter des Mittelstands, Unternehmer, Geldgeber, Arbeitgeber, Firmengründer und Philanthropen.

Wir haben den Namen der prominenten amerikanischen Familie vergessen, deren Vermögen damit begründet wurde, daß ihr Stammvater der Regierung im Bürgerkrieg verfaultes Fleisch verkaufte. Wir wissen auch nicht mehr, wie die Leute hießen, die den Indianern Decken verkauft haben, die mit Pockenvieren verseucht waren. Oder wie die Familie hieß, die dem Vieh Salz und Wasser gab, ehe es in den New Yorker Schlachthöfen gewogen wurde. Wir wissen aber noch, wie der Mann hieß, der den Verkauf von unbrauchbaren Musketen an die Unionsarmee finanziert hat. Es war J. P. Morgan.

Heute werden solide Geschäftsabschlüsse dieser Art von großen, angesehenen Aktiengesellschaften getätigt.

Von der Seefahrt abhängige Staaten sind unbeständig und gewinnsüchtig, sagte Platon. Städte, die von Kaufleuten und

Händlern bestimmt werden, fügte er hinzu, seien sowohl anderen als auch ihren eigenen Bürgern gegenüber unfreundlich und unzuverlässig.

Nach dem Zweiten Weltkrieg, im Jahre 1947, wurde das amerikanische Kriegsministerium, eine feste Einrichtung der amerikanischen Regierung seit 1789, abgeschafft und anschließend als Verteidigungsministerium neugegründet; der Kriegsminister wurde zum Verteidigungsminister.

Und seither waren die Vereinigten Staaten von Amerika nie mehr in Kriegsgefahr.

Sondern in Verteidigungsgefahr.

Ein Staat, der sich gegen seine Nachbarn bewaffne, sagt Platon, wecke bei diesen unweigerlich Furcht, so daß sie zu ihrer Verteidigung ebenfalls aufrüsten und damit die eingebildete Gefahr zur wirklichen machen. Das wiederum führt zu einem Rüstungswettlauf, der den Krieg, von dem er ursprünglich abschrecken sollte, schließlich immer wahrscheinlicher macht.

Im Jahre 1882 legte William Henry Vanderbilt, der Sohn von Cornelius, den Grundstein zur Einführung der Politischen Wissenschaft als akademischer Disziplin.

»Zur Hölle mit der Öffentlichkeit!« sagte er. Dieses Bonmot nennt man heute allgemein das Zweite Vanderbiltsche Gesetz.

In totalitären Staaten wie China oder Rußland wird die Öffentlichkeit durch Dekrete, Reglementierung, Polizei und Terror zur Hölle geschickt.

In den industriellen Demokratien wird sie einfach übergangen. Und durch Günstlingswirtschaft ersetzt.

In Platons *Nomoi,* in denen alle Übel geheilt werden sollen, gibt es zahllose Gesetze und Vorschriften. Und dann wieder neue Vorschriften für alle, die sie mißachten.

»Du hast eine schlechte Meinung von den Menschen«, sagt einer der Zuhörer.

Die Angelegenheiten der Menschen sind einer ernsthaften

Betrachtung kaum wert, sagt der Athenische Gastfreund, und das ist nur ein Beispiel für den nahezu ununterbrochenen Strom von ähnlich menschenfeindlichen und bösartigen Beobachtungen und Gedanken, der die zwölf Bücher der *Nomoi* durchzieht, in denen die beiden Zuhörer kaum je zu Wort kommen.

Im Vergleich zum Platon der *Nomoi* kann Jonathan Swift fast als gütiger Weihnachtsmann gelten.

Die Angelegenheiten der Menschen mochten Platon einer Betrachtung kaum wert scheinen, aber Verbrechen gegen die Religion wollte er streng verfolgen. Besonders schwere Strafen hatte er für Leute vorgesehen, die, wie Aristoteles in seiner *Metaphysik,* behaupteten, die Götter nähmen keinen Anteil an den Angelegenheiten der Menschen.

Der Platon der *Nomoi* war unnachsichtiger und strenger als die Geschworenen, die Sokrates wegen Gottlosigkeit zum Tode verurteilten und später aus demselben Grund auch Aristoteles anklagten.

Jeder, der Homer oder ein anderes Werk verbreitete, in dem die Götter nicht immer gerecht, moralisch und gütig gegen die Menschen und gegeneinander erschienen, sollte mit fünf Jahren Gefängnis, im Wiederholungsfall mit dem Tod ohne Begräbnis, bestraft werden.

Hesiod und Homer, sagte Platon, hätten Lügen der schlimmsten Art verbreitet. Wer Lügen einer besseren Art verbreitete, teilt Platon uns nicht mit.

Alle Kinder sollten die gleiche Erziehung erhalten; denn wenn sie alle nach denselben Regeln und unter denselben Bedingungen dieselben Spiele spielten und sich an denselben Spielsachen freuten, dann würden sie auch als Erwachsene gleich sein, kein Interesse an Neuerungen haben und die Gesetze und Gebräuche des Staats nicht zu ändern versuchen.

Bei allen Festspielen sollte es drei Chöre geben, einen, der aus Kindern, einen, der aus Jugendlichen und einen, der aus

Männern zwischen dreißig und sechzig bestand. Sie alle sollten denselben Refrain singen:

»Tugend und Glück sind nicht voneinander zu trennen.«

Das Gesetz war natürlich die höchste Instanz. Die Wächter wurden von Kontrolleuren und die Kontrolleure von einem Nächtlichen Rat kontrolliert, aber die Herrschenden waren alle zusammen nur Diener des Gesetzes, das unwandelbar und vollkommen war.

Immer noch hielt Platon mehr von den Frauen als Aristoteles. Er erachtete sie für lernfähig, und deshalb sollten sie dieselbe Ausbildung wie die Männer erhalten, damit sie nicht länger die nutzlose Last blieben, die sie immer gewesen waren.

Sein idealer Staat sollte fünftausendundvierzig Bürger haben.

Die Verfassung, die er beschrieben habe, sei allerdings nicht die beste aller Verfassungen, erklärte Platons Athenischer Gastfreund mit einigem Bedauern. Die beste, den Kommunismus seiner früheren *Politeia,* habe man aufgeben müssen. Sie sei für die Bürger nicht geeignet, die nach den Prinzipien der *Nomoi* aufgewachsen seien.

Die Menschen seien leider nicht gut genug hierfür.

Jetzt müßten die Männer ihre eigenen Frauen und Kinder haben, und jedem werde sein eigenes Stück Land zugeteilt.

Mit der linken Hand solle so lange geübt werden, bis sie der rechten an Geschicklichkeit gleichkomme.

Den Kindern solle das Laufen in den ersten drei Lebensjahren nicht erlaubt werden, damit ihre zarten Glieder nicht durch übermäßige Anstrengung vorzeitig krumm würden. Dafür sollten sie aber ständig von Ammen herumgetragen werden, denn die Bewegung habe magische Kräfte, die für den Körperbau notwendig seien.

Bewegung, sagte Platons Athenischer Gastfreund, sei auch gut für die Seele, sie befreie von Ängsten, mache Freude und ließe den Mut wachsen.

Mitgift und Zinswucher waren verboten.

Und jeder Haushaltungsvorstand, der seiner Familie damit Schande machte, daß er sich mit Kleinhandel abgab, sollte beim ersten Mal für ein Jahr eingesperrt werden. Beim zweiten Mal für zwei Jahre, beim dritten für drei und so weiter.

Der Staat sollte tugendhaft, aber nicht reich sein; denn beides gleichzeitig konnte kein Staat sein.

Die nach diesem Ideal errichteten Städte sollten weit entfernt von der Küste liegen, damit es nicht zu dem in Hafenstädten üblichen regen Handel mit Luxusgütern kam, der den Staat unweigerlich mit jener Flut von Gold und Silber überschwemmt hätte, die stets das Ende aller Gerechtigkeit und aller edlen Sitten einleitet.

Der Handel – jene verächtliche, aber unentbehrliche Tätigkeit, die darin bestand, Güter zu einem höheren Preis weiterzuverkaufen, als man selbst sie gekauft hatte, sie also gewissermaßen über ihrem wahren Wert zu verkaufen – sollte Fremden und niedergelassenen Ausländern vorbehalten bleiben. Und alle, die all zu erfolgreich beim Geldverdienen waren, sollten nicht geduldet werden.

Platon hatte schon in seiner *Politeia* festgestellt, daß die Geschäftsleute meist diejenigen mit der geringsten Körperkraft seien, mit denen man sonst nichts weiter anfangen könne.

Ähnlich wie die Bewegung besaßen auch die Zahlen heilige metaphysische Kräfte, und alle von Platon genannten Verhältnisse und Maße waren unverletzlich und unantastbar. Seine fünftausendundvierzig Staatsbürger durften nie mehr oder weniger werden. Und er nannte mehr Methoden, als uns lieb sind, um die Bevölkerungszahl bei fünftausendundvierzig zu halten.

Die Bewohner sollten früh aufstehen und fleißig sein; denn Schlafende waren nicht besser als Tote, und die Natur beweist, daß wir nicht so viel Schlaf brauchen, wie wir gern hätten.

Als Aristoteles diesen ungeordneten und unredigierten literarischen Nachlaß seines Lehrers prüfte, fand er so viele Gesetze über Handel und Verkauf, daß er bald den Überblick verlor, ja, es gab sogar Gesetze darüber, wie neue Gesetze zur Steuerung von Handel, Geldverkehr und Gewinnen formuliert werden sollten.

Hunger, Durst und sexuelle Erregung, drei dem Menschen angeborene Triebe, seien krankhafte Zustände, las Aristoteles mit wachsendem Unglauben, die Platon mit den drei stärksten Mitteln zur Lenkung menschlichen Verhaltens im Zaum zu halten gedachte – mit der Angst, den Gesetzen und mit der Vernunft.

Das Leben in Platons Staat sollte gut, nicht angenehm sein.

Auswanderung sollte nur zur Gründung neuer Kolonien erlaubt sein, wenn die Bevölkerungszahl fünftausendundvierzig überstieg. Wer jünger als vierzig war, durfte überhaupt nicht ins Ausland, wer älter als vierzig war, durfte nur in offiziellem Auftrag ausreisen.

Es sollte drei Gefängnisse geben; eins in der Nähe des Markts für gewöhnliche Straftäter; ein zweites in der Nähe des Raumes, in dem die allnächtliche Versammlung zusammenkam, und ein drittes in der Mitte des Landes, möglichst an einem besonders wilden und verlassenen Ort.

Friede sei besser als Krieg, sagte Platon, und Versöhnung besser als Unterwerfung. Dennoch sollte sein Staat so bewaffnet sein, daß er bei seinen Nachbarn unweigerlich Furcht wekken und Gegenrüstungen auslösen mußte.

Die Männer sollten ständig Kriegsübungen abhalten, und zwar nicht nur in Kriegs-, sondern auch in Friedenszeiten. Jeden Monat sollte einen ganzen Tag lang und bei jedem Wetter ein Volksmarsch stattfinden, an dem alle teilnehmen mußten – Männer, Frauen und Kinder.

Niemand unter fünfzig durfte eine Rede bei öffentlichen Veranstaltungen halten, und niemand durfte ein nicht genehmigtes Lied singen.

Die Seele mußte pflichtschuldigst als das göttlichste Element in der Natur des Menschen verehrt werden.

Käufliche Priester, die sich anheischig machten, gegen irgendeine Form der Bezahlung bei den Göttern vorstellig zu werden, den Segen des Himmels herabzuflehen oder die Toten aus dem Hades zurückzuholen, sollten auf Lebenszeit eingesperrt werden. Sie sollten nie wieder mit ihren Gefährten sprechen dürfen, und wenn sie starben, sollten ihre Leichen aufs freie Feld geworfen werden.

Das also war das reife Alterswerk dieses heidnischen griechischen Philosophen, der den westlichen Religionen ein rationales Fundament gab, die bis dahin keins gehabt hatten und seither auch kein besseres gefunden haben, und deren Menschenhaß kaum geringer ist als der Platons.

»Es ist die unverbesserliche Niedertracht des Menschen, die die Arbeit des Gesetzgebers zur traurigen Notwendigkeit macht«, behauptete er.

Gegen die unverbesserliche Niedertracht des Gesetzgebers nannte er kein wirksames Mittel.

Die reichen Freunde Solons benutzten ihre Kenntnisse über seine Gesetzgebungsvorhaben, um sich zu bereichern.

Und das Orakel in Delphi nahm Schmiergelder.

XIV.
Aristoteles

30

Aristoteles war sich fast sicher, daß Alexander nicht allzuviel mit der Ermordung seines Vater zu tun gehabt hatte. Bei der Mutter, Olympias, hatte er da schon mehr Zweifel.

Als die beiden erst einmal unter sich waren, dauerte der Widerstand gegen die Vorstellung, Alexander könnte König von Makedonien werden, nicht mehr lange.

Dank der energischen Unterstützung durch seine Mutter brauchte Alexander nur wenige Tage, um die nötigen Morde und Hinrichtungen von Adeligen durchzuführen, die sich gegen seine Thronfolge sträubten. Und die Aufstände in den griechischen Städten zu unterdrücken, die sich gegen eine Fortsetzung der makedonischen Herrschaft zur Wehr setzten, dauerte auch nur ein paar Monate.

Olympias selbst beseitigte den attraktivsten Rivalen von Alexander, den kleinen Sohn von Philipps neuester Favoritin Kleopatra. Diese Kleopatra war natürlich eine andere als die notorisch lüsterne Kleopatra vom Nil, die dreihundert Jahre später Geliebte von Cäsar und Mark Anton war. Olympias ermordete das Kind auf dem Schoß seiner Mutter. Dann zwang sie die junge Königin, sich zu erhängen.

Kleopatra ist ein griechischer Name und kommt schon bei Homer und in der Argonautensage vor. Bei den Makedoniern war er so beliebt, daß er auch in Ägypten die von Ptolemaios, Alexanders Freund und Feldherrn, abstammende Dynastie der Ptolemäer mühelos überdauerte – bis hin zu Kleopatra VII., der Geliebten von Cäsar und Mark Anton.

Es wäre ein Irrtum, wenn man irgendeine der Kleopatras für etwas anderes hielte als eine Griechin.

In Übereinstimmung mit den ägyptischen Sitten neigten die Kleopatras dazu, ihre Brüder zu heiraten, die den Namen und die Herrschaft des Ptolemaios angenommen hatten. Anschließend machte sich das Paar in der Regel daran, die Kinder des jeweils anderen zu ermorden. Dann sich gegenseitig. Dann die eigenen Kinder und Eltern.

Die verwitwete Kleopatra II. blieb mit einem Sohn von ihrem Bruder zurück, als dieser starb. Daraufhin heiratete sie einen anderen Bruder, Ptolemaios VIII., nachdem er versprochen hatte, sich die Regentschaft mit dem Sohn zu teilen und sie beide zu beschützen. Noch am Hochzeitstag ermordete Ptolemaios VIII. den Knaben.

Anschließend heiratete er noch die Tochter seiner Frau, Kleopatra III., seine Nichte, die er in dieser inzestuösen *ménage à trois* bald bevorzugte.

Als Kleopatra II. gegen dieses Arrangement protestierte und ihren ersten gemeinsamen Sohn zum König ausrufen ließ, ermordete ihn der Vater, zerstückelte den Leichnam und schickte der Mutter den Kopf und die Hände.

Am Ende legten sie ihren Streit wieder bei.

Kleopatra III. erbte den Thron testamentarisch als Mitregentin ihres älteren Sohns, den sie zugunsten ihres jüngeren Sohns verdrängte. Dieser ermordete sie, weil er den Thron allein haben wollte.

Kleopatra Thea brachte einen ihrer Söhne um, als er sich gegen ihre Bemühungen wehrte, ihn unter Kontrolle zu bringen, und wurde von einem anderen vergiftet, dem sie gerade Gift geben wollte.

Die legitimen Erben dieser Linie starben mit einer gewissen Kleopatra Berenike und Ptolemaios XI. aus, der Kleopatra Berenike ermordete und dafür von den Bewohnern von Alexandria umgebracht wurde.

Der Thron ging daraufhin an einen illegitimen Sohn, Ptolemaios XII., der nicht nur zwei Söhne, Ptolemaios XIII. und XIV., hatte, sondern auch eine Tochter, Kleopatra VII., jene Kleopatra, die wir von Plutarch und Shakespeare kennen.

Als Cäsar kam, war sie mit einem ihrer Brüder verheiratet, der dann im Bürgerkrieg gegen Cäsar und sie fiel. Als Cäsar ging, war sie mit ihrem anderen Bruder verheiratet, für dessen Ermordung sie sorgte, als Mark Anton kam.

Auf diese Weise hielten die Nachfahren von Ptolemaios die Macht immer hübsch in der Familie.

Alexanders Mutter Olympias rühmte sich offen, daß Alexander keineswegs den Lenden König Philipps von Makedonien entsprungen, sondern weitaus prominenterer Abstammung sei: Er sei ein Bastard des Gottes Zeus, behauptete sie. Jener habe ihr in der Hochzeitsnacht in Gestalt einer Schlange beigewohnt. Philipp, höhnte sie, sei auf einem Auge blind geworden, als er durchs Schlüsselloch zugesehen habe, wie seine Frau mit dem Gott kopulierte.

Aristoteles glaubte ihr nicht.

Alexander glaubte ihr jedes Wort.

Die Spannungen zwischen Vater und Sohn spitzten sich zu, als Philipp seine Frau verstieß und Alexanders Thronfolge damit in Frage gestellt wurde.

Sie stritten sich häufig bei den allabendlichen Trinkgelagen am Hof zu Pella. Auf der Hochzeitsparty am Tag, als Philipp seine Kleopatra heiratete, reagierte Alexander feindselig auf einen Trinkspruch, den der Onkel der Braut ausgebracht hatte. Mit gezücktem Schwert wollte der betrunkene Philipp sich auf seinen Sohn stürzen, stolperte aber und fiel mitten in der Halle zu Boden.

Alexander lachte. »Seht nur«, spottete er, »wie der Mann, der gerade von Europa nach Asien einfallen will, auf die Nase fällt, wenn er das Zimmer durchquert.«

Da war Alexander ungefähr neunzehn.

Als er zweiundzwanzig war, hatte er bereits zwei Aufstände weit im Norden an der Donau niedergeschlagen, Theben zerstört und den Korinthischen Bund gezwungen, ihn als Herrscher über ganz Griechenland anzuerkennen. Er hatte eine Armee von zweiunddreißigtausend Fußsoldaten und fünftausend Reitern versammelt, die von einer Flotte mit hundertundsechzig Schiffen unterstützt wurde. Er hatte den Hellespont überschritten und befand sich auf jener folgenreichen Expedition, die seine verbleibenden elf Lebensjahre beanspruchen sollte.

Aristoteles war nicht mitgezogen. Er zählte diese Entscheidung zu den klügsten seiner Karriere. Er hatte statt dessen seinen Neffen Kallisthenes empfohlen.

Es waren auch eine Reihe von jungen Gelehrten aus dem Umkreis von Aristoteles mit auf die Reise gegangen, die regelmäßig historische Berichte und Beschreibungen, Zeichnungen und wenn möglich sogar Präparate fremder Tiere und Pflanzen nach Griechenland schickten. Aristoteles sammelte diese Stücke in seinem naturgeschichtlichen Museum und katalogisierte sie in seinem Verzeichnis der *Stämme, Gattungen* und *Arten* – das waren biologische Ordnungsbegriffe, die er sich ausgedacht hatte. Ansonsten beschäftigte er sich mit der Einrichtung und Erweiterung seines Lykeions, überarbeitete seine früheren grundlegenden Entwürfe einer Theorie der Musik und fügte seinen Schriften über die *Physik, Logik, Metaphysik, Politik,* die *Erste* und die *Zweite Analytik,* die *Nikomachische* und die *Eudemische Ethik,* vielleicht (wir haben keine schlüssigen Beweise) auch über die *Große Ethik* immer neue Gedanken hinzu, verfaßte nebenbei einige kürzere Werke wie die *Topik* und die Schrift *Über sophistische Widerlegungen,* die er immer wieder ergänzte, ganz zu schweigen natürlich von seiner *Poetik.*

Sein Neffe Kallisthenes, ein Philosoph und Geschichtsschreiber, war ein aufdringlicher Pedant, der dazu neigte, andere zu unterbrechen, niemandem zuhören mochte und nicht wußte, wann er nachgeben mußte. Alexander ließ ihn hinrichten.

Von Olympias erhielt Alexander regelmäßig Briefe voller Nörgeleien. Meist beschwerte sie sich über seinen Statthalter Antipater und die Beschränkungen, die er ihr auferlegte.

Alexander hing sehr an seiner Mutter und legte Wert darauf, sie nie wieder zu sehen.

Sie verlange einen hohen Preis für die neun Monate, die sie ihn in ihrem Körper beherbergt habe, sagte er einmal zu einem seiner Saufkumpane, Kleitos dem Schwarzen, der ihm in der Schlacht am Granikos das Leben gerettet hatte und dem er schon wenige Monate später in einem Wutanfall, den er lange bereute, sturzbetrunken aus kürzester Entfernung einen Speer in die Brust stieß.

»Soll ich diese lästige Mutter denn niemals loswerden?« fragte er laut.

Kleitos schüttelte den Kopf. »Dabei könnte dir nur eine andere Olympias helfen.«

Als die Nachricht von Alexanders Tod in Griechenland bekannt wurde, versuchte seine Mutter erneut, die Macht zu ergreifen. Einer der ersten Schritte dazu war die Ermordung von Alexanders geistig behindertem Halbbruder, Philipps letztem überlebenden Sohn.

Olympias Triumph war allerdings äußerst kurzlebig. Nach einem Jahr des Mordens wurde sie schließlich von den Verwandten ihrer Opfer getötet.

31

Im Jahre 332 v. Chr. zog Alexander von Tyros über Palästina nach Ägypten, um sich dort zum Pharao zu machen, und nach einiger Zeit wurden eingeweihte Kreise in Athen informiert, man habe unterwegs eine hebräische Bibel mit einer Theorie über die Entstehung des Universums gefunden. Als Aristoteles die Einzelheiten gehört hatte, wußte er sofort, daß dieses Werk nicht öffentlich bekannt werden durfte.

Der Bericht über die Schöpfungsgeschichte war so einfach, daß sich Aristoteles ärgerte, daß er nicht zuerst darauf gekommen war. Es werde Licht, und es ward Licht. Was konnte einfacher sein?

Es war alles da, in einer Handvoll Zeilen.

Am Anfang schuf Gott Himmel und Erde.

Warum war ihm das nicht eingefallen? Das war soviel klarer als der Unbewegte Beweger, der Nicht-denkende Denker oder der Erste Unbewegte Beweger seiner eigenen komplizierten Kosmologie. Und so viel kürzer.

Sie waren schlaue Kerlchen, diese Juden, wer immer sie sein mochten. Aristoteles ärgerte sich über sie. Wie lange er den Bericht wohl vor seinen Studenten geheimhalten konnte?

Ein alter Mann, der lange an einer Theorie gearbeitet hatte, das wußte er, interessierte sich immer weniger dafür, ob sie eigentlich stimmte, und immer mehr dafür, daß sie allgemein akzeptiert und er noch zu Lebzeiten dafür geehrt wurde.

Und jetzt kam diese verfluchte jüdische Bibel! Zum schlechtestmöglichen Zeitpunkt.

Gegen die jüdische Bibel hatte seine *Metaphysik* bestimmt keine Chance.

Er hatte wirklich mehr Grund zum Trübsinn, als Platon jemals gehabt hatte.

Er hatte auch mehr Grund zum Antisemitismus.

Seine *Metaphysik* mit ihrer Theorie des Seins war der Schlüssel zu seiner ganzen Philosophie, und jeder, der ihn als Philosophen verstehen wollte, mußte bei diesem Werk anfangen.

Avicenna, der große arabische Gelehrte des elften Jahrhunderts, soll die *Metaphysik* einundvierzigmal gelesen haben, ohne auch nur ein einziges Wort zu verstehen.

Die Geschichte mit der Bibel führte bei Aristoteles zu einer längeren Depression, und er sprach mit beinahe niemand darüber. Spuren dieses schrecklichen Traumas sind in dem von Rembrandt gemalten Gesicht noch gut zu erkennen.

Wie alle ehrpusseligen Gelehrten war Aristoteles nicht bereit, irgendeines seiner Werke brachliegen zu lassen, egal ob es nun falsch oder richtig, gut oder schlecht war. Auch wenn er von einem künftigen Shakespeare gewußt hätte, hätte er seine *Poetik* verteidigt. Kopernikus, Galileo und Newton hätten ihm ziemlich zu denken gegeben, aber seine Gedanken über die Himmelskörper hätte er trotzdem veröffentlicht; denn sie waren das beste, was es zu seiner Zeit gab, und klangen weitaus plausibler als alles, was man sonst hörte.

Bei den Frauen und Sklaven hätte er sich vielleicht anders besonnen, obwohl seine Formulierungen mindestens so glatt wie die von Platon waren.

»Denn eine Frau kann edel sein und auch ein Sklave«, hatte er in seiner *Poetik* über die Charaktere in der Tragödie geschrieben. »Allerdings ist dies im einen Fall weniger bedeutend und im anderen überhaupt vulgär.«

Das war progressiv genug für einen Konservativen wie ihn.

Die Kritiker vergaßen allzu leicht, daß er in seinem Leben nur zwei Frauen geliebt hatte und daß er auf dem Totenbett seinen Sklaven die Freiheit geschenkt hatte, was, soviel er wußte, mehr war, als Abraham Lincoln getan hatte.

Er hatte zuviel geschrieben. Aristoteles selbst hätte eine lange Liste von törichten Äußerungen aufstellen können, die er irgendwann einmal gemacht hatte, und er war froh, daß bisher niemand anderes eine solche Liste anfertigen wollte.

Eine Schwalbe macht noch keinen Sommer, hatte er geschrieben.

Dazu gratulierte ihm auch fast nie jemand, obwohl er zugeben mußte, daß diese Redensart schon ziemlich alt war, als er sie in seine *Ethik* übernahm.

»Man kann nicht alle Leute die ganze Zeit täuschen«, hatte er in seiner *Politeia* geschrieben, aber nur die wenigsten Amerikaner wußten, daß diese Worte von ihm stammten.

Ein absoluter moralischer Maßstab ist nicht bekannt, sagte er, redete aber immer so, als ob er genau wüßte, daß es doch einen gäbe.

Aristoteles hatte keine Probleme mit der Theorie, daß Gott am Anfang Himmel und Erde geschaffen und dem Wasser befohlen habe, an bestimmte Orte zu gehen, damit man das Trockene sah. Die erste Gemeinschaft war klein. Der Mann und die Frau lebten in einem Garten, wo alles, was sie brauchten, in Reichweite war. Sie hatten den ganzen Tag für Betrachtungen Zeit. Es war der Himmel auf Erden gewesen.

Was machte es schon, daß es keinen Beweis dafür gab? Für seine *Metaphysik* gab es auch keinen, und für Platons Seele und das Reich der Ideen erst recht nicht.

»Wenn wir für alles Beweise verlangen«, hatte er einmal gesagt, »können wir am Ende überhaupt nichts beweisen, denn dann haben wir keinen Ausgangspunkt für irgendwelche Beweise. Manche Dinge sind offensichtlich wahr und bedürfen keines Beweises.«

»Das mußt du beweisen«, hatte sein Neffe Kallisthenes gesagt. Aristoteles war froh, daß Kallisthenes mit Alexander gegangen war. Es tat ihm nicht leid, als er hörte, daß Kallisthenes tot war.

Es sei doch offensichtlich unmöglich, sagte Aristoteles, zu beweisen, daß irgend etwas offensichtlich wahr sei.

Sogar diesen Satz zu beweisen, sei unmöglich.

Er freute sich über das Paradoxon.

In New York, einer Stadt, die er schon nach kurzer Zeit verabscheute, erinnerte sich Aristoteles bitter daran, daß der Sophist Gorgias beweisen konnte, daß es nichts gab, was irgend jemand wissen konnte; daß er es nicht verstehen würde, wenn er doch etwas erfuhr; und daß er es niemandem mitteilen könnte, wenn er doch etwas verstand.

Der Sophist Protagoras hatte gesagt: »Von den Göttern kann ich nicht wissen, ob es sie gibt oder ob es sie nicht gibt und welches ihre Natur ist.«

Im *Kritias* erinnerte sich Aristoteles gelesen zu haben, nichts sei sicher, außer, daß Geborenwerden zum Tod führe.

Sein Lieblingsspruch stammte von Metrodoros: »Niemand weiß etwas, nicht einmal, ob er weiß oder nicht weiß.«

Aristoteles gehörte damals zu den Leuten, die wußten, daß sie was wußten.

Aristoteles' Ansicht nach fehlte es jeder *polis* mit mehr als hunderttausend Einwohnern an gemeinsamen Zielen und einem echten Gemeinschaftsgefühl, so daß alle Versuche zur Selbstregierung in Verwirrung enden mußten. Sklaven waren unbedingt nötig zum Glück. Genauso wie Frauen. In der idealen Gesellschaft des Aristoteles gab es den aristokratischen Kommunismus von Platon zwar nicht mehr, aber auch bei ihm war es den Bürgern verboten, Handel zu treiben und Geld anzuhäufen. Seine Bürger sollten vor Tagesanbruch aufstehen; denn solche Gewohnheiten machen gesund, reich und weise. Eines Tages stand Aristoteles vor Tagesanbruch auf und gelangte zu der Erkenntnis, Frauen hätten weniger Zähne als Männer.

Heute neigen wir mehr zu der Ansicht, daß sie in etwa genauso viele haben wie Männer.

Aristoteles erlaubte sich gelegentlich ein schiefes Lächeln bei der Betrachtung Homers, wenn er daran dachte, daß nahezu alle griechischen Autoren, die während der Demokratie in Athen schrieben, als dort die Lyrik, das Drama, die Wissenschaften, die Philosophie und die freie Diskussion blühten, genauso antidemokratisch eingestellt waren wie er selbst und die Demokratie, die ihnen die Freiheit gab, so verächtlich zu schreiben, beständig verhöhnten. Es war schon eigenartig, daß sie immer mit der reglementierten Adelsherrschaft Spartas kokettierten, wo es weder Literatur noch Musik, Wissenschaft oder Kunst gab.

Es war nicht Liebe zu Sparta, die diese Gefühle hervorrief, sondern Abscheu gegenüber der Gewöhnlichkeit und der geschäftigen Stimmung im demokratischen Athen.

Da Sokrates nie geschrieben hatte und Platon in seinen Dialogen nie selbst sprach, hütete Aristoteles sich davor, Sokrates dafür zu kritisieren, daß Platon in seiner *Politeia* das Privateigentum angriff und behauptete, der Kommunismus werde alle Mängel der menschlichen Natur beseitigen und der einzelne müsse dem Staat gehorchen wie die Hand dem Gehirn.

Weil er bescheidener, wissenschaftlicher und weniger dogmatisch war als Platon, hielt Aristoteles sich für einen seriöseren Autor, dessen Äußerungen mehr Wert hätten. Platon, sagte er, habe bewiesen, daß nur ein guter Mensch glücklich sein könne. Aber als er das schrieb, wußte er, daß Platon kein glücklicher Mensch gewesen war. Heute wissen wir, daß es einen glücklichen Menschen wahrscheinlich überhaupt nicht gibt.

»Was ich als erstes mal brauchte«, erklärte Platon, ehe er diese Welt endgültig aufgab, »wäre ein tugendhafter Tyrann.«

»Der müßte wahrscheinlich noch jung sein?« fragte Aristoteles ihn.

»Ja, jung müßte er schon sein«, erwiderte Platon, »jung, tugendhaft und intelligent, und seine Macht müßte ganz uneingeschränkt sein. Er müßte seine absolute Macht schon so lange genossen haben, daß sie ihm langweilig wäre. Er sollte intelligent und moralisch genug sein, um sich eine gerechte Gesellschaft vorstellen zu können, und seine Macht benutzen, um sie zu schaffen.«

»Und was würdest du dann mit ihm tun?« fragte Aristoteles.

»Ich würde ihn Philosophie lehren. Ich würde ihm Ziele und Ideale beibringen.«

»Und dann? Wie würde er herrschen?«

»Tugendhaft.«

»Was heißt das? Was würde er tun?«

Platon warf Aristoteles einen empörten Blick zu. »Er würde meine *Politeia* lesen, natürlich.«

»Und danach?«

»Dann würde er den entsprechenden Staat schaffen.«

»In dem Philosophen herrschen und nicht mehr er selbst?«

»Es würde dann bessere Philosophen geben«, sagte Platon geduldig. »Du wärst vielleicht auch geeignet.«

»Und alles Eigentum gehört der Gemeinschaft? Und Frauen und Kinder auch?«

»Natürlich. Das wäre das beste.«

»Für wen? Für die Reichen?«

»Reiche wird es nicht geben.«

»Für die anderen Bürger und für die Sklaven?«

»Für alle.«

»Woher würden sie das wissen? Und warum ist es das beste?«

»Weil ich das sage.«

»Und für ihn?«

»Mein Tyrann wird seine Macht nur allzu gern aufgeben und seine Herrschaft absterben lassen.«

»Aber warum«, fragte Aristoteles, der sich angestrengt bemühte, seinem Lehrer zu folgen, »sollten ein Herrscher mit absoluter Machtvollkommenheit und die Männer in seiner Umgebung, die sie ihm verschafft haben, darauf wieder verzichten?«

»Weil er tugendhaft ist. Und weil ich es sage.«

»Wird der Rest der Bevölkerung denn gehorchen?«

»Sie werden gehorchen müssen, ob sie wollen oder nicht. In meiner tugendhaften kommunistischen Republik wird die Rolle des einzelnen darin bestehen, dem Staat zu gehorchen.«

»Und wenn die Leute anderer Meinung sein sollten?«

»Dann werden sie unterdrückt, zum Wohle des Staates. Die Wächter werden dafür sorgen, daß sie gehorchen.«

»Und wer sorgt dafür, daß die Wächter gehorchen?« erkundigte sich Aristoteles. »Welche starke Macht gibt es noch, die sie zum Gehorsam zwingen könnte?«

»Das ist völlig egal!« sagte Platon verärgert. »Was die Menschen in dieser Welt tun, ist doch ohne jede Bedeutung.«

»Warum kümmern wir uns dann darum? Warum reden wir überhaupt? Warum hast du deine *Politeia* geschrieben?«

»Laß mich darüber nachdenken. Weil ich es wollte.«

»Und warum sollen wir sie dann lesen?«

»He, wo rennst du denn hin?«

Aristoteles war ein paar Schritte beiseite gegangen, um die Beine eines neuen Käfers zu zählen, den er eben entdeckt hatte.

Er mochte seinem Lehrer nicht sagen, daß er sich einschließlich Athens keine Stadt auf der ganzen Welt vorstellen könnte, deren Bürger nicht ihre jetzige miserable Regierung dem vorziehen würden, was Platon ihnen aufzwingen wollte.

Und daß es gegen die Natur des Menschen und des Staates sei, Eigentum und Familien gemeinsam besitzen zu wollen;

und daß sogenanntes Volkseigentum dem Volk überhaupt nicht gehört, sondern immer nur der Regierung; und daß sich Regierungen in der Regel überhaupt nicht für das Wohlergehen des Volks interessieren, das sie regieren; und daß er im Gegensatz zu Platon der Meinung war, der Staat habe vor allem dafür zu sorgen, daß in seinem Machtbereich Bedingungen herrschten, unter denen seine Bewohner glücklich sein könnten. In diesem Staat des Aristoteles, dessen Ziel das Glück aller war, hätten allerdings auch die Sklaven Sklaven haben müssen.

Er hatte wirklich Pech mit dem Timing, er war entweder zu früh geboren oder zu spät.

Er schrieb über die Tragödie, als das Theater tot war, und versuchte die *polis* zu reformieren, als der alte griechische Stadtstaat längst völlig passé war. Alexander war Pharao von Ägypten und hielt sich für göttlich. Und in Italien eroberten die Römer gerade das Neapel der Samniten.

Während Herakleides, ein anderer Schüler Platons, von einer heliozentrischen Welt sprach, beschrieb Aristoteles die Gestirne, als ob er zusammen mit Adam und Eva in einer Welt lebte, in der Sonne, Mond und Sterne sich nur für ihn drehten.

Aristoteles hätte sich nie träumen lassen, daß Städte sich zu Provinzen wie Holland vereinigen könnten, daß Provinzen zu Staaten anwachsen könnten wie zum Beispiel New York, und daß sich Staaten zu unvorstellbar großen Nationen zusammenschließen könnten, die immer unregierbarer, unzuverlässiger und immer unfreundlicher, nicht zuletzt gegen ihre eigenen Bürger, werden würden.

Er spottete über das Geld, als es weit und breit nichts mehr gab, das attraktiver gewesen wäre. Später in Amsterdam mußte er dann zu seiner Überraschung feststellen, daß er der offizielle Philosoph des Calvinismus war, konnte sich aber partout nicht vorstellen, warum ausgerechnet Leute, die nichts als Kapitalismus, Kommerz, Profit und Gewinnsucht im Sinn hatten, einen altmodischen griechischen Philosophen verehrten, dessen naturwissenschaftliche Erkenntnisse neueren Forschungen nicht mehr standhielten und der immer wieder erklärt hatte, überschüssiges Kapital sei zu nichts nutze, ein tugendhafter Mann müsse den Gelderwerb um des Gelderwerbs willen verabscheuen, und für einen wohlhabenden Mann von Stand sei es gänzlich reizlos und unwürdig, dem Geld nachzulaufen.

Geld ist die Antwort auf alle Pläne, behauptete diese Bibel.

Aristoteles knirschte vor Wut mit den Zähnen.

»Es war mein Unglück…«, schrieb er in jener gewaltigen Autobiographie, die er nicht mehr vollenden konnte, und von der leider nur dieses Fragment des ersten Satzes überliefert worden ist.

XV.
Wer zuletzt lacht…

32

Es war das Schicksal von Rembrandts Aristoteles, seine Wanderjahre 1654 mit einer Reise von Amsterdam nach Sizilien zu beginnen und sie 1961 mit einem triumphalen Debüt im Metropolitan Museum of Art zu beenden, knapp dreihundert Jahre, nachdem die Insel Manhattan in den Besitz der Engländer übergegangen war, weil die Holländer beschlossen hatten, es lohne nicht, um Dinge zu kämpfen, wenn man nicht in der Lage war, sie auch zu behalten und zu verwalten.

Den Atlantik hatte das Gemälde allerdings schon kurz nach der Jahrhundertwende überquert und war auf diese Weise den Gefahren des Ersten Weltkriegs entgangen. Auch die Risiken der Atlantiküberquerung hatte es gut überstanden, so gefährlich dieses Unternehmen auch war. Am Abend des 14. April 1912 sank der unsinkbare britische Schnelldampfer *Titanic* nach dem Zusammenstoß mit einem Eisberg. Es ertranken mehr als eintausendfünfhundert der zweitausendzweihundert Menschen an Bord. Im gleichen Jahr eroberten amerikanische Truppen in China die Stadt Tientsin, um amerikanische Interessen zu wahren; Marineinfanteristen landeten auf Kuba, um amerikanische Interessen zu wahren; und nachdem Aufständische die regulären Truppen massakriert hatten, landeten amerikanische Marineinfanteristen auch in Nicaragua, um dort die amerikanischen Interessen zu wahren. Außerdem brach der Erste Balkankrieg aus.

Weil sie unsinkbar war, gab es nicht genügend Rettungsboote auf der *Titanic.*

Am 7. Mai 1915 wurde der britische Passagierdampfer *Lusitania* von einem deutschen U-Boot versenkt. Es gab elfhundertfünfundneunzig Tote, hundertachtundzwanzig davon waren Amerikaner. Zwei Jahre später, nach einer Präsidentschaftswahl mit knappem Ergebnis, trat Amerika unter Woodrow Wilson in den Krieg ein. Wilson gilt heute noch als intellektueller Idealist und Reformer.

Zu diesem Zeitpunkt war Rembrandts Gemälde längst in den Vereinigten Staaten. Der Kunsthändler Duveen hatte es der amerikanischen Sammlerin Mrs. Collin P. Huntington schon 1907 nach New York geschickt. Im selben Jahr hatte die *Lusitania* auf ihrer Jungfernfahrt von Queenstown in Irland nach New York einen neuen Geschwindigkeitsrekord aufgestellt, und es ist durchaus möglich, daß der *Aristoteles* mit an Bord war.

Niemand weiß, wie viele Rembrandts im Ersten Weltkrieg verlorengingen, weil niemand weiß, wie viele Rembrandts Rembrandt und seine Schüler und seine Nachahmer gemalt haben und wie viele gefälscht wurden.

Es war das Schicksal des halbverbrannten, vom Feuer auf die Hälfte seines ursprünglichen Formats reduzierten *Homer*, im Lauf der Zeit ins Mauritshuis in Den Haag zu gelangen, wo er vermutlich für immer bleiben wird, genauso wie der *Aristoteles* im Metropolitan, bis ans Ende der Zeit.

Das Schicksal von Ruffos *Alexander* war es, verlorenzugehen. Wenn er wiedergefunden wird, wird er ein Vermögen wert sein.

Bis dahin bietet sich hier eine goldene Gelegenheit für einen begabten Fälscher, Ruffos *Alexander* noch einmal zu schaffen. Die einzigen Bedingungen sind, daß er im Format dem entspricht, was Rembrandt vertraglich zugesagt hatte, daß er aus vier Leinwandstücken mit »unglaublich scheußlichen« Nähten zusammengenäht und mit Farben gemalt ist, deren Pigmente alt genug sind, um einer wissenschaftlichen Altersbestimmung mit modernsten Geräten standhalten zu können. Die Erfolgsaussichten würden wahrscheinlich vergrößert, wenn das Gesicht des Alexander den beiden Rembrandtschen *Alexandern* ähneln würde, die wir noch haben.

Auch Don Antonio bewunderte das Werk (mehr vielleicht als den Künstler) und nannte seine drei Rembrandts auf einer Liste von hundert Gemälden, die als geschlossene Sammlung immer auf den ältesten Sohn der Familie weitervererbt und niemals getrennt, verkauft oder sonst zerstreut werden sollten.

Entsprechend dieser testamentarischen Bestimmung wurde die Sammlung nach seinem Tod immer weitervererbt, bis sie 1739 auf seinen Urenkel kam, Don Caligoro Ruffo. Im Jahre 1743 starb Don Caligoro ebenso wie alle seine Brüder an der Pest, und die Sammlung ging in den Besitz eines anderen Zweigs der Familie über.

Etwa im Jahre 1750 teilte sich die Familie Ruffo in die »Principi della Scaletta« und in die »Principi della Floresta«. Man vermutet, daß die Erstgenannten die Sammlung geerbt und den größten Teil davon nach Neapel gebracht haben. Was danach aus den »hundert Gemälden« geworden ist, die für immer hatten zusammenbleiben sollen, weiß niemand genau.

Bekannt ist nur folgendes:

Im Jahre 1783 wurde das Schloß der Ruffos in Sizilien von einem Erdbeben beschädigt. Vielleicht hat es dabei gebrannt.

1818 wurde in Sizilien das Recht der Erstgeburt abgeschafft.

Und im Jahre 1848 kam es in der Villa der Ruffos außerhalb von Neapel zu einem Brand. Dabei wurden zahlreiche Kunstgegenstände zerstört und beschädigt. Was für Sachen dort gewesen sind, weiß man allerdings nicht.

Einer dieser Brände könnte das Feuer gewesen sein, das die Ränder des *Homer* wegbrannte. Es hat jedenfalls bisher kein Kunsthistoriker eine bessere Erklärung dafür gefunden, warum die Hauptfigur heute so erschütternd allein ist und von denen, die ihr Gesellschaft geleistet haben, nur ein Teil einer Hand und eine Schreibfeder blieben.

Wir wissen aber, daß Don Antonios Testament schon vor dem europäischen Revolutionsjahr 1848 mißachtet und die Gemäldesammlung aufgeteilt worden sein dürfte. Denn schon im Jahre 1815, einem weiteren Schicksalsjahr der europäischen Geschichte, wurde Aristoteles, nachdem er wunderbarerweise den ersten und zweiten Nordischen Krieg, die Eroberungskriege Ludwigs XIV. gegen die spanischen Niederlande und die Pfalz, den Spanischen Erbfolgekrieg, den Polnischen Erbfolgekrieg, den Österreichischen Erbfolgekrieg, den Siebenjährigen Krieg, den ersten und den zweiten Schlesischen Krieg, den Bayerischen Erbfolgekrieg, den türkisch-russischen Krieg, die Französische Revolution, den zweiten türkisch-russischen Krieg, den schwedisch-dänischen Krieg, den schwedisch-russischen Krieg, den ersten Koalitionskrieg gegen Frankreich, die Eroberung Hollands durch die Franzosen, Napoleons Italienfeldzug, den englisch-spanischen Krieg, Napoleons Zug nach Ägypten, den zweiten Koalitionskrieg, den Aufstand der Iren gegen die Engländer, einen weiteren englisch-spanischen Krieg, den russisch-persischen Krieg, den dritten Koalitionskrieg, den Krieg Frankreichs gegen Preußen, den französisch-portugiesischen Krieg, Napoleons triumphalen Einmarsch in Moskau und den darauffolgenden katastrophalen Rückzug, den Wiener Kongreß und die Schlacht von Waterloo überstanden hatte, in London gezeigt. Wie er sich durch all diese und andere gefährliche Ereignisse unbeschädigt gerettet hat und wie er nach London gelangt ist, wissen wir nicht.

Die Leute hatten größte Schwierigkeiten, ihn zu erkennen.

»Wer das wohl sein mag?« fragte ein Gentleman mit einem großen Backenbart in der Galerie, wo Aristoteles ausgestellt wurde.

Seine Begleiterin, eine elegante Dame mit braunem Haar und aufgerolltem Parasol, sagte: »Ich finde, er sieht genau wie der holländische Dichter und Historiker Pieter Corneliszoon Hooft aus, findest du nicht?«

»Donnerwetter! Du hast recht!« sagte der Gentleman glücklich, nachdem er die Beschriftung auf der zugehörigen Tafel studiert hatte.

Aristoteles war erschüttert.

Das Gemälde gehörte Sir Abraham Hume aus Ashridge Park, Berkhampstead, und wenn Aristoteles nicht gerade als Pieter Corneliszoon Hooft auf einer Ausstellung war, konnte er seine Betrachtungen jetzt in höchst komfortabler Umgebung auf einem Schloß in Hertfordshire anstellen. Aristoteles fühlte sich wohl bei Sir Abraham und seinen Erben. Auf dem Landsitz dieser wohlhabenden Großgrundbesitzer war es friedlicher als bei all seinen bisherigen Gastgebern.

Niemand weiß, wie er so weit gekommen war, sein Weg von Sizilien nach Hertfordshire liegt völlig im dunkeln. Was danach mit ihm geschah, wissen wir allerdings sehr genau.

Es kennt auch niemand die Route, die der beschädigte *Homer* genommen hat, um von den Ruffos in die Bridgewater Gallery des Earls von Ellesmere zu kommen, wo er im Jahre 1885 auftauchte. Es kann aber kein Zweifel bestehen, daß Rembrandts halbverbrannter *Homer* es ähnlich wie der blinde Homer der Legende viel schwerer gehabt hat als *Aristoteles.*

Für die Söhne von Akademikern aus der Oberschicht war das Leben schon immer erheblich angenehmer als für Künstler, speziell für Schriftsteller, die ganz unten anfangen mußten.

Im Jahre 1894 stand der *Homer* in ziemlich kläglichem und verschmutztem Zustand bei dem Londoner Kunsthändler T. Humphrey Ward & Son als anonymes *Porträt eines alten Mannes* zum Verkauf, wurde aber alsbald von dem bahnbrechenden holländischen Rembrandtforscher Abraham Bredius erspäht, erkannt, identifiziert und erworben.

T. Humphrey Ward & Son verlangten schon zweitausendvierhundert Pfund für das beschädigte Fragment eines unbekannten Malers, das neun Jahre zuvor noch für achtzehn Shilling verkauft worden war.

Der Kopf des alten Mannes kam Bredius bekannt vor – er ähnelte der Büste auf dem von Rembrandt gemalten Porträt des P. C. Hooft, das im Vorjahr in London verkauft worden war. Als zusätzlicher Hinweis dienten Bredius die Überreste der Signatur und des Datums; eben noch lesbar waren die Buchstaben »andt« und die Jahreszahl »f. 1663«. Auch die breite Malweise und die gedämpften Farben kamen Bredius bekannt wor, und so konnte er das Gemälde persönlich zum echten Rembrandt erklären.

Schon 1664, in Sizilien, hatte Aristoteles bemerkt, daß der alte Mann auf dem Bild gegenüber dasselbe Gesicht wie die Büste hatte, in deren Betrachtung er seit zehn Jahren an der Wand von Ruffos Gemäldesammlung vertieft war. Und mit der Ankunft Homers hatte auch die Flucherei im Schloß aufgehört. Man hatte Rembrandt den *Alexander* vergeben. Das Triptychon mit drei großen Gestalten aus dem alten Griechenland, die im *Aristoteles* von 1653 alle schon anwesend waren, war jetzt vollendet. Und diesmal hatte der Künstler bestimmt nicht gespart.

Gleich zwei Schreiber hatte er seinem *Homer* beigegeben.

Aristoteles stellte auf den ersten Blick fest, daß Rembrandt über eine hellgelbe, mit leichtem Rosa vermischte Grundierung, die vor allem aus Kreide mit etwas Ocker bestand, zunächst weitere grundierende Farbschichten von einem tiefen Rotbraun gelegt hatte. Aristoteles hatte in seinen zwei Jahren bei Rembrandt viel über Malerei gelernt. Die Grundierungen bestanden vor allem aus Kreide, Ocker und Umbra, meist mit ein wenig Bleiweiß vermischt. Über diese Grundierungen hatte Rembrandt einen dunklen graubraunen Farbton gelegt, der an verschiedenen Stellen im Mantel, am Kopf, im Bart und im

Hintergrund auftauchte, eine sehr geheimnisvolle, subtile Wirkung hervorrief und im wesentlichen aus Umbra und viel grobem Bleiweiß bestand. Auch die Bereiche des Kopfes, der Kappe und des Bartes, die im Schatten lagen, hatte Rembrandt nur mit einer sehr dünnen zusätzlichen Schicht überdeckt, damit auch die dunklen Bereiche der Gestalt noch von dem darunterliegenden graubraunen Farbton aus Umbra und Bleiweiß geprägt blieben. Die braunen, roten und gelben Pigmente in der Kappe, im Gesicht und im Bart waren Ocker, während das gelbe Stirnband aus gelbem Blei-Zinn und Bleiweiß bestand.

Rote Pigmente hatte Rembrandt gar nicht benutzt, weder in den Fleischtönen noch in den Schatten.

Mit einer Palette, die sich fast ausschließlich auf braune, weiße und mattgoldene Farbtöne beschränkte, hatte Rembrandt einen blinden alten Dichter in einem dunkelbraunen Mantel mit weiten Ärmeln und einer goldgelben Stola über dem Mantel geschaffen. Homer trägt das Stirnband des Dichters, auf den Kopf hat ihm Rembrandt eine eigenartige Mütze gesetzt. Homer stützt sich auf seinen Stock, sein Mund ist geöffnet. Seine blinden Augen starren ins Leere.

Er war beinahe menschlich.

Aristoteles quälte sich mit dem Gedanken, daß auf das Bildnis des Dichters mehr Arbeit und Farbe verwendet worden sein könnte als auf sein eigenes, obwohl der Preis genau gleich war. Er hatte keine besonders herzlichen Gefühle, bemühte sich aber nach Kräften, nicht eifersüchtig zu sein. Schließlich sah er ja besser aus, und Homer war blind.

Er bestätigte sich selbst, daß er viel besser dran war: Es war ihm lieber, Augen zu haben und wie ein Ausländer auszusehen, als blind zu sein wie Homer und sich seinen Weg mit einem Stock suchen zu müssen. Und als Homer auftauchte, hatten die Ruffos auch schon herausgefunden, wer er eigentlich war, bewunderten ihn als Aristoteles, den großen Philosophen der Antike, und wußten, daß er nicht Albertus Magnus war oder irgendein namenloser Phrenologe. Und seine Gegenwart in ihrem Haushalt machte sie noch hoffärtiger.

Sowohl beim *Homer* als auch beim *Aristoteles* waren die Hände schwach ausgebildet.

In Sizilien im Jahre 1664 saß der Dichter gelassen in einer kunstvoll aufgebauten Kulisse, diktierte oder erläuterte seine Verse und schien mit seinem Schicksal zufrieden.

Als ihn Bredius fand, war seine Umgebung verbrannt. Seiner Behausung und seiner Zuhörer beraubt und ohne menschliche Gesellschaft wirkt er verlassen, verwirrt und verzweifelt.

Wenn man ihn heute betrachtet, ohne zu wissen, daß es sich um ein Fragment handelt, könnte man denken, daß er vor Einsamkeit heult.

Er sieht wie ein Mann aus, der mehr vergessen hat als seinen Text.

Die *craquelure* des Gemäldes entsprach etwa dem, was man erwarten konnte. Es zeigte winzige Haarrisse und breite Spalten, von denen manche mit braunem Firnis ausgefüllt sind. Im Hintergrund sind einige grobe Pigmentkörner, die nicht von Rembrandt stammen. Es gibt keine auffallenden *pentimenti.*

Die zweitausendvierhundert Pfund, die T. Humphrey Ward & Son für den *Homer* verlangten, waren damals viel Geld.

Bredius kaufte ihn für achthundert, und das war immer noch ein kleines Vermögen.

Aber Bredius hatte auch ein Vermögen geerbt.

Seine Familie stellte Schießpuler her.

Bredius ließ das Bild restaurieren und als Leihgabe im Mauritshuis ausstellen. Als er 1946 starb, hinterließ er das Bild dem Museum, wo der einsame Dichter jetzt hängt, die isolierte Gestalt eines blinden alten Mannes, in sich zusammengesunken und äußerlich geschrumpft aufgrund von Schicksalsschlägen, die wir nicht kennen.

Stellt man Rembrandts *Homer* und sein *Selbstbildnis als Demokrit* nebeneinander, so findet man mehr Elend, als man ertragen kann, wenn man empfänglich für solche Empfindungen ist.

Bevor ihn Bredius in London identifizierte, gab es allerdings eine Zeitspanne von ungefähr hundertfünfunddreißig Jahren, aus der über den *Homer* genausowenig bekannt ist, wie die Griechen über den alten Homer aus Ionien gewußt haben.

Wir leiten den Dichter aus seinem Werk ab.

Wir leiten aus einem wie ein Uhrwerk laufenden Universum einen Schöpfer ab, obwohl wir wissen, daß unser Universum ein Feuer und unser Planet ein Stück kalte Glut ist.

Menschen wird es bald keine mehr geben.

Das Leben ist schon mehr als zur Hälfte vorbei.

Der *Aristoteles* war fünfundsechzig Jahre lang verschwunden, ehe er 1815 als P. C. Hooft im Besitz von Sir Abraham Hume in London auftauchte. Sir Abraham starb 1838, aber auch nach seinem Tod blieb Aristoteles bei der Familie in Ashridge Park. Die weiteren Besitzer waren:

John Hume Cust, Viscount Alford, Ashridge Park, 1838–1851;

John William Spencer Brownlow Cust, 2nd Earl Brownlow, Ashridge Park, 1851–1867;

und Adelbert Wellington Brownlow Cust, 3rd Earl Brownlow, Ashridge Park, 1867–1893.

Aus Gründen, die wir nicht kennen, endete bedauerlicherweise im Jahre 1893 mit dem Tod von Adelbert Wellington Brownlow Cust das Idyll von Ashridge Park für unseren griechischen Philosophen.

Mit Ausnahme von Rembrandt selbst, verschiedenen Kunsthändlern und einem jungen amerikanischen Erben hat jeder der uns bekannten Besitzer das Gemälde bis an sein Lebensende behalten.

Aristoteles wurde in London verkauft, wo ihn Bredius

sah, und gelangte im Verlauf der nächsten vier Jahre nach Paris, als Eigentum des außergewöhnlichen Sammlers Rodolphe Kann. Für den besseren Teil seiner Sammlung, zu der ein Dutzend Rembrandts gehörten, wurden 5,5 Millionen Dollar geboten – und von den Testamentsvollstreckern abgewiesen. Nach dem Tod von Kann im Jahre 1905 wurde der *Aristoteles* von dem Kunsthändler Joseph Duveen erworben, und damit neigten sich seine Wanderjahre dem Ende entgegen. Die lange Reise von Amsterdam nach New York, der allmähliche Abstieg aus der Aristokratie der Alten Welt in die Bourgeoisie der Neuen fand ihren Abschluß.

1897, als Kann das Bild kaufte, tobte in Frankreich der Dreyfus-Skandal. Im folgenden Jahr veröffentlichte Émile Zola seine schneidende Attacke auf die antisemitistischen Mitglieder der Militärkaste, die den völlig unschuldigen jüdischen Hauptmann Dreyfus mit Hilfe gefälschter Papiere zum Sündenbock für die Verbrechen des Hochverrats und der Spionage für Deutschland gemacht hatten, die von einem der ihren begangen worden waren. Zola mußte für ein Jahr ins Exil gehen, Dreyfus war lebenslänglich auf die Teufelsinseln verbannt worden.

1907 stellte der Passagierdampfer *Lusitania* einen neuen Geschwindigkeitsrekord auf. Dreyfus war schon im Vorjahr freigelassen worden, und der *Aristoteles* wurde von Duveen für eine »sechsstellige Summe« an Mrs. Collis P. Huntington aus New York, die erste amerikanische Besitzerin, verkauft.

Mrs. Huntington, geborene Arabella Duval Yarrington Worsham aus Alabama, war die Witwe des Eisenbahnmillionärs Collis P. Huntington, der aus Connecticut stammte, in New York gelebt und wesentlich dazu beigetragen hatte, daß die Central Pacific Railroad über die Sierra Madre gebaut wurde. Im Laufe der Zeit gelang es ihm, praktisch das gesamte Transportwesen im Westen in der Southern Pacific Railroad Company zu organisieren. Wie bei dieser Gesellschaft war er bei der Chesapeake & Ohio und anderen Eisenbahngesellschaften der Hauptaktionär. Mrs. Collis P. Huntington sollte übrigens bald Mrs. Henry E. Huntington werden, weil sie den Neffen ihres früheren Ehemanns heiratete. Die wahre Geschichte dieser Ehe ist ohne Zweifel hochinteressant, aber nicht für uns.

Mrs. Huntington fand den Preis, den Duveen verlangte, unverschämt hoch, und Aristoteles war ganz ihrer Meinung. Aber sie wollte nun mal einen Rembrandt.

»Wissen Sie, wer der Mann auf dem Bild ist?« fragte sie. »Ich wollte immer ein Bild von Vergil.«

»Das ist ein Porträt des Dichters Vergil.«

Rembrandts *Porträt des Dichters Vergil* überquerte alsbald den Atlantik und wurde im Haus von Mrs. Huntington an der Fifth Avenue/Fifty-seventh Street, Number 2 East, installiert.

Rembrandts Bildnis des P. C. Hooft ist seither verschollen.

Und im selben Jahr, als Aristoteles durch den Zoll kam und Zutritt zu den Vereinigten Staaten erhielt, erließ Präsident Theodore Roosevelt ein Einwanderungsverbot für Japaner, die Holländer unterwarfen sich Sumatra endgültig, nachdem sie das Reich von Aceh besiegt hatten, und J. P. Morgan stoppte den drohenden Zusammenbruch amerikanischer Banken, indem er für 100 Millionen Dollar Gold aus Europa importierte.

Dieser Mann konnte jetzt mit einem Füllfederhalter und ein paar Worten Dinge bewirken, die der Regierung der Vereinigten Staaten unmöglich waren.

J. P. Morgan war nicht nur ein großer amerikanischer Finanzmann, sondern auch ein renommierter Sammler von Kunstgegenständen und seltenen Büchern, ein gläubiges Mitglied der Episkopalkirche und ein entschiedener Antisemit. Er war berühmt für seine Wohltätigkeit.

Mrs. Huntington behielt das Gemälde, bis sie siebzehn

Jahre später, 1924, verschied, als Adolf Hitler in Landsberg den ersten Band von *Mein Kampf* schrieb.

Sie hinterließ den *Aristoteles* ihrem Sohn, Archer M. Huntington, der ihn 1928 an Duveen zurückverkaufte, einundzwanzig Jahre, nachdem der Kunsthändler das Bild seiner Mutter verkauft hatte. Duveen ließ das Bild über den Atlantik zu einem besonders renommierten Restaurateur nach Den Haag zurückbringen und dann nach Paris oder London. Dort wurde das Bild von dem anerkannten Rembrandtforscher F. Schmidt-Degener untersucht. Erst jetzt fand Duveen heraus, daß sich der in den Familienarchiven der Ruffos beschriebene *Aristoteles* in seinem Besitz befand.

Rembrandts gefeiertes *Porträt des Dichters Vergil* ging daraufhin denselben Weg wie zuvor schon das gefeierte *Porträt des Pieter Hooft.*

Im November desselben Jahres war Aristoteles wieder in New York, und Duveen verkaufte ihn an Mr. und Mrs. Alfred M. Erickson, 110 East Thirty-fifth Street. Mr. Erickson war Besitzer einer Werbeagentur. Später gehörte er zu den Gründern der Agentur McCann-Erickson, die zu einer der größten Werbeagenturen der Welt wurde.

Der Preis für den *Aristoteles* betrug 750000 Dollar.

Wir sind überrascht, daß der Besitzer einer Werbeagentur im Jahre 1928 siebenhundertfünfzigtausend Dollar für ein Gemälde ausgeben konnte.

Aristoteles selbst hätte am liebsten von der Leinwand heruntergeschrieen, daß kein Bild der Welt einen ästhetischen Wert von 750000 Dollar haben könne und daß ihm da jeder Künstler recht geben würde.

»Eigentlich verschenke ich Geld, wenn ich Ihnen das Bild jetzt so billig verkaufe«, sagte der später zum Lord Duveen of Millbank geadelte Kunsthändler lächelnd zu Mr. und Mrs. Erickson, »denn es wird bald sehr viel mehr wert sein.«

Geld *hat* keinen Wert, wollte Aristoteles ihnen allen am

liebsten sagen. Aber er wußte, daß er das hätte wiederholen können, bis er blau im Gesicht war, es hätte ihm niemand geglaubt.

Auch in Amerika war es jetzt schick geworden, Gemälde zu kaufen, und dieser Trend wurde von den Kunsthändlern und Innenarchitekten, die davon profitierten, lebhaft gefördert. Aristoteles allerdings litt ziemlich darunter, daß Rembrandt als Maler so hoch und er als Philosoph so wenig geschätzt wurde. Niedergeschlagen hörte er zu, wie Duveen die Tugenden Rembrandts rühmte. Über die aristotelische Philosophie verlor Duveen kein Wort.

Rembrandt war berühmter als er.

Sogar die früheren Besitzer waren berühmter als er. Eine der ganz besonderen Qualitäten des Gemäldes, die der Kunsthändler nie zu erwähnen vergaß, war die Tatsache, daß es Mrs. Huntington bis zu ihrem Tod gehört hatte.

Manchmal sehnte Aristoteles sich zu den Zeiten zurück, als er noch P. C. Hooft war und bei Sir Abraham Hume in Hertfordshire lebte. Platon hätte wahrscheinlich gelacht, wenn er gesehen hätte, wie grob sein ehemaliger Schüler vermarktet wurde. Geschah ihm recht, daß er als der unattraktivste Teil des Produkts verkauft wurde!

Der Kaufvertrag wurde am 12. November 1928 von den Ericksons unterschrieben, nur wenige Tage, nachdem Herbert Hoover zum einunddreißigsten Präsidenten der Vereinigten Staaten gewählt worden war, im selben Jahr, in dem der Kellogg-Briand-Pakt, mit dem der Krieg geächtet werden sollte, in Paris von mehr als sechzig Staaten unterzeichnet worden war; im selben Jahr, in dem Mussolini eine Autobiographie mit dem Titel *Meine Autobiographie* veröffentlichte, in dem Walt Disney in Kalifornien den ersten Mickey-Mouse-Film produzierte, Franz Lehár in Berlin die Operette *Friederike* komponierte, Alexander Fleming das Penicillin entdeckte, die Olympischen Spiele in Amsterdam stattfanden und im englischen

Fleetwood die erste Maschine zum Entgräten und Ausnehmen von Heringen eingeweiht wurde.

Bei den Sommerspielen der Olympiade von 1928 führten die Vereinigten Staaten vor allen anderen Nationen mit hunderteinunddreißig Punkten.

Abgeschlossen wurde der Verkauf des *Aristoteles* mit der Bezahlung der letzten Rate durch Mr. Erickson im Januar 1929.

Im Oktober 1929 brachen die Börsenkurse zusammen, und die Weltwirtschaftskrise begann.

Der zweite J. P. Morgan, der Sohn des ersten, gab hunderte Millionen Dollars bei dem vergeblichen Versuch aus, die Märkte wieder zu beruhigen.

Aber der Absturz war nicht zu verhindern.

Bis heute können die Leute den Börsenkrach und die nachfolgende Wirtschaftskrise nicht richtig erklären.

Am 12. November 1930, zwei Jahre nach dem Erwerb, verkaufte Erickson den *Aristoteles* wieder an Duveen zurück und erhielt 500000 Dollar, eine Viertelmillion weniger, als er bezahlt hatte.

»Sie hatten mir doch versichert«, sagte Mr. Erickson bitter, als Mr. Duveen seinen Preis nannte, »daß das Bild im Wert steigen würde.«

»Die Zeiten sind schlecht, Mr. Erickson«, sagte Duveen. »Wir leben in der Weltwirtschaftskrise.«

»Ich glaube, das weiß ich.«

Es gelang Duveen nicht, in den nächsten Jahren einen Käufer zu finden, obwohl es Hinweise gibt, daß er es durchaus versucht hat. Er stellte das Werk nicht nur in London, sondern sogar in der Industriestadt Worcester im Staat Massachusetts aus, die es wahrscheinlich sobald nicht wieder sehen wird.

Im Februar 1936 war Mr. Ericksons finanzielle Gesundheit so weit wiederhergestellt, daß er das Bild für 590000 Dollar von Duveen zurückkaufen konnte, wobei die Differenz von 90 000 Dollar aus der Verzinsung und der New Yorker Umsatzsteuer herrührte. Aristoteles zog aus Duveens Magazin wieder in das Heim der Ericksons in der 110 East Thirty-fifth Street. Es war das Jahr, in dem Edward VIII. König von England wurde und alsbald wieder abdankte, um Mrs. Wallis Warfield Simpson zu heiraten; in dem Italien Äthiopien eroberte und annektierte; und Stalin seine Schauprozesse fortsetzte. Hitler gewann die Wahlen in Deutschland mit 98,8% der Stimmen; Franklin Delano Roosevelt wurde mit 98,7% der Wahlmännerstimmen wiedergewählt; Margaret Mitchell veröffentlichte *Vom Winde verweht*, der amerikanische Neger Jesse Owens gewann bei den Olympischen Spielen in Berlin vier Goldmedaillen, was Hitler ziemlich frustrierte, und die Staatsverschuldung der Vereinigten Staaten stieg wegen der mit Roosevelts New Deal verbundenen Sozialausgaben auf 34 Milliarden Dollar.

Henry Ford, der immer wieder Probleme mit den Gewerkschaften hatte, bewunderte Adolf Hitler und die Nazis, während Adolf Hitler wiederum ihn bewunderte.

Im Nazideutschland gab es keine Probleme mit den Gewerkschaften.

In der Sowjetunion gab es ebenfalls keine Gewerkschaftsprobleme, aber da gab es auch keine Henry Fords.

Zwischen 1920 und 1922 hatte Mr. Fords Zeitung, der *Dearborn Independent*, eine Folge von zweiundneunzig entschieden antisemitischen Artikeln veröffentlicht, von denen sich die meisten auf den Inhalt eines obskuren Pamphlets aus dem 19. Jahrhundert mit dem Titel *Die Protokolle der Weisen von Zion* bezogen, ein gefälschtes Dokument, in dem Gespräche protokolliert wurden, die niemals stattgefunden haben. Henry Ford ließ diese »Protokolle« neu herausgeben und förderte ihre Verbreitung.

Als junger Mann soll Hitler zu seiner Erbauung ein Foto von Henry Ford in seinem Zimmer gehabt haben.

Unmittelbar vor dem Zweiten Weltkrieg verlieh Reichskanzler Hitler dem amerikanischen Industriellen das Großkreuz des Deutschen Adlers, die höchste Auszeichnung, die das Dritte Reich für Ausländer bereithielt, und Henry Ford nahm die Ehrung gerne an. Er verbot seiner Firma die Erfüllung eines Auftrags der englischen Royal Air Force.

Nach dem Krieg, heißt es, habe Mr. Ford beim Anblick von Fotos aus den Vernichtungslagern der Nazis dann Tränen der Reue vergossen. Aber das ist auch eine von diesen Geschichten, die zu gut klingen, um wirklich wahr zu sein.

Am 2. November 1936, neun Monate nach dem Rückkauf des Gemäldes, starb Mr. Erickson. Er hinterließ den *Aristoteles* sowie den Rest seiner Sammlung seiner Frau Rita. Das Gemälde blieb bis zu ihrem Tod im Februar 1961 fünfundzwanzig Jahre lang in ihrem Besitz.

Im Verhältnis der Ericksons zu Rembrandts *Aristoteles* spielen die Monate Februar und November offenbar eine besondere Rolle, was für abergläubische Naturen auf rätselhafte Zusammenhänge hindeuten mag.

Schon vor ihrem Tod war Mrs. Erickson häufig von Kunsthändlern aufgesucht worden, die das Bild gern verkauft hätten. Auch Museumsdirektoren machten Mrs. Erickson ihre Aufwartung, in der Hoffnung, die Witwe würde ihnen das Bild vielleicht schenken. Nach ihrem Tod befanden die Testamentsvollstrecker, ihr letzter Wille sei am besten durch eine Auktion zu erfüllen. Es wurde eine öffentliche Versteigerung in den Räumen der Parke-Bernet Galerie, in der Madison Avenue No. 980 in New York angekündigt.

Es sei ein offenes Geheimnis, schrieb die *New York Times*, daß auch die Auktionshäuser Sotheby's und Christie's auf diese »Rosine« geschielt hätten. Da die Versteigerung der vierundzwanzig Erickson-Bilder mindestens 3 000 000 Dollar bringen sollte, wurde vermutet, daß die Kommission für die Galerie erheblich höher als üblich sein würde.

Als man ihn danach fragte, erklärte ein Sprecher der Galerie, die Firma Parke-Bernet sei zufrieden mit den Vereinbarungen.

Im Endeffekt erbrachte die Erickson-Sammlung schließlich eine Rekordsumme: 4679250 Dollar.

Zu den angebotenen Bildern gehörte auch ein Frans Hals: *Der Mann mit dem Hering*.

Die Auktion fand im Herbst 1961 zwischen der Berlinkrise und der Raketenkrise in Kuba statt, zwei internationalen Konflikten, welche die ehemaligen Alliierten Sowjetunion und USA an den Rand eines Krieges brachten. Weniger als drei Jahre später wurden amerikanische Truppen nach Vietnam geschickt, um dort amerikanische Interessen wahrzunehmen, die es, sieht man von den stationierten Truppen ab, nicht gab.

Im Vietnamkrieg wurden genauso viele amerikanische Soldaten getötet wie im Ersten Weltkrieg, nämlich über fünfzigtausend.

Die guten Hirten, die das Land in diese beiden Kriege hineintrieben, waren jeweils Präsidenten, die für die Demokratische Partei kandidierten, Frieden versprochen und sich im Wahlkampf als liberal präsentiert hatten. In den ersten achtundachtzig Jahren dieses Jahrhunderts hat jeder Krieg, an dem die Vereinigten Staaten teilnahmen, in der Amtszeit eines demokratischen Präsidenten begonnen. Nur ein einziger demokratischer Präsident in diesem Jahrhundert hat das Land nicht in den Krieg geführt: Jimmy Carter.

Er wurde nicht wiedergewählt.

Die Auktion des *Aristoteles* fand am 15. November statt und war nach vier Minuten vorbei. Der Scheck, mit dem der Kauf bezahlt wurde, trug das Datum vom 17. November. Am 18. November wurde Rembrandts inzwischen weltberühmtes Gemälde mit Pauken und Trompeten und viel Selbstbeweihräucherung in der Großen Halle des Metropolitan Museums zur Besichtigung freigegeben. Die eigentliche Versteigerung war kurz, aber stürmisch gewesen, das entscheidende, mit Zeichensprache übermittelte Gebot hatte 2 300 000 Dollar betragen. Es war der höchste Preis, der jemals für ein Gemälde bezahlt worden war.

Es war das erste Gemälde in der Geschichte, für das bei einer Auktion als erstes Gebot 1 000 000 Dollar genannt worden waren.

Dieses Gebot war dem Auktionator, Mr. Louis J. Marion, schon beim Lunch von einem Geistlichen gemacht worden, der im Auftrag eines anonymen Privatsammlers auftrat. Mr. Marion äußerte später, er habe die Million bereits in der Tasche gehabt, als das Gemälde auf die Staffelei gestellt wurde.

»Es waren zehn oder zwanzig Millionen Dollar im Raum, die mitbieten wollten«, sagte er den Reportern.

Fünfundzwanzig Jahre später, 1986, wurde ein minderer Rembrandt eines amerikanischen Besitzers auf einer Auktion in London für 10,3 Millionen Dollar verkauft. Der Käufer stammte angeblich aus Taiwan. Das bestätigte für Aristoteles erneut, daß Geld keinerlei Wert hatte und nur zum Tauschen benutzt werden sollte.

Im Jahre 1961 aber erschienen zehn oder zwanzig Millionen Dollar noch wie ein großer Betrag. Die Auktion erregte große Aufmerksamkeit. In den drei Tagen vor der Versteigerung kamen zwanzigtausend Besucher, um sich das Bild in der Parke-Bernet Galerie anzusehen.

Das sind fast siebentausend am Tag.

Zu der Veranstaltung selbst kamen fast zweitausend Besucher. Die meisten mußten über eine Stunde auf der Straße Schlange stehen.

Potentielle Käufer – Kunstsammler, Agenten und Museumsvertreter – durften in der Haupthalle der Galerie Platz nehmen, wo die Auktion stattfinden sollte. Diejenigen, die bloß zuschauen wollten, konnten das Ereignis über Video-Bildschirm in drei anderen Ausstellungsräumen verfolgen.

Monatelange geheime Vorbereitungen waren der Auktion vorausgegangen. Die Museen, die mitbieten wollten, mußten ja erst einmal das Geld zusammenbringen, das sie dafür brauchten. Selbst beim Metropolitan Museum of Art war das nicht anders. Auch die New Yorker brauchten für den Kauf eine »Kriegskasse«, zu der verschiedene Treuhänder und mehr als einhundert Privatpersonen beigetragen hatten.

Der Direktor, Mr. James J. Rorimer, erklärte: »Der *Aristoteles* ist eins der großen Gemälde der Welt, und es wäre einfach jammerschade gewesen, es sich durch die Lappen gehen zu lassen, wo doch die Wall Street gleich nebenan ist.«

Als der *Aristoteles* auf die Bühne gebracht wurde und die Scheinwerfer die weiten, weißen Ärmel seines Renaissance-Hemds in flüssiges Rembrandt-Gold tauchten, gab es in allen vier Ausstellungsräumen Applaus.

Vier Minuten später, als die Versteigerung vorbei war und der Auktionator bekanntgab, die Beute sei an »ein Museum im Osten« gegangen, war eine noch lautere Ovation zu vernehmen.

Als das Bild an einem Samstag zum ersten Mal ausgestellt wurde, kamen zweiundvierzigtausend Besucher ins Metropolitan Museum. Aristoteles wurde vor einem großflächigen Hintergrund aus rotem Samt präsentiert, nur wenige Schritte von der fast dreieinhalbtausend Jahre alten Sphinx entfernt, deren Fragmente man beim Grabmal der Königin Hatschepsut in Deir el Bahari gefunden und mühsam wieder rekonstruiert hatte. Die Sphinx wurde allerdings kaum beachtet.

Der ganze Tumult und die dichten Reihen von Besuchern, die auf ihn zustürmten, überwältigten Aristoteles.

Er fragte sich, ob die Büste Homers genauso gerührt war und was Rembrandt wohl sagen würde, wenn er ihn jetzt sehen könnte.

Wahrscheinlich würde er denken, daß er ihn viel zu früh verkauft hatte.

Für den Sonntag, an dem das Museum nur vier Stunden offen sein sollte, rechnete man nach Angaben von offizieller Seite mit vielleicht fünfzigtausend Besuchern. Wenn so viele kamen, wäre der Tagesrekord des Museums, das immerhin schon die Mona Lisa und die *Pietà* von Michelangelo gezeigt hatte, um fast siebentausend übertroffen worden.

Tatsächlich kamen dann achtzigtausend!

Schon früh am Morgen bildeten sich vor dem Haupteingang lange Schlangen, und auch vor den drei zusätzlichen Eingängen, von denen einer über den Parkplatz, einer über die 81. und einer über die 83. Straße zugänglich war, standen Tausende von Besuchern. Als der Vierstunden-Tag um war, konnte das Museum bekanntgeben, daß 82629 Besucher dagewesen waren.

Das bedeutet, daß stündlich etwa 20650, in der Minute 344 und in der Sekunde etwas mehr als 5,7 Personen an Aristoteles vorbeimarschiert waren. Selbst wenn die Zahl gelogen ist, bleibt es eine eindrucksvolle Lüge.

Wenn sie im Gänsemarsch gekommen wären, hätten sie ein ziemliches Tempo vorlegen müssen.

Aber sie kamen in Gruppen. Nie standen weniger als achtzehn Personen an der Absperrung vor dem Gemälde, und dahinter wartete ständig eine geduldige Masse von Hunderten weiterer Besucher, die bis zur gegenüberliegenden Wand reichte.

Für Aristoteles waren das die aufregendsten Tage seines bisherigen langen Lebens. Es hatte schon immer Leute gegeben, die von Aristoteles gehört hatten, und es hatte immer schon Leute gegeben, die von Rembrandt gehört hatten, aber daß die beiden sich einmal so nahe gekommen waren, hatte bis zum Tag der Auktion kaum jemand gewußt. Weder zu dieser noch zu irgendeiner anderen seiner Lebzeiten war Aristoteles soviel Verehrung und Neugier entgegengebracht worden.

Manche Männer nahmen ihre Hüte ab, als sie näher kamen, als ob sie die Flagge grüßen wollten, und viele Männer und Frauen legten die Hand aufs Herz, als sie ihm die Ehre erwiesen.

Eine Frau kaute lautstark auf einer Salzbrezel.

Und einer der Herren erklärte mit großer Autorität, es habe zwar eine Menge gekostet, aber jetzt sehe er, daß es das Geld wert sei.

Nur ab und zu mischte sich in den Chor der Lobeshymnen die mißtönende Frage, warum man das Geld nicht ausgegeben habe, um Nahrung für hungrige Familien zu kaufen.

Aristoteles wußte warum.

Hungrige Familien gibt es immer genug. Aber große Gemälde der großen Maler kommen nur höchst selten auf den Markt. Und ein großes Gemälde von Aristoteles war einzigartig auf der Welt.

»Ich habe länger als bei der Mona Lisa anstehen müssen«, sagte eine Mutter zu ihrer Tochter. »Aber es ist auch viel besser.«

»Ich finde, er sieht aus wie Pieter Hooft«, sagte das Mädchen.

Nach einer Woche war Aristoteles der prominenteste Philosoph in New York. Und Rembrandt der berühmteste Maler.

Homer wurde kaum je erwähnt.

Taschenbuchausgaben mit den Werken von Aristoteles erschienen plötzlich auf Bestsellerlisten, und den Verlagen, die mit solcher Nachfrage nicht gerechnet hatten, ging der Bestand aus.

Die Getty Foundation und die MacArthur Foundation beeilten sich zu erklären, daß sie das Bild auch gewollt hätten, wenn es sie schon gegeben hätte.

Dem Schah von Persien, dem Sultan von Brunei und dem Emir von Kuwait hatte es gerade an flüssigen Mitteln gefehlt.

In Washington erklärte ein Sprecher, der Präsident hätte sich bestimmt bemüht, genügend Geld aufzutreiben, um das

Gemälde für das Weiße Haus zu erwerben, wenn irgend jemand in der Regierung davon gewußt hätte, daß es überhaupt zum Verkauf stand.

Es gibt Leute, die sehr viel zu zahlen bereit sind, um das teuerste Gemälde der Welt zu besitzen. Für eins, das weniger kostet, sind sie allerdings längst nicht bereit, entsprechend viel zu bezahlen.

In den ersten sieben Wochen erreichte die Besucherzahl des Museums einen Rekord von 1 079 610 Personen, und es erscheint ziemlich wahrscheinlich, daß nahezu alle wenigstens einen kurzen Blick auf den *Aristoteles* warfen.

Er hatte kaum einen Augenblick Zeit für sich selbst.

Aber in den folgenden Monaten fielen die Besucherzahlen unerbittlich, und prompt fühlte Aristoteles sich vernachlässigt. Er wurde aus der Großen Halle in einen der gewöhnlichen Ausstellungsräume verlegt, den manche Leute betraten, ohne überhaupt zu wissen, wer da vor ihnen hing.

Bald war er trübsinniger als jemals zuvor. Er vermißte die eilige Menschenmenge, die Leute, die mit strahlenden Gesichtern herbeiströmten, um ihn zu sehen. Er vermißte sogar die Gesellschaft der Sphinx aus dem Grabmal der Königin Hatschepsut in Deir el Bahari. Er hing jetzt in einem Saal mit einer Reihe anderer düsterer Rembrandts, die er bald satt hatte. Wie er sich nach einem Spritzer Sonnenlicht, nach den fröhlichen Farben, lachenden Gesichtern und hübschen Frauen auf den Gemälden sehnte, mit denen er an anderen Orten zusammengewesen war! Er hätte nahezu alles für einen Renoir oder einen Picasso bezahlt.

Jedesmal, wenn die Zuschreibung eines der anderen Rembrandts in seinem Saal in Frage gestellt oder ein Gemälde gar als Fälschung entlarvt wurde, begann er um die eigene Echtheit zu zittern. Bei zweien, einem Mann und einer Frau, hatte er selbst vom ersten Tag an Zweifel gehabt und betrachtete sie voller Angst und Feindseligkeit. Sie sahen nicht so aus, wie die Rembrandts, die er gekannt hatte. Er war sich schmerzlich bewußt, daß er inzwischen einige Zentimeter von seiner ursprünglichen Größe eingebüßt hatte, und er wußte, daß manche Experten normale Schrumpfung als Erklärung nicht akzeptierten.

Im Jahre 1987 wurde ein Gemälde mit Sonnenblumen von Vincent van Gogh, in dem das Chromgelb trübe geworden war, für 39,9 Millionen Dollar an eine japanische Versicherungsgesellschaft verkauft, der die Farbveränderung offensichtlich egal war. Hunderte Millionen von Menschen aus aller Welt strömten nicht herbei, um es zu sehen. Im weiteren Verlauf des Jahres 1987 brachte ein anderes Gemälde van Goghs 53,9 Millionen Dollar.

Rembrandts *Aristoteles* war in den Schatten gestellt.

Aristoteles verspürte einen Kloß im Hals. Je länger er darüber nachdachte, desto mehr wünschte er sich, daß er ein van Gogh wäre. Er beneidete die Bilder in der Frick Collection, ein Stück weit die Straße hinunter. Dort war es nicht nur sauberer, sondern das Gebäude der Frick Collection war in sich schon ein Kunstwerk. Dort wäre er in angemessener Gesellschaft von Standesgenossen gewesen, dort gab es einen Tizian und mehrere Goyas, einen Velázquez und verschiedene El Grecos, den *Thomas Morus* von Holbein und, als würdiges Gegenstück zu sich selbst, das großartige Selbstporträt Rembrandts aus dem Jahre 1658, auf dem Rembrandt wie ein Mann aussieht, der dich sofort vor die Tür setzt, wenn er dein Benehmen oder deine Erziehung nicht mag. Jeder wußte, daß es viel schicker war, in der Frick Collection zu hängen. Trotz der scheußlichen Fragonards und des fragwürdigen *Polnischen Reiters* hätte Aristoteles hier bestimmt viel mehr Eindruck gemacht.

Aristoteles gefiel auch die Lage des Frick besser. Es war näher am Zoo.

Um noch einmal auf die Auktion zurückzukommen: Gegen Ende senkte sich plötzlich eine dramatische Stille von etwa zehn Sekunden über den Saal, die so lang wie zehn Stunden erschienen, und alle dachten schon, das Cleveland Museum of Art würde bei einem Gebot von 2250000 Dollar den Zuschlag für das Gemälde erhalten.

Die Frau eines der Treuhänder vom Metropolitan fürchtete plötzlich, Mr. Rorimer sei vielleicht eingeschlafen, und wollte schon ihrem Mann zurufen, er sollte noch einmal 100000 Dollar drauflegen.

Aber Mr. Rorimer schlief nicht. Mit zuvor vereinbarten Signalen bot er insgeheim weiter: Er rückte seinen Kragen zurecht, drehte die Augen nach rechts und erhöhte das letzte Angebot damit um noch einmal 50000 Dollar.

Der Kunsthändler, der im Auftrag von Cleveland geboten hatte, konnte nicht weitergehen. Er hatte sein Limit erreicht.

Andere Bewerber gab es nicht mehr.

Das Metropolitan hatte das Bild.

Der neunundsechzigjährige Experte, der das Cleveland Museum vertrat, hatte schon Monate vorher gesagt, daß ein Gebot von 1500000 Dollar keine Chance haben würde, ein Gebot von weniger als 2000000 Dollar eine sehr geringe, eins von 2000000 Dollar allenfalls eine Außenseiterchance besäße und erst 2250000 Dollar ein respektables Gebot seien – aber vielleicht würde das Bild auch für noch mehr verkauft werden.

Er war so genau wie die meisten Orakel.

Wieviel höher es noch gegangen wäre, wollte das Metropolitan Museum nicht sagen.

Das dritthöchste Gebot betrug 1950000 Dollar. Es kam, wie sich später herausstellte, vom Carnegie Institute of Fine Arts in Pittsburgh, das von Mrs. Sarah Mellon Scaife unterstützt wurde, die private Mittel in Höhe von etwas mehr als 2000000 Dollar für den Erwerb des Rembrandt ausgesetzt hatte.

Als schmalen Trost für den Verlust des Rembrandt durften die Pittsburgher dann für 145000 Dollar den *Mann mit dem Hering* nach Hause mitnehmen.

Das vierthöchste Gebot gab ein deutschstämmiger Adliger aus der Schweiz ab.

1972 änderte das Metropolitan Museum ohne alles Aufsehen den Namen des Gemäldes. Es sollte künftig *Aristoteles mit einer Büste Homers* heißen. Die Namensänderung wurde aber erst 1980 durch die Änderung des Namensschildchens dokumentiert, und seither ist *Aristoteles bei der Betrachtung der Büste Homers* in Gefahr, denselben Weg zu gehen wie Rembrandts *Porträt des Pieter Hooft* und das *Porträt des Dichters Vergil.* Wenn sie je zusammenkommen würden, und gemeinsam ausgestellt werden könnten, würde diese Dreieinigkeit unsichtbarer Meisterwerke von Rembrandt einen unbezahlbaren, unnachahmlichen Schatz bilden.

Schon wenige Tage nach der Auktion sah Mr. Rorimer sich genötigt, an einem Leitartikel der *New York Times* Anstoß zu nehmen, der auf die Vulgarität der Veranstaltung hinwies. Das Blatt hatte wegen des hohen Preises von einem »anhaltenden Gefühl des Unbehagens, ja des Widerwillens« gesprochen und gefragt, ob man das Geld nicht hätte besser anlegen können. Mr. Rorimer verteidigte das Museum gegenüber der Presse mit der Erklärung, die Kosten spielten gar keine Rolle.

»Geld ist doch schließlich nicht mehr als ein Tauschmittel.«

Verschiedene aufrichtige Leute, die sich in der Nähe des Gemäldes aufhielten, behaupteten später, daß Aristoteles an dieser Stelle hörbar geschnaubt habe.

XVI.
Letzte Worte

33

Wie der Prozeß des Sokrates ausgehen würde, war von Anfang an klar. Es war eines jener Ereignisse, bei denen das Ende von Anfang an feststeht und bei denen das Ergebnis alles erst auslöst. Wie Anytos den Athenern gleich sagte, als er die Todesstrafe verlangte: Wenn er nicht schuldig sei, hätten sie Sokrates gar nicht erst vor Gericht stellen sollen, und wenn sie ihn nicht hinrichten wollten, sollten sie ihn nicht für schuldig befinden.

Es würde kein Happy-End geben.

Alle guten Tragödien haben ein Happy-End.

Was wäre geschehen, wenn Jesus nicht gekreuzigt worden wäre?

Sokrates bekam einen fairen Prozeß. Es gab keine gefälschten Beweise und keine Falschaussagen von Zeugen. Es gab überhaupt keine Zeugen und auch keine Beweise. Allen in der Jury war das bewußt. Es gehörte zu den Glücksumständen des demokratischen Prozeßrechts, an dessen Wiederherstellung Anytos mitgewirkt hatte, daß Beschuldigungen gegen Personen nicht mehr beweispflichtig waren. Sie mußten bloß glaubwürdig sein. Die Prozeßordnung wurde beachtet. Die Entscheidung war rechtmäßig.

Auch Sokrates beschwerte sich nicht.

Die schwungvolle Rede, die ihm ein Freund mit beachtlichen rhetorischen Fähigkeiten und großer Prozeßerfahrung geschrieben hatte, mochte Sokrates nicht vortragen. Sie wäre ihm zu juristisch und zu wenig philosophisch erschienen. Seine

Umgebung war besorgt, ob seine Verteidigung auch ausreichend sein würde.

»Wißt ihr denn nicht, daß ich mein ganzes Leben damit verbracht habe, meine Verteidigung vorzubereiten?« fragte er. »Ich habe stets getan, was gut, und vermieden, was schlecht war, und mich bemüht, die Menschen zu bessern. Glaubt ihr nicht, daß ich damit die beste Verteidigung vorbereitet habe?«

»Das wird nicht genügen«, warnte ihn sein Freund Hermogenes. »Begreifst du denn nicht, Sokrates, daß unsere Gerichte sich gern durch Reden irreführen lassen, die Unschuldigen hinrichten und die Schuldigen freisprechen?«

»Findest du es so merkwürdig«, fragte Sokrates fröhlich, »wenn Gott mich lieber jetzt als später sterben läßt?«

»Glaubst du, daß es Gott ist, der dich vor Gericht stellt?«

»Glaubst du, das macht für mich einen Unterschied? Bis zum heutigen Tag, Hermogenes, würde ich nicht zugeben, daß irgend jemand ein besseres oder angenehmeres Leben geführt hat als ich. Wenn ich ungerecht sterben sollte, ist es die Schande derer, die mich töten. Worin sollte für mich die Schande bestehen, wenn andere beschließen, mich ungerecht zu behandeln?«

Lykon der Redner rieb sich voller Bosheit die Hände. »Ich wußte doch, daß der alte Narr zuviel Charakter hat, um sich die Rede von einem anderen schreiben zu lassen.«

Auch Meletos war bester Laune. »Er wird versuchen, vernünftig mit den fünfhundert Richtern zu reden. Sie werden unruhig und wütend werden, wenn er sie nicht zu unterhalten versteht.«

Beide wußten genau, was sie sagen mußten, um Sokrates' Glaubwürdigkeit gleich von Anfang an zu unterminieren.

»Von allen Lügen, die sie vorgebracht haben«, sagte Sokrates, als seine Ankläger ausgeredet hatten, »hat mich eine besonders erstaunt. Und zwar die Behauptung, daß ihr euch vorsehen müßtet, damit ich euch nicht täusche – so als sei ich ein geübter Redner. Das war eine besondere Unverschämtheit von ihnen, denn sie mußten ja wissen, daß sehr bald klarwerden würde, daß ich nicht die geringsten Fähigkeiten als Redner besitze – es sei denn, natürlich, sie nennen denjenigen einen gefährlichen Redner, der sich auf die Wahrheit verläßt. Wenn sie das meinen, bin ich tatsächlich ein Meister der Rede – allerdings nicht nach ihren Begriffen.«

Anytos war der bei weitem ernsthafteste und nüchternste der drei Ankläger, und er brachte Sokrates nicht bloß aus Spaß, sondern aus Prinzip vor Gericht, was viel übler und gefährlicher war. Die Geschichte lehrt, daß von Männern, die von moralischen Gewißheiten motiviert werden, nie etwas dauerhaft Gutes ausgeht.

Zu Beginn der Herrschaft der Dreißig Tyrannen war Anytos ein zufriedener Anhänger des gemäßigten Faschisten Theramenes gewesen, aber dann wurde Theramenes von dem viel besseren Faschisten Kritias liquidiert. Bis dahin war ihm nie eingefallen, daß er auch einmal liquidiert werden könnte.

In der Demokratie, an deren Wiedererrichtung er mitgewirkt hatte, galt er als einer der Führer der moralischen Mehrheit, die eine Rückkehr zu den traditionellen athenischen Werten verlangte, unter denen die Tugenden der Familie ganz obenan standen, obwohl er nicht zu sagen vermocht hätte, worin diese Tugenden im einzelnen bestanden und wann sie jemals geherrscht hätten.

»Da geht ein Mann«, sagte Sokrates zu Freunden über Anytos, als er nach dem Prozeß darauf wartete, daß die Vertreter der Elf ihn ins Gefängnis brachten, »der glaubt, etwas Großes und Edles vollbracht zu haben, indem er mich zum Tode verurteilen ließ, bloß weil ich gewagt habe, ihn darauf hinzuweisen, daß er die Ausbildung seines Sohnes nicht auf das Gerben von Häuten beschränken sollte, nachdem ihn der Staat mit so vielen hohen Ämtern geehrt hat.«

»Am schwersten ist zu ertragen«, rief Apollodoros, als

sich einige der Elfmänner mit Handfesseln näherten, »daß du zu Tode gebracht werden sollst, obwohl du es gar nicht verdienst.«

»Wäre es dir denn lieber, wenn ich hingerichtet würde, weil ich es verdiene?« fragte Sokrates und streckte den Männern mit den Ketten die Handgelenke entgegen.

Die gefürchteten athenischen elf Männer, die das Gefängnis verwalteten und die Hinrichtungen durchführten, waren Sklaven, die der Regierung gehörten.

Nach der Verfassung der Stadt Athen waren die freie Rede und die Gedankenfreiheit heilig, unbegrenzt und unwiderruflich. Wenn man sie aber ausübte, konnte man dafür hingerichtet oder in den finanziellen Ruin getrieben werden.

»Soll denn in unserer freien, demokratischen Gesellschaft nie jemand einen unorthodoxen Gedanken aussprechen dürfen?« fragte Sokrates während der Verhöre vor dem Prozeß.

»Doch natürlich«, erwiderte Anytos sofort. »Die Redefreiheit ist garantiert. In Athen darf man jeden unorthodoxen Gedanken aussprechen, vorausgesetzt, es ist ein orthodoxer unorthodoxer Gedanke. Man kann für die Demokratie sein, oder für die Oligarchie oder für eine Tyrannis, aber sonst nichts und auch nichts dazwischen. Auf jeden Fall muß man *für* etwas sein. Man kann für den Frieden oder für Krieg sein, aber sonst nichts, und vor allem darf es keine langen Diskussionen geben, die diese einfachen Dinge verwischen.«

Von den anderen Mitgliedern der Kommission kamen leiser Applaus und gemurmelte Zustimmung. »Du selbst hast gesagt, Sokrates, oder zumindest wird es so berichtet, daß du Homer, Hesiod und andere Dichter, Musiker und Künstler wegen der schädlichen Wirkungen auf die Gefühle, Gedanken und Willenskraft ihres Publikums aus deinem idealen Staat vertreiben oder ihre Arbeit zumindest stark einschränken würdest.«

»Solange wir meine ideale Republik nicht haben«, sagte Sokrates, »würde ich sie behalten.«

»Was wir nicht zulassen können«, sagte Anytos offen, »sind Zynismus, Skeptizismus, Geheimwissenschaften, Gottlosigkeit, Verschwörungen, Abtreibungen und Opposition, List, Täuschung und das Vorbringen falscher Beweise. Wie willst du dich verteidigen, wenn wir dich beschuldigen, gottlos zu sein, die vom Staat anerkannten Götter nicht anzuerkennen und an fremde Götter zu glauben?«

»Ich werde euch bitten, mir die Namen der Götter zu nennen, und dann werde ich euch bitten, mir zu erklären, wie ich an diese Götter glauben und dabei gottlos sein kann.«

»Ich sehe schon, du bist feinsinnig und zynisch. Und was wirst du sagen, wenn wir dich beschuldigen, daß du die Jugend verdirbst?«

»Ich werde euch bitten, die Leute, die ich angeblich verdorben habe, zu nennen und dem Gericht vorzuführen.«

»Und das«, sagte Anytos, »sind genau die Haarspaltereien und falschen Beweisführungen, die der Staat von Athen nicht länger hinnehmen wird.«

Beim Prozeß selbst sagte Sokrates dann: »Wenn es denn eine Tatsache wäre, daß ich die Jugend verderbe oder schon früher verdorben habe, dann müßten doch einige von ihnen heute erkennen, daß ich ihnen Schlechtes geraten habe, und vortreten und auf diese Weise Vergeltung an mir üben; es sei denn, ich hätte sie so verdorben, daß sie gar nicht merken, daß ich ihnen geschadet habe. Aber wenn sie es nicht selbst tun, dann würde man doch zumindest erwarten, daß ihre Verwandten sich erinnern, was ihr eigen Fleisch und Blut durch mich für Schaden genommen hat. Es haben ja heute auch tatsächlich viele Väter und Brüder und andere Verwandte meiner Schüler den Weg zu diesem Gerichtshof gefunden. Da ist Adeimantos, der Sohn des Ariston, dessen Bruder Platon hier anwesend ist; und Aiantodoros, den Bruder des ebenfalls anwesenden Apollodoros, sehe ich auch hier. Ihr alle kennt Chairephon, meinen Freund von Jugend auf, er ist ein guter Demokrat, der beim

Sturz der Tyrannen genauso mitgeholfen hat wie jeder von euch. Chairephon ist tot, aber sein Bruder ist hier. Ich sehe noch viel mehr, die Meletos in seiner Rede hätte als Zeugen anrufen können. Wenn er das einfach vergessen hat, dann soll er das jetzt nachholen – ich mache ihm gerne Platz. Er möge bitte sagen, ob er jemanden hat, der gegen mich aussagen will.« Sokrates machte eine höfliche Pause, als wolle er tatsächlich das Podium für seinen Ankläger räumen.

Meletos, den Platon als einen knochigen Mann mit einer Hakennase und einem kümmerlichen Bart beschreibt, blieb stumm in seiner Ecke. Wütend verzog er das Gesicht, benannte aber keinen Zeugen.

»Nein, ganz im Gegenteil, Athener«, fuhr Sokrates fort, »ihr werdet feststellen, daß alle, die ich genannt habe, zu meinen Gunsten aussagen würden – zu Gunsten des Verderbers, des Schädigers, der angeblich der böse Geist ihrer nächsten und liebsten Verwandten gewesen sein soll, wie Meletos und Anytos behaupten. Was könnten die älteren, reifen Männer für einen Grund haben, mir zu helfen, als den einzig wahren und gerechten, daß ich die Wahrheit sage und Meletos lügt, wie sie genau wissen?«

Erst gegen Ende seiner Verteidigungsrede machte Sokrates die Geschworenen auf einen Umstand aufmerksam, den sie gewiß ohnehin schon bemerkt hatten: Obwohl er drei Söhne hatte, von denen einer fast schon erwachsen, die anderen aber noch klein waren, hatte er darauf verzichtet, seine Kinder mitzubringen, um auf diese Weise das Mitleid der Geschworenen zu wecken.

»Ein solches Verhalten«, erklärte Sokrates, »wäre eine Schande für mich und für euch und für die Stadt. Einer, der schon so alt geworden ist wie ich, sollte sich nicht zu solchen Methoden herablassen, erst recht nicht, wenn er, zu Recht oder Unrecht, einen solchen Ruf hat wie ich. Es heißt ja, daß ich anders als alle anderen sei. Wenn irgendeiner von uns, der sich durch Weisheit, Mut oder eine andere Tugend auszeichnet, sich so verhalten würde, wäre das eine Schande. Ich habe allerdings schon beobachten können, daß sich auch Männer von großem Ansehen äußerst merkwürdig aufführten, wenn sie hier vor Gericht standen: Sie schienen sich einzubilden, daß ihnen etwas Schreckliches widerfahren würde, wenn sie sterben müßten, oder daß sie unsterblich wären, wenn ihr sie am Leben ließet.«

Wenn die Geschworenen auch nur die mindeste Achtung vor ihrem Amt und Respekt für die Stadt hätten, müßten sie ein für allemal klarstellen, daß jeder, der solche mitleidheischenden Auftritte inszeniere, nur desto sicherer verurteilt würde.

»Es scheint mir nicht richtig, daß man einen Richter um seine Gunst anfleht, um freigesprochen zu werden, statt zu überzeugen und zu beweisen. Denn Richter sind nicht eingesetzt, um das Recht als Gunst zu erweisen, sondern um darüber zu urteilen, wo das Recht liegt; jeder Richter hat einen Eid geschworen, sein Amt nach dem Gesetz auszuüben und nicht nach seinem Belieben. Deshalb dürfen wir Angeklagten euch nicht zum Meineid verleiten – das wäre nicht recht getan. Erwartet also bitte nicht von mir, ihr Männer von Athen, daß ich euch, um mein Leben zu retten, etwas zumute, was ich für unehrenhaft halte – vor allem jetzt nicht, da ich von Meletos der Gottlosigkeit angeklagt bin. Wenn ich euch mit meinen Bitten veranlassen würde, gegen euren Eid zu handeln, würde ich euch ja lehren, die Religion zu mißachten, und mit einer solchen Verteidigung geradezu beweisen, daß ich nicht an die Götter glaube. Doch davon bin ich weit entfernt. Ich habe einen festeren Glauben, ihr Männer von Athen, als jeder meiner Ankläger. Und ich stelle es euch und Gott anheim, meinen Fall so zu entscheiden, wie es das Beste ist, für mich und für euch.«

Zum Entsetzen von Platon, Kriton, Kritobolos und Apollodoros verzichtete Sokrates völlig darauf, demütig und versöhnlich um sein Leben zu bitten. Die Geschworenen, die es gewohnt waren, im Austausch für die Milde, die zu üben sie durchaus bereit waren, von den Angeklagten mit flehentlichen Bitten bestürmt zu werden, gingen bei Sokrates leer aus.

Mit bemerkenswertem Gleichmut, schreibt Platon, nahm er das Todesurteil entgegen.

Es gab viele Gründe, sagte er, warum er über den Urteilsspruch nicht betrübt war. Der Tod war ihm gleichgültig. Er hatte sein Leben schon früher aufs Spiel gesetzt: im Krieg; in der demokratischen Volksversammlung, als er sich weigerte, den Antrag zur Abstimmung zu stellen, daß nach der Schlacht bei den Arginusen die Heerführer pauschal verurteilt werden sollten; und schließlich auch unter der Herrschaft der Dreißig Tyrannen, als er sich weigerte, Leon von Salamis zu verhaften.

Für diejenigen, die ihn verurteilt hatten, hielt er einige prophetische Worte bereit: »Ihr habt mein Leben nicht sehr verkürzt, ihr Männer von Athen, trotzdem werden euch die Kritiker unserer Stadt bald vorwerfen, ihr hättet Sokrates, einen weisen Mann, umgebracht. Denn daß ich weise bin, werden sie sicher sagen, auch wenn ich es nicht bin, allein schon, um euch zu tadeln. Ich stehe an der Schwelle des Todes, und in dieser Stunde ist man oft mit prophetischen Fähigkeiten begabt, und so will ich euch, die ihr mich dem Tod überantwortet, folgendes sagen: Auf euch wartet unmittelbar nach meinem Hinscheiden eine viel härtere Strafe. Ihr habt mich getötet, um einem Ankläger zu entgehen und nicht immer wieder wegen eurer Lebensführung zur Rede gestellt zu werden. Aber ihr habt euch verrechnet. Denn ich sage euch, es werden immer mehr solcher Ankläger auftreten, und da sie jünger sind, werden sie rücksichtsloser sein. Wenn ihr glaubt, ihr könntet verhindern, daß man euch nach eurem falschen Leben fragt, indem ihr mich tötet, dann habt ihr euch gründlich geirrt.«

Für diejenigen, die dafür gestimmt hatten, daß man ihn

freisprach, hielt Sokrates einige tröstende Worte bereit: »Freunde, solange die Beamten noch mit anderem beschäftigt sind und ich noch nicht dorthin gehen muß, wo ich sterben soll, möchte ich euch noch etwas erzählen. Bleibt also bitte noch, denn wir sollten die Zeit nutzen, um miteinander zu reden.«

Er berichtete ihnen, daß die weissagende göttliche Stimme, die ihn ständig begleite und ihm oft auch von scheinbar unwichtigen Dingen abgeraten habe, heute morgen, als er sich zum Gerichtshof begab, geschwiegen und während seiner gesamten Rede keinen Einwand erhoben habe. Daraus zog er den Schluß, daß das, was ihm jetzt widerfahre, etwas Gutes sei. Es sei ein Irrtum zu glauben, der Tod sei etwas Schlechtes.

Der Tod sei wahrscheinlich eine Art traumloser Schlaf. »Wäre das nicht ein schöner Gewinn? Versucht euch an eine Nacht zu erinnern, die so ruhig war, daß euer Schlaf nicht einmal von Träumen gestört wurde, und dann überlegt euch, wieviele Tage oder Nächte eures Lebens besser und angenehmer gewesen sind! Ich glaube, daß nicht nur jeder x-beliebige Privatmann, sondern sogar der persische Großkönig zugeben müßte, daß es davon nur wenige gab.«

Und wenn der Tod kein traumloser Schlaf wäre, den sogar der Großkönig zu schätzen wüßte, dann war er vielleicht, wie manche sagen, eine Reise in eine andere Welt.

»Wenn der Tod eine Reise an einen Ort ist, wo die Toten wohnen, was wäre dann besser als diese Reise, meine Freunde und Richter? Was würde nicht jeder von uns dafür geben, mit Orpheus, Hesiod und Homer plaudern zu können? Wenn das wahr wäre, wäre ich bereit, wieder und wieder zu sterben. Es wäre wunderbar für mich, Palamedes dort zu treffen, und Ajas den Telamonier und viele andere, die in der Vorzeit durch ein ungerechtes Urteil ums Leben gekommen sind. Und es wäre bestimmt ein Vergnügen, mein Schicksal mit dem ihren zu vergleichen. Was würde man nicht dafür geben, ihr Richter, wenn man Agamemnon, den Führer des großen Feldzugs nach Troja, oder Odysseus oder Sisyphos befragen könnte? In jener anderen Welt wird man ja wohl nicht dafür hingerichtet, daß man den Leuten Fragen stellt, denn abgesehen davon, daß man dort glücklicher ist, sind die Leute dort auch unsterblich, vorausgesetzt, es ist wahr, was man sich erzählt. Deshalb, ihr Richter, seid guten Mutes wegen des Todes.«

Und aus diesem Grunde, sagte er, sei er auch denjenigen nicht wirklich böse, die ihn verurteilt hatten.

»Sie haben mir nichts Böses getan, auch wenn sie mir nichts Gutes tun wollten, wofür ich sie allerdings tadeln muß. Und jetzt gehen wir unserer getrennten Wege: ich, um zu sterben, und ihr, um zu leben. Was besser ist, weiß nur Gott.«

Zuvor schon hatte er den trauernden Freunden folgenden Trost angeboten: »Gottes Gesetz läßt es nicht zu, daß ein guter Mensch von einem schlechten zu Schanden gemacht wird. Wisset als Sicherheit, daß einem guten Menschen weder im Leben noch nach dem Tode etwas Böses geschehen kann.«

Damit verblüffte er sie denn doch.

Und Aristoteles im Exil ebenfalls.

Folgte daraus etwa, fragte sich Aristoteles, der sich wieder einmal nicht wohlfühlte, daß auch einem schlechten Menschen nichts Schlechtes widerfahren konnte, da ja offensichtlich allen so ziemlich dasselbe passierte?

Er beschloß, darüber lieber nicht nachzudenken.

Aristoteles hatte in seinem letzten Lebensjahr im Exil ziemlich viel Zeit, sich ziemlich viele Dinge zu fragen, während er sein Testament vorbereitete. Für einen guten Menschen hielt er sich durchaus; und doch hatten ihm die Athener einiges Schlechte angetan. So hatten sie ihn zum Beispiel sechsundsiebzig Jahre nach der Hinrichtung des Sokrates wegen Gottlosigkeit aus demselben Grund den Prozeß machen wollen. Seit er hatte fliehen müssen, waren sein Museum und seine Bibliothek verwaist. Er betrauerte ihren Verlust. Die Schwierigkeiten mit seinen Eingeweiden wurden auch immer schlimmer. Er wußte nicht, daß er Blut im Stuhl hatte. Als er Rembrandts Gemälde mit Röntgenstrahlen untersuchte, stellte der Kunsthistoriker Dr. Abraham Bredius, der dem Bild den heutigen Namen gab, eindeutig fest, daß Aristoteles ein Lebergeschwür hatte. Überdies entdeckte er noch einen rechtsseitigen Darmkrebs. Der unsterbliche Aristoteles war auch nur ein Mensch.

34

Der Prozeß des Asklepios weckte erhebliche Neugier. Die Leute hatten nicht erwartet, daß sie über diesen mäßig betuchten Lederhändler jemals soviel würden nachdenken müssen. Sein äußeres Leben war von unauffälliger Angepaßtheit. Soweit die Nachbarn das beurteilen konnten, war er ein vorbildlicher Bürger, der allen Konventionen gehorchte und die Mythologie der Vergangenheit genauso für bare Münze nahm wie das Brauchtum der Gegenwart. Es war für andere genauso unbegreiflich wie für ihn selbst, daß Sokrates seinen Namen auf so belastende Weise ins Spiel gebracht hatte.

Asklepios leugnete nicht zu wissen, daß Sokrates ein Philosoph genannt wurde. Was ein Philosoph sei, wußte er allerdings nicht genauer zu sagen. Daß er nie ein Verbrechen begangen habe, vermochte er nicht zu beweisen. Eine Durchsuchung seines Hauses und seiner Geschäftsräume erbrachte keinerlei Hinweise.

Es war alles verdächtig harmlos.

Bestand tatsächlich die vage Möglichkeit, daß er nicht log?

In der Öffentlichkeit hatte man die beiden nie zusammen gesehen.

Auch das war bedenklich.

Der Gefängniswärter bezeugte, daß Sokrates am Ende seines Lebens gesagt habe, er schulde dem Asklepios einen Hahn. Asklepios leugnete nicht, daß er gemeint sein könnte.

Was die Sache für Asklepios noch schlimmer machte, war die Tatsache, daß Sokrates, seit er tot war, bei jedermann als ehrenwerter, mutiger Mann galt, der auch um sein Leben zu retten, niemals eine Lüge gesagt hätte.

»Ich weiß nicht, warum er das gesagt hat«, wiederholte Asklepios beim Verhör durch den Untersuchungsrichter. »Ich kann nur annehmen, daß er jemand anderes gemeint hat.«

Außer ihm und dem Gott der Medizin gab es aber niemanden mit diesem Namen.

»Versetz dich doch mal in unsere Lage«, sagte Anytos. »›Kriton, ich schulde dem Asklepios einen Hahn.‹ Sag mal ehrlich, was würdest du annehmen? Daß ein Mann auf dem Totenbett lügt? Ist es nicht viel wahrscheinlicher, daß du lügst, um dein Leben zu retten?«

Asklepios begann sich zu fragen, ob er nicht vielleicht wirklich etwas verheimlichte.

Aber was?

Er grübelte verzweifelt darüber nach.

Den nüchternen Untersuchungsrichtern der Stadt Athen erschien es völlig undenkbar, daß ein Mann bei seinem letzten Atemzug einen Scherz machen könnte. Warum sollte Sokrates sagen, daß er dem Asklepios einen Hahn schulde, wenn das nicht der Fall war?

»Kannst du uns das erklären?«

»Ich weiß es nicht«, sagte Asklepios verzweifelt. Und dann sprach er unwissentlich die Worte, die seine Verurteilung endgültig besiegelten: »Alles was ich weiß, ist, daß ich nichts weiß.«

Das waren fast genau die Worte, die Sokrates vor ein paar Wochen auch gesagt hatte!

Ja, der Satz klang schon irgendwie vertraut, sagte er. Nein, er habe keinerlei Geschäfte mit Sokrates gehabt.

Warum habe er dann mit einem Mann, der bekanntlich völlig mittellos war, verschlüsselte Botschaften ausgetauscht, beziehungsweise ihm einen Hahn geliehen?

Als Asklepios beides unter Eid bestritt, wurde er noch zusätzlich des Meineids beschuldigt. Und weil ihn sein Vater, der Arzt gewesen war, auf den Namen eines Gottes getauft hatte, ohne daß er je eine Namensänderung beantragt hätte, kam noch Gotteslästerung hinzu.

Im Gegensatz zu Sokrates, der sich selbst verteidigt hatte, bestellte Asklepios einen bekannten Redenschreiber, der eine brillante Verteidigungsrede für ihn schrieb. Asklepios trug diese auch vor, aber sie klang nicht im mindesten so, als ob sie etwas mit ihm oder sonst irgend jemand zu tun hätte.

Im Gegensatz zu Sokrates brachte er zur Hauptverhandlung seine Frau, seine Kinder, seine Eltern, Schwiegereltern und ein paar alte Sklaven mit, um das Mitleid der Geschworenen zu wecken und ihnen einen Freispruch oder eine geringe Strafe zu entlocken.

Mit lauten Pfuirufen wurde er niedergebrüllt. Es wurden sogar Salatköpfe nach ihm geworfen. Nur allzu frisch war den Geschworenen im Gedächtnis, wie tapfer Sokrates auf all diese Tricks verzichtet hatte und wie scharf er sie kritisiert hatte.

Der Schuldspruch gegen Asklepios erfolgte mit so heftigem Beifallsgebrüll, daß auch von denen, die vielleicht anderer Meinung gewesen wären, keiner mehr das nachfolgende Schweigen zu brechen wagte, als nach den Gegenstimmen gefragt wurde.

Der Beschluß wurde als einstimmig protokolliert. Es gab keinen Widerspruch gegen die Todesstrafe.

Athenische Urteile wurden meist schnell vollzogen. Bereits bei Sonnenuntergang des nächsten Tages sollte Asklepios den Giftbecher trinken. Dennoch fand Anytos noch Gelegenheit, ihn im Gefängnis zu besuchen und für sein jämmerliches Verhalten vor Gericht gehörig zu tadeln. Er solle sich wenigstens im Angesicht des Todes so mannhaft betragen wie Sokrates dies getan habe.

»Es war eine Ehre«, sagte Anytos mit finsterem Stolz, »einen Mann wie Sokrates hinzurichten.«

Als die Wärter auf einem silbernen Tablett den Schierlingsbecher hereintrugen, stellte Asklepios nur eine einzige Frage.

»Was würdet ihr machen, wenn ich mich weigere zu trinken?«

Die Verfahrensweise wurde im Strafgesetz genau beschrieben. »Wir öffnen dir die Kiefer mit Gewalt und gießen dir das Zeug in die Kehle. Die Erfahrung lehrt, daß der Mensch lieber Gift schluckt als zu ersticken. Dann schneiden wir dir den Kopf ab und kreuzigen dich, wenn es die Bürger so wollen.«

Asklepios wählte die einfachere Lösung.

Während ihn das Gift überwältigte, machte er nur noch eine einzige Aussage. Demütig gestand er, daß er von der Gerechtigkeit der Todesstrafe nicht mehr ganz überzeugt sei.

Er sei eine Schande für das Lederhandwerk, erklärte Anytos.

Der Komödiendichter Aristophanes sagte zu Freunden, es sei wirklich schade, daß Asklepios auf dem Totenbett nicht behauptet habe, er schulde dem Anytos einen Hahn.

35

Die Hinrichtung des Sokrates mußte einen Monat lang aufgeschoben werden, weil sein Prozeß mit einem hohen Feiertag zur Erinnerung an den Sieg des Theseus über den kretischen Minotauros zusammenfiel, der die Athener von der Verpflichtung befreit hatte, jedes Jahr sieben Jünglinge und sieben Jungfrauen opfern zu müssen. Zur alljährlichen Erinnerung wurde dem Gelübde des Theseus entsprechend im griechischen Monat Thargelion, unserem heutigen Monat Mai, eine Staatsgaleere mit Girlanden nach Delos geschickt, der Insel Apolls. Zum Dank dafür, daß ihnen seither so viele Menschenopfer erspart worden waren, fanden in der geläuterten Stadt keine Hinrichtungen statt, solange das Schiff unterwegs war.

Sokrates sollte getötet werden, wenn das Schiff zurückkehrte.

Der Gefängniswärter war freundlich. Er legte Sokrates die Fußeisen nur nachts an.

Seine Freunde waren der Ansicht, Sokrates solle fliehen.

Sokrates erwachte eines Morgens noch vor Tagesanbruch und fand seinen alten Freund Kriton bei sich in der Zelle auf einem Stuhl sitzend. Es war noch ganz dunkel, nur eine kleine Öllampe gab etwas Licht. Sokrates war überrascht. Kriton war den Wärtern inzwischen schon so vertraut, daß sie ihn ohne große Diskussion einließen. Außerdem, sagte er, habe er sich den Wärter mit einem freundlichen Geschenk verpflichtet.

»Warum hast du dann so still dagesessen, anstatt mich zu wecken?« fragte Sokrates.

»Du hast so schön geschlafen – ich hätte dich um alles in der Welt nicht aufwecken mögen. Ich wünschte nur, ich wäre selbst nicht so ruhelos und deprimiert.« Kriton runzelte die Stirn. »Ich habe dich schon immer um dein heiteres Gemüt beneidet. Aber jetzt staune ich doch, wenn ich sehe, wie gelassen du dich mit deinem Schicksal abfindest.«

Sokrates lächelte. »Wirklich, Kriton, es wäre doch ziemlich sonderbar, gegen das Herannahen des Todes zu protestieren, wenn man erst einmal so alt geworden ist wie ich.«

Andere Leute seines Alters, sagte Kriton, beschwerten sich aber bitterlich, wenn sie ein solches Schicksal erwarte. In diesem Augenblick kam der Wärter, der die Stimmen gehört hatte. Verlegen nahm er dem Gefangenen die Ketten ab. Sokrates massierte sich die Gelenke. Der Wärter schien sich zu schämen.

»Gibt es Neuigkeiten?« fragte Sokrates. »Hast du neue Befehle für mich?«

»Befehle habe ich«, sagte der Wärter mit gedämpfter Stimme und starrte zu Boden.

»Und wie lauten sie?«

»Ich habe Befehl«, sagte der Wärter, »nicht hinzusehen, wenn du aus dem Gefängnis zu fliehen versuchst und dich zu dem Boot begibst, das dich, wie jedermann weiß, schon seit Tagen im Hafen erwartet.«

»Und wenn ich nicht zu fliehen versuche?«

»Dann soll ich dir sagen, daß in Piräus ein Boot bereitliegt und daß wir alle Befehl haben, nicht hinzusehen, wenn du zu fliehen versuchst.«

»Das ist ein rechtschaffender Bursche«, sagte Sokrates zu Kriton, als sich der Wärter wieder entfernt hatte. »Hast du bemerkt, daß sich seine Augen jedesmal mit Tränen füllen, wenn er mich ansieht? Armer Kerl.«

»Sokrates, du mußt dich entschließen«, sagte Kriton scharf. »Du hast gehört, was er gesagt hat und was ich gesagt habe. Die Sache muß aber noch heute nacht durchgeführt werden, sonst ist es zu spät.«

»Ist denn das Schiff aus Delos schon da?«

»Es gibt Berichte, daß es heute noch eintreffen wird. Wenn du dich nicht entscheidest, Sokrates, dann ist morgen der letzte Tag deines Lebens.«

»Nun, wenn es so ist, Kriton, wenn die Götter es wünschen, dann wird es wohl gut sein.«

»Du willst also heute nacht nicht mitkommen?«

»Nein. Außerdem bleibt mir noch ein weiterer Tag, denn das Schiff kommt erst morgen. Trifft es zu, daß ich am darauffolgenden Tag sterben soll?«

»So haben es die Behörden bestimmt.«

»Ich glaube nicht, daß das Schiff vor morgen hier eintrifft. Ich hatte nämlich einen Traum.«

Der Traum war Kriton egal. Und der zusätzliche Tag machte auch keinen Unterschied mehr.

»Die Bedeutung deines Traums ist sicher ganz klar. Trotzdem, mein geliebter Sokrates, bitte folge mir jetzt und flüchte, solange es noch nicht zu spät ist. Dein Tod wäre gleich ein doppeltes Unglück für mich und deine anderen Freunde. Wenn du stirbst, verlieren wir nicht nur einen unersetzlichen Freund, sondern die Leute werden auch glauben, wir wären zu geizig gewesen, um dir zur Flucht zu verhelfen.«

»Aber mein bester Kriton«, sagte Sokrates, als er sah, wie sein Freund sich erregte, »warum sollten wir auf die Meinung der Leute achten? Die guten Menschen, und das sind doch die einzigen, die wirklich zählen, werden wissen, wie es sich zugetragen hat.«

»Aber das rettet dich nicht«, sagte Kriton. »Bitte sag mir doch, Sokrates, ist es womöglich Rücksicht auf mich oder deine anderen Freunde, die dich hindert, unser Angebot anzunehmen? Hast du Angst, wir könnten angezeigt werden, weil wir dich entführt haben? Hast du Angst, wir könnten unser Eigentum verlieren oder gar eine noch schlimmere Strafe erdulden müssen? Wenn das so wäre, dann mach dir bitte deswegen keine Sorgen, denn um dich zu retten wäre uns jedes Risiko recht. Laß dich überzeugen und tu, was ich sage!«

»Ja, Kriton, diese Befürchtung habe ich tatsächlich. Aber es gibt noch andere Gründe.«

»Laß mich diese Befürchtung zerstreuen«, sagte Kriton. »Es gibt Personen, die dich aus dem Gefängnis und aus der Stadt herausbringen würden, ohne daß es viel kostet. Und die Spitzel der Behörden sind mit kleinen Summen ohne Mühe zum Schweigen zu bringen. Und wenn du Skrupel hast, mein Geld in Anspruch zu nehmen, es gibt auch Freunde aus anderen Städten, die Geld zur Verfügung stellen würden und als Ausländer nicht in Gefahr sind. Einer von ihnen, Simmias aus Theben, ist extra deswegen mit einer großen Summe nach Athen gekommen. Und Kebes und eine Anzahl anderer stehen genauso bereit. Sie werden die Stadt sofort verlassen, sobald du befreit bist, und außer Gefahr sein. Es ist unser Recht, jedes Risiko einzugehen, um dich zu retten.«

»Alles, was du sagst, steht mir lebhaft vor Augen«, sagte Sokrates ernst, »und noch vieles weitere dazu.«

»Dann nimm meinen Rat an«, sagte Kriton. »Es ist ohnehin eine Schande für dich und für uns, was wir bis jetzt schon alles zugelassen haben. Man wird denken, wir wären feige gewesen. Schon, daß du überhaupt vor Gericht gestellt worden bist, war unnötig. Der Prozeß hätte niemals stattfinden dürfen oder jedenfalls anders verlaufen müssen. Warum hast du Athen nicht schon vorher verlassen? Und dann deine Verteidigung – das war das nächste. Und jetzt dieses Hin und Her – der krönende Abschluß der Farce. Allmählich sieht es so aus, als ob wir dich womöglich aus Leichtsinn, Feigheit und mangelnder Tatkraft tatsächlich verlieren, weil wir zu dumm waren, dich zu retten, solange es einfach war, und weil du es versäumst, dich zu retten, solange noch Zeit ist.«

»Mein lieber Freund«, sagte Sokrates, als Kriton geendet hatte, »ich bin dir sehr dankbar. Dein Eifer ist außerordentlich wertvoll, wenn du recht hast. Wenn du dich aber irrst, dann wächst, je eifriger du bist, die Gefahr.«

»Nun folge meinem Rat, und streite dich später mit mir. Wenn *du* dich nämlich irrst, wirst du keine Gelegenheit mehr haben, deinen Irrtum zu korrigieren. Und bitte hege auch keine Befürchtungen, wie du sie beim Prozeß genannt hast: daß du nicht wüßtest, was du sonst irgendwo mit dir anfangen solltest. Die Menschen werden dich an vielen Orten lieben, nicht nur in Athen. Ich habe zum Beispiel Freunde in Thessalien, wenn du Lust hast, dort hinzugehen.«

»Ins lärmende Thessalien? Glaubst du, daß ich da hinpasse?«

»Sie werden dich zu schätzen wissen und beschützen, und kein Thessalier wird dir Schwierigkeiten machen. Es wird ihnen eine Ehre sein, mit dir zu reden.«

»Und was soll ich ihnen sagen von Tugend, Ehre und Weisheit, wenn ich ein Flüchtling bin aus Athen, aus der Stadt, in der ich mein ganzes Leben gelebt habe, in der ich meine Kinder aufgezogen und die ich nur verlassen habe, um Kriegsdienst zu leisten? Soll ich ihnen berichten, wie ich die Gesetze gebrochen habe und dann geflohen bin, als sie sich gegen mich wandten? Ist das der Vertrag, den ich mit der Stadt hatte, daß ich die Gesetze in Ehren hielt, solange sie gegen andere mißbraucht wurden, und sie erst dann zurückwies, als sie gegen mich angewandt wurden?«

»Sokrates, ich glaube, daß du Unrecht tust, wenn du dich so preisgibst, obwohl es möglich wäre, daß du dich rettest. Du spielst ja deinen Feinden, die dich vernichten wollen, ganz bewußt in die Hände. Du behandeltst dich genauso, wie dich deine Feinde behandeln würden, um dich zu vernichten.«

»Und deshalb möchtest du, daß ich jetzt ins Exil flüchte und als Gesetzesbrecher eben die Verbannung herbeiführe, die ich beim Prozeß wahrscheinlich ganz ordnungsgemäß hätte erlangen können, wenn ich es gewollt hätte. Ich frage dich, Kriton, ist es nicht ein gesundes Prinzip, daß man die Ansichten der Leute keineswegs alle gleich achtet, sondern manche für richtig hält und andere nicht? Was würdest du sagen? Ist das ein korrektes Prinzip?«

»Ja«, sagte Kriton, »das ist es.«

»Mit anderen Worten«, fuhr Sokrates fort, »man soll die guten Ansichten beachten, und die falschen nicht?«

»Ja.«

»Wobei die Ansichten der Weisen gut und die der Törichten schlecht sind?«

»Natürlich«, sagte Kriton, war sich aber im selben Moment schon nicht mehr ganz sicher.

»Dann möchte ich jetzt gern, von diesen Prämissen ausgehend, diese Frage mit dir untersuchen«, sagte Sokrates, und Kriton spürte, wie sein Herz sank, denn er wußte schon jetzt, wie die Untersuchung ausgehen würde, auch wenn er den Weg dahin noch nicht kannte. »Wenn es sich herausstellen sollte, daß es vollkommen richtig wäre, ohne die offizielle Billigung der Athener zu fliehen, dann werde ich den Versuch wagen; aber wenn es nicht so ist, muß ich natürlich verzichten. Denn dann handeln die Leute, die Geld zur Verfügung gestellt haben, und diejenigen, die meine Flucht dulden, genauso falsch wie wir selbst, wenn wir sie einfädeln. Und wenn es sich herausstellen sollte, daß ein solches Verhalten falsch wäre, dann sollte die Tatsache, daß ich sterben muß, ganz außer acht bleiben – denn Unrecht will ich nicht tun. Stimmst du mit mir darin überein, Kriton, daß es nicht nur darauf ankommt, zu überleben, sondern richtig zu leben?«

Kriton bejahte.

»Und daß richtig leben heißt, ehrenhaft und korrekt zu leben? Und daß man nicht nur anderen, sondern auch sich selbst schadet, wenn man falsch lebt und schlecht handelt? Ich möchte, daß du sehr sorgfältig prüfst, ob du diese meine Ansichten teilst und mit mir übereinstimmst. Wenn du anderer Ansicht sein solltest, dann teile sie mir bitte mit. Wenn du aber an dem festhältst, was wir gesagt haben, dann laß uns mit unserer Untersuchung fortfahren.«

»Ja, Sokrates, ich stimme mit allem überein, was du gesagt hast. Aber können wir jetzt bitte darüber reden, was wir *tun* sollen?«

»Laß uns die logische Konsequenz prüfen. Wenn wir diesen Ort verlassen, ohne zuvor den Staat davon überzeugen zu können, daß er uns gehen läßt, tun wir dann Recht oder Unrecht? Halten wir uns dann noch an unsere gerechten Vereinbarungen?«

»Das kann ich nicht beantworten, Sokrates. Ich bin völlig verwirrt.«

»Dann laß uns die Dinge gemeinsam prüfen, mein redlicher Freund. Es liegt mir daran, daß du dem zustimmst, was ich vorhabe. Ich möchte nicht gegen deine Überzeugungen handeln. Konzentrieren wir uns also auf den Ausgangspunkt der Untersuchung. Willst du meine Fragen nach bestem Wissen und Gewissen beantworten?«

»Natürlich«, sagte Kriton. »Ich will es zumindest versuchen.«

Daraufhin einigten sie sich sehr rasch darauf, daß man auf keinen Fall Böses mit Bösem vergelten dürfe, was immer einem jemand an Bösem zugefügt habe, und daß man auf keinen Fall Unrecht tun dürfe, auch wenn einem selbst Unrecht getan worden sei.

Sie stimmten darin überein, daß Verträge eingehalten werden müßten und Vertragsverletzungen Unrecht seien und daß Sokrates, wenn er jetzt wegliefe, die Gesetze verletzte, ohne die der Staat keinen Bestand habe. Er, der immer darauf beharrt hatte, daß Gerechtigkeit, Tugend, Sittlichkeit und Gesetze der kostbarste Besitz der Menschheit seien, würde aus unentschuldbar persönlichen Gründen den Vertrag mit der Gesellschaft brechen.

Gab es denn nicht zahlreiche Beweise dafür, daß er mit den Gesetzen Athens bisher stets zufrieden gewesen war? Er hatte hier seine Kinder gezeugt, er hatte die Stadt nie verlassen, außer zum Kriegsdienst, nicht einmal zum Besuch der Olympischen Spiele oder irgendwelcher anderer Orte. Und bei seinem Prozeß hatte er sich dem Tod gegenüber höchst gleichgültig gezeigt und mehr als deutlich gemacht, daß er lieber sterben würde als ins Exil zu gehen.

Was würden die Gesetze der Stadt wohl sagen, fragte er Kriton, wenn sie ihn auf der Flucht sähen?

»Beim Prozeß hättest du ohne weiteres die Strafe der Verbannung gegen dich beantragen können. Der Staat, der dich jetzt festhält, hätte dich gewiß gehen lassen. Aber, nein, du mußtest ja so tun, als sei der Tod dir lieber als das Exil und als hättest du gar nichts dagegen zu sterben. Tapfer sagtest du, daß du den Tod nicht fürchtest, der sich vielleicht als etwas sehr Gutes erweisen könnte. Und jetzt hast du all diese edlen Gefühle vergessen und erweist uns, den Gesetzen, keinen Respekt mehr. Wie ein nichtswürdiger Sklave willst du davonlaufen, wo du doch mit Einwilligung des Staates hättest tun können, was du jetzt, wie Kriton dir vorschlägt, gegen die Gesetze tun willst. Worüber willst du mit den zügellosen Leuten in Thessalien denn reden? Willst du sie damit unterhalten, daß du ihnen von den schäbigen Tricks erzählst, die du benutzt hast, um aus dem Gefängnis zu fliehen? Willst du damit prahlen, daß du dich in ein Ziegenfell oder eine andere Flüchtlingsverkleidung gehüllt hast? Sokrates, mach dich doch nicht damit lächerlich, daß du jetzt fliehst.«

Wenn ihm die Gesetze nicht gefielen, hätte er doch jederzeit versuchen können, seine Landsleute zu einer Änderung zu bewegen. Und wenn es ihm nicht gelungen wäre, seine Landsleute zu überzeugen, hätte er wie jeder Athener sein Hab und

Gut nehmen und woanders hinziehen können. Aber obwohl er doch die Oligarchien von Kreta und Sparta immer wieder als vorbildliche Regierungsformen gelobt habe, sei er volle siebzig Jahre lang geblieben und habe sie von Athen aus gepriesen, anstatt auch seinen Wohnsitz dorthin zu verlegen.

Und was solle aus all den schönen Erklärungen über Tugend und Gerechtigkeit werden, die er in seinem Leben gemacht habe?

»Soll man tun, was man für richtig erkannt hat? Oder darf man verraten, was man für richtig erkannt hat?«

»Natürlich muß man immer tun, was man für richtig erkannt hat, Sokrates.«

»Und wird es jetzt, wo ich alt bin, niemanden geben, Kriton, der mich daran erinnert, daß ich unsere heiligsten Gesetze verletzt habe, nur um ein bißchen länger zu leben? Ich darf es nicht tun, Kriton. Das ist meine Meinung, und du wirst mich zu keiner anderen bekehren. Aber wenn du meinst, daß es nützlich ist, dann sag, was du denkst.«

»Was ist mit dem Mann, der glaubt, es sei richtig, das Falsche zu tun?«

»Der Mann bin ich nicht.«

»Ist es falsch, einem schlechten Gesetz nicht zu gehorchen?«

»Unsere Gesetze sind nicht schlecht.«

»Ich frage rein philosophisch.«

»Dafür habe ich keine Zeit mehr.«

»Dann habe ich nichts mehr zu sagen.«

»Dann laß es nur, Kriton, und wir wollen sehen, wohin der Wille des Gottes uns führt.«

36

Platon war am Tag, als Sokrates starb, krank zu Hause, schrieb Platon und ließ, ähnlich wie im *Symposion,* einen Augenzeugen über das berichten, was er selbst nicht gesehen hatte.

»Warst du bei ihm, Phaidon, als er hingerichtet wurde oder hast du selbst nur davon gehört?«

»Nein, Echekrates, ich bin selbst dagewesen«, erwiderte Phaidon.

»Dann sage mir, was hat er in seiner letzten Stunde gesagt und wie ist er seinem Ende begegnet? Wir haben erfahren, daß er durch Gift gestorben ist, aber Genaueres wußte niemand.« Die Unterhaltung fand in Phleius statt, einer kleinen Stadt auf dem Peloponnes. »Wir in Phleius gehen nicht mehr nach Athen, und es ist schon lange her, daß ein Besucher aus Athen hier war, der uns mehr sagen könnte, als daß er mit dem Schierlingsbecher hingerichtet wurde. Bitte, sei so gut und berichte uns alles von Anfang an, so genau wie du kannst – oder hast du es eilig?«

»Nein, Echekrates, keineswegs«, sagte Phaidon, »und ich will versuchen, dich zufriedenzustellen. An Sokrates erinnert zu werden, ist stets eine Freude für mich, unabhängig davon, ob ich selbst von ihm rede oder ein anderer von ihm erzählt.«

»Nun, Phaidon, hier wirst du Zuhörer finden, denen es ebenso geht. Bitte berichte so genau, wie du kannst.«

»Zunächst muß ich sagen«, begann Phaidon, »daß ich ganz ungewöhnliche Empfindungen hatte. Zu keiner Zeit hatte ich das Gefühl, beim Tod eines Freundes anwesend zu sein, und ich habe ihn nicht bedauert. Er schien vollkommen glücklich, sowohl in seiner Haltung als auch in dem, was er sagte. Er starb ohne Furcht, und seine Worte waren großmütig und edel. Wir alle spürten eine eigenartige Mischung von Freude und Schmerz und fühlten uns in derselben Weise berührt. Wir lachten und weinten abwechselnd, vor allem einer von uns, der empfindsame Apollodoros. Du kennst gewiß solche Männer? Apollodoros verlor völlig die Kontrolle über seine Gefühle, und wir anderen ließen uns mitreißen.«

»Wer waren denn die anderen, die dabei waren?«

»An gebürtigen Athenern«, zählte Phaidon auf, »waren da außer Apollodoros noch Kritobulos und sein Vater Kriton. Daneben Hermogenes, Epigenes, Aischines und Antisthenes. Ach, ja, und Ktesippos vom Demos Paianía und Menexenos und ein paar andere. Von außerhalb waren Simmias der Thebaner und Kebes und Phaidonides da, und aus Megara Eukleides und Terpsion. Platon aber war krank zu Hause, wenn ich nicht irre. Das waren, glaube ich, ungefähr alle.«

An jenem letzten Morgen hatten sie sich früher als gewöhnlich versammelt, mußten aber zunächst einmal warten.

Der Wärter erklärte: »Die Elfmänner sind jetzt bei Sokrates, und während ihm die Ketten abgenommen werden, wird ihm mitgeteilt, daß er heute sterben muß.«

Als sie eingelassen wurden, war Xanthippe, die Frau des Sokrates, bereits bei ihm, mit dem kleineren der beiden jüngeren Söhne im Arm. Als sie die Männer hereinkommen sah, sagte Phaidon, machte sie eine Bemerkung, wie man sie von einer Frau erwarten konnte: daß dies die letzte Gelegenheit für Sokrates und seine Freunde sei, miteinander zu reden, oder so ähnlich. Xanthippe, die oft so wütend geworden war, weil Sokrates so viel Zeit mit seinen Freunden verbrachte, war plötzlich verzweifelt, weil er dies jetzt nun nicht mehr tun konnte.

Sie weinte hysterisch. Sokrates bat, daß sie jemand wegbringen möge, und sie wurde schluchzend hinausgeführt.

Als es still geworden war in der Zelle, setzte sich Sokrates auf und massierte die wunde Stelle an seinem Bein, wo ihn die Kette gedrückt hatte.

Bei früheren Besuchen war bekannt geworden, daß der Gefangene einige Fabeln des Äsop in Verse gesetzt hatte, und deshalb ließ der Dichter Euenos jetzt nachfragen, warum Sokrates, der früher keine Zeile geschrieben hatte, jetzt plötzlich Verse zu machen begann.

»Sagt ihm die Wahrheit«, erwiderte Sokrates gelassen. »Ich habe sie nicht geschrieben, um mich mit ihm zu messen, das wäre sicher nicht leicht.« Er versuche auf diese Weise lediglich, die Bedeutung gewisser Träume in Erfahrung zu bringen. »Erzählt ihm das und sagt ihm Lebewohl von mir. Wenn er klug ist, wird er mir so rasch wie möglich folgen. Ich werde wohl heute sterben. Dies sind die Befehle des Staates.«

»Über diesen Rat wird Euenos sich aber freuen!« rief Simmias, und alle mußten laut lachen. »Wie ich ihn kenne, hat er alles andere im Sinn, als dir zu folgen.«

»Warum, ist er denn kein Philosoph?« fragte Sokrates.

Sie kamen überein, daß er durchaus einer sei.

In diesem Falle, sagte Sokrates, dürfte er ja wohl kaum Angst vor dem Tode haben, auch wenn er sich wahrscheinlich selbst nichts antun würde, da er ja wisse, daß Selbstmord nicht erlaubt sei.

Das verwirrte den Kebes. »Sokrates, warum sagst du, daß man nicht Selbstmord begehen dürfe, wenn man als Philosoph einem Freund nachfolgen will, der sterben muß?«

»Haben wir darüber noch nie gesprochen?«

»Nicht im einzelnen, Sokrates.«

»Nun«, sagte Sokrates, hörte auf, sein Bein zu massieren, stellte beide Füße auf den Boden und führte das Gespräch im Sitzen weiter. »Meine Kenntnisse über diese Dinge beruhen nur auf Dingen, die ich gehört habe, aber ich will sie euch gern erzählen. Für einen, der diese Welt bald verläßt, ist es wohl nur angemessen, wenn er sich über das Wesen der Pilgerreise Gedanken macht, die er bald antreten wird. Wie sollte ich auch die Zeit bis zum Sonnenuntergang besser zubringen? Aber laßt mich erst hören, was Kriton zu sagen hat. Er scheint mir schon lange etwas sagen zu wollen.«

»Nur eine Kleinigkeit«, sagte Kriton. »Der Wärter, der dir das Gift geben soll, hat mir gesagt, daß du nicht so viel reden sollst. Wenn man viel redet, erhöht das die Körpertemperatur, und das wiederum beeinträchtigt die Wirkung des Gifts. Menschen, die sich sehr aufregen, müssen oft noch eine zweite oder gar dritte Dosis trinken.«

»Dann soll er sich nur darauf vorbereiten, mir das Gift zwei- oder dreimal zu geben«, sagte Sokrates, »wenn das nötig sein sollte.«

In den folgenden Stunden predigte er über die Seele, die Unsterblichkeit und ein künftiges Leben, lauter Dinge, über die er bisher nur selten etwas gesagt hatte. Er nannte auch keinen konkreten Beweis für die Richtigkeit seiner Darlegungen. Er war überzeugt, daß sie der Wahrheit entsprachen, weil er es so wollte.

Simmias und Kebes waren nicht so leicht zu überzeugen.

»Auch du, Simmias, und du, Kebes, und alle anderen Menschen«, sagte Sokrates am Ende des Gesprächs, »werden früher oder später diese Reise antreten müssen. Was mich angeht, so ruft, wie der Tragödiendichter sagen würde, die Stimme des Schicksals schon jetzt. Bald muß ich das Gift trinken. Ich glaube, es ist Zeit, daß ich mein Bad nehme. Ich möche nicht, daß die Frauen sich damit abmühen müssen, meinen Körper zu waschen, wenn ich tot bin.«

Als er das gesagt hatte, fragte Kriton: »Was hast du hinsichtlich deiner Kinder und anderer Dinge für Wünsche? Können wir irgendwas für dich tun?«

»Nur dadurch, Kriton, daß ihr tut, was ich euch immer gesagt habe. Nehmt euch in acht und geht nach den Regeln durchs Leben, die ich euch gelehrt habe. Damit leistet ihr mir, den meinen und uns allen den größten Dienst.«

»Wir werden unser Bestes tun«, versprach Kriton. »Und wie sollen wir dich begraben?«

»Ganz wie ihr wollt«, sagte Sokrates lachend. »Ihr müßt mich nur erst erwischen und festhalten und aufpassen, daß ich euch nicht weglaufe.« Er wandte sich an die anderen und sagte: »Kriton denkt offenbar, ich wäre schon der andere Sokrates, den er bald als Leiche vor sich sehen wird – deshalb fragt er mich, wie er mich begraben soll. Ich möchte, daß ihr ihm eine Bürgschaft für das Gegenteil von dem gebt, wofür er dem Gericht zu bürgen bereit war: Er hat beim Prozeß dafür gebürgt, daß ich bleibe, bitte bürgt ihr dafür, daß ich weggehe, wenn ich das Gift trinke. Dann wird er bei meinem Tod weniger leiden und nicht so traurig sein, wenn er sieht, wie meine Leiche begraben oder verbrannt wird. Sei guten Mutes, mein lieber Kriton, und sag dir, daß du nur meinen Körper begräbst. Tu, was üblich ist und du für richtig hältst. Bis dahin bin ich dir ohnehin durch die Finger geschlüpft, und du wirst mich nicht mehr halten.«

Nach diesen Worten, berichtete Phaidon, stand Sokrates auf und ging in die Badestube. Kriton folgte ihm und bat die anderen zu warten.

Sokrates sei wie ein Vater gewesen, dessen sie jetzt beraubt werden sollten, und sie hätten alle das Gefühl gehabt, ihr künftiges Leben als Waisen verbringen zu müssen.

Als er sein Bad genommen hatte, wurden seine Kinder zu ihm gebracht – die beiden Jüngeren und der ältere Sohn. Auch die zu seiner Familie gehörenden Frauen waren gekommen. Er sprach mit ihnen und gab ihnen Anweisungen. Nur Kriton war dabei anwesend. Dann schickte er sie weg und kehrte zu seinen Freunden zurück.

Die Stunde des Sonnenuntergangs war jetzt schon nahe,

denn sie hatten lange geredet und er war lange drinnen geblieben. Vom Bad erfrischt setzte er sich wieder zu seinen Freunden, aber sie hatten kaum ein paar Worte gewechselt, als der Diener der Elfmänner kam und sich zu Sokrates stellte. Der Mann sah niedergeschlagen aus und hatte mit seiner Stimme zu kämpfen. »Über dich, Sokrates, werde ich mich nicht zu beklagen haben, wie über andere, daß sie mir böse werden und mich verfluchen, wenn ich ihnen sage, daß sie das Gift trinken sollen. Ich bin sicher, du wirst mir nicht zürnen, denn du weißt, daß nicht ich Schuld daran trage, sondern andere. Und deshalb – du weißt ja, was ich dir sagen muß – leb wohl und versuche so leicht wie möglich zu nehmen, was nicht zu ändern ist.«

Er brach in Tränen aus, als er wieder hinausging.

»Ich erwidere deine guten Wünsche«, rief ihm Sokrates nach, »und werde tun, was du sagst.« Den anderen erzählte er, daß er den Wärter während seiner Zeit im Gefängnis sehr zu schätzen gelernt habe. »Er hat mich häufig besucht, gelegentlich haben wir miteinander geredet, und er war so höflich wie möglich. Und seht nur, wie aufrichtig er mich beweint. Laß uns tun, was er sagt, Kriton! Wenn der Becher schon fertig ist, soll jemand ihn bringen, wenn nicht, soll er vorbereitet werden.«

»Noch nicht!« sagte Kriton. »Die Sonne liegt noch auf den Bergen, ich weiß, daß man vielen erlaubt hat, den Becher viel später zu leeren, und daß sie nach der Ankündigung noch in angenehmer Gesellschaft gegessen und getrunken haben. Du brauchst dich nicht zu beeilen. Es ist noch Zeit.«

Aber Sokrates sagte: »Ja, Kriton, es ist natürlich genug, wenn andere so handeln, denn sie glauben ja, daß sie durch die Verzögerung etwas gewinnen. Genauso natürlich ist es aber, wenn ich das nicht tue, denn ich glaube ja nicht, daß ich etwas gewinne. In meinen Augen würde ich mich nur lächerlich machen, wenn ich ein Leben zu verlängern suchte, das längst verwirkt ist, und zu sparen versuchte, wo nichts mehr ist. Bitte, tut was ich sage und verweigert mir nicht meine Bitte.«

Kriton machte einem Diener, der in der Nähe gestanden hatte, ein Zeichen. Der Mann ging hinaus und blieb eine Weile draußen. Dann kehrte er mit dem Wärter zusammen zurück, der den Becher mit dem Gift trug.

Sokrates nickte ihm freundlich zu. »Sag mir, mein Bester, du hast ja Erfahrung in diesen Dingen: Was soll ich machen?«

»Du brauchst nur zu trinken«, sagte der Mann, »herumzugehen, bis dir die Schenkel schwer werden, und dich dann niederzulegen. Das Gift wirkt von allein.«

Damit gab er Sokrates den Becher, und dieser nahm ihn ganz gelassen in die Hände, ohne daß sich seine Miene oder seine Gesichtsfarbe im geringsten änderten. Er sah dem Mann fest in die Augen und fragte, ob er einem der Götter ein Trankopfer darbringen dürfe.

Es sei nur soviel Gift in dem Becher, wie sie für nötig hielten, sagte der Mann.

»Ich verstehe«, erwiderte Sokrates. »Dann muß ich die Götter ohne Opfer bitten, meine Reise von dieser Welt in die andere zu befördern, und so sei es.«

Mit diesen Worten hob er den Becher ganz frisch und heiter an die Lippen und trank das Gift mit einem Zug aus.

Bis dahin hatten alle ihren Schmerz recht gut unter Kontrolle gehalten. Jetzt aber, wo sie sahen, daß er den Becher geleert hatte, verloren sie alle Beherrschung. Ganz gegen seinen Willen strömten auch Phaidon die Tränen so heftig übers Gesicht, daß er sich abwenden mußte.

Sokrates schien fast böse darüber zu werden. »Was? Weinst du wegen mir?« spottete er. »Phaidon, hast du Kummer?«

»Ich weine nicht wegen dir. Ich weine über mein eigenes Schicksal, weil ich bald keinen Freund wie dich mehr haben werde.«

Phaidon war keineswegs der einzige, der seinen Gefühlen freien Lauf ließ. Denn als er die Tränen nicht mehr zurückhalten konnte, war auch Kriton aufgestanden, um sich zu entfernen. Phaidon wollte ihm folgen. In diesem Augenblick stieß Apollodoros, der schon die ganze Zeit still geweint hatte, einen lauten, leidenschaftlichen Schrei aus, und das raubte ihnen allen endgültig die Fassung. Sokrates allein blieb vollkommen ruhig.

»Was soll das Geschrei?« fragte er. »Wie kann man sich nur so eigenartig benehmen? Ich habe die Frauen hinausgeschickt, damit sie nicht jammern und klagen, weil ich gehört habe, daß man still sein soll, wenn einer stirbt. Also geduldet euch und seid ruhig.«

Als sie diese Worte hörten, schämten sie sich und versuchten, ihre Tränen zurückzuhalten, so gut es ging.

Sokrates ging umher, bis ihm, wie er sagte, die Beine schwer wurden, dann legte er sich auf den Rücken, wie man es ihm gesagt hatte.

Der Mann, der ihm das Gift gegeben hatte, folgte ihm zum Lager und untersuchte seine Füße und Schenkel. Nach einiger Zeit zwickte er Sokrates in den Fuß und fragte ihn, ob er das gespürt hätte. Sokrates sagte nein. Der Mann wiederholte die Prüfung am Knie und dann immer höher hinauf, und ließ auch die anderen fühlen, daß Sokrates kalt und starr wurde. Noch einmal berührte er ihn und sagte: »Wenn das Gift das Herz erreicht hat, kommt das Ende.«

Sokrates lag mit einem Tuch über dem Gesicht.

»Als sein Unterleib kalt wurde«, erzählte Phaidon, »schob er das Tuch kurz beiseite und sagte – das müssen seine letzten Worte gewesen sein – er sagte: ›Kriton, ich schulde dem Asklepios einen Hahn. Denkst du daran, die Schuld zu bezahlen?‹ «

»Die Schuld wird bezahlt werden«, sagte Kriton. »Hast du sonst noch etwas für uns?«

Es kam keine Antwort. Aber eine oder zwei Minuten später gab es noch eine kurze Bewegung unter dem Tuch, und als es der Wärter entfernte, war Sokrates' Blick starr geworden. Kriton schloß ihm Mund und Augen.

»Dies, Echekrates, war das Ende unseres Freundes, von dem ich sagen kann, daß er unter allen Menschen, die ich gekannt habe, der weiseste, beste und gerechteste war.«

37

Es gibt Skandale, und es gibt Skandale, und manche sind skandalöser als andere.

Die Menschheit ist äußerst anpassungsfähig: Greuel, die uns vor einer Woche entsetzt haben, sind morgen schon akzeptiert.

Der Tod des Sokrates hatte keinen Einfluß auf die Geschichte Athens. Wenn überhaupt, hat sich der Ruf der Stadt dadurch nur verbessert.

Niemandes Tod ist so wichtig für die Zukunft wie die Literatur, die darüber verfaßt wird.

Aus der Geschichte lernt man nichts, das man anwenden könnte, also bilden Sie sich bitte nicht ein, daß gerade Sie es könnten.

»Geschichte ist Quatsch«, sagte Henry Ford.

Aber Sokrates war tot.

Platon berichtet nichts davon, daß er an seinem Todestag geweint hätte.

Zur Zeit des *Symposions* wäre Platon erst zwölf gewesen und hatte deshalb mit Sicherheit keine Gelegenheit, die rührenden Lobreden des Alkibiades auf Sokrates mit anzuhören, die er so wortgewandt wiedergibt.

Eine tödliche Vergiftung mit Schierling verläuft keineswegs so friedlich und schmerzlos, wie Platon sie darstellt: Es kommt dabei zu heftigem Würgen, Lallen, Krämpfen und unkontrollierbarem Erbrechen.

Rembrandts Bildnis des Aristoteles bei der Betrachtung

der Büste Homers ist vielleicht gar nicht von Rembrandt, sondern von einem geradezu göttlich begabten Schüler, der die Lehren seines Meisters so völlig verinnerlicht hatte, daß er nie mehr etwas anderes zu schaffen vermochte und sein Name sich im Schatten des Meisters verlor. Die Büste Homers, bei deren Betrachtung Aristoteles dargestellt ist, zeigt nicht Homer. Und auch der Mann ist nicht Aristoteles.

Ende

Danksagung

Zu besonderem Dank bin ich dem in Brooklyn geborenen Kunsthistoriker, Schriftsteller und Verleger Gary Schwartz aus Maarssen in Holland verpflichtet, dessen neuestes Buch über *Rembrandt, his life, his paintings* (1985) von ebenso unschätzbarem Wert für mich war wie der trockene Witz, den er darin zeigt. In Briefen und Gesprächen hat er mir seine Zeit und sein Fachwissen auf den verschiedensten Gebieten großzügig zur Verfügung gestellt. Für ihre Hilfe beim Recherchieren von Fakten bin ich auch der Kunsthistorikerin Stephanie Dickey aus Bedford, New York, zu Dank verpflichtet, die den größten Teil der Informationen über Rembrandts Gemälde und Prozesse beschaffte. Das gleiche gilt auch für den Historiker Simon Schama von der Unversität Harvard, dessen Briefe und dessen kürzlich erschienenes Werk *The Embarrassment of Riches* meine historischen Vorstellungen stark präzisierten; für die beiden Gräzisten Lillian Feder von der City University und Gary Schwartz vom Lehmann College, die meine Fehler korrigierten, mein klassisches Vokabular verbesserten und mich auf Diogenes Laertius aufmerksam machten; und für Robert Cahn, einen Kunsthistoriker am Fashion Institute of Technology, der zwar erst in letzter Minute in Erscheinung trat, aber gerade noch rechtzeitig, um einige faktische Irrtümer aufzuklären und mich auf die monumentalen Dimensionen der *Verschwörung des Julius Civilis* aufmerksam zu machen. Für alle verbliebenen Fehler bin ich allein zuständig. Ich bin kein sehr geduldiger Zuhörer und war vielleicht nicht immer so aufmerksam, daß ich mir jedes historische Detail so genau gemerkt hätte, wie es sich diese toleranten und großherzigen Lehrer möglicherweise gewünscht haben.

JOSEPH HELLER,
East Hampton, New York,
1988

JOSEPH HELLER · SPEED VOGEL

Überhaupt nicht komisch

Übersetzt von Günther Danehl
352 Seiten

Die Diagnose überfällt Joseph Heller aus heiterem Himmel: Guillain-Barré-Syndrom, eine Krankheit, die jährlich bei immerhin 1,9 Millionen Menschen auftritt und zur Lähmung aller Muskeln führen kann. Für Heller heißt das sechs Monate Aufenthalt im Hospital, Intensivstation.

Seine Freunde reagieren prompt. Speed Vogel, ein »Hans Dampf in allen Gassen«, zieht in Hellers Apartment, wird zum Boten, Diener, Beschützer, kümmert sich um alle Kontakte zur Außenwelt, ja unterzeichnet sogar Hellers Schecks. Als Koautor dieses Buches erzählt er in »seinen Kapiteln«, wie eine so schwierige Zeit und ein so komplizierter Kranker sich auf Freunde, Verwandte, Bekannte auswirken, wie er selber und die anderen auf das Schreckliche reagieren. Und da es sich bei den Beschriebenen um außergewöhnliche Menschen handelt – z. B. um Mario Puzo, Dustin Hoffman, Mel Brooks –, sind die Geschichten um sie auch nicht gerade gewöhnlich.

In Hellers Kapiteln lernt der Leser, sicher mehr als aus allen anderen Büchern dieses Autors, einen klugen, sensiblen, sich selbst gegenüber ironischen, überhaupt nicht wehleidigen und doch äußerst verletzlichen, einen fordernden und einen großzügig gebenden, kurz den einmaligen Joseph Heller, einen großen Schriftsteller, kennen.

»Wir brauchen solche Bücher, um die glücklichen Gesunden daran zu erinnern, was die anderen so durchmachen.«
Anthony Burgess

C. Bertelsmann

JOSEPH HELLER

Weiß Gott

Roman

Übersetzt von Günther Danehl – 446 Seiten

Joseph Heller hat hier sein ureigenes Thema gefunden: Die Geschichte des Davids.

Er läßt David seine eigene Geschichte erzählen. Der alte Krieger liegt auf dem Totenbett. Traurig, miesepetrig, arrogant, lüstern und sentimental läßt er sein Leben Revue passieren. Ein Leben voller militärischer und sinnlicher Triumphe, aber auch eine Folge tragischer Ereignisse: der Tod dreier Kinder, der Treuebruch seines Lieblingssohnes Absalom, der Zorn eines unversöhnlichen Gottes.

Und jetzt kommt die große Leidenschaft seines Lebens, Bathsheba, jeden Tag zu ihm, bedrängt ihn, er solle ihren unbegabten, langweiligen Sohn Salomon zum Nachfolger einsetzen, und weigert sich gleichzeitig, Davids Gelüsten noch ein letztes Mal nachzugeben...

In Joseph Hellers Roman wird das Buch der Bücher vom Kopf auf die Füße gestellt. »Weiß Gott« ist eine groß angelegte biblische Geschichte, eine moderne Geschichte, eine Liebesgeschichte. Ein Roman der Jugend und des Alters, von Männern und Frauen, Vätern und Söhnen, Mensch und Gott.

Biblische Größe und aggressiver Straßenwitz unserer Zeit vereinigen sich hier zu einem einmaligen Lesevergnügen.

Ein Roman voller Gefühlskraft, Phantasie und Ironie, nach dessen Erscheinen Heller in Frankreich den Medici-Preis für den besten ausländischen Roman erhielt.

»Wir haben Grund, Beifall zu klatschen... Heller ist in Hochform.« New York Times

C. Bertelsmann